2015 제6회
젊은작가상
수상작품집

2015 제6회

젊은작가상
수상작품집

정지돈 · 건축이냐 혁명이냐

문학동네

| 차례 |

정지돈

건축이나 혁명이나

정지돈
2013년 『문학과사회』 신인문학상에 단편소설 「눈먼 부엉이」가 당선되어
등단. 소설집 『내가 싸우듯이』 『우리는 다른 사람들의 기억에서 살 것이
다』, 중편소설 『야간 경비원의 일기』, 장편소설 『작은 겁쟁이 겁쟁이 새로
운 파티』 『모든 것은 영원했다』, 짧은소설 『농담을 싫어하는 사람들』, 산문
집 『영화와 시』 『당신을 위한 것이나 당신의 것은 아닌』이 있다. 문지문학
상을 수상했다.

건축이냐 혁명이냐

이구는 누구에게도 딜런 토머스와 버로스, 헨리 밀러를 읽는다는 이야기를 하지 않았다. 그는 셰익스피어나 마크 트웨인, 너새니얼 호손을 읽는다고 했고, 시를 쓴다며 친구들에게 하이쿠를 읊어주기도 했다. 『18편의 시』와 『정키』 『북회귀선』은 그의 침대 밑에 숨겨져 있었고 욕실 수납장에 숨겨져 있었다.

1957년, 미국의 모든 대학생은 비트제너레이션이 된 것처럼 굴었고, 심지어 MIT 공대생들조차 긴즈버그와 잭 케루악에 대해 떠들었다. 이구는 그들의 이야기를 들으며 미소를 지었다. MIT에 사년을 다녔지만 대학 동기들은 이구가 일본인인지 중국인인지 구분하지 못했다. 언젠가 한번 나는 대한민국의 황족이야, 라고 말한 적이 있지만 동기들은 대한민국을 모르거나 대한민국에 황족이 있다는 사실을 몰랐고 결정적으로 이구의 나라에 관심이 없었다.

이구는 일본에서 태어났고 어머니는 일본의 황족이며 아버지는 한국의 황족이지만 이차세계대전이 끝나자 일본과 한국 모두가 그를 자국민으로 받아들이길 거부했다. 그는 아메리카에서 공부하고 싶었고 랭보처럼 배를 타고 싶었지만 국적이 없었고 여권도 없었다. 이승만은 이구에게 황족 행세를 하지 않는다는 조건으로 여권을 내주겠다고 했다. 이구는 황족 행세를 한 적이 없는데 왜 황족 행세를 하지 않겠다는 요구를 받아야 하는지 이해할 수 없었지만 이구의 아버지인 영친왕 이은은 펄쩍 뛰며 이승만의 불알을 걷어차 버리겠다고 했다. 이구는 별수없이 긴자의 뒷골목에서 여권을 위조하고 부모에게 구나이초의 협조를 받아 여권을 만들었다고 거짓말을 했다.

이구는 1950년 요코하마에서 미국행 선박 제너럴 골든호를 탔다. 친구인 히로아키와 함께 샌프란시스코 항에 도착했고 켄터키주의 던빌 시에 정착했다. 이구 일행을 도와준 미군 사령부 보이스카우트 본부장인 피셔는 이구에게 당신도 재패니즈냐고 물었다. 이구는 잠시 주저하더니 자신은 대한민국의 황족이라고 작은 목소리로 대답했다. 피셔는 알아듣지 못했다.

사실 이구는 자신이 한국인인지 일본인인지 관심이 없었다. 그는 열아홉이었고 바야흐로 국적 따위 상관없는 시대가 도래하고 있었다. 이구는 시를 쓰고 싶었다. 그는 레스토랑에서 일하며 딜런 토머스의 미국 낭독 순회공연을 쫓아다녔다. 낭독회에 동양인은 이구 한 명뿐이었다. 시에는 국적이 없지 않습니까. 이구가 말했다. 그러나 피셔는 바보 같은 생각이라며 고개를 저었고 히로아키 역시 고개를 저었으며 아버지는 전보에 욕을 적어 보냈다. 이구는 이후 누구에게도 시를 쓴다고 말하지 않았다. 대신 그는 건축을 공부했다. 1950년대는 전 세계가 새로운 나라와 새로운 사회를 만들기 위해 들떠 있는 시기였고, 그곳이 자본주의국가든 공산주의국가든 모두 새 건물을 짓고 새 다리를 짓고 새집을 지었다. 그러니 너는 건축을 하는 게 좋겠다, 고 피셔가 말했다.

건축이라.

이구는 문득 모든 일이 잘 풀릴 것만 같은 기분에 사로잡혔다. *건축은 땅 위에 시를 짓는 일입니다.* 이구는 르 꼬르뷔지에의 말을 주문처럼 외웠고 MIT 공대를 졸업한 후 이오 밍 페이의 뉴욕 건축 사무실에 들어갔다. 뉴욕은 요란하고 화려한 도시였지만 골목 어디서나 비트족이 들끓었고 건축가를 환대해주었다. 이오 밍 페이의 사무실은 맨해튼에 있었으며 이구의 집은 화이트플레인스에 있었다. 이구의 집을 구해준 진 다니(Jean Darney)는 복싱계의 명사로 슈거 레이 로빈슨을 모르면 미합중국을 모르는 겁니다, 라는 말을 하며 이구를 복싱 스타디움으로 데려가곤 했다. 진 다니는 여자를 꼬시는 법도 알려줬다. 무릇 연애란 복싱과 다를 바 없지요. 복싱은 힘으로 하는 게 아닙니다. 스피드도 아니지요. 복싱은 영역 다툼입니다. 마찬가지로 여자를 만날 때도 그녀를 당신의 영역으로 데려가야 합니다. 그녀가 잘 아는 식당, 잘 아는 극장, 잘 아는 거리에는 가지 마세요. 당신의 구역에서 당신이 잘 아는 사람들과 당신이 잘 아는 일들이 벌어지는 곳에서 데이트를 해야 합니다. 명심하세요. 연애는 영역 다툼입니다.

이구는 같은 사무실에서 일하는 우크라이나 처녀 줄리아 멀록을 데리고 긴즈버그의 낭독회에 갔고 집으로 오는 길에 건축은 땅위에 시를 짓는 일이라고 생각합니다, 라는 말로 환심을 산 뒤, 나는 대한민국의 황족입니다, 라는 말로 그녀를 웃겼다. 한 해 뒤, 이구와 줄리아는 진 다니를 증인으로 세우고 브루클린의 성당에서 조촐한 결혼식을 올렸으며 하와이로 신혼여행을 떠났다.

나는 박길룡의 『한국현대건축의 유전자』(2005)를 통해 이구의 이름을 처음 접했다. 『한국현대건축의 유전자』는 『공간』 400호를 기념해 기획된 '한국현대건축평전'을 단행본으로 펴낸 것으로 박길룡은 책에서 1963년에 발간된 『건축』에 실린 「귀국중인 이구씨 회견기」의 일부를 인용한다. "도시건축은 보다 합리적이고 경제적인 건축을 설계하였으면 좋을 듯하고 필요 없는 장식의 비용을 절약하면서도 아름다움을 추구해야 한다. 온돌은 경제적이고 살기 좋으나 개량할 점은 창호가 틈이 많아서 겨울에 바람이 많이 들어온다. 추위가 염려되니 이중창구조가 필요하다." 박길룡은 이구가 조선왕조의 후예이며 이오 밍 페이 사무실 출신의 인재라고 짧게 적었다.

모더니즘건축의 마지막 계승자 이오 밍 페이는 이구와 일할 당시 '이오 밍 페이 앤드 어소시에이츠'라는 건축설계사무소를 차리고 활동하던 신출내기였다. 후에 프리츠커상(1983)을 타는 등 명성을 날리게 되지만 당시만 해도 중국인 무명 건축가에 불과했다. 이오 밍 페이와 이구는 나이 차이가 꽤 났음에도 돈독한 사이를 유지했다.

두 사람은 사무실의 유일한 동양인으로 단정하게 빗어 넘긴 머리에 동그란 안경을 끼고 미소를 띤 채 미니멀한 백색 사무실을 종종 걸어다녔다. 이구와 함께 일했으며 후에 건축을 그만두고 미니멀리즘 작가로 이름을 날린 솔 르윗은 가끔 이구와 이오 밍 페이를 헷갈렸다고 했다. 그럴 때마다 이구는 미소를 지으며 내가 이구, 라고 대답했고 솔 르윗은 그를 보며 동양인은 온화하고 평화롭다는 오리엔탈리즘에 사로잡혔다며 고정관념에 불과하지만 그의 인상은 이후 제 작업에 일정 부분 영향을 끼쳤지요, 라고 말했다. 나중에는 웃고 있지 않아도 웃고 있는 것처럼 느껴질 정도로 얼굴에 깊이 스며든 이구의 미소를 보며 저는 Zen에 대해 생각했습니다. 건축비평가인 폴 골드버그는 이오 밍 페이의 비즈니스 성공 요인으로 Zen을 언급하기도 했지요. 이오 밍 페이가 중국인 모더니스트라는 걸 생각하면 터무니없는 소리지만 근거 없는 소리는 아니었습니다. 1960년대는 동양문화에 대한 관심이 반문화의 거센 물결을 타고 퍼져나가는 시기였습니다. 특히 볼링겐 총서에서 나온 『역경 *The I ching*』은 최초의 완역본으로 존 케이지를 비롯해 수많은 예술가들에게 영향을 미쳤지요. 이오 밍 페이 역시 『역경』을 구입했고 저나 다른 동료들도 상당수 그랬던 것으로 압니다. 백만 부가 팔린 책이었으니까요. 이오 밍 페이는 『역경』을 거의 이해하지 못했지만 동양인이라는 점을 이용해 클라이언트와 대화가 잘 풀리지 않을 때마다 선문답을 유도하며 곤경을 헤쳐나갔지요. 이구가 뉴욕을 떠나지 않았다면 이오 밍 페이와 함께 놀라운 성공을 거둘 수 있었을지도 모르겠습니다. 솔 르윗은 한국전쟁 당시 후방에서 전쟁 동원 포스터를 제작하며 한국에 대해 처음 알게 됐다고 말했다. 제가 본 것은 가난하고 헐벗은 작은 키의 사람들과 파헤쳐진 흙바닥, 불탄 산과 나무, 들판, 흙벽과 길을 잃은 가축들뿐이며 그 어떤 도시나 집도 기억에 남아 있지 않습니다. 저는 잠에서 깰 때마다 다시는 이곳에 오고 싶지 않다고 생각했고 그래서 이구가 한국에 간다는 소식을 들었을 때 이해할 수 없었지요. 이구가 한국행을 결심할 당시 저는 모마(MoMA)에서 일하고 있었습니다. 이미 이오 밍 페이 사무실의 멍청이들과는 척을 진 상태였지요. 저는 육십년대 내내 매달리게 될 입방체 형태의 구조물을 완성하느라 정신이 없었고 댄 플래빈이나 로버트 라이먼 같은 친구들을 거둬 먹이느라 바빴습니다. 이구의 소식을 다시 들었을 때 그는 이미 뉴욕을 떠난 뒤였습니다. 두 번 다시 그를 볼 수 없었지요. 솔 르윗은 나중에야 지인을 통해 이구가 한국의 황세손이라는 사실을 알게 되었다며 회사를 다닐 때도 이구는 자신이 황족이라는 농담을 하곤 했었다고, 그게 농담이 아니라 사실인지는 전혀 몰랐는데, 사실이라면 좀더 사실적으로 말해줬으면 좋았을 텐데, 라고 말했다.

이구의 귀국은 군사정권의 결정이었다. 기를 쓰고 귀국을 막은 이승만과 달리 박정희는 대한제국의 마지막 황세손을 자신 아래 두고 싶어했다. 언론은 '비운의 왕가 회상하며—이구씨 내외 혈육을 찾아' '비운의 왕세손 이구씨의 편지—모국에 다녀와서' 등의 기사로 이구의 귀국을 대서특필했다. 이제 비로소 고국으로 돌아가게 됐다는 기쁨에 취한 부모와 달리, 이구는 난생처음 받는 언론의 관심이나 귀국이 전혀 얼떨떨하지 않았다. 그는 줄리아에게 이렇게 말했다. 한국이 정말 나의 고국입니까. 나는 대한제국의 마지막 황세손이지만 조선이 황제국이 된 건 단지 침몰하는 나라의 마지막을 부둥켜안는 고종의 발악이었고, 나는 그저 생물학적 아들의 아들의 아들에 불과한데, 이게 지금 시기에 무엇이 중요하며, 그들은 나에게 무엇을 요구하려 하는 것일까요. 줄리아 멀록은 한국에 대해 몰랐기에 할 수 있는 말이 없었다. 그녀는 1920년 펜실베이니아로 이주 온 우크라이나 가정에서 자랐으며 그녀의 아버지는 일확천금을 꿈꾼 탄광 노동자였지만 이미 개발이 끝난 탄광촌을 떠돌다 진폐증으로 죽었고 어머니는 식사를 하거나 섹스를 할 때, 심지어 대화를 할 때에도 남편을 쳐다보지 않는 엄격함이 몸에 밴 여인으로 남편이 죽고 난 뒤 곧바로 재혼해 줄리아의 가족은 새아버지를 따라 1935년 뉴욕으로 왔다고 말했다. 새아버지는 레스토랑 경영자로 친아버지와 정반대의 사람이었습니다. 그는 경망스럽고 화려하며 촌스러운 걸 혐오하는 사람이었지만 키는 어머니보다 작았죠. 이구 역시 저보다 키가 작았지만 그는 경망스럽지도 화려하지도 않았습니다. 저는 그에게 한국에 가고 싶지 않다면 가지 말자고 이야기했지만 그는 고개를 저었습니다. 호랑이를 잡으려면 호랑이 굴에 가야 합니다. 이구가 말했지요. 저는 무슨 말인지 몰라 되물었는데 한국의 속담이라고 하더군요. 그는 다정하지만 속을 알 수 없는 사람으로 그와 대화를 나눌 땐 수수께끼를 푸는 심정이 되곤 했습니다. 설명을 길게 하는 것을 몹시 꺼려했고 꺼려한다고 터놓고 말은 안했지만 표정을 보면 알 수 있었지요. 저는 더 묻지 않았습니다. 우리는 이민자고 사실상 뉴요커 모두가 이민자였으니까요. 이민자에게 질문은 금물입니다. 줄리아는 1963년 미국을 떠난 이후 사십 년을 한국에서 살았고 지금은 하와이의 오래된 아파트에 살고 있다. 이구가 설계한 하와이 대학의 이스트웨스트 센터가 그녀의 집에서 십오 분 거리에 있다. 그녀는 가끔 신혼여행 생각을 한다며 미국을 떠난 것은 명백한 실수였지만 당시에는 그런 사실을 알 수 없었다고 말했다. 우리는 하와이에서 일 년간 함께 살았습니다. 그때 우리는 행복했고 행복할 땐 행복한 줄 모른다는 사실을 행복하지 않은 뒤에야 알게 되었지요. 그렇지만 이후 영원히 행복하지 않을 줄은 몰랐습니다.

*

서울의 오래된 건물은 최근 들어서야 빛을 발하게 된 듯하다. 여기서 오래된 건물은 경복궁이나 사직단 같은 전통 건물이 아니라 세운상가나 유진상가, 남산 시민아파트나 동대문아파트 같은 육칠십년대에 세워진 건물을 말한다. 6·25전쟁 이후 서울은 백지에 가까운 도시였고, 우리가 지금 보는 대부분의 건물은 이후 새롭게 지어진 건물이기에 21세기에 접어들기 전까지 도시의 건물에 대해, 그 역사나 가치에 대해 말하는 일이 드물었지만 지금은 상황이 달라져 전문가가 아니라도 서울의 낡은 빌딩들, 아파트들, 어처구니없는 형태로 지어지기도 했고 정부의 과한 욕심에 볼썽사납게 지어지기도 한, 전 시대의 흉한 건물들을 사람들은 매력적으로 보기 시

16

작했고 아파트의 역사나 뒤늦게 영향받은 국제주의 양식 아래 지어진 건물, 전세대의 거장 건축가들이 지은 건물을 찾아보고 이야기하며 책을 쓰고 전시를 하게 되었다. 서울은 육백 년이 된 수도지만 도시의 측면이나 건축의 측면에서 우리가 느낄 수 있는 역사는 사실상 거의 없었고 이제 비로소 역사가 형성되어 과거를 회고하거나 하는 등의 태도가 생겨나는 것은 아닐까 하는 생각이 들었고 서울의 현대식 건물은 흉하고 무성의하지만 아이러니하게도 그래서 매력적인 오브제가 되었으며 많은 이들의 관심을 끌게 된 건 아닐까 하는 생각이 들었다. 내가 이구에 대해 쓰게 된 것도 그 때문일 것이다. 내 주변에는 건축을 전공한 친구가 많았고 심지어 그들과 같이 살기도 했기 때문에 건축에 대한 대화를 나눌 기회가 많았는데 우리는 르 꼬르뷔지에와 카를로 스카르파, 프랭크 로이드 라이트와 루이스 칸의 작품에 대해 말했으며 김수근에 대해 많은 이야기를 나눴지만 나는 그가 남영동 대공분실을 설계했다는 이유로 좋아하지 않았다. 나는 김중업을 좋아했는데 김중업의 건축물을 실제로 본 건 몇 개 안 되며 실제로 본 그의 작품엔 실망을 하고 말았다. 흑백사진 속의 세련된 인상과 달리 김중업의 작품은 관리 안 된 낡고 더러운 콘크리트 더미에 불과했고 과장된 지붕 장식과 필로티는 시적 울림보다는 피곤함과 쑥스러움을 안겨주었다. 그러던 내가 우연히 접하게 된 책이 강석경이 쓴 『일하는 예술가들』(1986)로 여기엔 장욱진이나 황병기, 이매방 같은 오래된 예술가의 생각이나 일상이 우아하고 담담한 필체로 기록되어 있었는데 김중업은 변영로를 스쿠터에 태우고 신촌을 달리며 시를 읊는 낭만적인 노년의 건축가로 등장한다. 책에는 1971년 필화사건으로 한국을 떠나 프랑스로 망명한 김중업이 프랑스 문화부 건축 담당위원이 되고 그런 그를 프랑스 정부의 의뢰를 받은 장뤽 고다르가 찍어 〈김중업Kimchungup〉(1972)이라는 기록영화를 만들었다는 이야기가 나온다. 고다르는 〈미치광이 피에로〉(1965) 이후 장 피에르 고린과 〈만사형통〉(1972)을 찍으며 완전한 선회, 그러니까 그의 영화 속에 어느 정도 남아 있던 기성 영화의 문법을 거의 파괴하는, 그리고 완전히 정치적인, 물론 그에 따르면 정치적이지 않은 영화는 없으며 정치적인 영화라는 말 자체가 정치적이기 때문에 정치적인 영화를 찍는 것이 아니라 영화를 정치적으로 찍어야 하는 것이지만, 아무튼 소위 말하는 좌파 영화를 찍고 있을 즈음이었고, 예술가로서의 명성은 정점이었지만(늘 정점이긴 하지만) 산업적으로는 파멸적인 징후를 드러내고 있을 즈음이었다. 고다르의 삼십 분짜리 다큐 〈김중업〉은 프랑스 정부의 의뢰가 아니었으면 찍지 않았을 작품이지만 단순히 관용 다큐만은 아니었던 듯해, 나는 〈김중업〉을 찾기 시작했는데 인터넷 어디서도 찾을 수 없었을 뿐만 아니라 IMDb에도 그런 영화가 있었다는 기록이 없었다. 내가 낙담할 즈음 파리로 유학을 갔던 대학 동기가 한국에 돌아왔다. 그는 함께 유학중인 한국인 여성과 결혼을 약속했고 그 때문에 돌아왔다며 지금은 파리3대학에서 영화기호학을 전공중이며 필립 그랑드리외의 실험영화로 논문을 쓸 생각이라고 했다. 나는 일찍이 필립 그랑드리외의 〈음지Sombre〉(1998)라는 영화를 인상 깊게 본 기억이 있었고, 영화 초반부에 나오는 아이들의 비명과 그 비명이 극장을 울리는 와자지껄한 함성소리라는 사실과 숲으로 이어지는 긴 도로, 영화의 제목처럼 어둡고 음습한 남녀의 몸과 그 속에 자리한 그림자에 대해 말을 꺼냈고 동기는 자신의 논문이 영화 속에 드러난 음지와 몸의 언어에 관한 거라고 했다. 필립 그랑드리외는 〈음지〉의 제작노트에 영화를 만들지 마라, 이미지에 의해 벌어지는 일들이 저절로 프린트되도록 하라, 라고 썼다고 동기는 말하며 영화 이미지란 사진 이미지와 어떻게 다르고 저절로 형성되는 이미지는 시간과 인물 사이에서 어떤 운동을 하는지, 그 운동은 시간과 인물에 어떤 영향을 끼치는지 그 운동이 시간과 인물을 변화시키는 것이 가능한 일인가 그것은 사후에 벌어지는 일이 아닌가, 그러나 사후에 벌어지는 시간이 역사라면 우리는 역사 없이 무엇을 인식할 수 있는가라고 질문하며 필립 그랑드리외의 영화는 시간과 인물에 전혀 다른 위치를 부여하고 있는지도 모르겠다고 말했다. 우리의 대화는 자연스레 영화 전반으로 옮겨가 다른 감독들에 대해 의견을 나눴고 어느 순간 조르주 디디위베르망이라는 프랑스 철학자에 대한 이야기가 나왔는데 내가 그의 책 『반딧불의 잔존』이 국내에 번역되었다는 말을 하자 동기는 반가운 기색을 드러내며 지금 조르주 디디위베르망이 사진작가 아르노 지젱거와 파리의 '팔레 드 도쿄'에서 '환영의 새로운 역사 *Nouvelles Histoires de fantômes*'라는 전시를 진행중이며 전시의 부제는 '새로운 유령의 이야기'라고 했다. 전시장은 조르주 디디위베르망과 아르노 지젱거가 수집한, 언뜻 봐서는 연관을 찾을 수 없는 다양한 이미지와 수집물로 가득하며 그러한 이미지는 통상 말하는 예술적인 무언가가 아닌 단순한 기록사진과 사소한 물품이 뒤섞인 것들로 이를 통해 기획자들은 이미지의 도서관, 그러나 원하는 정보를 정확히 찾을 수 없고 고정된 정보가 존재하지 않으며 기묘한 확장성과 통일성이 있는 이미지의 궁전을 만들어냈다고 말하며 이는 아비 바르부르크로부터 이어져온 프로젝트에 연원을 두고 있다고 했다. 나는 그 이야기를 들으며 박찬경이 한 이야기, 자신은 이상하게도 육십년대에 찍힌 다큐멘터리 사진, 전혀 결정적인 순간이라고 할 수 없는 사진을 보며 매력을 느끼는데 이는 소위 말하는 미술품보다 이런 기록물이 더 미학적이기 때문에, 빈티지한 취향이나 사회적 요인 때문이 아니라 아름다움 그 자체로서 그런 기록물이 앞서기 때문에 그런 기록물을 수집하는 행위로 작품을 만들어왔다고 한 말을 떠올렸다. 나는 그가 말한 아름다움은 어떤 종류의 아름다움이며 그런 아름다움은 어디서 시작해 어디에 이르게 되는가에 대해 생각했고 그러던 중 문득 〈김중업〉에 대한 생각이 떠올라 동기에게 그 영화에 대해 물었지만 그는 〈김중업〉에 대해 알지 못했다. 그러나 프랑스만큼 아카이빙에 충실한 나라가 없으니 아마 분명 그 영화를 찾을 수 있을 거야, 다른 사람도 아닌 고다르인데, 라며 동기는 말했고 나는 가능하다면 꼭 찾아달라고 부탁했다. 이후 반년의 시간이 흘렀고 〈김중업〉에 대해선 잊고 있었는데 목수이자 인테리어 디자이너로 누하동에 있는 회사를 다니며 출근하기 싫은 마음에 밤마다 거리를 수시간씩 걸어다니는 지인인 조규엽이 오랜만에 전화를 걸어 아이디어가 떠올랐다며 만나자는 이야기를 꺼냈다. 아이디어는 잊혀진 건축가에 대한 것으로, 6·25 이후 활동한 건축가의 가상 전기를 만들자는 이야기였다. 누가 지었는지 판명할 수 없는 독특하고 엉망인 건물이 즐비한 서울에서 이 건물들은 언제 무너질지 모르는데 건물을 지을 때 건축가는 무슨 생각을 했을까. 육십년대는 예술의 꽃이 지금과 달리 건축이었고 각 고등학교의 수재이며 감성이 충만한 까까머리들이 건축과를 선택해 대학을 가곤 했으며 각종 건축잡지들이 생겨나고 유학파 건축가들이 출몰하던 시기였기에 잊혀진 건축가들도 르 꼬르뷔지에와 프랭크 로이드 라이트를 알았을 텐데 그들의 야망과 꿈은 왜 이렇게 낡고 초라하게 남아버렸나, 하는 얘기를 우리는 나눴고 조규엽은 디자이너로서 내가 쓴 가상의 전기에 가상의 스케치와 사진 등을 넣으면 어떨까 하는 이야기를 했다. 나는 좋은 아이디어라고 생각했지만 건축에 대해선 사소한 취미 수준의 관심밖에 없는 무지한 상태였고 그래서 건축과 관련된 자료, 건축물 등을 보며 작품을 쓰려고 했지만 작업은 이야기만 된 상태로 여러 달 동안 진행되지 못했다. 그러던 중 내가 알게 된 인물이 바로 이구였고 이구는 나와 조규엽이 가상의 건축가를 만들어낼 필요가 없는, 가상의 건축가 그 자체였으며 대한제국의 마지막 황세손이었다는 그의 사정은 내게는 그다지 중요하지 않은 요소였지만 이구의 삶에 이상한 풍경을 덧씌워주었고 그가 사실상의 무국적자로 세계를 떠돌았던 과거는 칠십년대 내내 망명자로 유럽과 미국을 전전할 수밖에 없었던 김중업과 겹치며 묘한 매력을 더했다. 자료 속에서 김중업과 이구는 마주치거나 지나치며 육칠십년대의 건축계를 부유했는데 그건 그들의 대척점에 있던 김수근과 대조적인 풍경을 이루며 과거의 건물과 기억을 새로운 형태로 지어냈다. 파리에 있는 대학 동기에게 연락이 온 건 그러던 즈음이었다.

　차드 프리드리히 감독이 만든 다큐멘터리 〈프루이트 아이고 신화*the Pruitt-Igoe myth*〉(2011)에 나온 전(前) 프루이트 아이고 거주자 데이비드 넬슨 주니어(David Nelson Jr.)는 과거의 추억을 이렇게 회상했다. 그곳은 저의 마지막 꿈이었습니다. 저는 벽에 루벤스의 그림을 걸어뒀는데 그 그림은 당연히 모조품이었지만 집은 모조품이 아니었어요. 주방은 턱없이 좁고 온수는 나오지 않았으며 밤만 되면 떠돌이 개와 호보, 갱 들이 총을 들고 어슬렁거렸지만 그곳은 제가 처음으로 가진 제대로 된 집이었고 아파트먼트였고 기억이었습니다. 고다르는 프루이트 아이고로 〈김중업〉을 시작한다. 깨진 유리창, 불탄 복도, 도로를 채운 쓰레기와 흑인 갱들이 낡은 오픈카를 타고 노니는 장면. 프루이트 아이고는 1972년 7월, 세인트루이스 당국에 의해 폭파되는데 이 장면은 전 세계로 생중계되었다. 포스트모더니즘 비평가이자 디자이너인 찰스 젱스(Charles Jencks)는 이날을 모더니즘의 사망일로 선언했지만 고다르는 그렇게 생각하지 않았다. 고다르는 다큐 〈김중업〉을 거의 다 완성했으나 뭔가 부족하다고 생각했고 그 부족분은 이 영화가 단지 김중업에 대한 것이어선 안 된다는 생각 때문이었음을 프루이트 아이고가 무너지는 장면을 보면서 문득 깨닫게 되었다.

　모더니즘건축과 모더니즘 도시계획의 정점인 프루이트 아이고는 1949년 세인트루이스의 시장으로 취임한 조지프 다스트(Joseph Darst)의 핵심 사업이었고 꿈이었으며 생의 절정이었다. 조지프 다스트는 프루이트 아이고 완공을 보지 못하고 생을 마감했지만 프루이트 아이고는 건물을 설계한 건축가 야마자키 미노루가 올해의 건축상을 받는 등, 각종 단체와 신문지상에 도시계획의 완성태로, 도시를 빈민과 타락, 범죄로부터 구원해낸 *건축의 배트맨* 같은 *존재*로 추어올려졌다. 1940년대 이후 세인트루이스의 인구는 기하급수적으로 증가했는데 사실 미국의 대도시 전반이 그랬다. 세인트루이스 시 당국은 끝 모르고 올라가는 인구에 거의 공포감을 느낄 정도였고 돈 없고 갈 곳 없는 흑인과 라티노, 이탈리아와 유대계, 카리브와 아르메니아계 유랑민들은 다운타운으로 꾸역꾸역 몰려들어왔다. 범죄율, 실업률, 출생률은 역사상 최고치를 찍었고 5세 이하 영아의 사망률은 오십 퍼센트에 육박해 다운타운에는 빈민들의 아이가 묻힌 임시 공동묘지가 생겨났는데 사람들은 이곳을 *사일런트 힐*이라 불렀다. 슬럼 거주자와 노숙자, 거지 들은 서로를 죽이거나 섹스를 하고 몸을 팔았으며 중산층 이상의 백인들은 이런 사태를 피해 도시 외곽지로 도망쳤다. 인종과 계층 간의 분리는 극에 달했지만 시와 연방정부는 손을 놓고 언제 다운타운에 미사일을 쏘아야 하는가만 생각했다. 조지프 다스트가 취임한 1949년은 바로 이런 시기였고, 몽상가이자 야심가이며 사회사업가였고 정치인이었으며 인도주의자인 동시에 모더니스트로 스스로를 규정한 조지프 다스트는 이 꼴을 두고볼 수 없었다. 그는 이전까지 시가 행했던 빈자와 흑인을 향한 탄압을 중지시키고 그들을 위한 파라다이스, 소수자와 가난을 감싸안는 미래형 공공 주거단지를 구상했으며, 이를 위해 다운타운의 슬럼을 밀어버리고 그곳에 세울 새로운 단지

를 국제현상공모에 붙였다. 당시 '웹 앤드 냅(Webb and Knapp)'
이라는 회사에서 일하던 이오 밍 페이나 무명에 불과한 루이스 칸
등 각지의 건축가들이 이 거대한 프로젝트에 응모했으나 조지프 다
스트에게 채택된 건 재미 일본인 건축가 야마자키 미노루였다. 야
마자키 미노루는 '라인웨버, 야마자키 앤드 헬무스(Leinweber,
Yamasaki&Hellmuth)'라는 이름의 초짜들이 만든 건축가 그룹
의 리더로 갓 서른이 넘은 애송이였으나 구상은 실용적이고 정교했
으며 거대하고 섬세했다. 조지프 다스트는 야마자키가 패전국인 일
본 태생이며, 물론 일본어는 하나도 못하는 야마자키였지만, 적국
이자 패전국 출신의 동양 사내를 이런 거대한 프로젝트의 수장으
로 임명한다는 데 전율을 느꼈고 이로써 자신은 모더니스트이자 인
도주의자로서 역사에 이름을 남길 수 있다고 생각했다. 야마자키는
프루이트 아이고를 계기로 세계적인 스타 건축가가 되어, 후에 대
표작 중 하나인 월드 트레이드 센터를 짓기도 하는데, 월드 트레이
드 센터는 프루이트 아이고와 마찬가지로 폭파 장면이 전 세계로
생중계되는 건물이 되었다. 프루이트 아이고란 이름은 조지프 다
스트가 손수 지은 것으로 프루이트는 터스키기 에어맨(Tuskegee
Airmen)의 전설적인 파일럿 웬델 O. 프루이트(Wendell O. Pruitt)
에게서, 아이고는 프루이트 아이고의 재정 지원을 통과시키는 데
힘쓴 연방정부의 하원의원 윌리엄 L. 아이고(William L. Igoe)에게
서 따왔다. 웬델 O. 프루이트는 조지프 다스트의 고등학교 동창으
로 미군 최초의 흑인 파일럿 집단 터스키기 에어맨에서 B-29기를
몰았고 이차세계대전에서 혁혁한 공을 세운 전쟁영웅이자 흑백 인

종차별 철폐에 앞장선 공공연한 동성애자였지만, 그가 동성애자라는 사실을 언론은 늘 쉬쉬했고 본인 역시 공적인 자리에서 그런 말을 하진 않았는데, 그건 인종차별과 동성애 차별에 동시에 맞서기엔 통장 잔고가 충분하지 않기 때문이라고 조지프에게 말하곤 했다고 한다. 그는 이차대전에서 독일, 특히 함부르크와 드레스덴에 공중폭격을 감행했으며 그로 인해 얼마만큼의 사망자와 피해자가 발생했는지는 전혀 알지 못했지만 나치가 터스키기 에어맨을 비롯한 연합군 공중폭격기를 두려워했다는 사실에 자긍심을 느꼈으며 단지 버튼을 누르는 사실 하나에 죄책감을 느껴 에어맨을 탈퇴한 동료, P. J. 하워드(P. J. Howard)에겐 대단히 실망했다고 한 인터뷰에서 말했다. 프루이트는 1945년 앨라배마 주에서 열린 에어쇼 도중 동료 전투기와 부딪쳐 사망했다. 누구도 그와 같은 베테랑이 그런 실수를 했다는 것을 믿지 않아서 동료들 사이엔 그가 자살했다는 설이 팽배했지만 전쟁영웅의 명예를 위해 아무도 입을 열지 않았고 오직 P. J. 하워드만이 이십오 년 후 「웬델 O. 프루이트 : 공중비행사의 불안과 공포 *Anxiety and Horror in Aerobat*」(1970)라는 글을 통해 프루이트의 죄책감과 정신질환, 애정관계와 취미생활에 대해 알렸다. 조지프 다스트는 웬델 O. 프루이트의 혼이 프루이트 아이고에 깃들었다며 인디언 주술사를 불러 의식을 진행하기도 했는데 세인트루이스 시 당국은 이 사실이 발각될까 노심초사했다.

프루이트 아이고는 지어지고 얼마 되지 않아 세인트루이스 시의 애물단지가 되었고 조지프 다스트가 죽은 이후로는 누구도 신경쓰지 않았다. 슬럼은 프루이트 아이고를 중심으로 더욱 거대해지고 공고해졌으며 시 당국은 미사일을 쏘아야 하나를 다시 고심하기 시작했다. 데이비드 넬슨 주니어는 1968년 겨울 프루이트 아이고를 떠났다. 그는 프루이트 아이고 8동 칠층의 왼쪽에서 다섯번째 집에 살았고 그의 형은 어머니와 8동 육층 오른쪽에서 세번째 집에 살았다. 데이비드 넬슨 주니어는 오른손을 심하게 떨어 커피를 마실 때마다 테이블에 줄줄 다 흘렸지만 그러면서도 쉬지 않고 커피를 마셨고 왼손으로 테이블을 끊임없이 닦았다. 습관이 돼서 괜찮습니다. 그는 지금 뉴욕에 살고 있으며 그의 아들 데이비드 넬슨 3세는 자동차 세일즈맨으로 칠팔십년대 북미를 누벼 그 덕에 그런대로 살 만하다고, 물론 아들과 며느리, 손자, 손녀는 그를 보러 오지 않지만 거기에 대해선 개의치 않는다며 어쨌든 살아 있지 않느냐고 말했다. 그의 형은 프루이트 아이고의 주랑에서 갱단의 샷건에 배를 맞았고 그의 어머니는 형의 배에서 흘러내리는 내장을 손으로 밀어넣으며 그에게 소리질렀는데, 그때 어머니가 밀어넣던 내장과 어머니의 목소리가 아직도 꿈에서 반복된다며, 지금의 수전증도 그때 생긴 것이라고 했다. 꿈은 언제나 악몽으로 끝나는 법이지요. 데이비드 넬슨 주니어는 커피를 내려놓으며 말했고 프루이트 아이고에 대한 다큐 〈프루이트 아이고 신화〉는 끝을 맺는다.

*

이구는 낙선재에 자리를 잡고 건축가로 활동하며 연세대와 서울대에 출강했다. 그는 계동에서 스쿨버스를 타고 학교로 향했는데 당시 서울대 공대는 공릉동에 있어 버스가 동숭동과 종암동을 지나 삼십 분을 달리는 동안 이구는 조국이라고 알아왔던 나라의 실제 모습, 빌딩은 찾아볼 수 없고 전쟁의 상흔이 남아 가난하고 비쩍 말랐으며 우울하고 적의에 찬 모습으로 돌아다니는 사람들과 발가벗겨진 건물, 구획도 경계도 찾을 수 없는 거리를 보았으며 매일 쉬지 않고 날리는 흙먼지와 따뜻한 공기 속에서 어른거리는 서울이라는 도시에 대해 생각했다. 이구의 수업을 들은 서울대 학생들은 이구처럼 잘 차려입고 귀티나는 인물은 생전 처음 보았으며 차분한 말투와 조용한 걸음걸이, 해박한 지식과 수줍은 미소에 호감을 느꼈지만 이구는 한국말을 못한다는 사실이 부끄러워 영어로, 아주 간단하고 필요한 내용만 이야기했으며 개인적인 이야기를 묻거나 궁금증을 표하는 학생들은 피해다녔다. 그를 제외한 다른 교수들은 대부분 절망적으로 산만하고 오만하며 바삐 오락가락하는 인물들로 기이하기 짝이 없는 헤어 스타일에 거의 정신 나간 상태로 강의하길 즐겼는데, 이는 그들이 하는 강의가 국가 재건이라는 거대한 목표에 봉사하는 일이라고 느꼈기 때문에 나오는 제스처였는지, 일제시대에 부역했던 것에 대한 죄책감 때문이었는지 그도 아니면 전쟁과 분단 이후 그런 인물들만 살아남아서였는지는 알 수 없다. 당시 이구의 강의를 들었던 건축가 김원은 이구를 떠올리며 이렇게 말했다. 저는 미국 유학을 생각하고 있었고 이구 선생 말고는 누구도 미국에 대해 자세히 알고 있는 사람이 없었지요. 어느 날 제가 4호관 건물을 지나 늪 쪽으로 걸어가고 있는데 평소에는 아무도 없던 늪 아래쪽의 벤치에 누군가 앉아 있었고 저는 호기심이 일어 갈대와 잡초를 헤치고 늪 둘레를 돌아 아래쪽으로 걸어갔지요. 안개가 자욱해 근접하기 전까지는 알 수 없었지만 왠지 이구 선생일 것 같은 생각이 들었습니다. 그건 안개 속에서도 어렴풋이 그가 즐겨 입던 정갈한 감색 정장과 두꺼운 뿔테안경이 보였기 때문이지요. 그는 늪을 보며 가만히 앉아 있었습니다. 저는 선생의 옆에 조심스레 앉았지요. 그리고 미국에 가도 되는지 의견을 물었습니다. 선생은 미국에 가려면 펜실베이니아로 가라고 하더군요. 이유는 말하지 않았지만 펜실베이니아로 가라고 여러 번 얘기했던 기억이 납니다. 저는 내친김에 설계를 잘하려면 어떻게 해야 합니까, 라고 평소와는 달리 겁 없이 물었고 선생은 잠시 생각에 잠겨 물끄러미 늪을 바라보다가 이렇게 말했습니다. 욕실을 그리세요. 그는 자신의 경험, 처음 입사한 회사에서 삼 년 동안 욕실 도면만 그렸던 경험을 이야기하며 그것은 일종의 건축적 면벽 수련입니다, 욕실 안에는 모든 것이 있습니다, 욕실을 그리고 나면 보이지 않는 것을 볼 수 있게 될 것입니다, 라고 말했지요. 이구 선생은 조용하며 상냥했지만 학생들에게는 대체로 무심했는데 그건 그들의 일과 자신의 일이 다르며 그들의 삶과 자신의 삶이 다르고 자신은 그들에게 해줄 수 있는 일이 따로 존재하지 않으며 교수인 자신에게는 그것이 존재해서도 안 된다는 철학 때문이었지만 이는 한국 학생들에게는 익숙지 않은 태도였습니다. 김원은 이구가 공적인 공간에서 얼마나 자신을 숨기기 위해 노력했고 서울은 그에게 얼마나 어색한 공간이었는지, 일상의 하루하루가 얼마나 싸움과 투쟁, 연기의 연속이었나 하는 것을 미국에 가서야 조금 이해할 수 있게 되었다고 했다.

김원은 1966년 미국으로 떠나 펜실베이니아 대학에서 건축을 전공했지만 틈만 나면 뉴욕으로 가서 친구들과 어울렸고 낭독회와 거리 공연, 빌딩과 숲을 찾아다녔다고 했다. 뉴욕은 숲과 낭독회의 도시입니다. 김원이 말했다. 뉴욕의 숲은 센트럴파크나 브라이언트 파크가 아닌, 로어이스트사이드와 브롱크스의 버려진 건물들, 거리의 어둡고 습하며 외진 곳에 있는데 이것은 자연적으로 생기기도 했으며 인위적으로 만들어지기도 했지요. 뉴욕의 숲을 만든 이들은 그린 게릴라즈(Green Guerillas)라는 사람들로 고든 마타클락이 그들의 멤버이기도 했습니다. 그들은 버려진 건물의 원예가로 온갖 잡스러운 식물과 나무를 심고 퍼뜨리며 분재를 하고 정원을 가꿉니다. 그들의 가드닝은 유럽식도 아니고 영국의 영향을 잘못 받은 빌어먹을 미국식도 아니지요. 그들은 원예에 대해 개뿔도 모르는 수십 명의 멤버와 원예가이자 조각가인 사라 퍼거슨(Sara Ferguson)과 리즈 크리스티(Liz Christy)로 시작됐어요. 건물은 기이할 정도로 축축하고 더러운 식물들로 뒤덮였으며 식물들 사이로 난 길은 끝없이 두 갈래로 갈라지며 브롱크스를 양분했는데 그 길을 따라가다보면 어느 순간 내가 있는 곳이 뉴욕인지 쿠알라룸푸르인지 헷갈리면서도 곧 뉴욕 시티, 라고 소리지르게 되는 이상한 매력이 있지요, 라고 김원은 말했다. 그런 정원을 우리는 뉴욕의 공중정원*The Hanging Gardens of New York*이라 불렀고 한때, 그러니까 전 세계적으로 미쳐 있던, 지금까지 단 한 번도 오지 않은 그런 전 세계적인 광기가 세계를 휩쓴 육십년대 후반에는 그런 공중정원이 뉴욕 내에 팔백 개가 넘게 있었어요. 우리는 각 공중정원에 나름대로 이름을 붙였는데, 붉은 계열의 식물이 가득한 보워리의 정원에는 망할 윌리엄 길버트, 로어이스트사이드의 낡은 아파트 사이로 난 정원에는 대만인의 거대한 성기, 또다른 정원엔 미란다, 넬슨, 조지 등 아무 이름이나 마구 붙였고 동양 이름을 붙이길 원하는 친구들에겐, 제가 기분이 좋아 따위의 이름을 선사하기도 했지요. 우리는 공중정원에서 낭독회를 자주 열었는데 당시만 해도 낭독회는 요즘처럼 왕따들이 오는 행사가 아니었고 술을 마시고 싶거나 마약을 하고 싶고 여자를 따먹거나 따먹히고 싶은 놈들이 오는 흥분과 광기, 즐거움이 공존하는 파티였지요. 그곳에서 저는 아파르트헤이트를 피해 도망온 술리아만 엘하디(Suliaman El-Hadi)를 만났는데 그는 라스트 포에츠(The Last Poets)의 초기 멤버로 되지도 않는 시를 하루 열댓 개씩 짓는 건물관리인이었습니다. 당시만 해도 흑인 건물관리인이 많지 않은 편이었는지 그는 직업에 대한 자부심이 굉장했지요. 라스트 포에츠의 멤버는 남아프리카공화국 출신의 흑인이 대부분으로 이는 그들의 정신적 스승인 '교사 윌리', 본명은 케오라펫체 윌리엄 카고시실레(Keorapetse William Kgositsile)이며 넬슨 만델라와 함께 활동했던 남아프리카공화국의 전설적인 투사인 그가 시를 가르치고 수학을 가르치고 게릴라전과 선전활동을 가르쳤기 때문이지요. 그들은 복싱 프로모터이자 플로이드 패터슨의 친구이며 블랙팬서의 자금책 중 하나였던 진 다니의 지원으로 브롱크스의 가건물에 교실을 만들고 다양한 활동을 전개했습니다. 라스트 포에츠라는 이름은 교사 윌리가 남아프리카공화국으로 돌아가기 전에 남긴 시, 「윌리 윌 비 백*Willy Will Be Back*」의 구절, "마지막 시인은 대지의 자궁에서 창을 쥐고 솟아오르리라"에서 따온 이름이며, 그들이 만든 첫번째 노래이자 공동 저작시인 「웬 더 레볼루션 컴When the Revolution comes」(1970)은 라스트 포에츠의 창립 멤버이자 1958년 이스트 할렘의 아파트에서 가스 자살로 생을 마감한 아부 무스타파(Abu Mustafa)의 유서에서 따온 제목이라고 했어요, 라고 김원은 말했다.

혁명이 시작될 때
TV에서는 치킨 광고가 나올 거야
우리는 하루종일 치킨을 먹고
우리는 말할 거야
혁명이군
혁명이 시작될 때
우리 깜둥이들은 치킨을 먹으며 말하겠지
혁명이군

─라스트 포에츠, 「혁명이 시작될 때」

라스트 포에츠의 앨범은 1970년에 발매되어 반문화의 열기를 타고 수백만 장이 팔렸는데 지금은 누구나 인정하는 랩 음악의 시초가 됐다고 그것은 그야말로 부끄러운 일이죠, 라고 김원은 말했다. 술리아만 엘하디는 라스트 포에츠를 탈퇴한 후 델란시 스트리트와 이스트 9번지를 중심으로 이루어진 로버트 모지스의 재개발계획에 발을 담그고 본격적인 땅투기를 시작합니다. 그는 맨해튼 남부의 땅을 시작으로 점점 성장해 나중에는 소호의 땅을 사들였는데 이는 그가 부자가 되는 데 결정적인 영향을 미치게 되지요. 그는 땅투기로 번 돈으로 미술품을 구입하지만 안목이 전혀 없어 온갖 모조품과 잡동사니로 방을 가득 채우고 1995년 원인을 알 수 없는 병에 걸려 시름시름 앓다 바싹 말라죽는데 죽기 직전까지 병에 걸린 이유가 이집트에서 건너온 불길한 단지를 사는 바람에 파라오의 저주에 걸려서 죽는 거라고 생각했지요.

*

이구가 한국에서 지은 건축물은 이제는 거의 남아 있지 않은데 그건 그의 작품이 많지 않으며 그나마 있는 작품들 대부분도 일찍 수명을 다했기 때문이다. 이구가 지은 대표적인 건축물은 광화문에 있는 새문안교회와 명동의 중국대사관이지만 명동의 중국대사관은 2003년 허물어졌으며 새문안교회 역시 새로운 성전을 짓기 위해 곧 허물 예정이라고 했다. 나는 이구에 관한 글을 쓰기 위해 새문안교회를 가야 할 것인지 한참을 고민했고 결국 갔는데 이 글을 읽는 사람들에게는 가지 말라고 하고 싶다. 어쩌면 글이 발표될 즈음에는 가고 싶어도 갈 수 없을지 모르며 그렇게 된다면 더 좋은 일이 아닐까 하는 생각이 들기도 한다. 이구에 관한 자료와 기사는 꽤 남아 있지만 유명세에 비하면 그다지 많지 않으며 특히 대부분의 자료가 비운의 왕족이라는 그의 가족사에 초점이 맞춰져 있어

육십년대와 칠십년대 그가 어떤 철학을 가지고 어떤 건축을 했는지에 대해서는 찾을 수 없다. 몇몇 남아 있는 기사에서 그는 공정하고 신중하며 조심스러운 의견, 그러니까 원론적인 말만 되풀이하는 따분한 사람이었고 동료 건축가들의 회고에서는 바르고 사려 깊은 사람이라는, 고인에 대한 예의와 애정에서 우러나온 평가가 전부였다. 그러던 중 나는 새서울백지계획이라는 지금의 시각으로는 무모한 도시계획에 대해 알게 되었다. 새서울백지계획은 말 그대로 새로운 서울을 짓기 위한 백지계획이라는 뜻으로, 백지계획은 아무것도 없는 허허벌판을 염두에 두고 흰 도화지에 그림을 그리듯 도시를 그리는 도시계획을 일컫는 말이다. 이는 1966년에 취임한 서울시장 김현옥의 아이디어로 김현옥은 급증하는 서울의 인구와 이로 인해 생긴 수많은 난제를 해결하기 위한 박정희의 히든카드였다. 김현옥은 군인 출신으로 최연소 부산시장을 지내며 항만 건설 등 각종 공사에서 예정된 시공 기간을 절반으로 줄이는 신기를 선보이며 명성을 떨쳤다. 그는 흔히 단순무식한 불도저로 알려져 있지만 사실은 대한민국을 새롭게 건설하고 발전된 기술로 국민들에게 꿈과 행복을 안겨줄 희망에 부푼 테크노크라트이자 미래주의자로 그런 그의 원대한 기획이 십분 발휘된 것이 바로 새서울백지계획이었다. 새서울백지계획은 르 꼬르뷔지에의 '삼백만을 위한 오늘의 도시'를 모방한 것으로 핵심 아이디어는 도시계획 내부의 구성이 아니라, 도시의 외곽선을 무궁화 모양으로 만든다는 것에 있었다. 김현옥의 도시론은 '도시는 선이다'라는 구호로 요약될 수 있는데, 그는 무궁화 모양의 외곽선이 기술과 예술의 완전한 합일이라며, 도시의 선이란 무엇인가? 도시는 스피드와 역동성으로 미래의 비전을 제시한다!
고 자문자답하며 '도시는 선이다'를 쓴 대형 현수막을 서울시청 정
면에 걸고 그해의 시정구호로 삼았지요, 라고 당시 부시장이던 차
일석은 회고했다. 차일석은 연세대 교수로 미국에서 도시행정을 전
공하고 돌아온 엘리트였는데, 부산 항만에 대한 그의 평가 보고서
가 김현옥의 마음에 든 것을 계기로 부시장에 임명되었다고 했다.
김현옥 시장은 하루에도 아이디어가 십수 개씩 떠오르는 아이디어
뱅크로 떠오르는 생각을 즉시 입 밖에 내지 않으면 참지 못하는 성
격이었고 그래서 밤이고 낮이고 할 것 없이 전화를 걸어댔습니다.
그의 지론은 자동차는 빨라야 한다는 것으로 수송장교 출신인 그
는 자동차에 남다른 식견을 가지고 있었는데 엔진은 왜 있는가, 바
퀴는 왜 네 개인가, 질주하는 말의 다리는 네 개인가 스무 개인가,
라는 알 수 없는 질문을 퍼붓곤 했지요. 자동차에 대한 애정 때문
인지 그는 걸어다니는 것을 굉장히 싫어했고 도로를 가로막는 행인
이나 소달구지 역시 사라져야 할 구시대의 유물로 생각했습니다. 그
의 롤모델은 마리네티와 헨리 포드, 박정희 대통령으로 자신은 그
들에게 예술성과 테크놀로지, 이념을 전수받았다고 했지요. 그는
박정희 대통령의 자서전인 『국가와 혁명과 나』를 강제로 읽게 했고
독후감을 받기도 했는데 특히 『국가와 혁명과 나』에 나오는 박정희
의 시 「불란서 소녀」를 좋아했지요. 김현옥 시장은 스스로도 시 짓
기를 즐겨, 「자동차와 나」 「꿈꾸는 바퀴」 같은 시를 짓기도 했습니
다. 가끔은 언론에 돌릴 보도자료를 시로 써 기자들을 당황시키기
도 했는데, 새서울백지계획 보도자료 역시 시로 작성되었지만 지금

은 그 내용이 어땠는지 기억나지 않습니다. 김현옥 시장은 또한 기공식 마니아였습니다. 그가 있을 당시 서울은 천지가 공사판이었는데 그는 하루에도 기공식을 세 탕씩 뛰는 초인적인 체력을 보여줬지요. 게다가 그는 준공테이프 페티시가 있어 자신이 직접 자른 준공테이프는 꼭 집무실 벽에 걸어뒀습니다. 그건 성황당에 걸린 비단처럼 보여 결재를 받으러 들어갈 때면 점을 보러 가는 기분이 들곤 했지요. 차일석은 김현옥에게 몇 개의 준공테이프를 받았다며, 자신은 그와 같은 준공테이프 컬렉터는 아니지만 남은 것이 있을지도 모른다고 했다. 그는 서랍을 뒤져 주황색 테이프를 꺼냈다. 이건 아마도 밤섬을 폭파할 때 자른 것 같습니다. 우리는 여의도를 한국의 맨해튼으로 만들 생각이었어요. 그러기 위해서 둑을 쌓아야 했는데 자원이 부족했습니다. 우리는 한강의 쓸모없는 섬을 폭파해 거기서 나오는 암석을 사용하기로 했지요. 김현옥 시장은 노들섬과 밤섬 중 어느 쪽을 폭파해야 하나 한 시간 정도 고민했던 것으로 기억합니다. 당시 밤섬에는 백여 명 정도의 사람이 살고 있었지만 김현옥 시장은 그 사실을 까맣게 몰랐지요. 아마 부산 사람이라서 그랬을 겁니다, 라고 차일석은 말했다.

김현옥은 1970년 와우아파트 붕괴 사고의 책임을 지고 서울시장에서 물러났으며 그때 차일석 역시 부시장직을 그만뒀다고 했다. 그는 이후 연세대 교수로 돌아가 경주 보문단지와 제주 중문단지를 만들고 조선호텔 사장으로 부임해 미군들에게 값비싼 와인과 음식을 제공하는 등 한미 우호 증진에 힘썼다고 말했다. 차일석은 그 덕에 지금도 와인에 대해 빠삭하다며 하루 와인 한잔과 수영 사십 분이면 건강은 문제없지요, 라고 말했다.

1966년 『공간』은 서울시와 김현옥의 의견을 적극 수용해 새서울백지계획으로 창간호의 절반을 채웠다. 동아일보와 경향, 중앙, 조선일보 등도 새서울백지계획을 대서특필했는데 특히 동아일보는 '새서울백지계획에 대한 전문가들의 제언'이라는 제목으로 건축과 도시설계 분야의 전문가를 불러 그들의 의견을 실었다. 그때 호출당한 전문가가 바로 이구와 김중업, 윤장섭과 이한순, 손정목이었다. 김중업은 새서울을 지어야 한다는 당위 이외에 백지계획에 포함된 모든 디테일을 개무시하는 의견을 실었는데, 특히 무궁화 모양의 외곽선에 통탄을 금치 못했다. 새서울백지계획의 도면을 그린 박병주는 김중업의 오랜 동료로 그의 비판에 크게 상심했다고 한다. 그는 당시 대한주택공사에 근무하던 도시설계 전문가로 그림과 도면에 특히 빼어난 재주가 있어 그 소문을 들은 김현옥이 일을 맡겼다고 했다. 박병주는 김중업과 6·25 동란 시절 부산에서 만나 1952년 독도 측량을 시작으로 가까워졌다며 당시 서울대 교수이던 김중업과 한양대 교수인 박학재가 중심이 된 독도 조사단은 부산에서 출발해 울릉도를 거쳐 독도로 향했지요, 라고 말했다. 우리가 탔던 배는 진남호라는 교통부 해운국 소속의 순시선으로 작은 규모에 열악하기 그지없는 구조로 인해 탑승한 조사단 전원이 극심한 뱃멀미에 시달렸지요. 우리는 그때까지만 해도 독도 측량에 대해 깊이 생각하지 않았고 독도 영유권이나 해역 등에 대해 생각하기에는 산재한 일이 너무 많았기 때문에, 사명감이나 의무감과는 거리가 먼 단순한 심정으로 독도로 향했습니다. 진남호가 도동항을 떠난 새벽녘에는 평소와 달리 파도가 고요했고 바다 위에는 짙은 안개가 깔려 우리가 어디에 있는지 어디로 가는지 알 수 없었고 심지어 지금 움직이고 있긴 한 것인지도 알 수 없었지요. 그때 머리 위에서 한 줄기 긴, 선을 긋는 듯한 휘파람 소리가 들렸습니다. 이어 전망대에 있던 선원이 뭐라고 소리를 지르더군요. 우리는 무의식적으로 하늘을 긋는 음향을 따라 고개를 돌렸는데 얼마 떨어지지 않은 바다에서 불빛이 번쩍하는 게 보였고 연이어 이제까지 한 번도 본 적 없는 거대한 높이의 물기둥이 솟아올랐습니다. 안개 속에서도 섬광은 선명히 허공으로 퍼져 감감했던 독도의 윤곽이 뚜렷이 보였지요. 그러고는 섬뜩한 고요함 속에서 다시 여러 번의 불꽃이 번쩍였습니다. 그제야 상황을 파악한 선원 일부가 폭격이다, 라고 소리를 지르더군요. 저는 당황한 와중에도 평소 습관처럼 음측을 하기 위해 불꽃을 보고 숫자를 세었습니다. 불꽃이 보인 후 스물을 세고 나니 폭발음이 들리더군요. 저는 일 초에 셋을 세고 음속은 초속 삼백사십 미터이니 독도까지의 거리는 대략 이천사십 미터라는 계산이 나왔습니다. 그 사실을 알리기 위해 주변을 살폈지만 누구에게 이런 사실을 알려야 할지 모르겠더군요. 설사 알린다 한들 어떤 조치를 취할 수 있었을까요. 선상 위의 모든 이가 패닉 상태였고 저 역시 뒤늦게 찾아온 공포에 의해 거의 마비 상태가 되었습니다. 그러나 다행히 재공습은 없었고 폭격기는 우리가 볼 수 없는 곳으로 사라져버렸지요. 우리는 폭격기가 무엇을 목표로 한 것인지, 우리가 공격 대상은 아니었는지 전혀 몰라 오랫동안 바다 위를 이리저리 떠다녔습니다. 나중에 들은 바에 의하면 미공군 B-29 4기가 독도를 폭격 연습장으로 사용했다고 합니다. 당시 폭격으로 인해 몇 명의 사람이 죽었는지 어떤 피해가 있었는지 구체적으로 알 수 없지만 미군은 피해 보상으로 황소 한 마리를 배상했다고 합니다. 두려움에도 불구하고 우리는 그날 측량을 감행했는데 이는 정부에서 시킨 일을 하지 않을 시 우리가 감당해야 할 뒷일이 두렵기도 했거니와 독도 폭격이 그 목적과는 관계없이 우리에게 조사의 중요성을 심어주었기 때문이었던 것 같습니다, 라고 박병주는 말했다. 김중업 선생과 친밀한 사이가 된 것도 어쩌면 그 폭격 때문인지도 모르겠습니다. 박병주는 전후 김중업과 경주 국립공원계획 등 삼십 년을 같이 일했지만 새서울백지계획의 도면을 본인이 그렸다는 사실은 말하지 않았다. 김중업의 성격상 비판을 철회할 것 같지 않은데다 자신 역시 급조된 도면에 확신이 없었기 때문에 그는 오히려『공간』창간호의 지면을 빌려 자신이 그린 괴이한 도시계획에 대해 맹비난을 퍼부었다. 반면 이구는 비판적인 다수의 의견과 달리 애매한 태도를 보이며 새서울을 만들기 위해서는 철저한 사전 조사와 오랜 준비단계가 필요하다는 하나 마나 한 이야기를 했고 새서울백지계획 자체가 옳다 그르다 따위의 말은 전혀 하지 않았는데, 이는 이런 구상과 도면에 대해 대체 무슨 말을 해야 하나라는 절망과 좌절감 때문이었으며 그로 인해 오랜 우울증에 시달렸다는 사실을 이구의 조수이자 지인으로 칠십년대를 보낸 유덕문의 회고에 의해 나중에야 알게 되었다. 유덕문은 1968년 김현옥이 밤섬을 폭파하기 직전까지 밤섬에 살고 있었다며 그때 김현옥이 밤섬

을 폭파하지 않았다면 자신은 밤섬을 떠나지 않았을지도 모른다고
말했다.

　1968년 당시까지 밤섬 사람들은 전기와 수도의 혜택 없이 살고
있었다. 그들은 호롱불로 어둠을 밝히고 한강물을 떠다 마시며 자
기들만의 왕국, 섹스와 사유재산의 경계가 없는 자율적인 공동체를
이루고 있었는데, 밤섬 폭파로 하루아침에 노숙자 신세가 되었다고
했다. 김현옥은 이를 딱히 여겨 새로 건설되는 시민아파트에 밤섬
사람들의 거처를 마련하기로 약속했다. 밤섬 사람들은 자신들뿐 아
니라 밤섬을 수호하는 신을 모시는 부군당 역시 지켜달라고 부탁했
는데, 김현옥은 이 역시 흔쾌히 승낙했다. 그러나 그는 밤섬 폭파가
끝난 후 다른 공사가 다망하여 밤섬 사람들을 잊고 말았고 이후 밤
섬 사람들은 살 곳을 찾아 떠돌아야 했다고 유덕문은 말했다. 당시
유덕문은 열일곱 살로 밤섬에서 가장 큰 배목수인 함씨 집안에서
심부름꾼이자 보조 목수로 일하며 홀어머니의 생계를 책임지고 있
었다고 했다. 밤섬에는 대대로 배목수가 많았어. 왜냐면 서해에서
잡은 조기나 황태, 아니면 염전에서 소금을 실은 배들이 한강 타고
한양이나 평안도로 갈 때 밤섬을 지나거든. 밤섬이 중간 기착지란
말이야. 밤섬에서 노름도 하고 술판도 벌이고 떡도 치고 그랬는데
그동안 배목수들이 배를 수리해주는 일이 많았고 간간이 함께 배
를 타고 고기도 잡고 그랬어. 유덕문의 아버지 역시 배목수였는데
그는 1956년에 일어난 문화인 사육제 배 사고로 목숨을 잃었다고
했다. 그때는 밤섬에서 물놀이도 하고 축제도 하고 많이들 놀았어.
그래서 문총인가 하는 단체에서 문화인 카니발을 열었지. 유명한

문화계 인사들이 마포에서 배 타고 건너와 밤섬 백사장에서 달리기도 하고 활도 쏘고 그랬다는데 나는 기억이 안 나. 어머니 말로는 나 데리고 구경도 시켜주고 노천명이나 김광섭 같은 시인들도 보고 그랬다는데 잘 모르지. 어차피 시인이라 해봤자 어머니도 시인이라니까 시인인가보다 영화감독이라 해봤자 영화 한 번 본 적 없는데 뭘 알겠어. 그냥 곱게 차려입은 뭍사람 오니까 어울려 놀고 그랬던 거지. 그랬는데 그 사람들이 밤에 모타보트 타고 건너가다 사고가 난 거야. 그때는 참말 어두컴컴했거든. 먹구름이라도 지면 물이 하늘인지 하늘이 물인지 분간도 안 가게 거무튀튀하고 별도 없고 바람도 없고 으스스한 게 물길이 이리 갔다 저리 갔다 하면 뭍이 어디 붙어 있는지 여가 바다인지 한강인지 오락가락 방향감각도 없어. 한강이 보통 강이 아니거든. 그래서 밤섬 사람도 밤에는 어지간하면 배 안 타고 타도 돛 접고 슬슬 움직이고 그래. 근데 서울 사람들이 술 취해가지고 모타보트만 믿고 작은 배에 수십 명 타고 와자지껄 간 거야. 배는 그러면 안 되거든. 그런데 애랑 처녀도 태운 배가 그대로 뒤집어진 거야. 밤섬 사람들도 배가 뒤집혔는지 몰랐대. 뭐가 보여야지. 배 가고 남은 사람들 놀고 있는데 빠진 사람 중 젤로 수영 잘하는 사람이 어찌 백사장으로 기어들어온 거야. 그제야 사람들 다 배 챙겨가지고 구한다고 갔지. 우리 아버지가 제일 빨랐대. 그게 화근이었나봐. 물에 빠진 사람 구하다가 같이 물에 빠진 거야. 어머니가 한참을 기다려도 안 오니 거참 이상하다. 다른 밤섬 사람들 속속 오고 물 빠진 사람들 건져오는데 아버지가 안 오니 이상하다 싶어 한 배 잡아다가 나가니 아버지도 없고 배도 없고 검검

하니 아무것도 없고 그래서 마포까정 갔다가 다시 밤섬 왔다가 스무 번을 한 거야. 밤을 새도 안 보이더라 이거야. 동트고 난 뒤에 경찰이니 뭐니 사람도 오고 해서 시체도 건지고 했는데 시체를 어디 찾을 수 있나. 없어진 사람 중에 두 사람인가 찾았다는데 우리 아버지는 못 찾았어. 이상한 건 배도 없었다는 거야. 배가 왜 없을까, 물에 빠진 사람 구하기 힘들다지만 아버지는 보통내기 아닌데 빠진 것도 이상하고. 그래서 한동안 우리 아버지가 사람 구하는 척하면서 북으로 갔다는 소문이 떠돌았어. 아버지가 평소에도 이승만 얘기만 나오면 민나 도로보데쓰! 라고 소리치고 그랬대. 민나 도로보데쓰는 도둑놈 새끼라는 말이야. 그래도 밤섬 사람들 아무도 우리 아버지 흉보거나 뭐라는 사람 없었어. 밤섬에는 남이니 북이니 그런 거 없었거든. 근데 아무래도 내 생각에는 그거 때문에 김현옥이가 폭탄 가져와서 터뜨린 거 아닌가 싶어. 그러지 않고는 가만히 있는 밤섬을 왜 터뜨려. 흙이니 암석이니 다 거짓말이야. 밤섬은 지질이 별로라 폭파시켜도 못 쓰는데, 내가 그걸 나이들고 나서 이구 선생 만나고 알았거든, 하고 유덕문은 말했다.

밤섬 사람들은 밤섬 폭파 이후 와우산에 집단 거주지를 마련해 살았다. 그곳에도 수도와 전기가 없는 건 마찬가지였다. 유덕문은 배목수에서 집목수로 업종을 변경했고 이구의 회사인 트랜스 아시아에서 일하며 칠십년대를 보냈으며 전두환이 집권한 뒤로는 동료들과 회사를 차려 연립주택 도급업자로 전국을 누볐다고 했다. 이젠 배 못 지어. 88올림픽 때 마포 배목수들 무형문화재 지정한다고 찾아오고 그랬는데, 나는 그랬어. 배 짓는 법 다 까먹었소. 누가 요즘 강배를 타. 몇 개 만들어서 박물관에나 처박아두겠지. 와우산 밤섬 마을은 96년 재개발로 다시 한번 철거되었으며 그 자리에 지금은 삼성아파트가 들어서 있다. 유덕문은 현재 녹번동에 살며 자신의 죽기 직전인 애완견과 불광천을 걷는 게 유일한 낙이라고, 밤섬 사람들 삼분의 이가 죽었어, 밤섬 사람들 자식들은 밤섬 사람들인지 아닌지 그걸 잘 모르겠어, 라며 밤섬 사람들 자식들의 자식들은 밤섬에 사람이 살았다는 것도 모를지도 모르겠다고 말했다.

*

고든 마타클락의 변호사인 제럴드 '제리' 오도버(Jerald 'Jerry' Ordover)는 자신이 고든 마타클락을 변호할 때 가장 힘들었던 일이 고든 마타클락의 작품을 이해하는 것이었다고 말했다. 고든 마타클락은 코넬에서 건축을 전공했지만 건축을 알면 알수록 건축가 새끼들이 미웠고 뉴욕에 있는 대부분의 건물이 한심하고 머저리처럼 느껴졌다며, 자신의 아버지인 로베르토 마타는 자신에게 미술을 하지 말라고, 너는 멍청하고 손이 무뎌 미술은 못한다고 했지만 그럼에도 미술을 할 수밖에 없었다고, 그러나 자신의 행위가 정확히는 미술도 건축도 아닌 그 무엇이라며 그러나 사실은 대부분의 행위가 그 무엇도 아닌 그 무엇이지 않으냐고 말했다고, 제리는 말했다. 그러나 고든 마타클락의 작업이 뭐든 간에 남의 건물에 들어가 벽과 바닥에 구멍을 뚫거나 집을 반으로 쪼개고 개조하는 행위는 불법이 아니겠느냐고 제리는 반문했다. 저는 그를 변호하기 위해 현대미술을 처음부터 다시 공부해야 했지요. 제가 예일에서 법을 전공할 때 사귄 여자는 파슨스에서 조각을 공부하던 그레이엄 그레이시로 타는 듯이 붉은 머리칼을 가지고 싶어 매주 염색과 탈색을 반복하는 조금 맛이 간 여자였지요. 그녀 덕분에 모마나 구겐하임에 가거나 이스트 빌리지의 화랑가에 가기도 했지만 미술에 대해선 아는 게 거의 없었고, 그나마 폴록과 워홀을 조금씩 이해하게 되었지만 그 이외의 흐름들, 해프닝이나 미니멀리즘, 플럭서스 같은 그룹은 전혀 이해하지 못했습니다. 그렇지만 그녀의 영향이었는지, 저는 변호사가 된 뒤 예술가의 처우와 법적 문제를 전문으로 다루게 되었고 뉴욕 돌스나 패티 스미스 같은 가수들, 노먼 메일러나 스나이더 같은 작가들의 변호에도 일익을 담당하게 되었지요. 그들은 대체로 겉멋든 애송이에 불과했지만 생각보다 예의가 바르고 온순했으며 따분하지 않았습니다. 동료 변호사들이 기업가나 주식 투자자들과 맨해튼에서 고급 콜걸을 불러 헤로인을 해대는 동안 저는 낭독회나 전시회를 가고 창고 같은 술자리에서 마리화나를 피워댔지요. 고든 마타클락은 세드릭 프라이스의 소개로 알게 되었습니다. 세드릭 프라이스의 이론 「스크램블 에그로서의 도시 *The City As An Egg*」를 본 고든 마타클락은 흥분에 가득차 세드릭을 찾아갔고 이후 둘은 꽤 오랜 시간 편지를 주고받으며 학문적이고 예술적인 영감을 나누었지요. 세드릭 프라이스는 아키그램의 정신적 스승으로 존경받았는데 저는 아키그램의 수다쟁이인 피터 쿡과 친분이 있어 세드릭이 뉴욕에 왔을 때 뒤를 봐주며 알게 되었습니다. 그렇지만 저는 아키그램이 뭐하는 이들인지, 그들의 주장이 어떤 의

미인지 전혀 이해하지 못했고 그건 피터 쿡 역시 마찬가지인 것처럼 보였습니다. 피터 쿡은 다만 재미를 좇는 인물로 혁명의 가장 필수적인 요소는 재미인데 이 사실을 망각한 모더니스트들이 세상을 다 망쳤다고 말하곤 했지요. 그는 특히 르 꼬르뷔지에를 증오해, 그런 망상적인 시도, 도시를 바둑판 모양으로 구성하고 사람들을 어디로 걷게 만들고 어디로 들어가게 만들며, 인구가 몇이고 주택은 어느 정도고 상업지구는 여기고 공업지구는 여기고 하는 식의 이야기에 진저리를 쳤습니다. 피터 쿡은 도시는 형성되는 것이지 형성하는 것이 아니라며 아키그램의 아이디어가 실현되지 않는 페이퍼 아키텍처에 불과한 것은 애초에 실현하고자 하는 의지가 없었기 때문이며 실현하고자 하는 의지가 없는 도면과 구상을 거듭한 것은 실현의 폭력성과 무의미함을 상기시켜주기 위한 칼싸움이었다고, 물론 이것은 아키그램 멤버들과 다른 자신만의 의견이지만, 어쨌든 르 꼬르뷔지에는 개새끼라고 말했지요.

고든이 처음 소송에 휘말린 건 1975년으로 지금은 전설적인 작품으로 기억되는 〈일상의 끝 The End of Day〉 때문이었습니다. 〈일상의 끝〉은 맨해튼 서쪽 부두에 있는 존 매덕스(John Maddux)의 방치된 선착장 벽에 반달 모양의 구멍을 낸 작품으로 그 구멍을 통해서 허드슨 강이 뚜렷이 보이는 장대한 규모의 작품이었지요. 작업을 할 당시 고든은 나름 뉴욕 바닥에서 유명해지고 있을 때라 존 매덕스에게 이러저러한 작업을 할 테니 협조해달라고 부탁했고, 존은 단칼에 저리 꺼져, 히피 새끼야, 라며 거절했다고 합니다. 고든은 동료 둘을 이끌고 야밤에 일을 저질렀지요. 존 매덕스는 참지 않았습니다. 존은 수천 달러의 손배 소송을 제기했지요. 고든은 늘 돈이 궁했으니 야단난 셈이었습니다. 저는 그때만 해도 고든의 작품이 가진 의의를 설명하려고 분투하지 않았습니다. 어차피 저도 모르고 존 매덕스도 모르고 판사도 모르고 뉴욕 시도 모를 게 뻔했으니까요. 그냥 미관상의 아름다움, 뉴욕 시에 빛과 물, 자연의 은총을 돌려주려는 도시 미화작업의 일환이었다고 얘기하라고 고든을 설득했지요. 고든은 씨불거렸지만 결국 그렇게 말했고, 소송은 잘 마무리되었습니다. 문제는 이후에 일어났습니다. 고든은 소송이 끝난 후 저를 더 보지 않을 것처럼 굴었어요. 사과한 게 마음에 안 들었겠죠. 그렇지만 76년에 일어난 일 때문에 그럴 수 없었습니다. 일은 이렇습니다. 고든 마타클락은 피터 아이젠먼의 도시건축연구소(IAUS)에서 주최하는 전시에 초대받습니다. 미술과 도시, 건축의 삼각관계를 묘파하고 전망하는 상당한 규모의 전시로 뉴욕 파이브 중 셋인 피터 아이젠먼, 리처드 마이어, 마이클 그레이브스가 참여했지요. 당시 뉴욕 파이브는 뉴욕 최고의 유명인사로 오십년대 폴록, 육십년대 워홀이 가졌던 명성을 가지고 있었습니다. 뉴욕 내에서 그들을 건들 사람은 아무도 없었어요. 폴록이나 워홀과 달리 뉴욕 파이브에게는 건축과 도시라는 실질적인 힘이 있었으니까요. 고든이 초청받았다는 것은 뉴욕씬에서 그를 진짜배기 예술가로 인정했다는 뜻이었습니다. 고무적인 일이었지요. 고든은 원래 특유의 '자르기' 작업을 선보일 예정이었습니다만, 오픈 직전 컨셉을 바꿉니다. 그는 사우스 브롱크스의 깨진 유리창을 찍은 사진을 전시장 창문에 붙이겠다고 했지요. 큐레이터인 앤드류 맥네어는 고든의 아이디어에 늘 대찬성이었으니, 바뀐 컨셉에도 무조건 오케이 사인을 보냅니다. 그렇게 일은 순조롭게 진행됐습니다. 전시 당일까지 말입니다. 고든의 속이 왜 뒤틀렸는지는 아무도 모릅니다. 전시 당일 새벽 세시, 고든은 동료들을 데리고 전시가 예정된 도시건축연구소로 진입합니다. 고글과 헤드기어를 끼고 손에는 모스버그 사의 BB탄 샷건을 들고 말입니다. 이후 두 시간은 전쟁을 방불케 합니다. 고든과 동료들은 전시장의 유리창을 단 한 장도 남기지 않고 깨뜨립니다. 경비가 나왔지만 속수무책이었죠. 경비는 그들의 총이 실탄인지 BB탄인지도 구분 못했어요. 비명소리와 총성, 유리창이 깨지는 소리가 뒤섞인 악몽 같은 밤이었다고 하더군요. 주최측은 당연히 발칵 뒤집혔습니다. 특히 피터 아이젠먼은 고든을 나치라고 부르며 길길이 날뛰었습니다. 앤드류 맥네어는 고든을 섭외한 죄로 전시 내내 피터를 피해 다녀야 했지요. 주최측은 그날 오전에 유리를 모두 갈아끼웠습니다. 오후에 오픈 파티가 예정되어 있었고 그곳엔 저를 포함한 유명 인사가 대거 참여하기로 되어 있었으니까요. 미술계와 건축계 모두 한목소리로 고든을 비난했습니다. 그가 얼마나 치기 어리고 어리석은지, 그는 예술과 현실을 구분 못하며, 그의 행동이 액티비스트들을 얼마나 궁지로 몰아넣는지 알아야 한다고 말입니다. 다 맞는 말이었죠. 고든은 이렇다 할 응답을 하지 않았습니다. 속이 뒤집힐 노릇이었지요. 왜냐면 제가 고든의 변호사였으니까요. 피터 아이젠먼과 도시건축연구소는 고든을 주거침입 및 기물파손으로 구속시킬 태세였어요. 저는 고든이 한 행동이 전위예술의 차원에서 이루어진 일이라고 변호해야 할지 그냥 선처를 베풀어달라고 매달려야 할지

갈피를 잡을 수 없었습니다. 고든은 그건 단지 복수였다고 짧게 말할 뿐이었습니다. 복수라니요! 〈택시 드라이버〉는 너무 많은 사람을 망쳐놓은 게 틀림없습니다.

제럴드 제리 오도버는 고든이 사우스 브롱크스의 고속도로 건설에 대한 저항의 의미로 유리를 깨뜨렸음을 고든이 죽고 난 후에야 알게 되었다고 했다. 마이클 그레이브스는 뉴욕 시가 진행한 고속도로 건설과 집합주택의 실행자였으며 그로 인해 사우스 브롱크스는 슬럼의 길로 들어섰다. 사우스 브롱크스의 주민들은 미국 전역으로 뿔뿔이 흩어지거나 갱이 되어 총격전을 벌였다. 고든은 이렇게 말했다고 합니다. 사우스 브롱크스에 가보라. 깨진 유리창은 일상이다. 제가 궁금한 건 왜 고든이 당시에 그런 이야기를 하지 않았는가 하는 점입니다. 이유가 분명하다면 그 정도 행위는 용납 가능했지요. 그러나 고든은 끝까지 함구했습니다. 제 의문에 앤드류 맥네어는 이렇게 답하더군요. 그건 프로테스트가 아니라 이그지비션이었으니까. 앤드류는 늘 그런 식이지요. 그는 막내라서 그런지 책임감이 없습니다. 저는 고든의 행동이 프로테스트였다고 생각합니다. 그는 장남이었고 정신병을 앓는 쌍둥이 동생인 바탄을 책임질 줄 아는 사내였기 때문이지요. 바탄은 1976년 아파트 난간에서 떨어져 사망했습니다. 고든 마타클락은 78년에 암으로 죽었지요. 그의 나이 서른다섯이었습니다.

이구는 1966년부터 1978년까지 트랜스 아시아의 부사장으로 일했고 73년에는 신한항업이라는 측량회사를 차렸다. 칠십년대 내내 동남아와 중동으로 외유를 다녔다고 하지만 정확히 무슨 일을 했는지 알 수 없다. 트랜스 아시아에서 그의 역할은 얼굴마담에 불과했고 신한항업은 79년 도산했다. 사기를 당했다고 하고 사업 수완이 없었다고도 했다. 나는 유덕문과 함께 와우산 자락에 있는 밤섬 부군당에 들렀다 내려오는 길에 이구에 대한 이야기를 들었다. 유덕문 역시 칠십년대 내내 이구가 무엇을 했는지 잘 모른다고 했다. 나는 말단 사원이었고 그는 황족 출신의 사장이었으니 당연하지. 다만 이구는 밤섬의 기억 때문인지 자신에게 각별했다고 말하며 75년쯤인가 프랑스를 다녀온 뒤에 가진 회식 자리에서 자기 옆에 앉아 이렇게 말했다고 했다. 내가 지은 건물이 얼마나 잘못되었는지, 지금 지어지고 있는 건물과 앞으로 지어질 건물이 얼마나 잘못되었는지 생각하기 시작하면 벌써부터 숨이 막혀오고 정신이 아득해집니다. 나는 선 하나 제대로 그을 수 없는 지경에 사로잡히지만 임박해온 마감 날짜와 시공 날짜 때문에 스스로를 기만하며 그림을 그리고 설계를 하는데 그런 다음에는 견딜 수 없는 자기혐오와 좌절에 사로잡히지요. 수십 년 동안 거리를 채우고 있을 콘크리트 더미를 생각하면 지금도 구역질이 납니다. 이구는 집을 기계로 짓기 시작한 이후 몰락이 시작됐다며 직접 벽돌을 지고 손에 흙을 묻혀야 합니다. 집은 손맛입니다. 라고 말했어. 나는 그 말에 껄껄 웃었고 이구 역시 말을 마친 뒤에 미소를 지었어. 그는 유머감각이 특출났는데 아무도 그 사실을 모르지. 그가 웃기면 사람들은 웃지 않고 당황하거든. 이구는 1975년 아랍에미리트와 알제리를 거쳐 파리에 도착한다. 파리에 있는 이구의 지인인 마르크 쁘띠장은 당시 레

알(Les Halles) 지역의 재개발 현황을 8mm 필름에 담고 있었는데, 이구는 그를 따라 레 알 지역을 방문했다고 한다. 레 알 지역은 중세부터 드골에 이르기까지 추진된 개발의 과정이 고스란히 녹아 있는 유서 깊은 지역으로 연식이 이백 년은 된 건물이 즐비한 곳입니다. 현재는 지스카르 데스탱의 진두지휘 아래 재개발이 한창이지요. 마르크 쁘띠장의 이야기에 따르면 레 알 지역은 파리에서 가장 힙한 곳으로 코브라 그룹이나 아스거 욘 등 예술가들이 주변을 얼씬거리며 작품거리를 찾고 있었다. 고든 마타클락 역시 그중 한 명으로 그는 파리 비엔날레에 참가하기 위해 왔다가 레 알 지역에 둥지를 틀었다고 했다. 그는 17세기에 지어진 타운하우스에 작업을 하고 있었는데 마르크 쁘띠장은 우연히 만난 그의 작업에 매료되어 그 과정을 인터뷰와 함께 필름에 담고 있다고 말했다. 고든의 작업은 크고 위협적입니다. 프랑스의 쁘띠부르주아들과는 다르죠. 마르크는 고든에게 이구를 소개하며 동양에서 온 시인이자 건축가라고 했다. 이구는 아니라고, 자신은 시인도 건축가도 아니라고 했다. 자신은 그저 세계를 떠돌며 각국의 도기와 수공예품을 모으는 일을 하고 있다고, 고향에 돌아가면 작은 가게나 차릴까 생각중이라고 말했다. 이구와 쁘띠장은 고든 무리의 트럭을 타고 파리를 가로질렀다. 날씨는 궂어 비가 흩뿌리지만 기분은 좋다. 쁘띠장은 파리의 재개발에 대해, 상황주의자와 코브라 그룹, 알튀세르와 푸코, 68혁명 이후 섹스가 얼마나 쉬워졌는지에 대해 쉴새없이 떠들었다. 철학자들은 68이 사골이라고 생각하는지 끝없이 우려먹으려 들지요. 반면 예술가들은 그들이 무엇에 집중해야 하는지 금방 눈치챘습니다.

바로 섹스죠. 고든 마타클락은 뉴욕도 마찬가지라고 말하며 자신은 뉴욕에서 '푸드(Food)'라는 식당을 운영했는데 요리야말로 뉴요커들이 가장 중요하게 생각하는 가치라고 말했다. 우리는 사람들에게 음식을 공짜로 나눠줍니다. 한번은 미슐랭 별 둘짜리 요리사를 초대했는데 그는 공짜인데도 불구하고 음식을 삼키지 않더군요. 고든은 품에서 사과를 꺼내 이구에게 건넸다. 이구는 사과를 빗물에 닦은 후 베어물었다. 고든은 이번 비엔날레에서 주목을 받으려면 독일의 무당들을 꺾어야 하는데 자신이 없다며, 본인의 작품은 아무래도 미술이 아닌 것 같다고, 그렇다고 컨템퍼러리는 더더욱 아닌 것 같다고 말했다. 고든의 작업은 건물의 북쪽 파사드를 원뿔 모양으로 잘라내는 것으로 외부에서 보면 삼층과 사층에 거대한 투창을 쑤셔박았다 뺀 것처럼 보였다. 이구는 안전모를 쓰고 올라가 고든의 작업을 지켜보았다. 고든의 작업은 무척 더뎠고 고됐으며 시끄러웠다. 쁘띠장은 초반 두어 시간 정도 촬영을 하더니 필름이 다 됐다고 말하며 벽에 등을 대고 주저앉았다. 천장에서는 돌부스러기가 떨어졌고 드릴 소리는 천둥처럼 울렸다. 해가 지기 시작하자 허물어진 벽 틈으로 붉은빛이 쏟아져들어왔다. 마르크는 잠이 들었고 이구는 졸렸지만 차마 잘 수가 없어 해가 완전히 지기 전까지 버텼다고 했다. 유덕문은 이구에게 들은 이야기는 여기가 마지막이라며 이후에는 그와 대화를 나눌 기회가 없었다고 했다. 나는 김중업 역시 75년까지 프랑스에 있었고 이후 미국으로 건너가 하버드에서 객원교수를 하는 등 나름 괜찮았지만 79년 귀국한 뒤에는 국내에서 실시된 거의 모든 현상공모에서 떨어졌다고, 그러다 겨우 당선되어 만든 작품이 유작이 된 88서울올림픽 〈평화의 문〉인데 대부분의 건축가와 평론가들에게 비난을 받았다고 말했다. 이구는 79년 회사가 도산한 후 80년 일본으로 도피해 스스로를 아마테라스의 현신이라고 칭하는 무당 아리타 기누코와 동거하며 여러 차례 사기 사건에 휘말렸다. 나이가 든 그의 얼굴은 팔자 눈썹이 도드라져 보기 흉하다. 나는 이불이라는 미술가가 이구의 삶에 영감을 받아 작품을 제작했다고 말했다. 작품명은 '벙커(M. 바흐친)'이며 아트선재에서 꽤 큰 규모의 전시를 했는데 그 전시를 볼 때 나는 이구에 대해 몰랐다고 이야기했지만 유덕문은 이불이 누군지, 작품명이 무슨 뜻인지 이해하지 못했다. 그는 부군당을 와우산 자락으로 옮긴 것은 여기 있으면 한강도 보이고 밤섬도 보이기 때문이라고 말했다. 근데 막상 옮기고 나니 아파트만 보여. 우리는 해가 지기 시작할 때 산을 내려왔다. 부군당으로 가는 길 초입에 공민왕 사당이 있었다. 나는 공민왕 사당을 보며 이곳은 문이 열려 있어 동네 주민들이 오가는데 부군당의 문은 왜 잠가놓느냐고 물었다. 유덕문은 부군당은 왕이 아니라 신을 모시는 곳이라서 그렇다고 대답했다.

작가노트

크리스토퍼 알렉산더의 『영원의 건축』은 육백 페이지 내내 작가가 '영원의 방식' 또는 '무명의 특성'이라고 부르는 것을 실현하기 위한 방법인 패턴 언어에 대해 이야기한다. 패턴 언어는 일종의 문법체계로 올바른 건축을 위해서는 패턴 언어를 이해해야 한다고, 크리스토퍼 알렉산더는 말한다. 그가 소개하는 패턴 언어는 총 253개다.

자치지역 Independent Regions
도시의 분포 The Distribution of Towns
손가락 모양의 도시와 농촌 City Country Fingers
농업 골짜기 Agricultural Valleys
레이스형 전원도로 Lace of Country Streets
(…)

내가 『영원의 건축』을 읽게 된 건 샛노란 표지와 아름다운 흑백의 도판 때문이었다. 건조한 목차와 장별 요약을 지나 펼친 페이지에는 유럽의 어느 강변 풍경과 오래된 주택의 중정, 열린 창문, 벽에 드리워진 볕을 찍은 흑백사진이 있다. 사진은 페이지 가득이다. 나는 사진을 보고 서점의 건축 코너 앞에 서서 울고 말았는데, 왜 울었는지 아무리 생각해도 알 수가 없다.

고다르는 이렇게 말했다. 어떤 사람이 한 장소에서 다른 장소로 가고 있다는 것을 이해시키기 위하여 거리를 가로질러 가는 모습을 나는 절대 보여주지 않겠다. 내가 그 거리를 좋아한다거나, 혹은 빛 때문에, 혹은 인상적인 무엇인가가 있다면 찍을 것이다. 그런 경우가 아니라면 나는 찍지 않고 그걸 잘라낼 것이다.

얼마 전 이상우가 트위터에 후장사실주의자들이 북한의 공동묘지에 모여 술을 마시는 내용의 글을 썼다. 글 속에서 금정연은 개와 함께 우주를 떠돌고 나는 술집에서 혁명에 대한 강의를 하고 있었다. 다른 내용도 많았는데 지금은 잘 기억나지 않는다. 거기선 아무것도 뺄 게 없었다.

오한기의 최근 작품에 이런 문장이 나온다. 나는 얼룩말이다. 나는 영혼이고, 나는 모닥불이다. 앞의 내용도 뒤의 내용도 잘 기억나지 않지만 문장은 확실히 기억난다. 이 소설에도 후장사실주의자들이 나온다. 소설의 제목은 '무제' 또는 '정액'으로 할 거라고 오한기는 말했다.

*

「건축이냐 혁명이냐」를 쓰며 많은 작품의 도움을 받았다. 그 작품에는 소설도 있고 산문도 있고 시도 있고 기사도 있으며 영화도 있고 노래 가사도 있다. 아래에 그 목록을 적어둔다.

로베르토 볼라뇨, 『아메리카의 나치문학』, W. G. 제발트, 『토성의 고리』『공중전과 문학』, 알렉산더 클루게, 『이력서들』, 다닐로 키슈, 『죽은 자들의 백과전서』, 르 꼬르뷔지에, 『건축을 향하여』『작은 집』, 지오 폰티, 『건축예찬』, 필립 그랑드리외, 〈솜브르 Sombre〉, 차드 프리드리히 〈프루이트 아이고 신화 the Pruitt-igoe myth〉, 건축신문 8호, 9호(정림건축), 박해천, 『콘크리트 유토피아』, 할 포스터, 『콤플렉스』, 렘 쿨하스, 『정신착란병의 뉴욕』, 문경원·전준호, 『미지에서 온 소식』, 박해천 외, 『휴먼스케일』, 폴 골드버그, 『건축은 왜 중요한가』, 위키피디아, 프루이트 아이고 Pruitt-igoe, 터스키기 에어맨 Tuskegee Airmen, 웬델 O. 프루이트 Wendell O. Pruitt, 라스트 포에츠 The Last Poets 항목, 천정환·권보드래, 『1960년을 묻다』, 김정동, 「이구와 그의 건축활동에 관한 소고」, 윤장섭, 「황세손 이구 저하의 서거를 애도하며」, 정연심, 「고든 마타클락의 설치작업에 나타난 국제상황주의 정신」, 박수현, 「고든 마타클락의 작품에 나타난 도시개입 방식」, 구본준, 『마음을 품은 집』, 김호기, 『시대정신과 지식인』, 박정희, 『국가와 혁명과 나』, 선데이 서울, 「시장 김현옥(金玄玉)씨가 말하는, 걸작 서울」, 강용자, 『나는 대한제국 마지막 황태자비 이 마사코입니다』, 도미나기 유주루, 『르 꼬르뷔지에』, 권혁희, 「밤섬마을의 역사적 민족지와 주민집단의 문화적 실천」, 정유진, 「박정희 정권기 문화재정책과 민속신앙」, 경향신문, '참사로 막 내린 문화인 사육제', 손정목, 『서울 도시계획 이야기』, 신영훈, 『우리 건축 백 년』, 김원, 「조선의 황태손 이구 선생을 생각하며」, KBS 인물현대사 '김현옥', 정범준, 『제국의 후예들』, 가디언 *The Guardian*, 'death of the American urban dream', Stephen Walker, *Gordon Matta-Clark : Art, Architecture and the Attack on Modernism*, P. J. Howard, *Anxiety and Horror in Aerobat*, 임석재, 『한국 현대건축의 지평』, 박길룡, 『한국현대건축의 유전자』, 장용순, 『현대건축의 철학적 모험』, 앙드레 쉬프랭, 『열정의 편집』, 동아일보, '새서울·백지계획에 대한 전문가들의 제언', 이정훈, 「1953년 독도를 최초로 측량한 박병주 선생」(『신동아』), 이와사부로 코소, 『유체도시를 구축하라』 『뉴욕 열전』 『죽음의 도시 생명의 거리』, 강석경, 『일하는 예술가들』, 임근준, 『이것이 현대적 미술』, 앤디 메리필드, 『마술적 마르크스주의』, 데이비드 스테릿, 『고다르×고다르』, 진중권, 『서양미술사』, 안효상, 「상상의 정치 : 웨더맨의 형성」, 니꼴라 부리요, 『래디컨트』, 딜런 토머스, 『시월의 시』, 라스트 포에츠, When the Revolution comes, 조선일보, '자취 감출 神秘의 마을 밤섬', 한겨레, 〈여름엔 30~40척 배가 둥실…… "이젠 꿈이지"〉, 김서령, 「'서울의 얼개' 디자인한 최초의 도시설계사 차일석 박사」, 정인하, 『시적 울림의 세계』, 현시원, 「사물의 재구성」(『루엘Luel』), 에드워드 파머 톰슨, 『윌리엄 모리스』.

*

소설을 쓸 때 가장 중요한 물음은 정직한가와 즐거운가이다. 그러나 늘 즐거울 순 없고 그것은 어찌 보면 다행인지도 모른다. 그러나 늘 정직하지 못했다면 그것은 불행이지만 어쩔 수 없는 일이다.

진실함은 진실함이 아니라 진실함으로 나아가는 과정이라고 이성복은 말했다. 그는 또 허구로서의 진실이 우리로 하여금 자신을 보호하고 삶을 기획하게 한다고도 말했다. 시험 때 만화를 보면 더 괴롭다. 그럼 공부할 수밖에 없다.

녹번동에서

금정연

지난겨울 나는 녹번동의 한 카페에서 정지돈과 마주쳤다. 돌이켜 생각해보면(돌이켜 생각하고 싶지 않지만) 녹번동에 간 게 잘못이었다. 지돈은 코트 차림으로 야외 테이블에 앉아 있었다. 그는 내게 오한기를 기다리고 있다고, 괜찮으면 함께 오렌지 머랭 타르트나 먹자고 했다. 나는 머랭이 뭐냐고 물었다. 그는 머랭은 머랭이라고 말했다. 이 집이 오렌지 머랭 타르트로 유명한데 요즘 통 입맛이 없어 안 시켰다며 자기는 맛만 보겠다고 했다. 나는 아메리카노를 주문했다. 안으로 들어가는 게 낫지 않겠느냐고 묻자 그는 웃으며 코트 자락을 들춰 보였다. 두툼한 패딩 조끼가 보였다. 다섯 겹 입었어요. 정연씨는 내복 안 입었어요? 나는 나도 입었다고, 내복이 아니라 히트텍이라고, 그래도 춥다고, 나도 이제 나이를 먹은 모양이라고 말하며 9부 팬츠 아래로 드러난 그의 발등을 바라보았다. 어느닷 그의 트레이드마크가 된 "'있는 듯 없는 듯'이 모토인 페이크류의 덧신"[1]은 있는 듯 없는 듯 잘 보이지 않았다.

그날 우리가 나눈 이야기도 이제는 가물가물하다. 아마도 소설(가)에 대해서. 시(인)에 대해서. 평론가들에 대해서. 영화(감독)에 대해서. 돌림병과 같은 어떤 감정들에 대해서. 어제 먹은 치킨과 물이 너무 많거나 적은 라면에 대해서. 여름날 얼음을 가득 재운 콜라를 마시는 일에 대해서. 수영을 하거나 하지 않는 일에 대해서. 외동아들에 대해서. 이상우에 대해서. 잘 기억나지 않는 어느 새벽의 술자리에 대해서…… 모르겠다. 필요하면 이야기는 지어내면 되고 지어낸 이야기는 나누면 된다. 그것이 이야기가 기억이 되는 방식이다. 나는 종종 머릿속으로 그와 대화를 나눈다. 나는 그에게 젊은작가상 대상 수상을 축하한다며 술이나 한잔 사라고 말했다. 그는 대상이라고 상금을 더 주는 건 아니라며 혹시 조너선 리텔을 아느냐고 물었다. 나치 친위대(SS)의 회고 형식으로 유대인 학살을 다룬 『호의적인 사람들Les bienveillantes』이라는 작품으로 공쿠르상을 수상한 미국의 작가인데 호의적인 사람들이 자꾸만 수상 소감을 물어오는 통에 문학상이 대체 문학과 무슨 관계가 있느냐며 분통을 터뜨리고 말았지요. 그러면서 이렇게 말했습니다. 문학상은 친구가 친구에게 주는 바보들의 잔치다! 갑작스러운 느낌표에 깜짝 놀란 나는 나도 모르게 고개를 끄덕인다. 이 글만 해도 그렇

---

1) 황정은, 「모든 크레타人은 거짓말쟁이―어느 날, 에피메니데스」, 『문학동네』 2015년 봄호, 70쪽.

지. 내가 상을 주는 건 아니지만 이렇게 해설(인지는 잘 모르겠지만)을 쓰고 있다. 후장사실주의자가 후장사실주의자에게.

후장사실주의의 기원을 둘러싼 두 가지 이야기가 있다. 첫번째는 1924년으로 거슬러올라간다. 프랑스 손에느와르 데파르망트 출신인 기 로시는 어느 날 잠에서 깨어나 외친다. 계시를 받았어. 그는 같은 동네 출신인 고투 투 쟁과 베르네르를 설득해 잡지『후아데노자르』를 창간하고 농레알리슴(비현실주의)을 선언한다.『후아데노자르』는 초현실주의에 대한 섣부른 반박(대부분 오해에서 비롯된)과 앙드레 브르통에 대한 사적인 분노(특히 그의 훤칠한 키에 대한), 농사의 고달픔에 대한 내용으로 점철되었는데, 충분히 짐작할수 있는 것처럼 독자들의 철저한 무관심과 구성원들의 비극적인 개인사로 창간호가 곧 폐간호가 되고 말았다. 발행부수는 총 이백 부. 그중 실제로 돈을 받고 판 것은 채 열 부가 되지 않았다. 술집과 카페를 돌며 공짜로 뿌린『후아데노자르』는 대부분 불쏘시개가 되었고, 문맹이었던 일곱 명의 농부들은 자신들이 불쏘시개를 산다고 생각했으며, 좌절한 기 로시가 시름시름 앓는 모습을 보다못한 그의 어머니는 다락방에 보관되어 있던 소장용 재고 열여섯 부를 한꺼번에 태우며 아들에게 붙은 귀신이 제발 떨어지기를 빌었다. 그러니 멀쩡한『후아데노자르』한 권이 노숙자 시인 로널드 로드리고의 손에 들어간 것은 기적이나 마찬가지였다. 로드리고를 통해 호보(hobo)와 혈거인들의 비밀 우편 네트워크인 트리스테로에 입수된『후아데노자르』는 오랫동안 서구 지성계의 지하실을 은밀히 떠돌며 알 듯 모를 듯한 영향을 미쳤고, 이후 신자유주의의 확산으로 급격하게 재편된 세계질서 속에서 IMF와 함께 동아시아로 넘어와 후장사실주의를 낳았다. 두번째는 좀더 심플한데, 그 이야기 속에서 후장사실주의는 어느 날 오후 정지돈과 오한기가 통화를 하던 중에 즉흥적으로 탄생한다. 계시도 없고 기적도 없다. 그렇다면 그것을 이야기라고 할 수 있을까. 그곳에는 순간이 있을 뿐이며 그것은 (아직) 어디로도 이어지지 않는다(혹은, "마치 우리가 거울에 코를 대고 있는 것처럼, 우리와 딱 붙어 있"[2]어서 그것이 어디로 이어지고 있는지 볼 수 없다). 반면 첫번째 이야기는 구성되고 다듬어진 한 편의 역사-이야기다. 처음에 나는 그것이 '건축이냐 혁명이냐'라는 질문이 촉구하는(것처럼 보이는) 양자택일의 두 선택지라고 생각했다. 건축=구축으로서의 소설이냐, 혹은 혁명=(구성된) 역사와 (예견된) 미래를 거부하는 사건으로서의 소설이냐.

그 생각은 나로 하여금 가라타니 고진의 『은유로서의 건축』을 펼치게 만들었다. 고진은 "짓기(poiesis)란 본래 단순한 창작을 말하지요. 그런데 창작에는 여러 종류가 있다는 것은 당신도 아시죠? 무엇이든지 없던 것이 있는 것으로 옮아갈 때, 그 원인이 되는 작용은 언제나 짓기라고 부를 수 있지요. 따라서 모든 기술적 과정이 짓기의 일종이요, 모든 기술자가 창작자(creators)지요"[3]라는 플라톤의 말을 인용하며, 플라톤이 철학자를 정의하기 위해 건축의 은유를 사용한 이유는 그를 뒤따랐던 데카르트, 칸트, 헤겔과 마

---

2) 롤랑 바르트, 『롤랑 바르트, 마지막 강의』, 변광배 옮김, 민음사, 2015, 50쪽.

3) 플라톤, 『향연』, 가라타니 고진, 『은유로서의 건축』, 김재희 옮김, 한나래, 1998, 42쪽에서 재인용.

찬가지로 견고한 토대 위에 지식의 대건축물을 구축하고자 하는 의지로 이해되어야만 한다고 말한다. 철학은 이러한 건축에의 의지(will to architecture)의 다른 이름에 지나지 않는다는 것이다. 한편 1970년대에는 지배적인 은유 내지 비유로서 '텍스트'가 건축을 대체하는데, 텍스트를 작품과 구분하며 작품은 자신의 의미와 의의를 작가에 의존하는 자기 완결적인 전체인 반면 텍스트는 인용구들과 환유적 미끄러짐들로 짜여진 조직과 같은 것으로서 작가의 권위에 의지하지 않고 의미를 산출한다고 주장한 롤랑 바르트가 대표적이다.[4]

적당한 재료가 생겼으니 요리를 시작하자. 고진에게서 발라낼 것은 '건축=구축'과 '텍스트=탈구축'이라는 대립항이다. 감성돔을 두고 비늘 두어 개만 사용하는 격이지만 그게 오늘의 레시피. 나는 '건축=구축'과 '텍스트=탈구축'에 「건축이냐 혁명이냐」를 살짝 끼얹어 '구축=건축'과 '탈구축=혁명'이라는 새로운 대립항을 만든다. 말하자면 이구는 구축과 탈구축의 경계지역을 살았던, 어디에도 속하지 않았던, 그렇기에 누구보다 그것을 민감하게 받아들였던, 하지만 뾰족한 수는 없었던 사람이다. 물론 탈구축이 혁명이냐는 반론이 있을 수 있다. 내 대답은 예스다. 68혁명이 혁명이라면 탈구축이 혁명이 아닐 건 또 뭐냐? 그렇다면 '건축이냐 혁명이냐'라는 물음은 '구축이냐 탈구축이냐'라고 바꿔 물을 수 있다. 내 대답은 탈구축이다. 지돈의 대답 또한 마찬가지일 거라고 짐작하며 나

---

4) 가라타니 고진, 같은 책, 42~43쪽.

는 O. V. 보그다노바의 『현대 러시아문학과 포스트모더니즘』을 펼쳤다. 그리고 이런 구절을 발견했다. "문제는 다른 것들과 나란히 내가 추구하는 장르는 사이비 기록문학이라는 것이다. 나는 비록 사실적으로는 백 퍼센트 없었던 일이고 이 모든 것이 허구일지라도, 그 이야기들이 시간이 지남에 따라 현실감을 불러일으키고, 이 모든 것이 마치 있었던 것 같기를 바라면서 사이비 기록문학적인 이야기들을 쓴다."[5] 과연. 그렇지만 포스트모더니즘이라는 단어가 문제였다. 쿰쿰한 냄새를 잡기 위해서는 향신료가 필요했다. 그래서 나는 볼프강 벨쉬의 『우리의 포스트모던적 모던』을 펼쳤고, 펼치자마자 원하는 재료를 발견할 수 있었다. "그들은 오늘날 '포스트모던'이라는 말이 더이상 사람들의 주목을 끌지 못하며, 새 천년이 도래하면 완전히 폐기될 것이라고 주장한다. 하지만 (⋯) 용어와 그 용어가 지시하는 내용은 구분할 필요가 있지 않은가? 설령 '포스트모던'이라는 용어는 거부할 수 있다 해도, 그것이 지시하는 내용은 예전보다 더 큰 중요성을 획득하고 있지 않은가?"[6] 어쩐지 어머니의 손맛 같은 게 느껴지는 것도 같아 내친김에 초반부를 조금 읽었는데, '포스트모던 논쟁'을 둘러싼 상황들이 한때 유행했던 '힙스터 논쟁'과 너무 닮아서 조금 웃었다. 물론 후자는 전자의 우스꽝스러운 패러디에 지나지 않는다(=포스트모던). 「건축이냐 혁명이냐」

---

5) O. V. 보그다노바, 『현대 러시아문학과 포스트모더니즘 1』, 김은희 옮김, 아카넷, 2014, 247쪽.

6) 볼프강 벨쉬, 『우리의 포스트모던적 모던 1』, 박민수 옮김, 책세상, 2001년, 6쪽.

는 이구라는 문제적 인물을 등장시켜 (실패한) 혁명의 분기점을 돌아보며 그것을 '탈구축'한다. 그는 "건축이냐 또는 혁명이냐. 혁명은 피할 수 있다"[7]던 르 꼬르뷔지에의 문장을 "건축이냐 또는 혁명이냐. 혁명은 피할 수 없다"로 바꿔 말하고 싶어하는 것처럼 보인다. 그렇다면 「건축이냐 혁명이냐」는 건축이라는 실로 솜씨 좋게 직조해낸 일종의 혁명기(革命旗)인가.

하지만 그 생각은 (다행히) 이내 폐기되었다. 다른 원고를 쓰기 위해 『롤랑 바르트, 마지막 강의』를 읽다가 키르케고르를 다룬 카를 달라고의 출판물에 대한 카프카의 촌평을 기록한 구스타프 야누흐를 인용한 바르트의 강의록을 변광배가 우리말로 옮긴 문장을 만났기 때문이다. "키르케고르는 다음과 같은 문제에 봉착했습니다. 미학적 표현방식으로 존재를 향유할 것인가, 또는 윤리적 표현방식으로 존재를 실현할 것인가. 하지만 내가 보기에 거기에는 문제를 제기하는 방식에 따른 실수가 있는 것 같습니다. 이것이냐, 저것이냐의 문제는 쇠렌 키르케고르의 머릿속에만 있었던 문제입니다. 실제로 사람들은 윤리적이고 겸손한 경험을 통해서만 존재의 미학적 주이상스(jouissance)에 도달할 수 있기 때문입니다."[8]

미학이나 윤리는 내 알 바가 아니지만, 건축이냐 혁명이냐라는

---

7) 르 꼬르뷔지에, 「건축이냐 혁명이냐」, 『건축을 향하여』, 이관석 옮김, 동녘, 2002, 283쪽.

8) 구스타프 야누흐, 『카프카와의 대화』, 롤랑 바르트, 같은 책, 57쪽에서 재인용. 한국어판 『카프카와의 대화』(편영수 옮김, 문학과지성사, 2007)에는 189쪽에 해당하나 문장의 뉘앙스가 무척 다르다.

양자택일(Either/Or)은 내 머릿속에만 있었던 문제에 지나지 않는다는 생각이 문득 들었다. 혹은 상상의 냄비로 끓여본 꿀꿀이죽이거나. 지금보다 어리고 민감하던 시절에 비대한 자의식과 지적 허영심으로 뜻도 모른 채 포스트모던 논쟁을 둘러싼 책들을 넘겨봤기 때문이라는 자괴감이 몰려왔다. 언제부턴가 그 시절의 기억들이 머릿속에서 불쑥불쑥 솟아나곤 했다. 엘리엇 스미스의 'Either/Or'(1997) 앨범의 몇몇 멜로디들과 함께.[9] 그렇다면 조르주 디디위베르망과 아르노 지쟁거의 전시 '환영의 새로운 역사*Nouvelles Histoires de fantômes*'를 끌어들여 "언뜻 봐서는 연관을 찾을 수 없는 다양한 이미지와 수집물로 가득하며 그러한 이미지는 통상 말하는 예술적인 무언가가 아닌 단순한 기록사진과 사소한 물품이 뒤섞인 것들로 이를 통해 기획자들은 이미지의 도서관, 그러나 원하는 정보를 정확히 찾을 수 없고 고정된 정보가 존재하지 않으며 기묘한 확장성과 통일성이 있는 이미지의 궁전을 만들어냈다고 말하며 이는 아비 바르부르크로부터 이어져온 프로젝트에 연원을 두고 있다고 했다. 나는 그 이야기를 들으며 박찬경이 한 이야기, 자신은 이상하게도 육십년대에 찍힌 다큐멘터리 사진, 전혀 결정적인 순간이라고 할 수 없는 사진을 보며 매력을 느끼는데 이는 소위 말하는 미술품보다 이런 기록물이 더 미학적이기 때문에, 빈티지한 취향이나 사회적 요인 때문이 아니라 아름다움 그 자체로

---

9) 이건 나만의 곤란은 아닐 것이다. 자세한 내용은 사이먼 레이놀즈의 『레트로마니아』(최성민 옮김, 작업실유령, 2014)를 참고할 것.

서 그런 기록물이 앞서기 때문에 그런 기록물을 수집하는 행위로 작품을 만들어왔다고 한 말을 떠올렸다"는 지돈 또한 나와 같은 병을 앓고 있다고 해야 할까? 분명 그것은 '-이후'를 살고 있(다고 스스로 여기)는 우리 시대의 돌림병이다. 하지만 그렇게 단순한 문제는 아니다. 내게 약간의 과장이 허락된다면 나는 차라리 이렇게 말하는 편을 택하겠다. "영화 이미지란 사진 이미지와 어떻게 다르고 저절로 형성되는 이미지는 시간과 인물 사이에서 어떤 운동을 하는지, 그 운동은 시간과 인물에 어떤 영향을 끼치는지 그 운동이 시간과 인물을 변화시키는 것이 가능한 일인가 그것은 사후에 벌어지는 일이 아닌가, 그러나 사후에 벌어지는 시간이 역사라면 우리는 역사 없이 무엇을 인식할 수 있는가"와 같은 질문에서 엿볼 수 있는 것처럼(후장의 사전적 의미가 "절지동물의 중장 다음의 창자"라는 사실을 기억할 것) 「건축이냐 혁명이냐」는 그것을 '넘어선다'고. 장뤽 낭시에 따르면 "넘어선다는 말은 뛰어넘는다는 말이 아니라 나아간다는 말이다. 나아간다는 말은 말 속에 의미 이상의 과잉-의미를 출현시킨다는 말이다".[10] 정지돈의 소설이 과잉-의미를 만들어내는 방식은 풍부한 인용과 대화를 통해서다. 아니, 대화를 통해서다. 그는 이미 "직업으로서 소설을 쓰고자 한다면, 괜찮다. 플롯을 짜고 캐릭터를 만들고 구체화와 형상화를 거듭해 의미를 만들고, 의미를 해체해도 괜찮다. 그러나 소설가가 되려는 게 아니라 작

---

10) 문학과지성사 홈페이지에 게재된 정지돈의 『나를 만지지 마라』 서평에서 인용.

가가 되고 싶다면 그러지 않는 게 좋다. 작가가 되는 방법은 간단하다. 삶을 써라. 대화를 기록하고 자신의 생각을 기록하라. 그것뿐이다"라는 당선 소감으로 자신의 지향을 분명히 밝힌 바 있다. 읽기를 통해 만난 인물들을 대화의 장으로 끌어들이는 동시에 각각의 대화를 나무(tree) 구조가 아닌 반격자(半格子) 구조로 배열함으로써 그는 건축이냐 혁명이냐라는 물음 앞에서 하나를 선택하기를 거부한다. 그는 선택하지 않은 두 가지 선택지를 과잉-의미로 감싸안은 채, 다시 말해 그것을 누군가의 머릿속에만 있는 문제로 바꾸며, 크리스토퍼 알렉산더가 그렸던 자연 도시를 향해 한 걸음 다가가고 있는 것이다. 아니, 차라리 이렇게 말하는 게 낫겠다. '역사=뒤'를 돌아본 채 대화가 만들어내는 과잉-의미의 재잘거림을 따라 문워크로 나아가고 있다고. 9부 팬츠에 '있는 듯 없는 듯'이 모토인 페이크류의 덧신을 신고서. 물론 중요한 건 그가 뒤를 돌아보고 있고, 고개를 돌리지 않으며, 그럼에도 앞으로 나아간다는 사실이다. 바르트는 이렇게 말했다. "우리의 역사 속에서 뭔가가 배회하고 있습니다. 문학의 죽음입니다. 이것이 우리 주위를 서성이고 있습니다. 이 환영을 정면에서 바라보아야 합니다."[11]

다시 한번 생각해봐도(다시 한번 생각하고 싶지도 않지만) 녹번동에 간 게 잘못이었다. 그날, 오렌지 머랭 타르트를 먹으며 나는 그에게 젊은작가상 대상 수상을 축하한다고, 무척이나 재미있었다고,

---

11) 롤랑 바르트, 같은 책, 56쪽.

혹시 「건축이냐 혁명이냐」 해설을 쓰지 않겠느냐고 물었다. 그는 내 얼굴을 바라보며 지금 제정신이냐고 물었고, 나는 보시는 그대로라고 대답했다. 고료는 6대 4로 나누자는 말도 했다. 물론 내가 6이고 그가 4였다. 그는 단칼에 저리 꺼져, 꼰대 새끼야, 라며 거절했다. 민나 도로보데쓰…… 라는 말을 들은 것도 같다.

　겨울 해는 짧았고 아무리 기다려도 오한기는 나타나지 않았다.

금정연
한양대 국문과 졸업. 저서로 『書書飛行―생계독서가 금정연 매문기』 『아까운 책 2013―탐서가 47인, 편집자 42인이 꼽은 지난해 우리가 놓친 명저들』(공저) 『난폭한 독서』, 옮긴 책으로 『Hug! Friends―진짜로 일어날지도 몰라, 기적』이 있다. 후장사실주의자.

이장욱

우리 모두의 정귀보

이장욱
2005년 문학수첩작가상을 수상하며 등단. 소설집 「고백의 제왕」 「기린
이 아닌 모든 것」 「에이프릴 마치의 사랑」, 장편소설 「칼로의 유쾌한 악
마들」 「천국보다 낯선」 「캐럴」이 있다. 젊은작가상, 문지문학상, 김유정
문학상을 수상했다.

우리 모두의 정귀보

무명이었다가 사후에 유명해진 화가 정귀보(鄭貴寶, 1972~ 2013)의 인생은 놀랄 만큼 단조로운 것이었다. 나는 미술을 전문으로 하는 모 출판사의 다급한 청탁을 받고 화집을 겸한 평전 집필에 착수했지만, 특기할 만한 것이 없는 이력 탓에 고민에 빠졌다.

정귀보가 태어난 곳은 담양이었지만 그건 정귀보를 설명하는 데 별다른 도움이 되지 않았다. 그의 부모는 당시 시내에서 약간 떨어져 있는 초등학교 앞에서 문방구를 운영했는데, 문방구라는 가게는 특별히 영업 수완이 필요한 것도 아니고 약간의 부지런함만 있으면 되었기 때문에 운영에 큰 문제는 없었다. 부모 모두 살아오면서 누군가에게 심각한 원한을 산 적도 없었고, 특별한 인생관을 가진 적도 없었으며, 삶의 의미 같은 걸 추구한 적도 없었다. 그런 건 그냥 다른 세계의 이야기였다. 옆의 가게들이 백반집에서 떡볶이집으로, 떡볶이집에서 오락실로 바뀌는 동안, 그들은 유리 진열장 하나 바꾸지 않고 문방구를 지켰다.

하지만 정귀보가 태어난 후 말을 채 배우기도 전에 그의 부모는 서울로 이주했다. 그의 모친 말로는 "벨다른 이유는 읎"었다. 비가 부슬부슬 내리던 1974년 가을의 어느 아침, 지금은 고인이 된 부친이 가게 셔터를 열고 돌아서다가 차양 끝에서 톡, 톡, 떨어지는 빗방울을 보았다고 한다. 그런데 그 빗방울에 얼비친 햇빛이 하도 애처로워서, 문득 이사를 가볼까 그런 생각이 들었다는 것이다. 이왕이면 서울로, 하는 생각이 자연스럽게 따라왔는데, 뜬금없다는 느낌보다는 아 왜 이제야 이런 생각이, 하는 기분이었다고 한다. 훗날 정귀보의 모친은 혼자 앉아 뜨개질을 하거나 텔레비전을 보다가 그 시절이 생각나면, 그 양반이 그날따라 쪼까 바람이 들었제—라고 중얼거렸다. 그렇게 말할 때 그녀의 입가에는 쓸쓸한 미소가 살짝 스쳐갔는데, 그녀 자신은 그걸 깨닫지 못하는 모양이었다.

부모를 따라 서울로 옮겨온 후 정귀보는 담양에 간 기억이 거의 없었다. 상경 후 일을 못 찾아 막노동까지 하던 부친이 다소 이르게 세상을 뜬 탓도 있고, 담양에 남아 있던 몇 안 되는 친척들 역시 광주나 서울, 또는 인천 같은 곳으로 흩어져버렸기 때문이었다. 그러니까 1974년 가을에 그의 부친이 망연히 바라보던 비 내리는 아침이라든가, 그 아침의 차양 끝에 매달려 있던 작은 빗방울이라든가, '담양 태생'이라는 약력은, 정귀보라는 인간을 설명하는 데 그리 도움이 되지 않았다. 후에 정귀보는 서울 변두리, 이를테면 하계동이나 방학동 또는 장위동 부근에 살면서 평범한 학창 시절을 보냈다.

정귀보는 남들이 학교에 들어갈 때 들어갔고, 졸업할 때 졸업했으며, 인생의 중대한 결단 같은 것에 직면한 적도 없었다. 학창 시절의 성적은 중위권 정도로 아무도 성적 같은 것으로 그를 주목한 적은 없는 것 같았다. 중학교 삼학년이던 87년에 고등학교 선배들을 따라 시위에 참가하기도 했지만, 집에 돌아와서는 곧 다음날의 국사 숙제에 몰두했다. 고교 입학 후에는 점심시간에 벌어진 몇 번의 패싸움에 휘말린 적이 있고, 이박 삼일 동안 가출해서 서울역 근방의 뒷골목을 전전한 일도 있었다. 물론 그건 그 시절 그 또래의 남학생들이라면 누구나 작은 훈장처럼 이마에 붙이고 다니는 사건이었다.

교내 합창대회 우수상이나 일 년 개근상 상장을 받은 적도 있지만, 그건 버리기도 그렇고 오랜만에 꺼내봐도 별다른 감회가 들지 않는 기념품들이었다. 사생대회 같은 곳에는 나간 기록조차 없었다. 그래서 "어린 시절부터 드로잉에 재능을 보여" 등등의 빤한 문장조차 쓸 수 없었다. 생활기록부에는 '성격 활달하지만 말이 없는 편'이라든가 '의외로 내성적이지만 인사성 밝음' 따위의 알쏭달쏭한 평들이 쓰여 있었다. 그건 고등학교 시절 정귀보의 담임을 맡은 교사가 우연히도 삼 년 내내 같은 사람이었기 때문이다. 그 교사는 고질적인 우울증을 앓고 있었는데, 인간은 언제나 양면적이며 모순적이기 때문에 도무지 알 수 없는 존재라고 믿는 사람이었다. 당연하게도 그는 그 무렵 신춘문예에 매년 소설을 투고하고 있었다. 말하자면 작가지망생이었던 셈인데, "이 응모자는 소설이 인생을 닮으려 하면 할수록 인생과 멀어진다는 점을 유념하라"는 이상한 평을 받고 그 평을 쓴 원로작가에게 항의 전화를 걸기까지 했다. 그는 그런 말도 안 되는 평을 들으니 소설을 때려치우겠다고 선언했는데, 원로작가는 그의 말을 처음부터 끝까지 침착하게 듣고 난 뒤에 다음과 같이 대꾸했다고 한다.

"그렇습니다. 그것도 좋은 방법이지요."

정귀보는 고등학교를 졸업한 후 서울 근교에 위치한 한 대학의 서양화과에 들어갔다. 입학이 그리 까다롭지 않은 학교였기 때문에 실기가 부실했는데도 무난히 들어간 모양이었다. 정귀보가 그린 아그리파는 여러모로 단순하고 서툴러 보였는데, 평점을 매기던 세 명의 교수들은 정귀보의 그림이 다른 응시생들의 작품에 비해 기본기가 떨어진다는 점에 충분히 동의했다. 다만 그들은 정귀보의 아그리파에서 다소 묘한 점을 발견했다. 다른 조각상에 비해 아그리파는 깊이 파인 눈의 어둠을 표현하는 게 중요한데, 정귀보의 데생에서는 눈뿐 아니라 코와 입술 등 여러 곳의 명암이 논리적이지 않았던 것이다. 하지만 교수들은 그 어긋남이 이상하게 생동감을 준다는 점에 동의했으며, 전날 회식 자리에서 자신들이 나눈 이야기, 즉 기본기의 완성도보다는 향후의 가능성이 중요하다는 이야기를 동시에 떠올렸다. 그리고 명암조차 정확하게 표현하지 못하는 그 학생에게 자신들도 놀랄 정도로 후한 점수를 주었던 것이다.

대학에 입학한 정귀보는 저학년 시절에 한두 번 연애 비슷한 것을 하기도 했다. 하지만 그리 심각한 수준은 아니었던 모양으로, 정귀보 스스로 그 시절 만났던 여자들은 이름조차 기억하지 못한다고 회고한 바 있다. 그건 정귀보의 기억력에 문제가 있어서가 아니라, 그 여자들이 정말 그의 마음을 살짝 스쳐간 수준이었기 때문이다.

정귀보의 인생에서 '심각한 연애'로 기억되는 여성은 세 명 또는 네 명이었다. 세 명 또는 네 명이라고 애매하게 말한 데는 이유가 있다. 그 가운데 두 사람이 쌍둥이였기 때문이다. 정귀보가 쌍둥이 자매를 한꺼번에 좋아했기 때문에, 세 명 또는 네 명이라는 표현은 어느 정도는 사실에 근접한 것이었다. 쌍둥이를 한 사람으로 느꼈는지, 전혀 다른 둘로 느꼈는지는 지금까지도 명백히 밝혀진 바 없다. 아마도 정귀보 자신조차 확언하기는 어려웠을 거라고 생각한다. 어쨌든 심각한 연애 상대가 세 명 또는 네 명이라면, 그리 많지도 적지도 않은 숫자라고 할 수 있겠다.

대학 시절의 연애 상대는 조영숙(가명, 1973~)이라는 같은 과 후배였다. 조영숙은 정귀보의 애정 고백을 듣자마자 그 자리에서 키스를 해주었다고 술회했다. 정귀보는 삼학년이었고 그녀는 이학년이었으며, 장소는 방과후의 실습실이었다. 그는 실습용 앞치마를 두른 채 조영숙의 입술을 허겁지겁 핥았다. 그녀의 허리를 감싸안고 놓지 않았다. 아, 그때 그 사람, 온몸을 부들부들 떨더라니까요. 그게 귀여웠지. 너무 진지하고 순진하달까?

그렇게 말할 때 조영숙의 표정에는 약간의 자부심과 함께, 회상하는 사람 특유의 습기 찬 눈빛이 스쳐갔다. 그녀는 이어서 정귀보의 손이 어떻게 자신의 가슴과 엉덩이를 만졌는지, 그 손길이 얼마나 예민하게 떨렸는지, 텅 빈 실습실의 이젤 쓰러지는 소리가 어땠는지 등을 다소 지나칠 만큼 세세하게 묘사했다.

하지만 대학 시절의 연애가 대개 그렇듯 그들은 헤어졌다. 이유는 명확하지 않았다. 단지 그녀는 정귀보를 만날 때마다 이상하게도 감정이 휘발되는 느낌을 받았다고 진술했다. 정귀보가 눈앞에 없을 때는 견딜 수 없는 그리움이 차올랐지만, 정작 그와 함께 있으면 아무런 감정도 느낄 수 없었다는 것이다. 실제로 곁에 있으면 감정이 사라지는 사람을 일생의 연인이라고 할 수 있을까요? 아, 그렇다고 제가 특별히 열정적인 사랑을 원한 건 아니에요. 취향상 나는 미친 사랑의 노래보다는 따뜻하고 지속적인 감정 쪽을 좋아하니까. 미친 사랑의 노래는 대개 자기최면에 불과하잖아요.

조영숙은 다소 수세적으로 그렇게 설명했는데, 그러면서 인생을 아는 사람 특유의 쓸쓸함을 느끼는 것 같았다. 눈가의 주름이 미세하게 떨렸다. 자신의 내면을 드러낼 때의 긴장감이 그렇게 만들었을 것이다. 그녀는 인생이라는 것이 결국, 불꽃이 점화되었다가 천천히 식어가는 과정이라고 믿는 낭만적 허무주의의 세계를 살아가고 있었다. 그녀는 정귀보에 대해 다음과 같은 결론을 내렸다.

귀보씨는…… 멀리 있어야만 가까이 있을 수 있는 사람이었어요.

그런 이유로 그녀는 정귀보를 떠났다. 이별의 과정은 상투적이었다. 정귀보가 군대에 갔을 때 고무신을 거꾸로 신은 것이다. 그녀는 그간의 사정과 자신의 마음을 솔직하게 설명하는 편지를 정귀보에게 보냈다. 하필이면 힘든 곳에 있을 때 이런 편지를 보내서 미안하다는 말은 ps.로 덧붙였다.

정귀보는 탈영을 하거나 자살 소동을 벌이지는 않았다. 애수에

찬 답장을 적어 보내지도 않았으며, 원한에 사무친 표정으로 그녀의 집 앞에 나타나지도 않았다. 휴가를 나왔을 때 홍대 앞 카페에서 그녀를 만나 아쉬움을 표한 적이 있지만, 약간의 시간이 흐른 뒤 조용히 모든 것을 수긍하고 그녀의 시야에서 사라졌다. 정귀보가 마지막으로 그녀에게 남긴 말은 여러 면에서 암시적인 것이었다.

안녕. 아름다운 동화에서 한 페이지를 찢어냈는데도 이야기가 연결되는 느낌으로, 그렇게 살아갈게.

이 고별사는 조영숙에게 강한 인상을 남겼다. 그녀는 슬픈 동화의 주인공이 된 것 같은 기분에 잠겼다. 영원히 찢어진 한 페이지라는 로맨틱한 비극의 세계로 내던져진 느낌이었다. 그것은 쓸쓸하면서도 달콤한 고독의 감정을 그녀에게 남겨주었다.

그런데 대학을 졸업하고도 한참 시간이 흐른 뒤에, 그녀는 정귀보를 자꾸 생각하고 있는 자신을 발견하게 된다. 그것은 아직 남아 있는 사랑의 감정 때문은 아니었다. 그 사람, 이렇게 말하면 이상하지만, 지금도 내 주변에 있는 것 같은 착각이 들어요. 날 스토킹한다는 말이 아니라 그냥 그런 느낌이 든다니까요. 내 삶의 모든 페이지에서 여전히 그 사람이 살아가고 있는 느낌이랄까요. 페이지를 넘기면 그 자리에서 숫자가 차례차례 바뀌듯이 말예요. 물론 어느 페이지는 찢어진 채 버려져 있겠지요……

삼학년 이학기에 휴학을 하고 현역병으로 입대한 뒤 실연을 당했으니, 정귀보로서는 쓸쓸한 청춘이라고 할 만했다. 처음에는 연인의 변심 때문에 약간의 고통을 받았지만 큰 문제가 될 정도는 아니었다. 밤에 불 꺼진 내무반의 캄캄한 천장을 바라보고 있으면 슬픔과 쓸쓸함이 함께 몰려왔다. 하지만 우울과 고독을 가만히 느껴볼 겨를도 없이…… 잠이 쏟아졌다. 그것이야말로 병영이라는 곳의 지극한 장점이다—라는 것이 후일 정귀보의 회고였다.

그후 군생활은 대체로 순조로웠다. 이병 때 사수의 집요한 괴롭힘에 시달리기도 했지만, 그건 흔하디흔한 고충일 뿐이었다. 나중에 상병이 되었을 때는 정귀보 역시 후임을 갈구거나 심지어 구타하기까지 했던 것이다. 김일성이 사망했을 때 군 전체에 데프콘3이 떨어졌던 것, 야간 행군 때 뒤꿈치가 상한 걸 방치한 탓에 파상풍 판정을 받고 서울 창동에 위치한 국군병원에 입원했던 것 등이 그나마 기억할 만한 사건이었다. 말년에는 외박을 나갔다가 임질을 얻어온 일도 있었지만, 그건 전역이 얼마 안 남은 사병들에게는 흔하디흔한 추억이었다. 정귀보 역시 거꾸로 매달아도 국방부 시계는 간다고 습관적으로 중얼거리는 대한민국 육군의 일원이었으나, 그렇다고 그의 국가관에 문제가 있다고 보기는 어려웠다. 나중에 2002년이 되었을 때는 거리에 나가 '대~한민국'을 목청껏 외치기도 했던 것이다.

정귀보는 제대하자마자 복학을 했고 졸업할 때가 되어 졸업했다. 회화 작업을 했지만 별다른 열정은 없었다. 열정이 없었으니 눈에 띄는 진전도 없었다. 졸업전시회에도 참여했지만 아무도 관심을 보이지 않았다. 서울 변두리 도로변을 걸어가는 행인들의 모습을 전통적인 유화 작법으로 재현한 그의 작품은 말 그대로, 눈에 뜨이지 않았다. 그것은 가운을 빌려 입고 찍은 졸업사진 속의 정귀보가 눈에 뜨이지 않는 것과 마찬가지였다.

정귀보는 취직이냐 예술이냐, 유학이냐 국내 잔류냐 같은 고민도 해본 일이 없었다. 산업디자인을 전공하지 않았는데도, 아는 선배의 적극적인 도움으로 중견 가구업체에 계약직으로 자리를 잡았다. 입사 후 얼마 지나지 않아 IMF가 터졌으니 불행이 그를 간신히 비껴갔다고 할 만했다. 까탈스러운 선임 디자이너 밑에서 정귀보는 성실하게 일했다. 트렌드 조사에 심혈을 기울였고 모델하우스에도 열심히 나갔다. 덕분에 그는 이 년간 계약을 연장할 수 있었고, 그 뒤에는 정규직으로 자리를 잡았다. 회사 사람들의 평판도 나쁘지 않았다. 정귀보 자신도 회사라는 조직에 그리 큰 거부감을 갖지 않았다. 당시 그 가구업체는 싱크대 등 시스템키친의 점유율이 업계 상위권이었다. 그러니 오늘날 우리는 우리도 모르게 정귀보의 손길이 곳곳에 배어 있는 집에서 살아가고 있는지도 모를 일이다. 적어도 그런 싱크대에서 설거지는 하고 있다고 보아야 한다.

하지만 2002년 서른을 갓 넘긴 나이에, 정귀보는 불현듯 회사를 그만두게 된다. 갑자기 예술에 대한 열정이 샘솟았다거나 조직생활에 환멸을 느꼈기 때문은 아니었다. 싱크대와도 무관한 일이었고 월드컵 4강의 환호 때문은 더더욱 아니었다. 어느 비 내리는 아침 출근길 버스 정류소의 표지판에서 톡, 톡, 떨어지는 빗방울을 보았기 때문인지도 모르지만, 아마도 "별다른 이유는 없"었던 것인지도 모른다.

알려진 바에 따르면, 정귀보가 그리 충동적인 유형의 인간이었던 것 같지는 않다. 오히려 충동적인 성향을 예술적인 성향으로 미화하는 미술대학의 분위기에 비판적이었다는 회고도 있다. 특히 예술가입네 폼을 잡으며 충동과 욕망을 제어하지 않는 동료들에게 호의적이지 않았다. 충동과 욕망이란 그저 동물적인 것이며 동물적인 것이 곧 예술적인 것은 아니다—라는 다소 허술한 논리가 그의 주장이었다. 정귀보 역시 술자리에서 욱하는 성질을 못 이겨 선배와 주먹다짐을 벌인 적도 있지만, 곧바로 사과하고 예전과 같은 관계를 유지하기 위해 노력했던 것이다.

정귀보가 경기도의 한 갤러리에서 개최한 공모전에 입선한 것은 가구회사를 그만둔 직후였다. 그게 아니라 공모전에 입선했기 때문에 가구회사를 그만둔 게 아니냐—는 의견도 있으나, 사직서의 날짜와 공모전 날짜를 따져보면 그건 확인되지 않은 추측에 불과했다. 공모전을 연 갤러리가 오픈한 지 얼마 안 된 탓에, 그해에는 지원작이 적었고 선정작은 유난히 많았다. 정귀보의 작품은 일러스트 느낌이 나는 인물화—지금도 정귀보 예술의 득의의 영역으로 인정되고 있는 바로 그 장르—였다. 왜 이런 터치로 인물화를 그려야 하는지에 대한 고민이 별로 없는 관습적인 작품이라는 혹평이 있었지만, 바로 그 점 때문에 인물이 살아 있다는 반론도 있었다. 아니 그게 대체 무슨 말이냐는 누군가의 불만 섞인 질문에, 옹호론을 편 인사는 정귀보가 제출한 포트폴리오를 가리키며 이렇게 답변했다. 이 얼굴을 잘 보세요. 이 얼굴은 인간의 얼굴이 아닙니까? 가장 인간적인 인간의 얼굴 말입니다. 인간의 인간다움을 이런 방식으로 파고든다는 건 결코 쉬운 일이 아니에요.

반론 쪽 인사는 이게 무슨 해괴한 동어반복인가 하고 생각했지만, 옹호 쪽 인사가 대학 선배였기 때문에 그쯤에서 논쟁을 접었다.

어쨌든 혹평 쪽이나 옹호 쪽이나 정귀보의 작품에 "별다른 미적 특장이 없음"에는 손쉽게 동의한 셈이었다. 그의 작품은 논란 끝에 다수의 선정작 가운데 하나로 뽑혔으며, "관람자들은 이 인물화에서 인간의 본질도 아니고 인간의 가면도 아닌 제3의 무언가를 볼 수 있지 않을까 한다. 어쩌면 그것은 우리가 생각하는 것보다 훨씬 중요한 무언가를 담고 있을는지도 모른다"는 보기 드물게 애매한 심사평을 얻었다.

그렇게 해서 정귀보는 생각보다 늦지 않은 나이에 '작가'로서의 생활을 시작할 수 있었다. 그후 소규모 갤러리와 카페에서 개인전을 두어 차례 열었으나 주목을 끌지는 못했다. 파주에 위치한 개인 미술관에 관리인 겸 도슨트로 들어간 것은 그 무렵이었는데, 예전에 근무하던 가구회사의 오너가 바로 그 미술관의 소유주라는 인연 덕분이었다.

박봉이었지만 정귀보에게는 그런 것을 가릴 여유가 없었다. 게다가 새 일터가 된 미술관은 정귀보의 마음에 쏙 들었다. 연면적은 작았지만 이동식 벽을 설치해서 꽤 많은 작품들을 전시할 수 있었다. 전시가 끝난 뒤 작품들을 철거하면 미술관에는 흰 벽에 불과한 민무늬 구조물만 남았다. 백색 패널로 된 벽은 구불구불하고 길고 하얀 미로를 이루었는데, 정귀보는 그 텅 빈 미로를 천천히 산책하는 것을 좋아했다. 같은 곳을 지나면서도 같은 곳인지 모르겠고, 다른 곳을 지나면서도 다른 곳 같지 않은 길을 그는 천천히 걸었다. 비가 내리는 날 아무것도 전시되어 있지 않은 그 미로를 거닐고 있으면 자신도 모르게 깊은 상념에 젖어들 수 있었다. 그리고 결국에는 다소 감상적인 톤으로 이렇게 덧붙였던 것이다.

아아, 이것이 곧 인생이요 세계가 아닌가.

정귀보는 미술관 일을 하면서 회화 작업을 병행했다. 12호의 균일한 크기에 상식적인 앵글과 드로잉이 대부분인 그의 인물화나 풍경화를 주목하는 사람은 없었다. 눈이 있을 자리에 눈이 있고, 코와 입이 있을 자리에 코와 입을 그린 것뿐이라는 식이었다. 가로수와 자동차, 건물과 횡단보도 등도 역시 그런 느낌을 주었다. 하지만 그 이미지들에는 다소간의 쓸쓸함이 배어 있었는데, 그건 그 무렵 정귀보가 세번째와 네번째 여자, 즉 쌍둥이 연인과 이별한 뒤였기 때문이다.

예민한 사람이라면 이 대목이 좀 이상하다고 생각할지도 모르겠다. 조영숙 이후 두번째 여자에 대해서는 아직 언급하지 않았기 때문이다. 하지만 우리가 지금까지 말하지 않은 것은 두번째 여자가 아니라 첫번째 여자라는 점을 유념해주기 바란다. 헷갈리시는가? 대학 시절의 조영숙 이전에 또 한 여자가 있었다는 뜻이다.

정귀보의 첫사랑은—이런 것을 첫사랑이라고 할 수 있다면 말이지만—고교 시절 가출했을 때 만난 '불량소녀'였다. 그때는 88올림픽의 흥청거리는 분위기가 채 가시지 않은 시절이었다. 정귀보처럼 평범한 가출 고교생에 대해서는 아무도 관심을 두지 않았다. 정귀보는 서울역 근처의 심야 만화방에서 동갑내기 소녀를 만났다. 그 '불량소녀'는 발정기의 섬세하고 어린 수컷이 그릴 수 있는 이상적이며 비극적인 여성의 이미지에 정확하게 부합하였다. 깊이 덮어

쓴 후드, 그 안에서 음울하게 빛나는 두 눈, 귀 쪽에서 빠져나온 워크맨 이어폰의 하얀 줄, 아무렇게나 걸쳐 입은 빈티지 청바지와 낡은 아이 러브 뉴욕 후드티, 거기에 마르고 하늘거리는 몸매까지. 그 모습은 정귀보의 환상 속에나 존재하던 미지의 소녀와 동일했는데, 그런 소녀가 문득 눈앞에 나타나 이렇게 말을 걸어왔던 것이다.

야, 너 담배 있냐?

아, 아니. 사, 사, 사줄까?

그렇게 시작된 소녀와의 짧은 만남은 정귀보에게 강렬한 인상을 남겼다. 그들은 추운 겨울밤의 회현동을 헤매다가 남대문시장 부근의 한 여인숙에서 함께 하룻밤을 보내게 된다. 소녀는 무일푼이었고, 정귀보의 수중에는 집을 나올 때 챙긴 약간의 돈이 남아 있었다. 그 밤은 도무지 잊으려야 잊을 수 없는 하나의 사건으로 정귀보의 머릿속에 각인되었다. 소녀의 비극적인 아우라가 정귀보를 매혹시켰을 뿐만 아니라, 한 번도 경험해본 적이 없는 강렬한 성욕에 이끌려 진정으로 순수한 짐승이 되었던 것이다.

하지만 여기에는 작은 반전이 기다리고 있다. 그 춥디추운 겨울밤, 남대문시장 뒷골목의 냄새나는 여인숙에서 고교생 정귀보가 알몸이 되어 그 신비로운 소녀를 덮쳤을 때, 정귀보라는 순수한 짐승의 귀에 들려온 것은 이런 말이었다. 그후로도 오랫동안 그의 기억 속 깊은 곳에 남아 있다가 불쑥불쑥 튀어나올, 낮고 건조한 목소리.

야, 씨발아. 안 내려와? 난 여자만 좋아해.

정귀보는 그 말이 무얼 뜻하는지 미처 이해할 여유도 없이 소녀의 몸에서 내려왔다. 소녀의 단호한 명령과 선언에 압도된 채로, 그는 자신이 한 번도 상상해보지 못한 세계를 만났다는 느낌을 받았다. 그는 소녀가 한 말의 의미보다는 그 말의 어조와 뉘앙스와 목소리 자체에 매료되었다. 그 순간 그는 어둡고 이질적이며 매혹적인 하나의 세계가 자신의 마음속에서 태어났다는 사실만을, 희미하게 깨닫고 있었다.

그러므로 오늘날 우리는 이렇게 말할 수 있다. 우리의 위대한 화가 정귀보는 십대 시절, 남대문시장 부근의 여인숙 그 황량한 어둠 속에서 만난 이름 모를 소녀와 그 소녀의 입에서 튀어나온 알 수 없는 문장을, 깊이깊이 사랑하게 되었다고 말이다. 실제로 그는 문득문득 "야, 씨발아. 안 내려와? 난 여자만 좋아해. 야, 씨발아. 안 내려와? 난 여자만 좋아해"라고 중얼거리는 자신을 발견하곤 했다. 그는 자신이 그 소녀를 사랑하는 것인지, 그 소녀가 내뱉은 그 말을 사랑하는 것인지 알 수 없다고 생각했으며, 그 밤의 낯선 어둠과 뼛속 깊이 스미던 추위를 오래오래 기억하게 되었다. "야, 씨발아. 안 내려와? 난 여자만 좋아해"라는 이해할 수 없는 문장과 함께 말이다.

정귀보의 세번째와 네번째 여자는 앞서 말한 대로 쌍둥이였다. 약간 부은 눈에 오동통하고 아담한 몸매까지 분간이 쉽지 않은 일란성 자매였다. 우리는 서로 얼굴을 바라보면서 화장을 해요. 이건 유쾌하고 장난기 많은 자매가 처음 만나는 사람에게 즐겨 하는 농담이었지만, 정귀보는 그 광경을 진지하게 상상해보고는 모종의 매혹을 느꼈다. 서로의 얼굴을 바라보면서 화장을 하는 똑같이 생긴 두 사람이라니!

정귀보가 먼저 좋아한 것은 언니 박순옥(가명, 1975~) 쪽이었다. 박순옥은 가구회사의 후임 디자이너였는데, 그녀는 참으로 정감 있는 표정을 지을 줄 알았으며, 다른 동료들과는 달리 뒷담화를 좋아하지도 않았다. 그 무렵 정귀보는 뒷담화를 즐기는 모든 종류의 인간을 혐오하기로 결심하고 있었기 때문에 그녀에게 호감을 품고 있었다.

정귀보가 용기를 내어 애정을 고백한 것은 초겨울의 어느 토요일, 회사의 직원휴게실에서였다. 직원들이 모두 퇴근한 오후의 텅 빈 휴게실에서 그녀를 마주쳤을 때는 마침 창밖에 첫눈이 내리고 있었다. 정귀보는 그것을 하늘의 계시라고 해석했다. 나란히 서서 창밖을 바라보던 정귀보가 먼저 수줍게 애정을 고백했고, 역시 바깥에 시선을 두고 있던 그녀는 예의 그 정감 어린 표정으로 정귀보를 돌아보았다. 한 가지만을 제외한다면 모든 것이 좋았다. 그가 마음을 고백한 상대가 박순옥이 아니라 박순옥의 동생 박진옥(가명, 1975~)이었다는 점 말이다. 그녀 역시 다른 부서에 근무하는 동료였던 것이다.

그 순간, 어쩐 일인지 박진옥은 마치 자기가 언니 박순옥인 것처럼 미소를 지었으며, 조용히 고개를 끄덕이기까지 했다. 소담하게 내리는 첫눈 때문이었는지도 모르고, 정귀보의 기분을 해치고 싶지 않다는 선량한 마음 때문이었는지도 모르지만, 어쩌면 어린 시절부터 무수히 반복해온 역할 바꾸기 놀이의 습관 탓이었는지도 모른다.

그녀는 정귀보와 헤어지고 나서 곧바로 언니에게 사태의 전말을 고했다. 동생의 이야기를 들은 박순옥은 화를 내지는 않았다. 상대가 그들을 헷갈려하는 상황에 익숙했기 때문이기도 하지만 다른 이유도 있었다. 동생이 정귀보에게 보인 호의적인 반응은 자신이 그 자리에 있었더라도 똑같았을 것이니까.

이것은 텔레비전 개그 프로그램에나 나올 법한 희극적 상황임에 틀림없었다. 하지만 문제는 점점 심각한 쪽으로 흘러갔다. 당사자인 언니뿐만 아니라 고백을 들은 동생 역시 정귀보에게 제법 깊은 호감을 갖고 있었던 것이다. 그들은 정귀보와 함께 있으면 캐시미어 모포로 몸을 감싼 듯 편안한 감정에 빠져들 수 있었다. 아 정말이지 부드러운 늪에 빠져드는 느낌이랄까요?—라는 것은 언니의 말이었고, 동생 쪽은 다소 관념적인 표현을 써서 이렇게 설명했다. 뭐랄까, 자아라는 갇힌 틀을 넘어서 편안하고 평화로운 대기를 경험하는 기분과 유사하달까요?

정귀보는 며칠 후 자신이 좋아하는 이가 한 사람이 아니라 두 사람이며, 자신이 그들을 헷갈렸다는 것을 알게 된다. 그는 예상치 못한 혼란에 빠져들었다. 혼란은 쉽게 수습되지 않는데, 둘이면서 또 하나인 마음이 이미 그의 가슴 깊은 곳에 자리를 잡았던 탓이다.

물론 정귀보가 자매를 동시에 사랑했다고 단정하기에는 여러 난점이 남아 있다. 그가 사랑한 것이 정말 두 사람이었다는 말인가? 사랑을 하는데 어떻게 대상을 제대로 구별하지 못한다는 말인가? 그것을 과연 사랑이라고 말할 수 있을 것인가? 후일 몇몇 지인들이 이런 정당한 의문을 제기했을 때, 정귀보는 우수 어린 침묵으로 일관했다고 한다.

세번째와 네번째라고 할 수 있는 이 연애가 오래가지 못한 것은 당연한 일이다. 정귀보는 어느 정도 자매를 구분할 수 있게 되었지만, 여전히 자신감을 갖지 못하는 자신에게 환멸을 느꼈다. 조금씩 상해가는 과일처럼, 정귀보의 마음은 형태와 빛깔이 변질되고 있었다.

스스로를 견디지 못한 그가 결별을 선언했을 때, 자매의 반응은 같으면서도 다른 것이었다. 두 사람을 한 사람처럼 사랑하면 안 돼? 그건 언니 박순옥의 말이었다. 그냥 두 사람이라고 생각하고 사랑해도 좋지 않아? 이건 동생 박진옥의 말이었다. 정귀보는 둘 모두를 향해 고개를 흔들었다. 불가능한 일이었다. 무엇보다도 그의 내부에서 피어오르는 모멸감을 더는 견딜 수 없었다. 사랑이란 단 한 사람만을 향하는 것이라고 그는 확신하고 있었다. 따라서 지금 이 감정은 결코 진실한 것이 아니다. 그게 그의 결론이었다.

그는 자매에게 결별을 통보하고 전격적으로 회사를 사직했다. 이제 와서 말이지만, 정귀보가 회사를 그만둔 것은 차양에서 톡, 톡, 떨어지는 빗방울 때문은 아니었던 셈이다.

이 희비극적인 연애에 대해서는 특별히 덧붙일 말이 없다. 군이 부연하자면, 그 자매를 실제로 만나본다면 누구도 정귀보를 손쉽게 비난할 수 없을 것이라는 점이다. 모든 면에서 정귀보는 사랑에 충실하고자 했을 뿐이다. 그리고 모든 면에서 충실했다는 바로 그 이유 때문에, 정귀보의 세번째 또는 네번째 사랑은 모두에게 상처만 남기고 물거품이 되었다.

회사를 그만둔 이후 정귀보가 본격적으로 회화 작업에 매진했기 때문에, 이 실연은 오늘날의 미술애호가들에게 어떤 면에서는 행운이라고 할 수 있다. 정귀보는 장위동 근처의 낡은 빌라에서 살면서 주변 사람들의 얼굴과 집 주위의 풍경을 그렸다. 버려진 옷이라든가 이불보 같은 것을 캔버스로 활용하기 시작했다는 점을 제외한다면, 과거의 화풍과 그리 다르지 않았다. 그의 인물화와 풍경화는 이 세상 어디에나 있는 이미지 같았는데, 묘하게도 관람객들의 시선을 끌었다. 관람객들은 누구나, 이건 어디서 만난 적이 있는 얼굴이 아닌가, 그렇게 중얼거리며 친근감을 표시했다. 그리고 한참 후에 고개를 갸웃거리며 이렇게 덧붙이곤 했다. 이건 어딘지 나를 닮았는데……

정귀보의 후기 예술을 장위동 시대라고 명명할 수 있다면, 그는 그 시대까지도 자신의 미래를 모르고 있었다. 클레멘트 그린버그를 잇는 뉴욕 평단의 거장 빈센트 호크의 주목을 받아 세계적 작가로 거듭난 아시아의 천재. 그게 바로 자기 자신일 줄은 예측하지 못했으니까 말이다.

여기서 잠시 빈센트 호크에 대해 언급하고 넘어갈 필요가 있겠다. 빈센트 호크는 오하이오 출신으로 2000년대 이후 뉴욕 현대미술을 이끌어온 독보적인 미술평론가이다. 뉴욕타임스의 어떤 칼럼니스트는 "아무리 도로를 달려도 옥수수밭만 이어지는 시골 출신임에도 불구하고, 그의 이름 '호크(매)'가 필명이 아니라 본명이라는 점은 충분히 주목받아야 한다. 특히 이 '호크'는 아시아라는 옥수수밭을 날아다니는 데 천부적이었던 것이다"라고 적었다. 이게 무슨 뜻인가? '호크'가 어쩌고 한 것은 그게 매처럼 날카로운 눈을 가진 비평가에게 잘 어울리는 이름이라는 뜻이다. 그리고 아시아라는 옥수수밭을 날아다닌다는 것은 아시아의 무명작가들을 발굴해내는 데 날카로운 식견을 발휘한다는 뜻이다. 이 칼럼니스트의 문장에는 지역적, 인종적 편견이 배어 있었지만, 기이하게도 이를 지적한 사람은 아무도 없었다.

특유의 성실한 리서치를 통해 정귀보의 포트폴리오를 접한 빈센트 호크는 곧바로 뉴욕의 큐레이터들에게 그를 추천했다. 그렇게 해서 정귀보는 저 유명한 모마(MoMA : 뉴욕 현대미술관)의 '21세기, 내일은 어디서 오는가?'전에 초청을 받게 된 것이다. 모마의 이 야심 찬 기획에 초대된 아시아계는 정귀보가 유일했다. 중국 작가가 포함되지 않은 것은 중국의 인권 상황에 대한 뉴욕 화단의 항의 표시이며, 무명의 한국 작가가 포함된 것은 모마에 재정적 후원을 약속한 한국 대기업을 고려한 결과라는 확인되지 않은 소문도 있었다. 그렇다 치더라도 한국 작가에게 자리가 돌아온 것은 행운이었다. 정귀보로서는 중요한 도약의 기회였다.

하지만 우리가 알다시피, 정귀보는 모마의 초대장을 받자마자 자살로 추정되는 의문의 사고로 실종됨으로써 더욱 신비로운 이미지를 남겼다. 일종의 유작전이 된 그 전시회에서 정귀보는 현대회화의 새로운 장을 연 미래의 아티스트라는 평을 얻었다. 모마의 홈페이지에는 그의 작품 일부와 함께 다음과 같은 다소 난해한 추천사가 게재되었다.

설치, 개념 및 비디오 아트가 주도하는 현대회화에서 프랜시스 베이컨과 루치안 프로이트의 신표현주의 이후 정귀보만큼 회화의 구상적 본질에 도달한 화가는 없었다. 캔버스로 선택된 낡은 옷과 버려진 침대보는 고도로 계산된 정귀보의 페이셜 이미지와 절묘한 화학작용을 일으킨다. 일본의 모노하(物派)를 비롯한 탈주관주의의 동양적 흐름에 휩쓸리지도 않고, 잭슨 폴록의 드리핑이 대변하는 소위 '과정의 미학'에 종속되지도 않으면서, 정귀보는 인간의 얼굴을 보편적 궁극의 상태로 밀고 간 유일한 작가라고 할 만하다. 우리가 아시아에서 길을 찾아야 한다는 것을 증명하는 화가, 그것이 정귀보인 것이다.

빈센트 호크의 평은 "매의 날카로운 눈"을 느끼기에는 지나치게 일반적이고 서구중심주의적이었지만, 정귀보를 주목의 대상으로 만들기에는 부족함이 없었다. 국내 갤러리에 '퀴포청(Kui-Po Chung)'의 작품을 찾는 외국 화상들의 문의가 심심치 않게 이어진 것은 물론이다. 부재하면서 존재하는 화가, 죽은 채로 미래가 된 화가, 무상(無償)의 터치가 창조하는 급진적인 전위성으로 인간을 재해석한 화가. 그런 표현들이 정귀보를 수식하기 시작했다.

이후 나온 언론의 문화면 기사들은 정귀보에 대한 뉴욕 평단의 평가를 비중 있게 소개했지만, 그의 인생에 대해서는 이렇다 할 정보를 알려주지 못했다. 정귀보가 만 41세, 즉 한국인 평균수명의 대략 절반만 채운 뒤에 인생을 마감했다는 것이 그 기사들에 나오는 유일하게 올바른 정보였다. 게다가 그 기사들은 그의 죽음이 자살인지 아닌지 단정짓기 어렵다는 점을 간과하고 있었다.

목격자들에 따르면, 정귀보는 서해안 하구의 한 계곡에 있는 구름다리를 건너다가 죽음을 맞이했다. 고도 십오 미터, 길이 이십오 미터의 제법 아찔한 다리였다. 시간은 목요일 오후 세시, 날씨는 약간 흐린 정도로 사람들에게 이렇다 할 인상을 남기기 어려운 하늘빛이었다. 목격자들의 증언은 간단했다. 정귀보보다 먼저 구름다리를 건너갔던 중년 여성의 말이다.

"건너면서 뒤를 돌아봤지. 마흔이나 됐을까 싶은 남자가 막 다리에 들어섰는데, 평범한 등산객 차림이었어요. 뭐 요즘엔 회사 잘리고 평일에도 산에 오는 남자들이 많으니까. 그런데 그 사람이 다리 가운데서 걸음을 멈추더니 상체를 내밀고 물을 지그시 바라보는 거야. 아이고, 저거 위험한데, 호기심 많은 양반이네. 그런 생각이 들자마자, 갑자기 바람이 세게 분 거예요. 다리가 흔들렸지. 아무래도 출렁다리니까. 어, 저 양반 발바닥이 허공에 떴다, 그런 생각이 드는 순간 순식간에 사라진 거야. 그때는 무슨 일이 일어난 건지 감이 안 왔어요. 아주 자연스럽게 느껴져서 끔찍한 일이 일어났다는 생각도 못했다니까."

이 목격자에 따르면 정귀보는 다리 아래의 가파른 계곡을 자세히 보려다가 실수로 추락사한 것이 틀림없었다. 마침 그 시간에 바람이 강하게 불었고 다리가 심하게 흔들렸다는 증언은 그 외에도 더 나왔다. 구름다리의 사고 위험을 지적하는 청원이 평소에도 많았다는 사실이 추가로 밝혀졌다. 신발을 벗어놓고 뛰어내린 것도 아니고 유서를 남긴 것도 아니었으니 경찰 입장에서는 실족사로 처리하는 게 순리였다.

하지만 그 순간을 가장 가까이서 목격한 다른 등산객의 진술은 달랐다. 나이가 지긋한 노인이었는데, 그는 전직 교수인데다 깊은 주름과 중후한 목소리를 갖고 있어서 신뢰감을 주기에 충분했다. 그는 정귀보의 뒤를 따라 다리를 건너다가 추락을 목격했다고 진술했다. 중년 여성의 반대편이었던 셈이고, 정귀보와는 오륙 미터밖에 떨어져 있지 않았다. 그는 확신에 찬 표정으로 말했다.

"내가 이 산을 십이 년째 다녀. 산에 대해서는 잘 알지. 거긴 그런 사고가 일어날 만한 데가 아니야. 일부러 그러지 않는 한 떨어질 수가 없는 곳이라고. 내가 이런 얘기를 하는 건, 구름다리 한가운데 서 있는 그 사람 표정을 봤기 때문이우. 어딘지 어두운 표정이었어. 난간을 꼭 쥐고는 일부러 상체를 밖으로 내민 것 같았다니까. 물을 바라보는 듯하더니, 순간 펄쩍 뛰어서 떨어진 거야. 그건 몸을 던진 거예요 분명히. 내가 나이가 일흔둘이야, 일흔둘. 확실해요."

자살이라는 얘기였다. 정귀보는 신발도 벗지 않았고 유서도 남기지 않았지만, 확실히 그것으로 자살이 아니라고 단정할 수는 없었다. 바람이 불었다고는 하나 느끼기에 따라서는 산들바람 정도였다. 그 다리에서 사람이 떨어져 죽은 사례는 지금까지 두 건밖에 없었다. 둘 다 자살이었다. 구름다리는 폭 1.5미터 정도로, 양쪽에 밧줄로 된 난간이 설치돼 있었다. 난간 높이는 어른 가슴께까지 오는 정도였고, 난간 아래로도 촘촘히 그물이 설치돼 있었다. 일부러 뛰어넘지 않는 한 추락하기는 어려워 보였다.

군청 직원의 말에 따르면, 그때는 민원을 접수하고 구름다리의 전면 보수공사를 끝낸 지 얼마 지나지 않았을 때였다. 다리가 위험했던 건 아니라는 뜻이다. 앳된 얼굴에 이제 막 공무원 느낌이 배어들기 시작한 그 군청 직원은 구름다리라는 것이 어떻게 만들어지는지를 상세하게 설명해주었다. 그 때문에 나는 산 위의 구조물들에 대한 의외의 지식까지 얻게 되었다. 당연한 말이지만, 산에는 나무와 바위만 있는 것이 아니다. 거기에는 인간이 만든 산장도 있고, 인간들의 무수한 도전과 실패가 있으며, 헬리콥터가 커다란 철근을 매달고 허공을 날아가는 시간도 있는 것이다.

자살이라는 주장을 뒷받침하는 정황증거는 그 외에도 여럿이었다. 우선 정귀보는 평소 산행에 취미를 가진 사람이 아니었다. 특별한 계기가 없이는 혼자서 산을 탈 사람이 아니라는 뜻이다. 게다가 그의 풍경화는 산이나 바다가 아니라 주로 도시 변두리를 대상으로 삼았다. 대학을 졸업한 이후 그는 한 번도 자연을 그린 적이 없었다. "자연에서는 표정을 발견할 수 없다"는 것이 이유였다. 작업을 하러 갔을 리 만무했다.

그러니 평일 낮에 혼자서 산에 올라갔다면 뭔가 심경의 변화가 있었다고 보는 게 자연스럽다. 그 전날 산 아래 주점에서 혼자 술을 마셨다는 증언도 확보되었다. 분명히 혼자였다고 증언한 주인 남자의 말은 다음과 같았다.

"여긴 혼자 오는 손님은 드문 편이라 기억이 나요. 그냥 얌전하게 소주 두 병을 비우고 나갔지. 스마트폰도 들여다보고 하면서 멍하니 마셨어요. 어디다 전화를 걸어 언성을 높이지도 않았고, 행패도 부리지 않았어. 안주는 도토리묵과 김치전이었고. 아, 도토리묵은 우리가 서비스로 준 거야. 자살할 표정이었냐고? 에이, 그런 걸 어떻게 알아? 얼굴에 쓰여 있는 것도 아니고. 근데…… 또 그렇다고 생각해보면 확실히 그런 표정이었던 것 같기도 하고……"

모마의 전시를 위한 작업이 잘 되지 않아서 자살했을 거라는 언론의 추측성 기사가 반복된 것은 그런 이유에서였다. 기사의 표제는 '이것이 천재 예술가의 비극인가?' 하는 식이었는데, 말미에는 애도이기도 하고 영웅화이기도 한 관습적인 찬사를 덧붙이는 경우가 많았다.

구구한 논란에 종지부를 찍은 것은 정귀보 자신이 작성한 유서였다. 유서는 장위동 정귀보의 방, 그것도 책상 위에 놓인 책 사이에서 발견되었다. 의심의 여지가 없는 친필이었고, 삶과 죽음에 대한 진지한 성찰로 이루어진 글이었다.

〈죽음은 삶 전체를 드러내는 무한한 거울이다〉

〈죽음은 단순한 없음이 아니다. 그것은 우리가 영원히 소유할 수 없는 신비이자, 무한한 사건의 발생 가능성이다〉

〈우리가 존재하는 한 죽음은 우리와 함께 있지 않을 것이며, 죽음이 오면 우리는 이미 존재하지 않으리라. 그러므로 우리는 죽음을 두려워할 필요가 없다〉 등등.

조간들은 정귀보의 유서가 발견되었다는 기사를 쏟아냈다. 천재 작가다운 혜안으로 빛나는 글이라는 찬사와 함께였다. 확실히 죽음에 대한 그 문장들은 정귀보가 왜 극단적인 선택을 했는지 암시하는 것으로 보였다.

하지만 나는 그 유서의 전문을 여기에 인용하지 않으려 한다. 왜

냐하면 그것은 나로서는 매우 실망스러운 글이었기 때문이다. 이유는 여러 가지다. 첫째, 그 유서가 꽂혀 있었다는 책은 『세계 잠언집』이었는데, 그건 편자조차 '편집부'로 되어 있는 싸구려 책이었다. 북 디자인이나 종이의 질이 조악했을 뿐 아니라, 인용문들에는 출처조차 없었다. 흔히 중고서점 일천원 코너에서 파는 책이 틀림없었다.

둘째, 그 유서에 감명을 받아 문화면에 전문을 게재한 신문들은 다음날 다소 충격적인 제보를 받아야 했다. 제보 전화는 문화부 데스크로 하루종일 이어졌다. 제보자들이 이구동성으로 증언한 것은, 정귀보의 유서라고 보도된 그 문장들이 실은 정귀보가 읽던 바로 그 책 『세계 잠언집』에 실려 있는 글귀라는 것이었다. 대개 나이 지긋한 독자들이 전화를 걸어왔는데, 그들은 문제의 유서가 사실 그 책의 일부이며 어떤 문장은 잘못 옮겨지기까지 했다고 주장했다. 칠십대라는 한 독자는 자신이 문제의 『세계 잠언집』을 아침마다 하나씩 골라서 낭송하기 때문에 기사를 보자마자 금방 알 수 있었다고 설명했다. 심지어 그는 그 책에서 가훈을 뽑아 액자로 걸어놓았다는 점을 강조하기까지 했다. 이 제보가 사실이라는 것은 금방 확인되었다. 책을 입수해 대조해보면 되었기 때문이다.

정귀보가 왜 삶과 죽음에 관한 선인들의 잠언을 베껴쓰고 거기에 '유서'라는 제목을 붙였는지는 정확히 알 수 없었다. 가장 단순한 주장은 이런 것이었다. 이것은 진짜 유서가 아니며, 단지 책의 내용을 메모해놓은 것에 불과하다는 얘기였다. 『세계 잠언집』의 5장이 바로 '예술가들의 유언'이라는 소제목으로 돼 있다는 설득력 있는 근거도 제시되었다. 하지만 이 주장은 정귀보가 왜 '예술가들의 유언'이 아니라 '유서'라고 적어놓았는지, 왜 5장뿐 아니라 다른 곳의 문장들도 섞여 있는지는 설명하지 못했다.

매력적인 해석도 있었다. 천재 예술가답게 정귀보는 죽음을 맞이하는 순간까지 유머를 잃지 않았다는 것이다. 상투적인 잠언들을 진지한 죽음과 겹쳐놓는 고급스러운 농담이라는 해석이었다. 하지만 그런 농담이 정말 '고급스러운' 것이냐는 냉소적인 반론이 있었고, 그 잠언들이 당신 눈에는 상투적으로 보이느냐는 다소 감정적인 반론도 있었다. 정귀보가 그런 식의 말장난을 좋아하는 타입의 천재는 아니었다는 주장도 추가되었다. '고급한 유머'론은 금방 힘을 잃었다.

그 외에도 여러 견해가 제출되었다. 죽음에 대한 글을 너무 열심히 읽다보면 정말 죽음에 대한 충동을 느낄 수 있다는 정신과 의사의 칼럼이 게재되었고, 잠언은 교훈과 가르침을 담은 문장이기 때문에 유서에 잠언을 베껴쓰는 것은 당연한 일이라고 주장한 대학교수도 있었다. 이 모든 게 악의적인 정치적 조작이라는 극단적인 견해는 SNS에서조차 야유를 받았으며, 자살은 그냥 자살이지 뭐 그렇게 복잡하게 생각하느냐는 근본적인 주장은 홍대 앞 술집 같은 곳에서 잠깐 흘러나왔다가 사라졌다.

하지만 이 사건의 더 큰 난점은 다른 곳에 있었다. 사건 발생 후 한 달이 다 되었는데도 시신이 발견되지 않았던 것이다. 구름다리에서 추락해 바위에 두 차례 부딪힌 후 급류에 휩쓸려간 것은 틀림없는데, 정작 시신은 찾을 수 없었다. 수중탐색 전문요원들이 포함된 군경 합동수색팀이 하구를 이잡듯 뒤졌는데도 아무런 흔적도 발견되지 않았다. 바위에 남은 핏자국이 증거의 전부였다. 배낭이나 신발 같은 것조차 발견되지 않았다.

하구는 바다와 만나면서 물이 넓고 깊어진다. 시신은 해류의 지배를 받게 되고, 그때부터는 강바닥이 아니라 바다라는 거대한 세계에 속하는 것이다. 정귀보는 이미 그 거대한 세계의 일부가 되어 있는지도 몰랐다. 그렇다면 시신을 찾는 것은 사막에서 모래알 찾기라든가 갈대밭에서 바늘을 찾는 일에 가깝다. 이것은 시신 확보에 생각보다 어려움이 있을 것이라면서 덧붙인 경찰 고위관계자의 비유였다.

하지만 정귀보는 사건 발생 사 개월이 지난 뒤, 넓고 깊고 어두운 그 바다의 심연에서 자신을 드러냈다. 마침내 시신이 발견된 것이다. 내가 연락을 받은 것은 정귀보가 실종된 후 정확하게 백이십 일째가 되던 날의 저녁 무렵이었다. 가을이 깊어가고 있었다. 내가 사는 아파트의 창밖에는 황혼을 배경으로 낙엽이 정말 그림처럼 흩날리고 있었다. 만물의 조락은 그렇게 자신만의 표현법을 갖게 되는 것이다. 팔짱을 낀 채 나는 그런 쓸쓸한 생각에 잠겨 있었다.

그즈음 나는 평전 집필을 중단하리라고 마음먹고 있었다. 정귀보의 삶에 대해서는 아무런 할말이 없다는 것이 나의 판단이었다. 계약금을 받은 마당에 무책임하고 성급한 판단이라는 건 알고 있었지만, 할말이 없는 건 어쩔 수 없는 일이 아닌가. 나는 무엇보다 빈센트 호크가 아니기 때문에 추상적이고 현란한 논리로 그의 작품을 변호할 생각이 없었고, 정귀보가 한국인이라는 이유로 우리 민족이 낳은 천재니 뭐니 하는 과장과 미화를 일삼고 싶지도 않았다. 그의 시신이 발견되었다는 출판사 사장의 다급한 전화를 받기 전까지는 말이다. 나와는 미대 동창이기도 한 사장은 다소 흥분한 목소리로 급보를 전한 뒤 이렇게 덧붙였다. 이봐, 빨리 취재 시작하라고. 다른 데서 손쓰기 전에.

시신을 발견한 것은 바닷가에서 놀던 오누이라고 했다. 초등학교 삼학년 여자아이와 오학년 남자아이였다. 부모는 수협공판장에 일을 나간 뒤였고, 학교에서 돌아와 해변에서 놀다가 정귀보를 발견했다는 것이다. 유감스럽게도 그리 신빙성 있는 진술은 아니었다. 아이들은 정귀보가 처음에는 시신 상태가 아니었으며, 바다에서 '비틀거리면서 걸어나왔'다고 증언했다. 처음에는 동네 아저씨라고 생각했는데 자세히 보니 처음 보는 사람이었다는 것이다. 힘없이 고개를 숙인 채였고, 옷은 수영복이나 잠수복이 아니라 등산복이었다. 정귀보가 산에 올라갈 때 입고 있던 바로 그 옷이었다.

해변으로 걸어나온 정귀보는 너무 오래 수영을 해서 기진맥진한 사람처럼 그 자리에서 푹, 허물어졌다. 오누이는 바다에서 걸어나온 남자가 자기들을 빤히 바라보다가 쓰러졌으며, 그래서 아무런 말도 나눌 수 없었다고 증언했다. 이 진술에 의하면, 정귀보는 백이십 일 동안 바닷속에 잠겨 있다가 산 채로 걸어나온 것이 된다. 아마 애들이 공포에 질려 잠시 착각한 거겠지. 사장은 그렇게 덧붙였다. 나는 고개를 끄덕였다. 파도를 타고 해변에 밀려온 시신을 본 초등학생들이라면 그런 환상에 사로잡힐 수도 있을 것이다. 공포라는 감정은 우리에게 어떤 종류의 환상이든 만들어내지 않던가.

전화를 끊었을 때, 나는 뜻밖의 욕망에 휩싸여 있었다. 멈췄던 심장이 뛰는 것 같은 느낌이었다. 정귀보의 시신을 직접 볼 수 있다면 평전을 시작할 수 있을지도 모른다. 그 시신은 정귀보에 대한 기나긴 글의 유일한 출발점일지도 모른다. 그런 생각이 머릿속에 차올랐던 것이다. 그것은 나로서도 갑작스러운 열망이라고 할 만했다. 다소 엉뚱하게 들리겠지만, 나에게 그 열망은 사랑이라든가 증오 같은 감정과는 거리가 먼 것이었다. 그것은 집착 같은 감정이 아니며, 호기심이나 의무감 같은 것은 더더욱 아니었다. 더 이상하게 들릴지도 모르지만, 나는 그것을 '영원한 탐구열'이라고 말하겠다.

나는 정귀보의 시신을 눈으로 확인하기 위해 그가 안치돼 있다는 해안가 소도시의 한 종합병원으로 달려갔다. 기자들도 오지 않았고, 심지어 빈소조차 차려지지 않은 상태였다. 나는 깊은 밤에 관리실 유리창을 두드려야 했다. 선잠에서 깬 근무자가 쪽창을 열었다. 육십대 중반쯤의 피로한 얼굴에 드문드문 검버섯이 피어 있었다. 잠으로 돌아가는 것만이 유일한 목적인, 그런 얼굴이었다.

그는 정귀보의 시신을 보고 싶다는 나의 청을 한마디로 거절했다. 규정상 불가능하다는 것인데, 그건 이미 예상했던 일이었다. 그에게 생각보다 많은 액수의 사례를 한 뒤에야 나는 정귀보의 시신을 두 눈으로 확인할 수 있었다. 자정을 넘긴 시간이었고, 바닷바람이 부는 적막한 병원의 적막한 영안실이었다. 관리인이 열쇠 꾸러미를 뒤져 안치실 문을 따고, 3번이라는 번호가 붙은 안치기를 꺼내는 시간이 한없이 길게 느껴졌다.

엠바밍을 한 것도 아닐 텐데 시신은 말끔한 상태였다. 익사라고는 믿을 수 없을 정도로 정상적인 모습이었다. 심지어 싱싱한 느낌까지 들었다. 피부가 붇지도 않았고, 상한 곳도 없었다. 눈과 코와 입이 정확하게 있어야 할 곳에 위치해 있었다. 얼굴에는 아무런 표정이 없었다. 지금이라도 상체를 일으켜 "누구요?" 하고 물어볼 듯한 얼굴이랄까. 정귀보는 생전의 모습 그대로. 172센티미터에 71킬로그램의 체형조차 조금도 변하지 않은 채, 그렇게 누워 있었다.

무슨 처리를 어떻게 했느냐는 내 질문에, 관리인은 자기가 방금 근무 교대를 했기 때문에 답해줄 수 없으며, 내일 아침에 직접 병원측에 문의하라고 나른한 목소리로 대답했다. 열쇠를 짤랑거리며 안치실 문에 기대선 그의 등을 바라보다가, 나는 시신 쪽으로 다시 눈을 돌렸다.

이것이 백 일이 넘는 동안 바다 밑을 떠돌아다닌 시신이란 말인가? 아니면 그가 살아서 걸어나왔다는 아이들의 말이 사실이란 말인가? 나는 도무지 믿을 수 없었다. 믿을 수 없을 뿐만 아니라 참을 수도 없었다. 기묘한 슬픔이 가슴속에서 배어나왔다. 나는 안치실의 희미한 형광등 불빛 속에 망연히 서서 오랫동안 정귀보의 얼굴을 바라보았다. 이 밤이 영영 끝나지 않을 것 같은 기분이었다.

다음날 나는 사장에게 전화를 걸었다. 쉽지는 않겠지만 정귀보에 대한 글을 다시 시작해보겠노라고 말했다. 사장은 아 그럼 안 하려고 했단 말이냐?—라며 무슨 헛소리를 하느냐는 듯 시큰둥하게 반응했다. 나는 별다른 대꾸를 하지 않았다.

물론 그후로도 책은 지지부진한 상태를 벗어나지 못하고 있다. 정귀보의 예술이야 평론가들이 설명할 문제지만, 정귀보의 인생을 탐구하는 것은 소위 평전을 쓰겠다는 나의 몫이 아닌가. 그러나 나는 뭘 어떻게 시작해야 하는지조차 알 수 없었다. 그의 인생을 연대별로 정리할 것인지, 큰 사건별로 정리할 것인지, 몇 개의 시대로 나눌 것인지도 판단할 수 없었다. 대체 처마에서 떨어지는 빗방울에 얼비친 햇빛이라든가, 야이 씨발아 난 여자만 좋아해―라든가, 쌍둥이를 동시에 사랑한다는 것은 과연 무엇인 것일까? 그런 것에 의미를 부여해서 이렇게 저렇게 정리한다는 것은 무슨 뜻일까? 그런 것을 쓰려는 나라는 인간은 대체 무엇이란 말인가? 평전이 아니라 차라리 연보만으로 한 권의 책을 만드는 게 낫지 않겠는가? 시간 순서에 따라 철저하게 객관적이며 확인 가능한 정보만으로 이루어진 책을 말이다. 설령 그것이 단 한 페이지로 이루어진 책이라고 할지라도……

지금 나는 정귀보가 죽음을 맞기 전날 밤 혼자 술을 마셨다는 주점에 앉아 이 글을 쓰고 있다. 낡은 나무탁자 여섯 개와 통나무 의자들이 아주 오랜 세월을 그렇게 보내왔다는 듯 눅눅한 향기를 내뿜고 있다. 뜨내기 등산객들을 받는 주점답게 안주는 다양한 편이어서, 도토리묵도 있고 김치전이나 파전도 있으며, 심지어 고등어구이도 있다.

죽기 하루 전의 정귀보가 된 듯이, 나는 도토리묵(주인장이 서비스로 준 것이다)과 파전을 앞에 두고 막막한 감정에 잠겨 있다. 특별히 비관적인 기분이라고 말하고 싶지는 않다. 나는 누군가에게 전화를 걸어 언성을 높이지도 않을 것이고, 만취해서 행패를 부리지도 않을 것이다. 단지 나는 무언가가 내 안에서 조금씩 피어오르고 있다는 것은 깨닫고 있다. 어쩌면 그것은 정귀보의 인생에 대한 기나긴 글의 첫 문장 같은 것인지도 모른다. 마지막 문장이 없는…… 짧고 건조한…… 첫 문장 말이다. 첫 문장에서 두번째 문장이 나오고, 두번째 문장에서 세번째 문장이 이어지고, 세번째 문장에서 또다른 문장이 태어날 것이다. 그러던 어느 날, 나는 거기서 아무렇지도 않게 걸어나오는 정귀보를 보게 될는지도 모른다. 해변에서 놀고 있는 우리를 향해 다가오는, 우리 모두의 정귀보를 말이다.

정귀보의 약력과 정귀보의 몸

*

「우리 모두의 정귀보」는 정말 '우리 모두의 정귀보'라고 생각하면서 썼다. 그것은 일종의 사랑일까? 잘 모르겠다. 하지만 나는 여전히 그에 대해 써야 할 것이 있다고 느낀다. 그는 결코 소진되지 않는다. 무한하게 풍부해지는 것만이 정귀보일지도 모른다. 요즘도 나는 혼자 술을 마실 때면 골똘히 그를 생각할 때가 있다.

*

낙관주의자가 될 것. 이것은 나 자신을 세뇌하기 위해 되뇌는 금언 가운데 하나지만, 불행하게도 나는 비관주의자의 피를 타고난 것 같다. 거기서 벗어나는 것이 매우 어렵다고 느낀다. 그런 의미에서 「우리 모두의 정귀보」는 나에게 이질적인 느낌을 준다. 이 단편을 쓸 때는 비관적인 기분에 최대한 저항했던 것으로 기억한다. 낙관적이라느니 비관적이라느니 하는 게 이 소설에는 전혀 중요한 것 같지 않지만.

*

그렇다. 정귀보의 삶은, 그냥 정귀보의 삶이다. 그는 나에게 오랫동안 수수께끼였다. 자, 여기 이토록 평범한 사람이 있다. 그런데 과연 이 사람은……

누구일까?

그때 내 귀에 어떤 목소리가 들려왔다.

"평전이 아니라 차라리 연보만으로 한 권의 책을 만드는 게 낫지 않겠는가?"

*

삶의 주관적 감각을 배제한 채 객관적 사실들만을 기록한 연보에 대해, 나는 그리 호감을 갖고 있지 않다. 당연한 일이다. 삶은 그 공식적 기록 너머에 있는 것이니까.

하지만 가끔은 그 형식에 흥미를 느끼기도 하고, 심지어는 깊은 경외심까지 느낄 때가 있다. 연도별 숫자의 건조한 나열 속에 한 인간의 처음과 끝이 정확하게 배열되는 풍경. 결국 그것이 인생이라는 것에 대한 쓸쓸한 수긍. 마침내 동사무소의 승리라고 하지 않을 수 없는 무엇이, 인생에는 있는 것이다.

*

연보로 된 한 권의 책은 아니지만, 나는 대신 정귀보의 약력을 적어두었다.

1972 담양 출생

1974 서울 이주

1979 초등학교 입학

1985 중학교 입학

1988 고교 입학

1991 미술대학 입학

1994 입대

1996 제대

1997 대학 졸업

1997 가구회사 입사

2002 퇴사

2002 공모전 입선

2003 개인미술관 입사

2006 개인미술관 퇴사

2013 실종 및 사망

*

　유독 그때는 172센티미터에 71킬로그램이라는 정귀보의 체형에 관심이 갔다. 이것은 매우 신비로운 체형이 아닌가? 나는 그렇게 생각했다. 정귀보를 그림으로 그려 모니터에 붙여놓고, 그에 대해 쓰기 시작했다.

*

　무슨 생각을 갖고 소설을 시작했는데, 끝나고 보면 내가 생각하지 않았던 생각이 거기에 있었다. 무슨 질문을 갖고 소설을 시작했는데, 끝나고 보면 내가 던지지 않았던 질문들이 거기에 있었다. 소설의 몸, 소설의 육체란 대체로 그런 것이다. 내가 품지 못한 것들이지만, 소설과 인물이 스스로 품는 것들. 발생시키는 것들. 그리고 정귀보가 있었다.

생전유고(生前遺稿)

양경언

정귀보, 그는 누구인가. 소설을 읽기도 전에 우리는 이미 '정귀보'라는 고유명사에 시선을 빼앗긴다. 아마 그의 출생연도와 사망연도가 표기된 소설의 첫 문장에 다짜고짜 노출된 탓일지도 모른다. 그 때문에 이 소설을 동양의 역사기술 방식인 '전(傳)'쯤으로 읽어볼까도 싶은 독자도 있을 것이다. '전'은 과거에 있었던 일을 후세에 전하기 위해 한 인물을 중점적으로 형상화하는 일에 서술자의 필력이 모두 할애되는 장르이다. 소설에서 서술자인 '나'에게 주어진 일이 정귀보의 평전을 쓰는 일이기도 하거니와 독자들 역시도 '정귀보'라는 이름에 소설이 향해 있는 이유를 알아내리라는 욕망으로 작품을 읽어나갈 것이므로, 우리가 이 소설을 '정귀보'라는 사람을 지켜보는 일에 온 힘을 쏟는 방식으로 읽는다 해도 전혀 이상하지는 않을 것이다.

우선 그가 화가였다는 점에 착안, 그의 그림을 통해 정귀보라는 사람에게 다가가기로 하자(예술가의 삶은 주로 작품 때문에 탐구되기 시작하며, 때때로 우리는 몇몇 작품을 대할 때마다 마치 작가의 삶 전체를 알았다는 듯이 우매하게 군다. 꼭 그래야만 하는 것은 아니지만─그리고 어쩐지 이장욱은 그와 같은 방식의 어리석음을 간파하고 있는 듯싶지만─이번에도 별다른 방도를 구할 길 없어 이 습관을 따른다). 화가의 인생을 모른다 해도 작품이 호기심을 자극한다면 서술자 '나'의 평전 작업이 이어질 이유는 충분히 성립된다. 그러나 아쉽게도 정귀보의 작품은 그럴만한 종류의 것이 아니다. 정귀보가 유명해지기도 전에 그의 그림에 주목했던 어느 인사가 정귀보의 작품을 일컬어 "가장 인간적인 인간의 얼굴"을 그렸다고 평가했던 바를 떠올려보라. 이같은 말은 우리에게 정귀보는 '정귀보'일 필요가 없는 자리에서 '정귀보'의 이름을 내걸고 있기에 주목받아야 하는가 싶은 추측을 하게 만든다. 부연하자면 정귀보, 그는 모두를 지칭하는 쓰임새를 가진 대명사로 자신의 이름을 활용해도 별다른 불만이 없을 성싶은 삶을 살았던 것이다. 마치 그의 그림처럼 그저 "눈이 있을 자리에 눈이 있고, 코와 입이 있을 자리에 코와 입을 그린" 방식으로 쓰여진 삶, 다시 말해 다른 이들과의 식별이 불가능할 정도로 특성이 없는 삶.

그런데 이 소설은 예의 그 '특성 없음(정귀보 모친의 말을 빌리자면 "벨다른 이유는 웂"는)'이 특성의 전부인 삶을 조금은 다른 방식으로 대한다. '별다를 바 없다'는 언급 이후에 어김없이 그 자리를 채우는 "쓸쓸한" 감정을 조명하는 것이다. 이장욱의 소설에서 '쓸쓸함'은 예사로 넘길 게 아니다. 소설을 통해 마련한 인공적인 허구의 세계로도 충족되지 못하는 '삶의 구멍'이 그로부터 드러나기 때문이다. 가령 정귀보를 회상하면서 쓸쓸한 미소를 지어 보였던 이들의 표정은 허위로 가장된 것이 아니다. 이는 앞으로 살아갈 시간이 지금껏 살아온 시간과 다르지 않으리라는 점을 이미 알고 있는 이들에게도 불현듯 밀려오는 순간, 그러니까 잊었던 기억이 갑자기 살아나서 지금의 삶을 다시 돌아보게 한다거나 대수롭지 않게 여겼던 과거 누군가의 행동이 색다른 맥락에서 떠올라 이전과는 다르게 그 행동이 느껴진다거나 하는 순간에 빚어지는 표정인 셈이다. 비록 그를 통해서도 앞으로 더 나은 삶이 펼쳐지리라는 기대는 할 필요가 없음을 알고 있다 하더라도, 본인조차도 몰랐던 본인의 이면을 어렴풋이 감지하는 순간에 피어났던 이들의 '쓸쓸한 감정'에는 "달콤한 고독"이 묻어 있을 게 분명하다.

이장욱은 삶에 대한 체념과 허무주의를 넘어서는 표정이 자리한 바로 거기에서 예술적 표현의 가능성이 출발한다는 점을 기가 막히게 짚어낸다. 정귀보를 내내 특성 없는 범인으로 묘사하던 서술자 '나'가 갑자기 "위대한"이라는 수사로 그를 설명하기 시작한 대목을 보자.

그는 소녀가 한 말의 의미보다는 그 말의 어조와 뉘앙스와 목소리 자체에 매료되었다. 그 순간 그는 어둡고 이질적이며 매혹적인 하나의 세계가 자신의 마음속에서 태어났다는 사실만을, 희미하게 깨닫고 있었다.

그러므로 오늘날 우리는 이렇게 말할 수 있다. 우리의 위대한 화가 정귀보는 십대 시절, 남대문시장 부근의 여인숙 그 황량한 어둠 속에서 만난 이름 모를 소녀와 그 소녀의 입에서 튀어나온 알 수 없는 문장을, 깊이깊이 사랑하게 되었다고 말이다. (…) 그는 자신이 그 소녀를 사랑하는 것인지, 그 소녀가 내뱉은 그 말을 사랑하는 것인지 알 수 없다고 생각했으며, 그 밤의 낯선 어둠과 뼛속 깊이 스미던 추위를 오래오래 기억하게 되었다.(84쪽, 강조는 인용자)

정귀보를 '위대한 화가'라고 기록할 수 있는 이유는 정귀보의 이름 자체가 특별히 값져서(그의 이름은 '貴寶' 즉, '귀한 보물'로 풀이된다) 또는, 그 자신이 천부적인 재능을 가지고 태어났다거나 뉴욕 현대미술관으로부터 초청을 받은 사람이어서가 아니다. 그보다는 그가 우리 삶에 "어둡고 이질적이며 매혹적인 하나의 세계"가 한편에 자리하고 있음을 감지했기 때문에 혹은, 한때는 열렬히 염원했으나 끝내 소유하지 못한 방식으로 저 자신 삶의 일부로 편입한 "황량한 어둠"과 거기에 부여할 언어가 없어 내내 "알 수 없는 문장"을 품고 있던 속내가 어느 날 '그럭저럭'한 삶과 정면으로 충돌할 때 비롯되는 감정을 소홀히 대하지 않기 때문이다. 그런 의미에서 관람객으로부터 "어디서 만난 적이 있는 얼굴"을 표현했다는 얘기를 들었던 정귀보의 그림을 향해 던져진 "무상(無償)의 터치가 창조하는 급진적인 전위성으로 인간을 재해석"했다는 평단의 언급은 과장이 없어 보인다. 제자리를 지키고 있는 얼굴을 재현하는 일이야말로, 삶에서 이질적이고 끝내 알 수 없는 면모가 '있기 마련'인 차원을 표현하기 위한 가장 급진적인 방식의 묘사일 수 있어서다. 그렇다면 정귀보의 작업방식에 대해서도 우리는 다음과 같이 말할 수 있을 것이다. 정귀보의 그림, 그것은 삶일 필요가 없는 자리에서 삶의 이름을 내거는 방식을 취한다.

정귀보의 그림으로 한정해서 말했지만, 이는 어김없이 소설이 정귀보를 형상화하는 방식과도 맞닿아 있다. 서술자 '나'는 정귀보를 생전에 단 한 번도 만난 적이 없는 사람이다. 독자가 소설을 '전'의 형식으로 읽기 위해서는 서술자 '나'의 정보 채집 및 편집이 포함된 취재가 그 내용을 채울 수밖에 없다. 타인의 입을 통해야만 정귀보의 삶은 겨우 나타난다. 그러나 정귀보 생전에 그와 인연을 맺었던 이들은 정귀보에 대한 정확한 사실을 전달하는 데에 관심을 두기보다는 정귀보를 자신이 어떻게 이해했는지를 전하는 일에 더 몰두해 있는 듯 보인다. 정귀보와의 관계에서 자신이 왜 그랬는지, 저 자신의 심정은 어땠는지에 대한 설명이 우선시되므로, 짜깁기로 재구성되는 정귀보의 삶에서 정작 정귀보는 내내 수신자로 자리하는 것이다. 이편의 이야기를, 저편에 있는 정귀보가 어떻게 들을지 모를 일이다. 정귀보 평전의 목표는 애초부터 '정귀보'라는 인물의 삶에서 전하고 싶은 바를 복원하는 데에 있지 않고, 오히려 정귀보라는 인물이 살아 있었다 해도 정귀보 자신조차 알 수 없었을 '망각의 내부'에서 끄집어온—정귀보 주변 인물들에게는 '기억 이미지'에 가까운—인상에 대한 편집 작업의 감행에 있을 수 있다.

아무리 저 자신에 대한 내용이라 할지라도 생전에는 결코 재현 불가능했을 영역도 역설적으로 사후(死後)에는 다른 이들과의 관계에 의해 비로소 가시화된다. 이는 각자의 삶에 대한 완전한 회상을 불가능하게 만드는 '삶의 구멍'이야말로 타인의 이야기가 요청되는 자리이자 동시에 모두의 이야기가 교차하고 직조되면서 우리가 여태껏 몰랐던 삶의 진실을 얼핏이나마 살필 수 있는 자리임을 의미하는 것이겠다. 자신이 생전(生前)에 관계했던 타인의 기억 속에는, 나 자신이 여기에 없다 하더라도 나를 대신할 수 있는 이야기(遺稿)가 남겨지는 법이다. 정귀보의 이야기는 그의 입으로 직접 말할 수 없는 자리에서도 다른 이들에 의해 '쓰여지는' 방식을 통해 '정귀보의 이야기'로 내걸린다. 정귀보는 마치 아무것도 쓰여 있지 않은 상태이자 무엇이든 쓰여지길 기다리는 상태인 '텅 빈 현판'으로 자리하는데 그를 알아챌 때야 소설은 '전'의 형식이 아닌, 소설가 로베르트 무질이 '죽은 사람이 생전에 써서 남긴 원고'란 의미로 언급했던 '생전유고(生前遺稿)'의 방식을 저 나름으로 전유하여 취하고 있다는 사실을 드러낸다. 정귀보가 생전에 마주했던 인물들이 저마다 개성적으로 말을 건네면서 텅 비어 있는 '정귀보'라는 말을 중앙으로 견인해내고, 그 자리에 '유고'에 해당하는 의미를 부여하는 것이다.

서술자 '나'와 '쓰여지는' 대상인 정귀보 사이에 이야기를 '쓰게끔 하는 이들'의 개입은, 소설이 계속해서 이어질 수 있도록 이야기 충동을 부추기는 매개이다. 여러 사람의 이야기를 들으며 어떻게 해야 할지 고민하는 위치에서 벗어나지 못하는 한, 서술자에게 부여된 쓰기의 몫은 사라지지 않는다. 이는 특히 '아이들'이라는 목격자들로부터 정귀보가 시신이 아닌 상태로 바다에서 "비틀거리며 나왔다"는 증언을 전해들었던 장면에서 두드러진다. 사람들의 말을 모아 정귀보의 삶을 구성하던 '나'에게 아이들의 증언은 참으로 문제적일 수밖에 없었는데, 이는 출판사 사장으로부터 아이들의 증언을 듣고 난 이후의 '나'에게도 정귀보가 최초로 예술가적 충동을 느꼈던 순간과 비슷한 감정이 스쳐지나갔기 때문이다.

> 아마 애들이 공포에 질려 잠시 착각한 거겠지. 사장은 그렇게 덧붙였다. 나는 고개를 끄덕였다. 파도를 타고 해변에 밀려온 시신을 본 초등학생들이라면 그런 환상에 사로잡힐 수도 있을 것이다. 공포라는 감정은 우리에게 어떤 종류의 환상이든 만들어내지 않던가.
> 전화를 끊었을 때, 나는 뜻밖의 욕망에 휩싸여 있었다. 멈췄던 심장이 뛰는 것 같은 느낌이었다. 정귀보의 시신을 직접 볼 수 있다면 평전을 시작할 수 있을지도 모른다. 그 시신은 정귀보에 대한 기나긴 글의 유일한 출발점일지도 모른다. 그런 생각이 머릿속에 차올랐던 것이다. 그것은 나로서도 갑작스러운 열망이라고 할 만했다. (…) 나는 그것을 '영원한 탐구열'이라고 말하겠다.(98~99쪽, 밑줄 및 강조는 인용자)

'나'의 쓰기에 대한 "갑작스러운 열망"은 어디서부터 왔나. '나'가 아이들의 이야기를 믿기로 한 때로부터, 그러니까 '나'가 어떤 이야기를 진실의 차원으로 받아들였는지를 선택한 때로부터 왔다. 요컨대 인용한 장면 이후로 쓰여진 정귀보에 대한 이야기는 서술자인 '나'가 그러하다고 '믿는' 이야기에 해당한다. 이를테면 정귀보의 시신이 서술자인 '나'의 말마따나 정말 말끔한 상태였는지 독자인 우리는 확인할 길이 없지만, '나'에 의해 정귀보가 그러한 방식으로 쓰여질 때, 특성 없는 화가에 불과했던 정귀보는 "아무렇지도 않게 걸어나오"면서 고유명사에 값하는 "정귀보"의 이야기로 거듭나게 된다.

우리가 우리에 대해서 끝끝내 확인할 수 없는 구석이 있고, 그와 어떻게 관계할지에 대한 고민을 그칠 수 없다는 바로 그 이유 때문에라도 이야기는 계속되어야 하지 않을까. 하물며 삶이란 미결정적인 매듭으로 이어질 수밖에 없다는 점을 이해한 당신임에야. 이는 요란하게 굴 필요나 더 애쓸 필요도 없이 단조로이 이어지는 (그래서 어떤 때에는 답답하기 그지없는) 지금 여기의 '끝없는' 세계를, 쉽게 끝내지 않기 위해 '다시'의 감각으로 관통하는 방식이라 할 수 있다. 이 소설을 거친 우리의 시선은 이제 '정귀보'가 아닌 '정귀보'를 읽고 쓰는 우리 자신을 향한다. 다시, 써보는 일, 시작을 시도하는 일. 설혹 첫 문장을 떼기가 난감하고 마지막 문장을 쓰는 일에 실패할지라도, 저 자신을 무모하게 믿으면서, 용기 있게 쓰는 일. 첫 문장을 디딤돌 삼아 두번째 문장을, 두번째 문장을 디딤돌 삼아 세번째 문장을…… '나'로부터 '나 아닌 이들'을, '나 아닌 이들'로부터 '나'를…… 그렇게 삶의 증거를 마련하는 일. 우리가 쓰고 읽을 때 (말할 때) 정귀보는 '귀보(貴寶)'로 남게 되고 우리 또한 정귀보를 경유하여 읽고 쓰는(듣고 말하는) 작업을 이어갈 때 비로소 '우리'로 남겨진다. 그러므로 정귀보, 그 이름은 이제 우리에 의해 쓰여진, 그치지 않는 이야기의 예증으로 남겨진 이름이라 해도 무방하겠다.

양경언
이화여대 국문과 졸업. 서강대 국문과 박사과정 수료. 2011년 『현대문학』 신인상에 평론이 당선되어 등단.

윤이형

루카

작가노트 사랑, 두려움

해설 오혜진 '순정한' 퀴어서사를 읽는 방법

윤이형

2005년 중앙신인문학상에 단편소설 「검은 불가사리」가 당선되어 등단. 소설집 『셋을 위한 왈츠』 『큰 늑대 파랑』 『러브 레플리카』 『작은마음동호회』, 중편소설 『개인적 기억』 『설랑』 『붕대 감기』, 청소년 소설 『졸업』이 있다. 젊은작가상, 문지문학상을 수상했다.

루카

너는 루카다. 내가 딸기인 것처럼. 오직 하나뿐인 진짜 이름 같은 건 세상에 없다.

너의 이름을 처음 들었을 때 나는 당연히 수잰 베가의 노래 〈Luka〉를 떠올렸다. 시간이 지난 다음에는 조금 궁금해졌다. 혹시 복음서를 지은 사람 이름인가. 누가라고도 루가라고도 루크라고도 한다는, 제법 헷갈리는 그 이름 말이다.

너의 아버지는 처음에 당연히 복음서의 지은이를 떠올렸다. 그는 나중에 수잰 베가의 노래에 관해 알게 됐고 그 곡의 가사를 찾아보았다. 나를 만났을 때 그는 물었다. 그거 부모한테 맞는 아이 얘기 아닌가요. 아동학대 얘기 아닌가요. 그건 맞지만 루카가 그 루카인지는 모른다고 나는 대답했다. 네가 죽은 뒤 너의 아버지는 검색창만 보면 무의식적으로 'Luka'라는 이름을 두드려넣었고 어떤

리스트에서든 L항목을 먼저 뒤졌고 네가 다시 살아난 뒤에도 그 일을 그만두진 못했다.

부모님이 너에게 지어준 이름은 예성이다. '예수'와 '성령'에서 각각 앞 글자를 땄다고 했다. 너는 삼남매의 둘째로, 모태신앙으로 태어났고 대학을 졸업할 때까지 교회에 다녔다.

나는 네가 다니던 교회에서 아주 가까운 곳에서 일한 적이 있다. 건강 관련 서적을 주로 펴내는 출판사였는데 살인적인 업무량도 그랬지만 아무래도 일의 성격이 나와 맞지 않아 석 달의 인턴 기간이 끝났을 때 그만두었다. 그래서 그 교회 이름을 들었을 때 그 회사에서의 일들이 먼저 떠올랐다. 출퇴근시간을 찍어야 하는 펀치가 있고 오직 여직원들만 당번을 정해 손님 접대와 컵 설거지와 청소를 하고 점심시간이 끝날 무렵이면 부장들조차 그 위 상사들의 눈치를 보며 부리나케 뛰어 사무실로 돌아와야 하는 회사였다. 지금은 어린이 책을 펴내는 그 회사는 십 년쯤 지났는데도 별로 변한 게 없는지 웹 여기저기에서 성토의 대상이 되곤 한다. 그런 글들을 읽으면 나는 조금 묘한 기분이 되는데 내가 그 회사를 그만둘 때 제대로 그만둔 게 아니라 도망쳤기 때문이다.

머리숱이 적고 도수가 높은 안경을 쓴 과장님이 퇴사 이유를 물었을 때 나는 엄마가 편찮으시다고 했다. 위에 작은 구멍이 생겨 병원에 입원하셨는데 곁에서 간병을 해야 할 것 같다고 말이다. 과장님은 그러면 당분간 휴직 처리를 할 테니 퇴사는 보류하자고 했다. 휴직이 시작되고 이 주일쯤 뒤에 나는 결국 전화를 걸어 아무래도 안 되겠다고 말했다. 빨리 나으실 것 같지가 않다고. 지금이라면 누구의 얼굴색도 모멸감으로 일그러지게 하지 않으면서 그럴듯한 퇴사 이유를 스무 개쯤은 나열할 수 있지만 그때 나는 대학을 졸업하고 갓 사회에 뛰어든 애송이였고 군대라는 악몽이 몸에 새긴 얼얼한 감각을 아직 고스란히 안은 채 비누처럼 굳은 얼굴로 걸어다니고 있었다. 생존해야 한다는 본능으로 팔다리를 분주히 허우적거렸으나 불에 태우고 싶은 기억들이 트럭을 채우고도 남을 만큼 많았고, 싫은 것을 좋다고 하기는 절대로 싫다는 성난 마음 때문에 눈매가 사나웠으나 남의 기분을 상하게 해서는 안 된다는 생각도 그만큼 강해서 전체적으로 눌리고 주눅든 표정의 덩어리가 되어 간신히 버티고 있는 상태였다. 일하기 싫은 이유를 솔직히 말하면 박봉에도 성실하게 출근하는 다른 사람들이 상처받을 테고 그냥 다니다간 내가 죽겠고. 길게 말하자면 그렇지만 짧게 말하자면 나는 그저 겁이 많았다. 겁 많은 내가 겨우 붙잡은 게 엄마의 병환이라는 거짓말이었다. 내가 그곳을 그만두고 몇 달 뒤에 엄마는 시장에 가려고 집을 나서다 얼음이 깔린 계단에서 미끄러져 빙판길을 굴렀다. 천만다행으로 엉덩이뼈에 가볍게 금이 간 정도였고 회복도 빨랐으나 그때 나는 엄마의 병실에 앉아 세상에 공짜는 없다는 평범한 진리를 깨달았다. 아무도 다치게 하지 않으면서 세상을 살 수는 없다. 언제나 누군가의 뼈는 상한다. 깨닫기는 했으나 나는 모른 척하고 싶었다.

그 회사에서 길을 건너면 젊은 사람들의 데이트 장소로 주로 쓰이던 대형 몰이 있었고 그 바로 옆 블록 금융사와 증권사 건물들

뒤편에서 십자가를 빛내고 있는 커다란 회색 건물이 너의 교회였다. 교회 이름이 들어간 버스 정류장이 있었지만 나는 그쪽으로 가본 일이 없었고 그곳이 너의 교회라는 사실도 당연히 알지 못했다. 몇 년만 빠르거나 늦었어도 마주칠 수 있었겠네, 내가 말하자 너는 웃었다. 거기서 나오는 나를 보고도 네가 말을 걸었을까? 중얼거리며. 당근 걸었지. 왜? 그때는 머리 모양이 이상했어? 샌들에 흰 양말 신고 다녔어? 코가 두 개였어? 아니잖아. 그런데 무슨 상관이야? 나는 되물었고 너는 웃었다. 웃으면서 내 배를 주먹으로 툭 쳤다.

우리는 퀴어 커뮤니티의 영화 소모임에서 처음 만났다. 한 달에 한 번씩 모여 영화를 단체관람하고 홍대나 신촌 같은 장소로 이동해 뒤풀이를 하는 모임이었는데 너와 나는 처음에는 우연히, 나중에는 주로 내 의도에 의해 같은 테이블에 마주앉을 때가 많았다. 열대여섯 명쯤 되는 멤버 중 너는 언제나 유일하게 술을 한 모금도 마시지 않는 사람이었다. 매번 이만원쯤 되는 뒤풀이 회비를 내고도 너는 물 두어 잔에 안주 몇 젓가락만 집어먹고 말았고, 게시판에 올렸다 지우는 글들로 미뤄 보면 누구보다 영화를 잘 아는 사람으로 보이는데도 대화에 끼어드는 일 없이 묵묵히 듣기만 하다 돌아가곤 했다.

어느 겨울날 새벽 첫 지하철 안에서 나는 옆자리에 앉은 너에게 물었다. 루카씨, 혹시 건강이 어디 안 좋은 거예요? 그래서 한 방울도 안 마시는 거예요? 어쩐지 그렇게 묻고 싶은 새벽이긴 했다. 세

시간 반 동안 장르 네 개를 갈아타며 이어진 인도영화는 결말 부분의 느닷없이 심각한 메시지 때문에 끝나고 나니 허무하기 짝이 없었고 고정멤버 두 명의 연애가 거의 같은 시점에 깨졌고 석 달간 번역한 시리즈 외화의 번역료를 못 받게 된 사람이 있었고 딱히 구실도 사정도 없었으나 금요일 밤을 혼자 보내고 싶지 않아 첫차시간까지 남아 있던 나 같은 사람도 있었다. 아니다. 나는 처음부터 기다렸다. 사람들을 다 보내고 같은 방향의 지하철에 우연히 둘만 남아 너에게 말을 걸 수 있었으면 좋겠다고, 그날 너와 멀리 떨어진 자리가 찍힌 영화표를 받았을 때부터 생각했다. 너는 대답하지 않고 조금 놀란 눈으로 나를 보았다. 혹시 실수를 한 것인지도 모른다는 생각이 스쳤다.

무릎에 놓인 가방을 만지작거리다가 나는 더욱 한심한 질문을 했다. 저기, 제일 좋아하는 영화가 뭐예요? 음, 너는 소리를 냈다. 음. 너는 제법 오래 생각했고 나는 몇몇 감독들의 이름을 떠올렸다. 그러나 키에실로프스키의 〈십계〉라고 네가 대답했을 때 그 대답은 내가 떠올린 이름들과도 떠올리지 않은 이름들과도 너무 달랐기에 나는 문자 그대로 푸하! 하고 웃어버렸고 그 바람에 내 침이 너의 가방에 튀어버리고 말았다. 무시할 수 없을 만한 크기의 침방울이었다. 모른 척하지도 닦으려고 손을 내밀지도 못한 채 엉거주춤 몸을 앞으로 내밀고 그것을 바라보는 동안 나는 내가 너를 사랑하고 있다는 사실을 깨달았다. 집으로 돌아와 차가운 베개에 머리를 대고 옆으로 누운 채 나는 음, 하고 소리를 내보았다. 음. 음. 음? 음. 몇 번이나 그렇게 계속하는 동안 세상의 다른 모든 음들이 무음으로 변했고 아무것도 모르는 아침이 와서 무슨 일이냐고 물었지만 나는 대답해주지 않고 웃으면서 눈을 감았다.

너의 아버지를 처음 봤을 때 나는 어느 잘생긴 할리우드 배우를 떠올렸다. 중간에 정치에 뛰어들었어도 주지사 정도는 무리 없이 되었겠으나 코미디 배우로 평생을 살았고, 늘 웃음을 주어야 하는 일이 버거웠는지 심각한 영화에 제법 자주 얼굴을 내밀었으나 나이 오십이 넘어 결국 슬랩스틱 코미디로 되돌아간 배우. 얼굴은 그리 닮지 않았으나 쉽게 눈을 돌릴 수 없게 하는 전체적인 분위기가 비슷했다. 직접 보면 너는 좋아하게 될걸. 좋아하게 된다는 쪽에 만 원 걸겠어. 너는 그렇게 말했었다. 그는 단정해 보이는 회색 정장에 붉은색 넥타이를 매고 있었다. 마주앉은 사람의 피부 한 겹 아래까지 닿을 듯 꼿꼿한 시선이 있었고 말로 사람들을 이끄는 사람답게 동굴 안에서부터 울려나오는 것 같은 목소리가 있었으며 주목과 주시 속에서 살아온 사람 특유의 피로한 윤기가 지우다 만 분장처럼 얼굴 여기저기에 묻어 있었다.

예성이를 잘 아신다고 들었습니다. 침묵 끝에 그가 입을 열었다. 긴 시간을 들여 가라앉은 무언가가 그의 목구멍 아래에서 조금씩 움직이며 떠다니고 있었다. 네가 죽은 게 아닐까, 나는 문득 생각했다. 혹시 예성이에 관한 얘기를 좀 들려주실 수 있을까요. 어떤 얘기라도 상관없습니다. 그가 다시 말했다. 나는 무슨 일이냐고, 너에게 무슨 안 좋은 일이라도 생긴 거냐고 물었다. 그는 그런 건 아니라고 했고 내가 너와 일 년 반 전에 헤어졌다고 말하자 잠시 동안 명한 얼굴로 말이 없었다. 헤어졌다면 그뒤로 만날 방법은 없을까요? 영원히, 다시는……? 만나서 그냥 잠깐 이야기를 나눌 수는 없는 걸까요? 마치 내게 어떤 행동을 촉구하는 것처럼 들리기는 했지만 그의 입에서 나온 말들이 독백임을 나는 알 수 있었다. 나는 조금은 냉정한 마음을 되찾아 물었다. 하실 얘기가 있는 거라면 직접 만나서 하시면 되지 않을까요? 헝클어진 반백의 머리칼 아래 침통한 표정으로 조금씩 마음을 무너뜨리고 있는 너의 가족 앞에서 네가 이제는 타인임을 분명히 밝힐 수 있는 자신이 자랑스러웠다. 그는 테이블의 나뭇결무늬를 내려다보았다. 다시 약간의 시간이 흘렀을 때 그가 말했다. 제가 그애를 다시 볼 수 있을지 모르겠습니다. 정말로 모르겠어요.

그날 오후의 너를 기억한다. 우리가 처음으로 사랑을 나누고 서로에게 반말을 쓰기 시작한 지 얼마 되지 않았던 일요일 오후였다. 우동집에 들어가 뜨거운 우동 두 그릇을 시켜놓고 우리는 마주앉았다. 언제나 입고 다니던 검은 코트 위로 체크무늬 목도리를 두르고 어깨를 웅크린 채 너는 주머니에 노인처럼 손을 넣고 있었다. 추위와 감정 때문에 붉게 물든 너의 볼을 보며 나는 졸린 목소리로 물었다. 어디, 갔다 왔어? 너는 조조로 영화를 보고 왔다고 대답했다. 자기 몸에 물이 채워지는 것을 싫어하는 욕조가 주인공이고 그 친구들인 칫솔과 치약과 샴푸 같은 욕실용품들이 나오는 아동용 애니메이션이었는데 아침부터 아이들이 극장을 가득 채워 대사의 반쯤밖에 알아들을 수 없었다고. 나는 그 영화를 보지 않았고 앞으로도 아마 보지 않을 테지만 그때 너의 얼굴에 담겨 있던 것들을 떠올리면 여전히 웃음이 난다. 전날 밤부터 시작된 통화가 새벽 두 시까지 이어졌고 나는 전화기를 든 채 잠들었다가 정오가 다 되어 간신히 눈을 떴는데 너에겐 피곤한 기색이 없었다. 너의 얼굴은 다음과 같은 사실들을 말하고 있었다: 1) 함께 있지 않을 때에도 나는 내 공간에서 몸을 움직여 네가 모르는 나만의 이야기를 만들고 있고 2) 내가 이렇듯 매력적인 사람이라는 걸 네가 알아주었으면 하며 3) 그렇지만 나는 우리가 함께할 이야기에 죽음을 각오하고 폭포 속으로 온몸을 던지는 새들의 절박함과 시리고 날카로운 열정이 아니라 생활이 만들어내는 무해하고 보드라운 거품들과 건강한 웃음이 더 많았으면 해. 네가 말없이 하고 있는 말들이 나를 기쁘게 했고 나는 너의 초대를 받아들였다.

나는 너와 삼 년 동안 같이 살았다. 네가 저녁시간대에 주로 일했기 때문에 짧은 하루가 더 짧게 느껴졌고 고만고만하게 고시텔 정도 되는 크기의 원룸에 각자 살고 있긴 했지만 한 명이 상대방의 방에서 거의 살다시피 하는 날들이 많아서 버려지는 월세가 아깝다는 생각도 작지 않았다. 각자의 자취방 보증금을 빼고 싼 동네를 중심으로 발품을 오래 팔아 방 하나에 손바닥만한 거실이 딸린 집을 구했다. 올 수리가 되어 있긴 했으나 지은 지 이십 년도 넘은 오래된 빌라였고 여름에는 곰팡이가, 겨울에는 결로가 다정한 병(病)처럼 찾아왔다. 먼저 살고 있던 할아버지가 자식들이 새로 사놓아 더이상 필요없게 됐다며 넘겨주고 간 낡고 작은 냉장고에 요리책을 보고 만든 형편없는 반찬들을 빼곡히 채워넣고 집 앞에 버려진 앉은뱅이책상 하나를 주워다 깨끗이 닦아 식탁으로 썼다. 닦고 고치고 손질하고 광을 내는 그 모든 번거로운 노동 하나하나가 우리에겐 은밀한 과시와도 같았고 가난과 아기자기한 비밀로 둘러싸인 생활의 사치가 최초의 빛을 잃을 때쯤 우리는 또다른 빛 하나를 집에 들였다. 모임 사람들에게 우리의 관계를 밝히고 모두를 초대한 것이다. 루카 너에겐 어땠을까. 축하와 애정 어린 질시와 덕담들로 넘쳤던 두번째 커밍아웃이 내겐 목욕물처럼 따스했다. 구성원 대부분이 분주한 생활이 있는 사회인이라 한명 한명이 일대일의 긴밀한 관계로 이어져 있지는 않았으나 꽤 오랜 시간 알아온 사람들이었고 만약의 경우 그 사람들과 한꺼번에 어색해져버릴 수 있다는 위험까지도 감수한 결정이어서 작지만 엄연한 의미가 있었다. 나는 오랜 백수생활을 접고 아는 선배가 있던 퀴어예술축제 기획팀에 취직했다. 월급은 거의 없는 것이나 마찬가지였으나 마침내 자격지심을 버리고 너와 평등해졌다는 생각을 할 수 있었고 가끔 너무 행복해서 두렵다는 생각이 들 때면 나는 너를 조금 더 힘껏 끌어안았던 것 같다.

너에게 첫번째 커밍아웃이 없었다는 건 나중에 알았다. 청년부에 떠돌던 소문을 듣고 온 너의 누나가 저녁 가족 예배 자리에서 그 사실을 밝혔다. 마음의 준비를 할 여유도 없이 찾아온 아웃팅이었으므로 모두가 나름의 크기와 방식으로 상처를 받았다고 너는 담담하게 말했다. 그래서? 내가 묻자 너는 슬프고 재미없는 이야기야, 하고 말하며 웃었다. 너도 알잖아 어떤 건지.

그런가, 나는 생각했다. 그래도 내 경우엔 내 의지로 이루어진 고백이었고, 혼자만의 공간과 직장이라는 최소한의 경제적 여건이 갖춰질 때까지 기다리며 책과 논문과 자료를 모아둘 시간이 있었다. 내색은 하지 않았지만 엄마가 반쯤은 짐작하고 있었던 터라 그나마 회복이 빨랐던 것 같기도 하다. 엄마는 많이 울었고 아버지는 재떨이를 집어던지며 화를 냈다. 나는 이를 악물고 블로그에 매일같이 자료를 올리며 아버지와 맞섰고 내가 아는 모든 언어를 동원해 논리적으로 설득하려 애썼다. 시간이 흘러 간신히 상처는 봉합되었지만 나는 그때 사귀던 사람과 결국 헤어졌고 성소수자 부모 모임이라는 어려운 자리까지 나와준 엄마에게 마음 깊이 고마웠지만 고백을 하던 날 들은 수많은 말들과 그뒤로도 오랫동안 들어온 말들은 어디로도 가지 않고 내 몸속에 아직 따끔거리며 남아 있다. 추석이면 아버지는 집에 온 나를 데리고 뒷산으로 나갔다. 휘영청 밝은 보름달 아래를 걸으며 그래서 너는 변하지 않는 거니? 언제 변할 건데? 하고 한 점도 변함없이 기다리는 어조로 묻는 아버지의 지친 목소리를 들으면 당장 늑대로 변해 아버지 앞에서 닭의 목을 물어뜯으며 피를 뿌리고 싶다는 생각이 들기도 했다. 그럼에도 그 모든 시간들을 종합해보면 내게는 모두의 앞에서 나를 분명히 밝힌 경험이 영원한 회한으로 남지는 않았다. 문이 열린다는 것은 소중한 경험이었다. 용기보다는 침묵이, 대담함보다는 소심함이라는 단어가 어울리는 사람이 나였으므로 더욱 그랬다.

너는 어땠을까. 너는 가족과 신앙, 가장 민감한 사춘기의 시간들을 같이 보내준 교회 공동체 사람들도 포기해야 했다. 정체성의 절반이 넘는 것을 버리고 나온 너의 마음이 나는 짐작되지 않았다. 후회할 만큼 근사한 곳은 아니었어, 너는 말했다. 사람들 입에 줄곧 오르내리는 그런 교회야. 돈으로 제단을 쌓아 거기에 경배하고 설교시간에 북괴의 사주를 받은 불순분자들로부터 자본주의의 미래와 납세자들의 안전을 지켜달라는 내용의 기도를 하는 그런 흔하고 큰 교회. 너랑 나 같은 사람들을 거기서 어떻게 말하느냐면……대수롭지 않게 말하는 너의 등을 나는 가만히 안았다. 떠올리고 싶지 않은 것들을 네가 떠올리지 않아도 되게 해주고 싶었다. 내가 그럴 수 있는 사람이라고 믿었다.

예성이가 말 안 했나요, 제가 목사라고? 너의 아버지는 말했다. 저는 아들이 다녔던 교회의 목사입니다. 그러셨군요, 몰랐습니다, 알고 있었지만 나는 그렇게 대답했다. 믿음을 갖고 산다는 게 어떤 것인지 혹시 알고 계십니까? 그는 물었다. 믿음을 잃는다는 게 어떤 것인지에 대해서는 조금은 알고 있어요. 나는 대답했다.

그는 나를 놀란 눈으로 쳐다보았다. 이 사람은 내게 무슨 얘기를 하려는 것일까. 나는 생각했다. 이 사람과 비슷한 사람들이 모여 차별금지조항 삭제 같은 구체적인 일을 벌인 것인가. 그랬을 것이다. 이런 눈동자와 이런 목소리를 지닌 사람들이 우리 같은 사람들을 힘으로 들어올려, 보세요, 똥구멍에서부터 악마 들린 자들입니다, 하고 말하는 것일까. 아마 그럴 것이다. 나는 십수 년 동안 직간접적으로 여러 단체에 몸담으며 일했다. 보통은 영화와 공연과 연극 같은 매체가 끼여 있는 일을 했지만 때로는 수많은 사람들의 이야기를 날것으로 듣고 선언문 초안을 작성하고 거리로 나가 피켓을 들기도 했다. 그렇게 거리로 나갔다 들어온 날이면 어떤 슬픈 일도 없었는데 하루의 끝자락에 슬며시 눈물이 나기도 했다. 동료들에게는 차마 말하지 못했지만 그 오랜 세월이 지나도록 고작, 우리도 사람입니다, 우리는 동물이 아니고 사람입니다, 같은 구호만을 되풀이해야 하는 현실이 못 견딜 만큼 처량해서였다. 이런 얼굴일까. 그렇게 눈물을 참으면서 내가 맞서고 있다고 믿었던 권력에 구체적인 얼굴이 있다면 그게 이 사람의 얼굴일까. 그럴 수도 있다고 나는 생각했다. 그러나 마주앉은 너의 아버지가 악마처럼 보이지는 않았다. 그는 다만 늙고 지쳐 보일 뿐이었다. 아마 나도 그렇게 보일 거라고 나는 생각했다.

그가 중얼거렸다. 저는…… 예성이를 포기할 수가 없었습니다. 그뿐이에요. 그래서 그렇게 했습니다.

무슨 말씀이신가요. 나는 물었다.

어느 날 아침 일어나보니 예성이가 죽었습니다. 하나님 품으로 갔다고 했습니다. 저는 무슨 일이 일어난 건지 알 수가 없었습니다. 그대로 쓰러져 정신을 잃은 것 같아요. 교통사고였다고 누군가가 나중에 말해주었습니다. 길을 건너다가 달려오는 차를 피하지 못했다고요.

네가 쓰고 있던 시나리오가 기억난다. 만들어지지 않을 단편영화의 시나리오였다. 인류의 절반 이상이 문자나 음성언어를 사용하는 대신 서로의 전자뇌에 직접 정보를 전달해 소통하는 시대가 배경이었는데 전자뇌 수술을 받지 않은 두 고등학생이 주인공이었다. 학교 수업도 아이들끼리의 대화도 모두 전자뇌를 통해 이루어졌기 때문에 같은 반이었던 두 소년은 필연적으로 서로의 존재를 의식할 수밖에 없었는데 그렇다고 해서 흐름에서 벗어난 사람들끼리의 공감으로 곧바로 절친이 되지는 않았다. 루카의 영화는 어느 날 방과후에 청소를 하다가 한 소년이 다른 소년에게 말을 거는 장면으로 시작한다. '너 혹시, 건강이 어디 안 좋은 거니? 그래서 수술을 안 받은 거야?' 질문을 받은 소년은 말하자면 그렇다고 대답한다. 생체이식 가능성 검사에서 심한 거부반응이 나와 드물게도 불가 판정이 내려졌다고. 너는? 그 소년이 묻는다. 집이 가난해서라고 다른 소년이 대답한다. 국가 지원을 받아도 수술에 필요한 최소한의 비용은 개인이 부담해야 했는데 그 소년의 집에는 그럴 만한 여력이 없었다. 두 소년은 그날부터 가까워지기 시작한다. 사람들의 발길이 끊긴 채 방치된 도서관에 함께 들어가 오래된 책들을 함께 읽고 책에 관한 이야기를 나누며 시간을 보낸다. 거대한 침묵이 흐르는 수업시간에 자신들을 빼놓은 채 전자적 균일체가 되어 웃으며 선생님을 바라보는 아이들을 보아도 더이상 소외감을 느끼지 않게 된다. 이런 식으로는 입시에서 살아남을 가능성이 없다는 사실을 알지만 그 사실을 담백하게 받아들이고 둘만의 우정을 쌓기 시작한다. 너는 거기까지 썼다. 뒷부분을 쓰려고 했지만 가르치는 아이들의 보충수업 요청이 너무 많아 다음달에, 다음달에는 꼭, 하는 식으로 미루다가 결국 쓰지 못했다. 그 부분 밑에는 한 줄의 여백이 있었고 다음 문단에는 괄호 안에 '그리고 시간이 지나면서 둘은 상대방이 수술을 받지 않은 진짜 이유를 알게 된다'라는 문장이 마지막으로 쓰여 있었다. 진짜 이유가 뭔데? 나는 물었다. 글쎄, 너는 어떻게 생각해? 네가 되물었다.

나는 잘 알 수 없었고 그래서 컴퓨터를 켜고 나의 이야기를 쓰는 것으로 대답을 대신했다. 배우가 나체로 나와야 한다는 점 때문에 캐스팅에 제약이 있어서 만약 만들어진다면 애니메이션이 되어야 하겠지만 어쨌거나 만들어지지는 않을 내 영화는 너의 영화보다 짧았다. 영화는 에덴동산에서 선악과를 따먹은 아담과 이브가 충격과 당혹감에 젖어 서로를 바라보는 장면으로 시작한다. 성경에는 아담이 자신을 찾는 신의 목소리에 내가 벗었으므로 두려워 숨었나이다, 하고 대답했다고 되어 있지만 내 영화에서 아담은 왜 숨었느냐는 신의 목소리에 무서움을 누르며 대답한다. 이브의 몸이 저와 너무도 다르므로 두려워 숨었나이다. 신은 그에게 묻는다. 그러면 너는 어떻게 하고 싶으냐. 아담은 대답한다. 저와 비슷하게 생긴 사람을 제 아내로 맞아 살고 싶습니다. 신은 아담과 이브의 표정을 번갈아 보다가 그들을 에덴동산에서 풀어준다. 가라. 가서 너희 뜻대로 하거라. 아담은 이브에게 그동안 함께 살아준 것이 고맙다고 머쓱한 표정으로 말한다. 이브는 고개를 끄덕이며 같은 말을 되돌려준다. 그리고 그들은 헤어져 각자의 길을 간다. 아담은 에덴동산에서 조금 떨어진 다른 동산을 찾아낸다. 거기에서 자신과 비슷하게 생긴 사람을 만난다. 다른 신이 만든 최초의 남자, 그의 이름은 루카다. 아담과 루카는 남편과 아내가 되어 서로를 사랑하며 행복한 하루하루를 보낸다. 어느 날 그들은 산책을 나갔다가 연못가에서 다정하게 웃으며 목욕을 하는 이브와 또다른 한 명의 여자를 만난다. 처음에는 멋쩍은 시선을 주고받던 그들 넷은 마지막에는 연못에 들어가 서로의 몸에 물을 끼얹어주며 즐거워한다. 내가 그 시나리오를 보여주었을 때 너는 웃었다. 지금 그 시나리오를 다시 써야 한다면 나는 쓰지 않을 것이다. 그 영화는 어쨌거나 만들어지지 않을 테니까. 끝끝내 만들어져야 한다면 그것은 단편이 아니라 적어도 중편 분량은 되어야 할 것이고 그 영화는 상대방이 자신과 비슷하다는 이유로 사랑에 빠졌던 아담과 루카가 실은 서로가 얼마나 다른지 깨닫는 장면으로 끝나야 할 테니까.

재작년에, 너의 아버지가 말했다. 저는 안식년을 갖기로 했습니다. 주위의 모든 사람이 그렇게 하라고 화를 내다시피 하면서 권했고 저 역시 너무 지쳐서 이제는 그래야겠다는 생각이 들었거든요. 개척교회의 시작부터 함께한 것은 아니지만 짙은 초록으로 무성하게 자라난 잎사귀들이 노란 떡잎일 때부터 저는 제 교회와 한몸이었고 돌아보니 한순간도 쉰 적이 없었습니다. 단 한 순간도요. 아들이 세상을 떠났을 때조차도 이를 악물고 더 열심히 사역과 신앙생활을 했었고 그때는 그게 옳다고 믿었지만, 쉬고 싶은 마음도 조금은 들더군요.

크게 마음을 먹고 남미로 갔습니다. 아는 분들이 있었고 오랫동안 교제를 해온 교회들이 있었으나, 모르겠어요, 거기가 지구 반대편, 한국에선 가장 먼 곳이라는 생각이 제게 있어서 그랬는지. 브라질과 우루과이에서 각각 한 달과 이 주씩을 보내고 아르헨티나로 들어갔습니다. 교인들을 만나고 예배를 드리고 참으로 오랜만에 사람들과 대화를 하며 웃음이라는 걸 지었어요. 그럴 수 있었던 건 정말 오랜만이었습니다.

제가 『론리 플래닛』을 산 건 모든 일정이 끝나고 한국으로 돌아오기 이틀 전이었습니다. 왜 그 책을 산 건지 모르겠어요. 서어를 한마디도 못했지만 현지 교인들이 일정에 맞게 안내를 해줬고 모든 편의를 알아서 봐줬기 때문에 굳이 배낭여행자들이 보는 가이드북을 살 필요는 없었는데 말입니다. 남미에 있는 내내 저는 아무 관광지에도 가지 않았습니다. 그럴 마음이 들지 않았어요. 예성이가 죽은 뒤로 아무리 치유를 위한 것이라 해도 꽃구경은 하고 싶지 않다는 마음이 있었고 그 마음은 그때 제게는 이미 굳은살 같은 것이 되어 있었어요. 그런데 어느 날 시내 서점에 갔다가 그 책을 봤을 때 저는 어째선지 그걸 곧바로 집어들고 계산을 하고 있었습니다. 호텔로 돌아와서, 책 맨 뒤에 있는 인덱스를 열어 알파벳 순서대로 훑기 시작했지요.

L 항목에 루한(Luján)이라는 지명이 있더군요. 별로 유명한 곳은 아닌 것 같았습니다. 달랑 세 페이지가 전부였으니까요. 그래서 『론리 플래닛』을 가지고 호텔 로비에 있는 인터넷 카페로 갔습니다. 거기서 그 지명을 검색해봤지요.

루한이라는 도시에는 동물원이 있었습니다. 부에노스아이레스에서 차로 한 시간쯤 떨어진 거리라 하루 코스로 무리 없이 다녀올 수 있다고 되어 있었어요. 저는 동물원이라는 장소를 그렇게 좋아하는 편은 아닙니다. 거기 가면 인간이라는 존재가 동물과 별다를 것이 없다는 사실을 자꾸 떠올리게 돼서요. 저만 그런 건 아닐 거예요. 그래도 아이들이 있다보니 가끔은 갔지요. 마지막으로 동물원에 가본 건 막내가 초등학생이었을 때였고 그뒤로는 그럴 짬이 나지 않았어요. 그런데 그 동물원 사진을 본 순간 이유는 알 수 없지만 거기에 가지 않으면 안 된다는 생각이 들었습니다. 어느 한국인 블로거가 올린 사진이었는데, 커다란 철창 안에 사자 한 마리가 졸린 표정으로 누워 있고 관광객이 우리 안에 들어가 사자의 머리를 쓰다듬고 있었어요. 다른 사진에는 호랑이도 있었습니다. 새끼도 아니고 다 큰 사자와 호랑이를 손으로 만져볼 수 있는, 세계에서 거의 유일한 동물원이라고 하더군요. 물론 인간에게 덤비지 않도록 새끼 때부터 특별한 방식으로 길러내긴 했겠지요. 그런데도 그 사진들이 저는 정말 무서웠습니다.

무서우셨다고요? 나는 물었다.

네. 사진을 보는 것만으로, 몸이 말 그대로 떨릴 만큼요. 너무나 무서운데, 왜 무서운지는 모르겠고, 그래서 거기 가야겠다는 생각이 들었어요. 다음날 제 아내에게도 말하지 않고 길을 나섰습니다. 57번 버스를 타려고요.

가끔 만나면 모임 사람들은 우리를 하늘이 맺어준 커플이라고 불렀고 그런 말을 들으면 나는 굳이 토를 달지 않았다. 함께 사는 동안 너와 나는 별로 싸우지 않았다. 싸워야 할 것 같은 분위기가 흐르면 심각해지기 전에 어느 한쪽이 먼저 미안하다고 말했다. 어느 영화의 대사에 대놓고 반항하는 십대들처럼, 우리는 사랑하기 때문에 미안하다는 말을 서로에게 아끼지 않았고 그 점을 걱정해 본 적은 없었다. 그것이 우리의 방식이었으므로. 나는 너에게 정말 로 미안할 때가 많았으므로. 나는 깔끔한 성격이 못 돼서 거실을 매번 어질러놓고 치우기 싫어하는 내가 미안했다. 네가 싫어하는 담 배를 끊지 못하는 내가 미안했다. 나중에는 집에 생활비를 조금밖 에 가져오지 못해서 미안했다. 무엇보다도, 네가 될 수 없다는 사실 이 나는 미안했다.

꼭 한 번 크게 싸운 적이 있었다. 아는 사람의 아기 돌잔치에 간 다고 토요일 아침에 집을 나선 네가 밤이 되도록 돌아오지 않았고 연락도 되지 않았던 날이었다. 그전까지는 한 번도 그런 적이 없었 기 때문에 나는 불안하고 겁이 났다. 너는 새벽 한시가 다 되어서야 돌아왔고 내 표정을 보고는 바로 자리에 꿇어앉아 사과했다. 아흔 여섯 번이나 전화를 걸었다고, 아흔여섯 번까지 세면서 전화를 걸 어본 적이 있느냐고 내가 말하자 너는 전화기 배터리가 다 되어 몰 랐다고, 정말로 미안하다고 말했다. 어떻게 아는 사람인데? 돌잔치 가 있었던 건 맞아? 내가 얼마나 걱정했는지 알아? 그날은 이상하 게도 어두운 곳에 혼자 버려진 것처럼 서글프고 끔찍한 기분이 들 었다. 내가 계속 다그치자 너는 결국 말했다.

동생이야. 동생의 아이, 그러니까 내 조카. 조카 돌잔치에 다녀왔 어.

갑자기 네가 아주 멀고 낯설게 느껴졌다. 동생이랑은 연락을 했 었구나. 그래, 네가 대답했다. 가족 중에서 유일하게 자신을 괴물 취 급하지 않은 사람이 동생이었다고 너는 말했다.

왜 처음부터 그렇게 말하지 않았느냐고 나는 물었다. 글쎄, 별로 가고 싶지 않은 자리여서 그랬던 모양이지. 가고 싶지 않아서, 거기 간다고 너에게 말을 꺼내고 싶지조차 않았어. 나는 이해할 수가 없어서 더욱 화를 냈다. 말하기조차 싫을 만큼 가고 싶지 않다면 왜 간 건데? 너는 고개를 들고, 처음으로 정말로 상처받은 표정으로 내 두 눈을 마주보았다. 너는 그런 적이 없니, 너는 물었다. 가고 싶지 않은 곳에 가본 적이, 없어? 이럴 수도 저럴 수도 없을 때가, 너에게는 정말로 한 번도 없었니.

별로 많지는 않았던 것 같은데. 나는 대답했다. 내 목소리가 차갑다고 느꼈지만 미안하다는 생각은 들지 않았다. 다만 좀 부끄러웠는데 나 자신이 의심으로 정신이 나가 남편의 지갑이며 휴대폰을 뒤지는 아내처럼 속 좁고 유치하게 느껴졌기 때문이었다. 내 입장에서는 정당한 의문을 가졌는데도 나는 무심결에 너의 깊은 상처를 건드리고 만 것이었다. 네가 지친 목소리로 중얼거렸다. 모든 일이 그렇게 칼로 베어낸 것처럼 분명할 수 있다고 너는 생각하는구나.

나는 억울했고 이해되지 않았고 그래서 심한 말을 해버렸다. 말하기 싫을 만큼 싫어도 가족은 가족이고 나는 아닌 거구나? 너를 아웃팅해버린 사람들하고 같이 있느라고 열두 시간도 넘게 내 전화를 받지 않은 거야? 촥, 하는 소리와 함께 내 고개가 옆으로 휙 돌아갔다.

미안해.

너는 그렇게 중얼거리며 내 뺨을 때린 손을 거둬들여 다른 손과 함께 얼굴을 감싸버렸고 그래서 나는 네가 내내 얼마나 피곤한 표정을 하고 있었는지 볼 수 없었다.

57번 버스가 서는 정류장을 찾는 데까지는 크게 문제될 것이 없었다. 사람들이 하는 양을 보고 어찌어찌 표를 사서 너의 아버지는 버스에 올라탔다. 문제는 그다음부터였는데, 버스를 타고 보니 노선도가 붙어 있지 않았다. 한국의 버스처럼 친절하게 정류장마다 방송이 나오는 것도 아니었다. 사람들에게 물어보면 되겠지, 그는 그렇게 생각하고 주위를 둘러보았다. 승객들 중에 여행을 온 사람은 그밖에 없는 것 같았다. 나머지 사람들은 스페인어를 유창하게 구사했고 옷차림으로 봐도 현지인들로 보였다. 그는 좀 당황했지만 어떻게 되겠지, 하고 생각했다. 창밖으로 가끔씩 지명이 적힌 표지판이 지나갔는데 그걸 잘 보고 있으면 제대로 내릴 수도 있을 것 같았다.

한 시간 남짓 시간이 흐를 때까지 그는 초조한 표정으로 창밖을 내다보며 앉아 있었다. 표지판은 점점 줄어들었고 결국 그는 옆자리에 앉은 중년 여성에게 루한, 주? 하고 물었다. '동물원'에 해당하는 스페인어를 외워두었지만 그 순간에는 떠오르지 않아서였다. 여자는 느긋한 스페인어로 뭐라고 길게 대답했고 그는 그것을 아직 좀더 있어야 한다는 의미로 받아들였다. 십 분쯤이 더 지났을 때 그는 결국 자리에서 일어났다. 비틀거리며 앞쪽으로 걸어가 버스 운전기사에게 같은 질문을 했다. 기사는 다급한 표정으로 바깥을 가리켰고 마침 문이 활짝 열렸다. 그는 열린 문으로 황급히 뛰어내렸다.

덩그러니 버스 정류장 하나가 있을 뿐 그곳은 허허벌판이었다. 주위를 둘러봤지만 동물원으로 보이는 공간은 없었고 건물이나 힌 트가 될 만한 어떤 표지도 존재하지 않았으며 지나가는 사람 또한 없었다. 팔차선 고속도로 양옆으로 거대한 황무지가 펼쳐져 있었고 제법 알갱이가 굵은 모래가 바람에 섞여 날아와 얼굴을 때렸다. 멀리, 까마득히 먼 거리에 거인의 곱슬머리 같은 검은 숲들이 늘어서 있었다. 그뿐이었다. 그 풍경은 그의 앞뒤로 마치 영원히 계속될 것처럼 이어져 있었다.

지금 생각하면 그 자리에서 가만히 다음 버스를 기다려야 했어요. 하지만 버스 배차 간격이 짧지 않을 것 같았고 해도 이미 중천에 떠 있는 참이라 저는 움직이기로 했습니다. 차를 타고 있던 시간은 대략 맞췄으니 조금만 걸어가면 동물원이 나올 거라 믿었거든요.

그는 앞과 뒤 가운데서 앞을 선택했고 고속도로를 따라 걷기 시작했다. 갓길이라고 하기에도 너무 좁은, 한 사람이 간신히 걸어갈 만한 공간이었다. 가끔씩 집채만한 트럭들이 가느다란 흰색 선 안쪽을 위태롭게 걸어가는 그의 몸 바로 곁으로 어마어마한 경적을 울리며 지나갔다. 그는 그 도로 위에서 길을 잃었다. 아무리 걸어도 다음 정류장이 보이지 않았고 그가 타고 온 버스도 지나가지 않으며 마을도, 보행자 도로로 연결되는 길목도 나오지 않았다.

어느 날 나는 책상 앞에 앉아 음악을 들으며 영화 공유 사이트에서 영국 드라마를 다운받고 있었다. 한 소년의 의문사에 얽힌 비밀을 풀기 위해 폐쇄적인 분위기의 마을에 잠입한 형사의 이야기였는데 스토리만 봐서는 내가 좋아하는 종류의 이야기는 아니었다. 보나마나 아리송하면서 쓸쓸한 분위기로 시작해 비밀들이 하나씩 차례로 폭로되고, 끔찍하고 추한 이야기들이 마구 토해대는 것처럼 계속되다가 마지막에는 차갑고 커다란 손으로 뺨을 얻어맞는 것 같은 얼얼함을 남기고 끝나는 이야기일 것이었다. 그건 네가 좋아하는 종류의 이야기도 아니었다. 그런데 나는 왜 그런 걸 다운받고 있었을까. 사람들이 추천작이라며 별을 여러 개 붙여둔 드라마였고 나는 단지 너와 무언가를 같이 보고 싶었다. 너와 극장에 나란히 앉아 영화를 본 것이 대체 언제였는지 기억나지 않았던 것이다. 그때 네가 등뒤에서 중얼거렸다.

딸기.

나는 한쪽 귀에서 이어폰을 뺐다.

죽어버린 것이 다시 살아날 수 있을까?

고개를 돌려보니 너는 책상 위로 몸을 수그린 채 연필을 사각사각 움직이고 있었다. 뭐가 죽었는데? 세탁할 때가 지난 것처럼 보이는 너의 낡은 하늘색 수면바지를 쳐다보다가 나는 물었다.

아무것도 아니야, 네가 대답했다. 나는 잠시 그대로 있었고 너는 더이상 말하지 않았다. 나는 몸을 원래대로 돌리고 한쪽 귀에 이어폰을 도로 꽂았다. 이어폰에서는 내가 좋아하지도 않는 케이팝 최신곡이 쿵쾅쿵쾅 울리고 있었다. 드라마 다운로드 상태를 다시 확인하는데 천천히 코가 매워지기 시작했다. 눈물이 만들어져 모이고 있었다. 그냥 너를 보고 있다가 등을 돌려 하던 일들을 계속한 것

뿐인데 방금 전 내가 한 단순한 동작들의 연속이 왜 그렇게 서글픈지 알 수 없었다. 언제부턴가 우리의 대화는 잘못 깎은 연필심처럼 끊겨나갔다. 그러지 않았던 날들이 생각났다. 아무것도 아니야, 따위의 말이 나오지도 않았고 설령 그런 말이 나온다 한들 거기서 허망하게 대화가 끝나버리는 일도 없었으며 방에서 음악을 들을 때 서로에게 방해가 될까봐 이어폰을 사용하지도 않았다. 언제나 같이 듣고 같이 느꼈다. 너는 둥근 주걱 모양으로 길어질 때까지 발톱들을 그냥 놔두지 않았고 나는 식탁에 함부로 그릇들을 탁, 탁 내려놓지 않았다. 무엇보다 나는 너에게서 그렇게 빨리 등을 돌려 돌아앉지 않았다. 그 사실을 견딜 수 없어 나는 거실로 나갔다. 욕실에 들어가 옷을 벗고 샤워기를 틀었다. 델 것처럼 뜨거운 물 아래 오래 서 있었다.

샤워를 끝내고 나와보니 방에는 불이 꺼져 있었다. 나는 어둠 속을 더듬어 너의 책상으로 걸어갔다. 불빛이 네 쪽을 향하지 않게 조심하면서 독서등을 켜고 네가 보고 있던 문제집을 펼쳤다.

너는 학원에서 아이들을 가르쳤다. 밤마다 수십 개의 영어지문을 읽으며 독해 문제를 미리 풀어야 했는데 가끔 수업 준비를 하면서 보기에 나오는 문장들을 혼잣말처럼 되풀이할 때가 있었다. 세계 인구의 과반수가 한 개의 언어만을 사용한다, 라거나 지금 사든 나중까지 기다리든 표값은 똑같을 것이다, 라거나 이야기를 꾸며내는 인간들의 능력의 풍부함! 같은 말들을 들으면 나는 뭐라고? 하고 되물었고 너는 그 지문 내용을 요약해 들려주다가 더 이상한 문장들이 나오는 다른 지문을 읽어주다가 했다.

어느 순간부터는 그 지문들을 읽는 것이 책을 좋아하던 루카 너의 유일한 독서가 되었다. 예술축제가 끝나고 내 수입이 없어져 네가 수업을 늘려야 하게 되면서부터 너의 자유시간은 반으로 줄었고 우리가 함께 보내는 시간은 더 많이 줄어들었다. 나는 어떻게든 다시 일을 구할 생각이었지만 다른 축제들에 모집 공고가 뜨려면 몇 달은 더 있어야 했고 예산 부족으로 축제 자체가 취소되는 일도 드물지 않아서 불확실한 나날이 계속되고 있었다. 그리고 언제나 그렇듯, 아무 말도 하지 않고 일을 늘린 것은 너였다. 미안해, 내가 말하자 너는 괜찮아, 뭐가 미안해, 말하며 웃었다. 너는 퀴어고, 퀴어와 관련된 일을 계속하고 싶은 거잖아. 같이 웃고 있었지만 나는 조금 서운했다. 너는 퀴어고, 퀴어와 관련된 일이 아니면 하고 싶지 않은 거잖아. 그 말이 내게는 그렇게 들렸던 것이다.

네가 보고 있던 문제집에 죽음이나 부활에 관한 지문은 없었다. 나는 독서등을 끄고 침대로 갔다. 통조림 속의 정어리들처럼 겹쳐지듯 잠드는 게 좋아서 바꾸지 않고 써온 싱글침대 한쪽에 네가 미동도 없이 잠들어 있었다. 바싹 마른 몸을 노인처럼 둥글게 웅크리고, 벽 쪽에 바짝 붙은 채. 나는 너의 옆에 들어가 누웠다. 깨우지 않으려고 조심한 것도 아닌데 우리의 몸은 서로에게 닿지 않았다.

일요일 아침 눈을 떴을 때 나는 혼자였다. 너는 오후가 지나 집에 돌아왔고 아무런 설명도 하지 않았다. 다음주에도, 그다음 주에도 같은 일이 반복되었다.

너의 아버지는 계속 걸었다. 남미의 11월은 한국의 7월만큼 뜨거웠고 그는 손목시계를 지니고 있지 않았으므로 머리 위에서 이글거리는 태양의 궤적과 그에 따라 조금씩 변해가는 열기의 강도만이 시간의 흐름을 가늠할 수 있게 해주는 유일한 표지였다. 몇 번인가 갓길에 세워진 대형 가스 트럭들과 마주쳤으나 운전자들은 마치 어딘가로 납치되기라도 한 것처럼 보이지 않았고, SOS라고 표시된 비상전화를 발견한 그가 떠올릴 수 있는 모든 조합으로 버튼을 눌러 통화를 시도했으나 의미를 알 수 없는 스페인어 ARS 음성이 흘러나올 뿐 전화는 어느 곳으로도 연결되지 않았다. 그는 목이 말랐고 다리가 아팠다. 그래도 소금땀을 흘리며 계속 걷는 수밖에 없었는데, 화살표와 함께 커다란 글씨로 'LUJÁN'이라고 쓰여진 도로 표지판이 잊어버릴 만하면 계속 나타났기 때문이었다. 그는 자신이 서 있는 곳이 아직 루한이 아닌 모양이라고 생각했다. 그럴 리가 없는데, 그는 생각했다. 동물원은 잊어버린 지 오래였다. 호텔에서 기다리고 있을 아내가 떠올랐고 한국으로 돌아갈 비행기표가, 마침내는 아이들의 얼굴까지 떠올랐다. 그는 이렇게 아무도 없는 고속도로 위를 끝없이 걷다가 종내는 사라져버리는 자신을 상상하기 시작했다. 길 위에서 쓰러져 정신을 잃어도 아무도 도와주러 오지 않을 것 같았다.

온몸이 땀범벅이 된 채 그렇게 몇 시간쯤 걸었을까. 그는 갑자기 오래전에 죽은 자신의 아들, 너를 떠올렸다. 아무도 없는 길을 예성이가 이렇게 걷고 있었겠구나, 그는 생각했다. 아는 사람들을 지구 반대편처럼 아득한 곳에 두고, 어디에도 닿을 수 없는 상태로 말이다. 그러자 너에게 소리친 기억이 떠올랐다. 계속 소리를 쳤다고 그는 말했다. 그러지 않으면 입이 없어지고 목소리가 없어지고 몸 전체가 녹아 없어질 것 같았으니까요. 아마도 어떻게 그렇게 모두를 속일 수 있느냐는 말을 했을 겁니다. 가족을 속이고 하나님을 속이고 너 자신을 속이고, 어떻게 그럴 수 있느냐고요.

네가 죽은 뒤로 그는 몇 번이고 너의 기억을 떠올려보려 했지만 잘되지 않았다. 유일하게 선명한 것은 네가 커밍아웃을 하던 순간의 기억이었다. 맞느냐고 묻는 제 말에 맞다고 고개를 숙인 채 대답하는 그 아이가 있고, 그 대답을 듣고 울며 소리치는 저 자신의 모습이 있어요. 그것밖에 기억이 나지 않았습니다. 어떻게 계속 교회 일을 보고 예배를 인도한 건지, 알 수가 없었어요. 기도로는 몸이 회복되지 않아 중간에 잠시 약물치료를 받긴 했습니다. 시간이 걸리는 게 당연하다고 사람들이 말했고 저는 그 말을 받아들였습니다. 생각이라는 걸 하지 않으려고 노력했고 그 사고를 떠오르게 하는 일들은 피했어요.

그러나 그의 집에서 가장 멀리 떨어진 지구 반대편, 양옆으로 팜파스가 끝없이 펼쳐진 아르헨티나의 고속도로 위에서 그는 문득 걷잡을 수 없이 슬퍼지기 시작했다. 그때 아들은 어디로 가다가 차에 치인 것일까. 사고를 당하기 전에 무슨 생각을 하고 있었을까. 얼마나 외로웠을까. 그는 울었다. 울면서 신에게 용서를 구하며 걸었다. 아들이 죄를 지은 것은 맞지만 그 죄는 자신에게서 온 것이라고, 제대로 된 아버지 모습을 보여주지 못했고 신의 말씀을 바르게 전하지 못한 자신의 탓이라고. 목회자로도 아버지로도 제대로 길을 걸은 적이 없었고 그것이 자신의 부족함이었다고 그는 신에게 고백했다. 이제 그 아이가 세상을 떠났고 오랜 시간이 지났으니 지상을 슬피 떠돌게 두지 마시고, 이렇듯 아무도 없는 외로운 길을 혼자 걷게 놔두지 마시고 그만 주님의 품에 받아주십시오. 그는 걸으면서 가슴을 치며 빌었다.

당장이라도 쓰러질 것 같다고 느끼며 그가 고개를 들었을 때, 저 멀리에 그때까지는 보이지 않던 표지판 하나가 눈에 들어왔다. 십자가를 단 둥근 지붕의 건물이 그려진 표지판. 대성당이 있었다. 거기서 칠 킬로미터를 더 걸으면 대성당이 있다고 되어 있었다. 호텔에 두고 온 『론리 플래닛』에 루한이 기도의 도시라고 쓰여 있었던 걸 그는 그제야 기억했다. 루한에서 가장 유명한 관광지로 소개된 그 대성당은 개신교가 아니라 가톨릭의 성지였지만 그 순간에는 그런 것이 문제되지 않았다. 그 표지판은 그에게 신이 있어 그의 기도를 들어주신다는 뜻으로 다가왔다. 자식을 데려간 신을 원망하고 믿음을 소홀히 하고 때로는 등을 돌리려 했던 그를 신은 넓은 가슴으로 용서하고 보듬어 품어준 것이었다. 그는 눈물을 흘리며 화살표가 가리키는 방향으로 걸었다.

글쎄, 너는 어떻게 생각해?

두 소년이 전자뇌를 달지 않은 진짜 이유는 무엇이었을까? 서로를 사랑하기 시작했다는 것 외에 다른 이유는 없지 않을까? 자신과 마찬가지로 전자뇌가 없는 다른 소년이 있다는 사실을 알았을 때 그들은 자신마저 수술을 받아 반 아이들의 집단지성에 합류함으로써 상대방을 혼자 남게 하고 싶지는 않다고 각자 생각했을 것이다. 처음에는 단지 그뿐이었겠지만 서로를 알아보고 이야기를 나누면서 그들은 곧 사랑하는 사이가 되었을 것이다. 설령 다른 이유가 있었다 한들 그 시점에서는 이미 중요하지 않아졌을 것이다. 그때의 나는 그렇게 생각했다.

그런데 그다음에는 무슨 일이 일어난 것일까.

네가 나를 떠나려 하는 거라고 나는 생각했다. 처음에는 나만으로도 충분했다. 그러나 이제 너에게는 나 말고도 신이, 부서진 부분이 많을지언정 가족이, 어떤 공동체가, 다른 삶이 다시 필요해진 것이었다.

나는 그런 것들이 필요하지 않았다. 나는 신을 만나본 적이 있었다. 루카, 내가 너를 만난 것이 그가 존재한다는 증거였다. 내가 그 신에게 경배를 드리고 기도를 바칠 필요는 없었다. 그는 가만히 존재하는 것만으로 스스로를 증명하는 신이었고 나에게도 너를 사랑하는 것 외에 다른 무언가를 요구하지 않았으므로.

내가 연락하고 지내는 사람들은 모두 퀴어였고 어떤 식으로든 나와 닮은 말투와 표정을 지닌 사람들이었다. 비슷비슷한 상처와 흉터, 문화와 예술이라는 취향과 관심사, 세상을 좀더 재미있는 곳으로 만들고 싶다는 마음, 실망스러운 가정환경과 좌절된 꿈이 적힌 소박한 목록을 지닌 사람들. 하지만 루카, 너의 어떤 얼굴은 누구와도 달랐다. 나는 누구에게도 너의 그 얼굴을 보여주고 싶지 않았다.

그리고 그 순간부터 너는 나를 유일한 시민으로 갖는 사회가 되어야 했다. 네가 내 사회의 유일한 시민이었으니까. 너는 나를 온전해지게 하는 가족이었고, 속마음을 털어놓을 단 한 명의 친구였으며, 주기적으로 긴장감을 불어넣어주는 지인이었고, 내가 살아보지 못한 좀더 나은 삶이었다. 나는 너라는 한 사람 속에서 그 모두를 찾고 구했다. 그 일이 잘못이었다고는 생각해보지 않았다.

그리고 어느 날 내가 사랑한 너의 어떤 얼굴은 내게 낯설어졌다. 죽었다고 믿었던 것들이 너의 삶 속에서 다시 살아난 것이다. 그래서 네가 내게 말하지 않은 채 일요일마다 교회에 다녀오는 것이다. 나는 그렇게 생각했다. 네가 가족의 기다림을 이기지 못해 전환치료라는 것을 받고 교회로 돌아가버릴까봐 두려웠다. 되살아난 것들이 내게서 너를 빼앗아갈까봐 두려웠다. 그래서 나는 너의 신을 미워하고 너의 가족을 마음속으로 헐뜯었다. 네가 없는 일요일 아침이 새로 돋아난 습진이기라도 한 것처럼 손톱을 세워 긁어대며 부어오르게 했다. 그것은 차별이나 소수자 같은 말들과는 정말 아무 관계도 없는 일이었을까. 그렇지 않다는 걸 나는 안다. 너는 내 세계에서 소수자였고 나는 문을 열어 밖을 내다보고 싶어하는 너를 받아들일 수 없었다.

영화를 보러 갔었다고 너는 말했다.

나와 사귀고 얼마 되지 않았을 때처럼, 내게 나중에 얘기를 들려주고 싶다고 생각하며 혼자 극장에 가서 조조로 영화를 보고 왔다고. 아주 오래전에 그렇게 했던 기억이 떠올랐고, 이제는 더이상 그 일을 하지 않는다는 사실이 아쉬웠다고. 그래서 일요일 아침마다 극장에 갔다고. 너는 죽어버린 무언가를 되살리고 싶었고 그건 내가 상상한 것과 아주 다른 것이었다. 그 이야기를 너에게서 들었을 때 옛날처럼 머쓱한 웃음을 짓거나, 그럼 진작 그렇게 말을 하지! 하고 핀잔을 줄 수 있었더라면 얼마나 좋았을까. 그러나 그때는 우리가 길을 잃은 뒤, 이미 모든 것이 너무 늦어버린 뒤였다. 우리는 너무 많이 오해했고 오해를 풀 기회를 너무 많이 놓쳤다. 나는 이유를 알지 못한 채 습관처럼 눈물을 흘리고 있었고 반복되는 내 의심과 추궁 때문에 너의 얼굴은 지칠 대로 지쳐 있었으며 죽은 것들은 되살아나는 대신 예전보다 더 죽은 채 그대로 있었다. 그때쯤에는 나도 알고 있었다. 연인들이 서로에게 하는 어떤 말들, 이를테면 나는 네가 무슨 일을 하든 피부색이 무엇이든 어디서 왔든 관계없이 너를 사랑해, 같은 말들이 얼마나 순진한 것인지 말이다. 내가 너를 사랑하는 일에는 그 모든 것들이 관여하고 있었다. 나와는 달리 네가 신의 말씀을 들으며 자라났고 주일학교에서 아이들을 가르치며 대학생활을 했다는 사실이 관계되어 있었고 네가 너의 신에 대해 갖고 있던 불편하지만 온전히 떠날 수는 없다는 태도가 관계되어 있었다. 네가 가진 형제들과 내게는 없는 형제들이 관계되어 있었다. 너의 교회 사람들이 우리와 같은 사람들에 대해 했던 말들이 관계되어 있었고 내 동료들이 너의 교회 같은 교회들에 관해 이야기할 때 하는 말들이 관계되어 있었다. 내가 나의 정체성을 지키며 살기 위해 너의 경제적 도움을 얻지 않으면 안 된다는 사실이 관계되어 있었고 그 사실에 대해 내가 품는 감정이 관계되어 있었다. 네가 나를 위해 포기한 것들이 나를 건드리는 방식이 관계되어 있었고 그런 나를 보는 너의 표정이, 무엇보다 어떤 이야기를 하다가 우리 두 사람이 동시에 도달하는 침묵의 농도와 빛깔,

어떻게 해도 건너갈 수 없던 그 여울의 세찬 물살이 관계되어 있었다. 이 모든 것들이 너와 나의 마음에 빼낼 수 없는 철심처럼 박혀 우리를 하나로 연결하고 있었다.

그렇지만 나중에는 교회에도 갔었어.

네가 말했다.

모르겠어. 네가 그렇게 싫어한다는 걸 아니까 화가 나서, 그렇다면 정말 가주지 뭐, 하는 생각이 들었던 걸까. 아무래도 마음이 좋지 않아서 뭔가 기도를 하고 싶다는 마음도 조금은 있었어. 그래, 나중에는 정말로 갔어. 거기선 소돔과 고모라 얘기 같은 건 하지 않아.

너의 아버지가 간신히 대성당에 도착한 것은 출발한 지 여덟 시간이 지나 오후 다섯시가 다 돼서였다. 칠 킬로미터를 거의 다 걸었을 때 기적처럼 휴게소가 하나 나왔고 그곳의 직원은 영어를 할 줄 알았다. 그는 신에게 감사하며 택시를 타고 마지막 거리를 이동했다.

그가 도착했을 때 대성당의 출입구는 이미 닫혀 있었다. 자신처럼 너무 늦게 도착한 관광객들이 아쉬운 얼굴로 돌아서는 것을 보다가 그는 버스 정류장 쪽으로 걷기 시작했다. 뾰족한 첨탑 두 개가 쌍둥이처럼 붙은 크림색의 대성당 건물을 멀리서 바라보다가 조금 허탈해진 마음으로 버스에 올랐다.

돌아오는 길은 편했다. 갈 때와는 달리 관광객들이 버스를 가득 채우고 있었고 그가 이해할 수 있는 문장들이 여기저기서 들려왔으며 그는 더이상 어디서 내려야 할지 신경을 곤두세우지 않아도 됐다. 조금 전까지 그가 걷고 있던 고속도로의 기억이 마치 질 나쁜 농담처럼, 누군가의 페이퍼백 속에서 튀어나온 이야기처럼 느껴졌다. 그는 좌석에 머리를 기대고 눈을 감았다. 그렇게 약간의 시간이 흘렀을 때 그는 자신이 원래 가려고 했던 곳이 동물원이었다는 사실을 떠올렸다. 그러자 머리를 치고 지나가는 생각이 있었다.

그의 아들, 너는 죽은 적이 없었다. 교통사고가 일어난 적도, 장례식이 치러진 적도 없었다.

그는 세상을 떠난 너를 본 적이 있었다. 손자의 돌잔치에서였다. 그날 그는 앞쪽에 앉아 있었고, 막 돌잡이가 시작되려 할 때 우연히 문 쪽으로 시선을 주었다가 검은색 옷을 입은 네가 조용히 문을 열고 들어와 구석에 앉는 것을 지켜보고 그 자리에서 정신을 잃고 말았다. 잔치는 엉망이 되었고, 눈을 떴을 때 그는 병원으로 옮겨져 있었다고 했다. 그날의 기억이 흔들리는 버스에서 떠올랐고 그는 자신이 왜 동물원에 가려고 했는지 깨달았다.

우리 안에 들어가 살아 있는 사자와 호랑이를 손으로 만지면, 그 정도로 무서운 경험을 하면 다른 무서움이 사라질 거라고 그는 생각한 것이었다. 그 다른 무서움은 그때까지는 아무리 발버둥쳐도 잡을 수 없던 그의 어떤 기억과 연결되어 있었다. 사랑하는 아들이 게이라는 사실과 자신이 한평생 속해 살아온 교회라는 두 세계를 그는 동시에 감당할 수 없었다. 그의 머릿속에서 어느 하나는 사라져야 했다. 네가 교통사고로 세상을 떠났다고 믿는 것으로 그의 혼란은 수습되었고 그의 건강을 염려한 주위 사람들은 그것을 문제

삼지 않았다. 그는 진심으로 애도했고 신으로부터 용서받았다. 그러나 이제 그는 갑자기 알게 된 것이었다. 살아 있는 아들을 죽은 사람이 되게 한 것은, 자신의 이성으로 하여금 받아들이기 더 쉬운 그 선택을 하게 한 것은 다름아닌 자신이었고, 한평생 그토록 소중하게 지켜온 자신의 믿음이었다.

한국으로 돌아온 뒤 그는 더이상 예배와 설교와 기도를 계속할 수 없을 것 같다는 생각이 들었다. 그러나 그는 성실하게 그 일들을 계속했다고 했다.

지켜야 할 성경 말씀이 있고 그것이 저에게 의미 있기 때문은 아니었습니다. 그는 말했다. 그건 단지 제가 목사이고 제 아내가 교회 사모이며 제 아이들과 생활과 커리어 전체가 교회와 너무도 긴밀하게 연결되어 있어 도저히 떼어낼 수가 없기 때문이었어요. 주님과도 예성이와도 아무 상관없는 세속적인 이유였지요. 그런 것이, 고작 그런 것이 저의 믿음이었어요.

그는 자신이 이제 신을 믿지 않는다는 사실을 아무에게도 말하지 못했다. 내가 그 이야기를 들은 유일한 사람이라고 했다.

왜 그런 이야기를 하시는 거냐고 나는 물었다. 그는 대답하지 않고 미안하다고 말했다. 나와 같은 사람들에게 미안하다는 말을 하고 싶었다고. 그러니 부디 너에 대해 이야기해달라고, 어떤 이야기라도 좋다고 그는 부탁했다. 자신은 이제 망가져버린 사람이라고, 여전히 살아 있는 네가 어떤 사람인지 알아내지 않으면 도무지 어떻게 살아가야 할지 알 수 없을 것 같다고.

그 말을 듣는 순간 나는 솟구치는 화를 아무래도 누를 수가 없였다. 타인의 입에서 나오는 말을 듣는 것으로 그렇게 간단하게 침묵의 대가를 치르고 너라는 존재를 복원하려 하는 그가, 그를 그럴 수 있게 하는 힘이, 그 힘을 갖지 못한 내가, 참을 수 없을 정도로 혐오스러웠다.

나는 그에게 너에 관해서는 이야기하지 않았다. 대신 다른 말들을 했다. 그의 입에서 나온 미안하다는 말이 나를 갑자기 멀리 있는 모두의 대변자가 되게 했고 그들의 분노와 상처가 한꺼번에 날아와 내 입술에서 나오는 말들을 물들였다. 그의 긴 고백은 내 안에서 아무것도 상쇄시키거나 흔들거나 곤란하게 하지 않았다. 리필한 커피를 마시는 동안 그의 얼굴은 천천히 내 앞에서 억압하는 자, 편협한 자, 닫혀 있는 자의 그것으로 변해갔고 그는 실제로 그런 사람이었는지도 모른다. 그가 그토록 먼길을 걷고 오랜 시간을 헤매고 가슴을 치며 괴로워했다는 사실은 내게 어떤 연민도 불러일으키지 않았다. 왜 내가 이해해야 하는가? 나는 그렇게 생각했다. 이해해버리면 끝장이라고 말이다. 그랬다. 끝장이라는 단어가 떠올랐다. 내가 그날 그토록 많은 말들을, 평소의 나와는 그다지 어울리지 않는다고 믿던 말들을 했다면 그래서였을 것이다. 그러나 나는 너와 함께 있을 때 내가 돌보지 않은 우리의 침묵에 대해서는 아무 말도 하지 않았다. 그가 너를 받아들일 수 없어 죽게 했다면 나 역시 내가 사랑하지 않는 너의 어떤 부분을 사랑한다고 말하면서 그저 시들게 놓아두기만 한 사람이라는 것도.

그 교회는 우리가 같이 살던 집에서 그리 멀지 않은 곳에 있었다. 성소수자들을 배척하지 않고 포용해준다는 교회였다. 헤어지기 직전이어서 그랬는지 그 일요일 아침 내 앞에서 걸어가던 루카 너의 굽은 등과, 교회 정원에 깔려 햇빛에 아스라하게 반짝이던 희고 검은 자갈 길 같은 것들이 여전히 잊히지 않는다. 그곳에 함께 가보자는 건 내 생각이었다. 예배를 보는 동안 우리는 손을 꼭 잡고 있었다. 예배가 끝나자 사람들이 와서 인사를 했고 이야기를 들려주었고 정식으로 등록을 하지 않겠느냐고, 여기서는 모두 이웃처럼 친하게 지낸다고 우리에게 권했다. 강요로 느껴지지는 않는 부드러운 말들이었다. 다른 부분들도 걱정한 것만큼 이상하게 느껴지지는 않았다. 기도를 하고 노래를 부를 때 자신을 필요 이상으로 열어야 한다는 점이 조금 낯설게 느껴졌을 뿐이다. 그날 그 교회에서 나는 너의 신에게 너와 헤어지지 않게 해달라고 기도했다. 우리가 이미 오래전에 헤어졌다는 사실을 알고 있었기 때문이었다. 그들은 우리에게 부활절 달걀을 주었고 우리는 그것을 함께 먹었다. 오직 헤어진 사람들만이 서로에게 보일 수 있는 다정한 얼굴을 하고.

루카, 나는 너에게 네가 왜 루카인지 묻지 않았다. 예전에도 지금도 나는 그것이 잘못이었다고는 생각하지 않는다. 너 역시 내가 왜 딸기인지는 묻지 않았으니까. 나는 이제 너와 함께가 아니고 여전히 어떤 것들에 대해서는 묻지 않은 채 살아간다. 어떤 일들은 그저 어쩔 수 없고 어떤 일들은 노력해도 나아지지 않으며 함께 살아야 한다고 말하지만 우리는 어떤 사람들과는 함께 살 수 없다. 그저, 그럴 수 없다. 삶이라는 이름의 그 완고한 종교가 주는 믿음 외에 내가 다른 무언가를 믿는다고 말할 수 있을까? 나는 내 믿음을 지켰고 너를 잃었다. 그 사실이 가끔 나를 찌르지만 나는 대체로 평안하다. 그런데 루카, 너는 어떠니. 너는 그곳에서 평안하니. 루카였고 예성이었던 너는.

사랑, 두려움

평범한 사랑 이야기를 써보고 싶었다.

세상 사람은 나름의 방식으로 모두 특별하고 그들이 만나서 하는 사랑 역시 그러하겠지만.

그래도 어쨌거나, 평범한 사랑 이야기를 써보고 싶었다.

이 이야기는 서로를 사랑해서 함께 살기 시작한 두 사람이 늦은 밤, 등을 돌리고 각자의 책상 앞에 앉아 있는 장면을 떠올리다 시작되었다. 사각사각 연필 소리가 들리는 방에서, 좋아하는 사람을 방해하지 않으려고(그러면서도 그가 무슨 말을 하면 놓치지 않고 들으려고) 한쪽 귀에만 이어폰을 끼고 음악을 들으면서, 혼자서 무언가를 열심히 하는 것도 아니고 그렇다고 아무것도 안 하는 것도 아닌 상태로 있다가 괜스레 서글픈 기분이 되어버리는 한 사람을 생각했다. 그리고 그와 함께 살기 위해 자신에게 중요한 무언가를 매일 말없이 조금씩 놓아버리는 사람을 생각했다. 그건 자연스러운 일일까? 오래전에 나는 사랑이란 책상을 붙여놓고 서로를 마주보며 열심히 자신을 가꾸고 함께 미래를 만들어가는 일이라고 생각했던 것 같다. 침대도 식탁도 아니고, 내게는 그게 책상이었다. 사랑하기 위해서가 아니라 그저 살아가기 위해서라도 반드시 필요한, 서로에게 등을 돌린 시간에 대해서는 잘 몰랐다.

사랑 이야기를 쓰겠다고 생각하자 곧바로 두려움, 이라는 단어가 떠오른 건 아마도 내가 성숙한 사랑에 관해 잘 알지 못하기 때문일 것이다.

말보다 두려운 침묵과, 침묵보다 두려운 말에 관해 생각했다.

건드려서는 안 되는 부분이라고 생각해서 냉동실에 넣어둔 어떤 침묵이, 냉장고가 고장나는 바람에 조금씩 녹고 있는 상황을 떠올렸다. 처음에 서로를 누구보다 경건하게 마주보게 하고, 서로의 차이를 대하며 미지의 신에게 보내는 기원 같은 소중한 마음을 품게 했던 바로 그 감정이 전혀 다른 일을 하라고 자꾸만 부추기는 상황을 생각했고, 그 앞에 던져진 민감한 두 마음을 떠올렸다.

이 이야기를 처음 쓰기 시작할 때는 가족, 피, 태어나서부터 만들어져 한 번도 달라진 적이 없는 사회적 관계 같은 것들이 개인의 삶을 얼마나 자유롭지 못하게 하는지를 생각하고 있었다. 하지만 다 쓸 때쯤엔 어떤 억압도 없이, 어떤 타협이나 미적지근함도 없이 백 퍼센트 자신이 바라는 자신으로 살아가는 사람(그런 사람이 정말 있다면)이 과연 행복할 수 있을까, 누군가와 함께할 수 있을까 하는 질문을 떠올리게 되었다.

세상에 정말로 루카와 딸기 같은 연인들이 있다면 그럼에도 서로를 잃지 않고 함께 잘 살아갔으면 좋겠다.

미숙한 사랑을 하는 인간의 무책임한 바람이겠지만 말이다.

'순정한' 퀴어서사를 읽는 방법

오혜진

　이것은 윤이형의 낯설고도 익숙한 소설이다. 이 소설에는 그의 전매특허인 '환상세계로 모험을 떠나는 공상과학적 캐릭터들'이 등장하지 않는다. 여기서 만나고 사랑하고 분노하고 이별하고 아파하는 것은 모두 멀쩡한 인간들인 것이다. 혹자는 이 소설의 두 게이들이 전작들에서 영웅적 분투를 펼친 좀비, 로봇, 사이보그, 가상이미지 등과 뭔가를 공유한다고 생각할지 모른다. 낯설고 이질적이며 경계를 허문다는 점에서 양자는 유사한 서사적 임무를 수행한다고 추측할 수 있겠다.

　하지만 아무래도 그 유비(analogy)에는 반대해야 할 듯하다. 윤이형의 판타지적 페르소나들이 '끝내 휴머니즘적 세계로 회수되기를 거부하려는' 의지의 산물이었다면, 이 작품의 게이들이 그런 의도에 복무한다고 말하기 어렵다. 오히려 성소수자를 손쉽게 비인간·비존재·비정체로 규정할 때 발생할 수 있는 이데올로기적 폭력의 위험이 더 크다. LGBT가 기존의 젠더질서를 교란시키는 존재들인 것은 맞지만, 그것이 초인간·초자연적 범주로 분류되기를 지향하는 것은 아니기 때문이다. 성소수자의 육체성을 삭제하고 상징적 기능만을 취해 낭만화하는 것은 성소수자에 대한 또다른 방식의 타자화다.

한편, 이 소설은 동성애(적) 관계에 대한 윤이형의 오랜 관심과 천착을 계승한 작품이라는 점에서는 익숙하다. 「절규」(2006)나 「말들이 내게로 걸어왔다」(2006)에서처럼 그가 묘사한 고통의 심해에는 종종 동성애(적) 욕망이 자리하고 있었다. 윤이형은 이성애사회의 폭력성을 은밀히 그러나 강렬하게 포착함으로써 이 세계의 파탄을 예고했던 드문 작가였다.

혹자는 이 소설이 '동성애'라는 소재를 다루면서도 동성애에 국한되지 않는 보편적인 사랑의 문법을 서사화했고, 바로 그것이 '상투적인' 동성애서사를 넘어서는 「루카」의 특출난 점이라 할지 모른다. 이 소설에서 동성애의 사랑과 문법이 다른 사랑의 그것과 다르지 않음을 확인하고 모종의 안도감을 느꼈다면, 당신은 이 소설이 마음에 들었을 것이다.

하지만 과연 동성애서사의 '상투성'이 성립할 정도로 한국문학사에 그 표본이 양적으로 충분한지도 의문이려니와 그 내용도 궁금하다. 그게 동성애서사가 흔히 성소수자가 겪는 차별 및 그의 정체성 투쟁을 다룬다는 점을 지칭하는 것이라면, 이를 상투적이라고 말하기 전에 먼저 물어야 한다. 동성애서사는 왜 꼭 그 문제에서 출발하거나, 그곳으로 돌아와야 하는지. 왜 그 문제를 경유하지 않은 채 동성애(자)를 재현하는 것이 그토록 어려운지.

그러므로 상투적인 것은 동성애서사의 문제 제기 자체가 아니라, 그런 재현의 반복이 뭘 의미하는지 깊이 생각하지 않으려는 피상적인 시선이다. 게다가 어떤 소설이 동성애 이야기에 국한되지 않고 '보편적인' 사랑의 윤리를 환기해서 좋다는 것은 역으로 말하면 동성애는 '보편'에 포함되지 않는다는 뜻이니 그 '보편'은 이미 보편이 아니다.

오히려 그 반대다. 한국 동성애서사에 상투성이 있다면, 그건 한국문학사에서 동성애서사는 언제나 '동성애 없는 동성애서사'의 방식으로만 존재했다는 점이다. 우정, 의리, 보편적 인간애로 포장·봉합되지 않은 동성애서사가 한국문학사에 있었던가. 겁탈·강간과 같은 극단의 폭력과 모멸의 수단으로서 행해지는 동성 성행위가 아닌, 동성애(자)의 에로티시즘과 오르가즘의 재현을 시도한 서사가 한국문학사에 있었던가. 내가 알기로, 동성애서사의 독자적인 미학과 정치성을 확보하기 위한 문학적 실험의 가장 인상 깊은 사례는 팬픽과 야오이에서 나왔다. 그것들이 '정통' 한국문학사에서 어떻게 취급되는지에 대해서는 생략한다.

그러므로 이 소설이 '동성애자가 경험하는 차별 및 정체성에의 인정욕망과 기투'를 다루지 않아서 개성적이라거나, 궁극적으로는 동성애가 아니라 '보편적인' 사랑을 다루었으므로 훌륭하다는 식의 찬사는 기만적이다. 그 독법은 '보편적인 사랑(이라지만 실은 '이성애'를 지칭할 뿐인)'의 문법으로 회수되지 않는 동성애에 대한 재현의 의지를 비가시화한다. 그것은 다시 한번 한국문학사에 동성애서 사가 기입되는 것을 막고, 동성애(자)의 재현에 모종의 검열을 작동 시키려는 기획과 조응한다.

따라서 이 소설을 옹호하기 위해서는, 동성애(자)이기 때문에 경험하는 사랑과 이별의 방식, 그 난관과 딜레마를 섬세하게 포착했다는 것이야말로 이 작품의 오리지널리티라고 말해야 한다. 누가 봐도 엄연히 동성애서사를 써놨는데 그게 동성애서사로 읽히지 않아서 좋다니, 그게 무슨 미덕이고 칭찬이겠는가.

이 소설의 대강은 퀴어 커뮤니티의 영화모임에서 만난 두 게이, '딸기'와 '루카'의 사랑과 이별을 진술하는 데에 할애된다. 그들은 딸기가 뒤늦게 상상한 시나리오의 내용대로 "상대방이 자신과 비슷하다는 이유로 사랑에 빠졌"고, "서로가 얼마나 다른지 깨닫는" 것으로 끝났다. 모든 사랑이 그렇지 않으냐고 물을 수도 있지만, 퀴어 세계 내부의 '다름'을 서사화한다는 것이 뭘 뜻하는지 먼저 생각해 볼 필요도 있다. 상징적인 두 장면을 보자.

이 소설이 집중하는 것은 두 게이들의 서로 다른 역사와 경험이다. 딸기가 커밍아웃을 단행한 데에는 엄마의 이해와 관련 논의의 학습경험이 중요했다. 그에게 "문이 열린다는 것"이 "소중한 경험"으로 간직되고, 루카와의 "두번째 커밍아웃"이 "목욕물처럼 따스했"던 것도 그 때문이다. 반면, 모태신앙인 루카에게 "첫번째 커밍아웃"은 없었다. 그는 아웃팅을 통해 정체성이 알려졌고, 모든 공동체에서 거의 버려졌다. 루카가 퀴어로 살기 위해 "정체성의 절반이 넘는 것을 버"려야 했던 것은 딸기로서는 "짐작되지 않"는 일이었다.

커밍아웃이나 퀴어활동을 통해 퀴어로서의 자기인식을 수행하는 것이 퀴어담론의 핵심적 장치이긴 하다. 하지만 성소수자 인권운동가 한채윤의 지적처럼, 커밍아웃을 개인의 선택 문제로 인식하는 순간 차별의 사회·역사적 맥락은 사라진다.[1] 딸기는 "문을 열어 밖을 내다보고 싶어하는" 루카에게 딸기만을 "유일한 시민"으로 삼는 세계에 살도록 요구한 것, 즉 퀴어세계에서만의 안존을 강요하는 것이 또다른 '클로젯팅(벽장 안에 가만히 숨어 있기)'일 수 있음을 알지 못했다.

또다른 장면. 딸기의 삶은 온통 퀴어로서의 삶을 가시화하는 데에 바쳐져 있다. 소수자가 아니라면 부러 외칠 필요도 없는 '인권'을 주장하는 것이 그에게는 정체성을 인식하는 방법이자 존재방식 그 자체다. 그러므로 "너는 퀴어고, 퀴어와 관련된 일을 계속하고 싶은 거잖아"라는 루카의 말이 딸기에게 "너는 퀴어고, 퀴어와 관련된 일이 아니면 하고 싶지 않은 거잖아"라고 들렸고, 그게 "서운"했던 것은 당연하다. 딸기가 '퀴어적 삶'의 방식을 자의적으로 재단했던 것처럼, 루카 역시 딸기의 기투가 지닌 의미를 이해하지 못했던 것이다.

두 장면은 우리에게 "모든 일이 그렇게 칼로 베어낸 것처럼 분명할 수"는 없다는 것, 즉 단일한 정의로 회수되지 않는 퀴어의 복수

---

1) 한채윤, 「엮어서 다시 생각하기: 동성애, 성매매, 에이즈」, 권김현영 외, 『성의 정치 성의 권리』, 자음과모음, 2012.

성과 다차원성을 보여준다. 물론 모든 주체, 모든 사랑이 그렇다. 하지만 퀴어세계와 비-퀴어세계 간의 길항관계를 끊임없이 의식하고, 두 세계에서의 존재방식을 조절·통제하는 것은 오로지 퀴어이기 때문에 수행하게 되는 성찰과 실천이다. 자신의 생각이 "차별이나 소수자 같은 말들과는 정말 아무 관계도 없는 일이었을까"라고 되묻는 이는 그 누구도 아닌 퀴어인 것이다.

그러므로 이 소설이 다수자가 그렇듯, 소수자들의 세계에도 차별과 억압이 있음을 확인하는 것, 모든 '보편적' 주체와 사랑에 대한 이야기로 에누리 없이 환원되는 것이라고 믿는다면 곤란하다. 이 모든 기획은 퀴어적 정동과 문제의식에 의해 가능한 것이라는 점이 강조돼야 한다. 퀴어들 간의 차이를 드러내는 것은 보편질서와의 차이를 무화시키기 위한 것이 아니라, "퀴어를 퀴어로 환원하는" 것이 이성애적 가부장제임을 말하기 위해서다.[2]

이 소설에서 가장 미묘한 지점은 루카 아버지와 딸기의 대면을 통해 그려진다. 루카가 다녔던 교회의 목사인 루카 아버지는 자신의 신앙과, 아들이 게이라는 사실의 병존을 감당하지 못한다. 그보다는 차라리 아들이 죽었다고 상상하는 것이 더 쉬웠다. 그는 맹수를 직접 만질 수 있다는 아르헨티나 루한(Luján)의 한 동물원으로 향하는데, 이는 명백히 더 큰 공포를 통해 현존하는 공포를 덮으려

---

2) 여성주의 비평가 정희진의 진술 중 '여성'을 '퀴어'로 바꿔 읽은 것이다. 『페미니즘의 도전—한국사회 일상의 성정치학』, 교양인, 2005, 18쪽.

는 시도였다.

"도로 위에서 길을 잃"는 이 여행은 "허허벌판" "황무지" "검은 숲" 같은 묘사에서 보듯 '순례자의 고행'과 오버랩된다. 이 자발적 고행을 통해 그는 루카의 고통과 외로움을 추체험한다. 허나 그는 결국 루한으로 상징된 루카에 닿지 못하고 "대성당"으로 묘사된 신에 관성적으로 의탁한다. 그는 '동성애는 죄'라는 잘못된 생각을 바로잡는 대신, 루카의 고통을 자신의 방식으로 서사화한다. 모든 것은 "신의 말씀을 바르게 전하지 못한 자신의 탓"이라고.

다만, 루카 아버지에게 '고행'은 그것이 '의례'라 할지라도 뭔가를 변하게 했다. '루카의 죽음'이라는 "더 쉬운 그 선택을 하게 한 것은 다름아닌 자신이었고, 한평생 그토록 소중하게 지켜온 자신의 믿음"이었다는 사실을 직시하게 된 것이다.

그런데 서술자는 여기서 이야기를 멈추지 않았다. 더이상 "신을 믿지 않는다"는 루카 아버지는 "나(딸기—인용자)와 같은 사람들에게 미안하다는 말을 하고 싶었다"며 딸기에게 고백한다. 하지만 딸기에게 그 말은 루카를 방치했던 오랜 세월을 손쉽게 청산하려는 시도로 여겨졌다. 여전히 대상화를 경유함으로써 마련되는 화해의 알리바이에 딸기는 분노한 것이다.

이때 눈여겨보게 되는 것은 서술자의 포지션이다. 그는 모두에게 아무것도 강요하지 않는다. 그는 루카 아버지가 손쉽게 '각성'하거나 '인식의 벽'을 넘는 것으로 그리지 않았고, 딸기에게도 '화해'와 '용서'를 종용하지 않았다. 물론 딸기에게 "그가 너를 받아들일 수 없어 죽게 했다면 나 역시 내가 사랑하지 않는 너의 어떤 부분을 사랑한다고 말하면서 그저 시들게 놓아두기만 한 사람"이라고 지각하게 함으로써 그가 지닌 '벽' 또한 가시화했고 말이다.

어쩌면 이 소설은 딸기가 자신의 '벽'에 대해 침묵한 대가로 루카를 잃은 후 작성한 반성문처럼 읽힐 수도 있다. 혹은 "어떤 일들은 그저 어쩔 수 없고 어떤 일들은 노력해도 나아지지 않으며 함께 살아야 한다고 말하지만 우리는 어떤 사람들과는 함께 살 수 없다"라는 윤이형의 오랜 비관론의 일부일 수도 있다. 하지만 그게 다일까. 이 소설이 진정으로 그린 것은, 루카 아버지를 거울 삼아 반성적 성찰을 수행하는 한 퀴어의 성장담이다. 이 소설이 '루카'라는 이름의 의미를 단언하지 않았듯, 우리는 딸기 역시 그가 "왜 딸기인지" 아직 알지 못한다.

오혜진
성균관대 국문과 졸업. 동대학원 박사과정 수료.

최은미

근린(近隣)

작가노트 비워둔 곳

해설 이재경 그 여자의 사정

최은미
2008년 『현대문학』 신인상에 단편소설 「울고 간다」가 당선되어 등단.
소설집 『너무 아름다운 꿈』 『목련정전』 『눈으로 만든 사람』, 중편소설
『어제는 봄』, 장편소설 『아홉번째 파도』가 있다. 젊은작가상, 대산문학
상, 김승옥문학상, 현대문학상, 한국일보문학상을 수상했다.

근린(近隣)

공원에서 사고가 일어난 것은 10월 31일 오전이었다. 날개폭이 육 미터 남짓인 소형 비행체 한 대가 근린공원 체력단련장에서 등산로로 이어지는 중간 지점에 추락했다. 연합뉴스는 이 비행체가 RQ-105 기종의 육군 소속 무인정찰기로, 사고 당시 원격조종을 통한 무인정찰훈련 비행중이었다고 보도했다. 보도에 따르면 사고를 목격한 주민들은 "하늘에서 오토바이가 지나가는 듯한 소리가 나 쳐다보니 아파트 이십층쯤 돼 보이는 높이에서 비행체가 날아가고 있었"으며 "어느 순간 보니 이 비행체가 날개를 뒤집은 채 추락하고 있었다"고 말했다. 사고 당일은 근린공원에서 '어르신문화축제'가 열리던 날로 사고 시각인 오전 열한시경, 공원 야외공연장과 체력단련장 인근에는 이미 백여 명의 인파가 있었던 것으로 전해졌다. 그중 사망자는 단 한 명이었다. 튀어 날아온 기체 파편에 목이 찔린 사망자는 '대동맥 파열로 인한 과다 출혈'로 현장에서 숨을 거뒀다. 평소 근린공원에서 사망자를 자주 봐왔다는 한 주민은 '그 여자가 그렇게 죽을 줄은 몰랐다'고 말했다.

1

10월 첫날 아침 근린공원사거리의 도로 상황은 무난했다. 신호 대기중이던 아반떼 승용차를 마을버스가 들이받는 일이 있었지만 출근길 교통 흐름에 지장을 줄 정도는 아니었다. 근린산 위로 떠오른 아침해는 가을이 시작된 산을 타고 내려와 부채꼴로 펼쳐진 근린공원 진입 광장과 그 앞의 횡단보도까지 고루 비추었다. 하늘은 파랗고 바람은 잔잔했다. 야외활동을 하기에 더없이 좋은 때가 시작되고 있었다.

출근 차량이 빠지고 도로가 한적해질 무렵, 젊은 여자 한 명이 근린공원 입구에 나타났다. 회색 치마레깅스에 짧은 후드점퍼를 걸친 여자는 잠에서 덜 깬 듯 흐느적거리며 벤치 쪽으로 걸어갔다. 여자는 부채꼴 왼쪽 벤치에 등을 기대고 앉더니 고개를 파묻고 움직이지 않았다.

곧이어 늙은 여자 두 명이 걸어와 부채꼴 오른쪽 벤치에 앉았다. 잠시 뒤 같은 또래로 보이는 여자가 둘을 부르며 건너갔다. 건너간 여자는 숨을 헐떡이더니 자신이 간밤에 똥 싸는 꿈을 꿨다고 말했다. 앉아 있던 여자 중 한 명이 만원짜리 세 장을 꺼내 그 꿈을 샀다.

서쪽 방면에서 오던 차가 사거리 북서 방향의 주유소로 들어갔다. 북동쪽에서 내려온 바람이 여자들의 등을 훑고 사거리 교차점을 지났다. 벤치에 나란히 앉은 늙은 여자 셋은 그들의 대각선 맞은편, 사거리 남서 방향에서 무언가가 흔들리는 것을 보았다.

"우리 저기나 한번 가볼까?"

꿈을 산 여자가 말했다.

"원장이 꽤 용하다던데."

가운데에 앉은 여자가 말했다. 꿈을 판 여자는 아무 말도 하지 않았다. 사거리 남서쪽 건물 안에 있는 것은 휴대폰 대리점과 편의점, 독서실과 피시방, 학원들과 노인요양원이었다. 그 옆으로 새로운 건물이 올라가 있었다. 건물 외벽을 덮은 현수막에 '관절' '척추' '통증' 같은 글자가 보였다. 건물 앞에서 움직이며 그들의 시선을 끈 것은 키다리 허수아비 풍선이었다. '만성통증 조기치료'라는 여덟 글자를 몸에 새긴 허수아비가 양팔을 펼친 채 바람을 타고 있었다.

"옆에 있는 건물이 죽네……"

어쩐지 힘이 빠진 듯한 목소리로 꿈을 판 여자가 한마디했다. 나머지 두 여자가 웃는다는 표정으로 꿈을 판 여자를 보더니 대꾸를 하지 않았다. 일교차가 점점 벌어져 그들 중 한 명이 머플러를 풀었을 무렵 중년 여자 한 명이 애완견과 자루를 안고 산에서 내려왔다.

"밤 많이 떨어졌어요?"

가운데 여자가 물었다.

"할머니들이 새벽같이 올라가서 얼마나 주워가는지 벌써 빈 껍데기가 수두룩해요. 좋은 델 잘 찾아야 돼요."

"어디가 좋아요?"

중년 여자의 팔에서 내려온 시추가 벤치를 맴돌며 짖었다.

"명당자리가 하나 있어요. 밤나무하고 참나무가 얼마나 큰 지……"

"알알 알알."

시추가 말을 끊으며 뛰어갔다. 동쪽에서 온 차들이 남쪽으로 좌회전을 시작하자 사거리 남동 방향의 아파트 단지에서 빛 무리가 흘러나왔다.

"알알 알알."

보행신호와 함께 부채꼴 광장으로 쏟아져들어온 건 연두색 단체복을 입은 유치원생들이었다. 아이들은 시추에게 달려들기도 하고 공원 조형물에 올라타기도 하면서 흩어졌다 모였다 했다. 사각정자가 있는 부채꼴 꼭짓점에서 다시 줄을 선 아이들은 잠자리채를 높이 쳐들었다. 아이들은 교사의 손짓에 맞춰 합창을 시작했다. 잠자리 꽁꽁, 꿈자리 꽁꽁. 이리 와라 꽁꽁, 저리 가라 꽁꽁. 이리 오면 살고, 저리 가면 죽는다.

유치원 아이들이 휩쓸고 간 부채꼴 광장의 사각정자에는 언제부터 거기 있었는지 모를 여자아이 한 명이 앉아 있었다. 아이는 숲 체험을 떠난 유치원생들과 같은 또래로 보였다. 아이 앞에는 스케치북이 펼쳐져 있었다. 아이는 빨간색 크레파스를 꺼내더니 흰 종이 위에 제일 먼저 해를 그렸다. 아이의 엄마로 보이는 여자가 그 앞에 앉아 아이의 정수리를 내려다보았다.

"다음엔 누가 커피 좀 타와."

꿈을 산 여자가 말했다. 점심때가 되자 여자아이와 엄마는 횡단보도를 건너 아파트 단지 후문으로 사라졌다. 사거리 남쪽 방향에서 온 맥도날드 오토바이가 그들을 따라 아파트 단지로 들어갔다. 레깅스 여자가 벤치에서 몸을 일으켰을 때에는 키다리 허수아비 풍선의 팔 한쪽이 직각으로 꺾여 있었다.

2

꿈을 판 여자는 꿈을 팔 생각이 없었다. 깨고 나서도 흥분이 가시지 않아 누군가에게 말하고 싶었을 뿐이었다. 삼만원을 얼떨결에 받아드는 게 아니었다고 여자는 후회했다. 무언가 중요한 것을 빼앗겼다는 생각을 지울 수 없었다.

여자가 볼일을 본 곳은 모래알과 조약돌이 들여다보이는 맑은 물웅덩이였다. 분홍빛 대변이 여자의 몸에서 끝도 없이 빠져나왔다. 변은 물속에서부터 똬리를 틀며 올라왔다. 물에서도 절대 흐트러지지 않는 실한 변이었다. 여자가 꿈에서 깬 것은 그 변이 몸속으로 다시 들어왔을 때였다. 기다랗고 굵고 단단한 것이 몸으로 밀고 들어오는 순간 여자는 눈을 떴다. 뭐라 말할 수 없는 허전함과 슬픔이 밀려왔다. 여자는 꿈 생각에 아침도 제대로 먹지 못했다. 그래서 그런 실수를 한 것이었다. 그날 아침의 모든 행동과 언행이 평소의 자신답지 않았다고 여자는 생각했다. 자신은 성급하고 수다스러운 편이 아니었다. 조용하고 온화하게 늙었다는 말을 듣고 사는 쪽이었다. 육십대 중반이었지만 아직 환갑 전으로 보는 사람도 있을 만큼 피부도 괜찮았다.

여자는 화장대에 앉아 거울을 보았다. 꿈을 팔고 난 뒤 지난 며칠은 무얼 해도 예전 같지가 않았다. 밥맛도 없었고 무릎도 더 시렸다. 누가 말을 하면 서운한 생각부터 들었고 까닭도 없이 눈물이 돌았다. 여자가 한숨을 내쉬며 거울에서 고개를 돌렸을 때였다. 전화벨이 울렸다. 며칠간 구부정했던 여자의 등이 전화를 받는 동안 점점 펴졌다. 여자는 두 번 연속으로 감사하다는 말을 하고 전화를 끊었다. 꿈을 판 여자는 꿈 따위는 잊어버린 듯 흥얼거리기 시작했다. 여자는 물을 끓여 보온병에 넣고는 커피 몇 봉지를 챙겨 현관문을 나섰다.

같은 시간에 꿈을 산 여자도 전화를 받았다. 근린공원 부채꼴 광장에서였다. 전화를 끊고 난 여자는 벤치에 앉아 있는 레깅스 여자를 보면서 얼굴을 찌푸렸다. 한동안 부채꼴 왼쪽 벤치에 앉던 레깅스 여자는 며칠 전부터 부채꼴 오른쪽 벤치를 차지하고 앉더니 오늘은 다시 왼쪽 벤치에 앉아 있었다.

"젊은 여자가 일관성이 없어."

가운데 여자가 오자 꿈을 산 여자는 레깅스 여자에 대한 험담을 시작했다. 박스를 찾으러 갔더니 엉덩이 한 번 들지 않고 쳐다만 보더라, 옷 입은 것도 볼썽사납다, 어깨 벌어진 것 좀 봐라, 굼뜬 애들은 질색이다. 꿈을 산 여자는 화풀이를 하듯 중얼거렸다.

"며느리로 저런 것들이 들어올까봐 내가 요새 잠이 안 와."

보행신호가 떨어지자 아파트 단지 쪽에서 여자아이와 엄마가 걸어왔다. 간격을 두고 꿈을 판 여자가 뒤따라왔다. 꿈을 판 여자를 보자마자 여자 둘이 벤치에서 일어났다.

"자긴 뭐 됐어?"

"실버댄스스포츠."

꿈을 판 여자의 말에 잠시 정적이 흘렀다. 세 여자는 모두 10월 말일에 있을 어르신문화축제에 참가할 예정이었다. 경쟁률이 가장 높았던 실버댄스스포츠에 꿈을 판 여자만 선정이 된 것이었다. 나머지 두 여자가 전화로 권유받은 공연은 한복을 줄별로 맞춰 입고 어깨춤을 추는 '노부(老婦)는 골드스타일'이었다. 댄스스포츠와는 비교가 될 수 없었다. 실버댄스에 참가하는 여자들은 모두 빨간 원피스를 입었다. 빨간 구두를 신고, 머리에는 빨간 꽃을 꽂고, 역시나 높은 경쟁률을 뚫고 선정된 남자 노인들과 탱고를 추는 것이었다. 실버댄스는 어르신문화축제의 꽃이었다.

꿈을 판 여자가 한턱내겠다는 듯 커피를 타서 돌렸다. 꿈을 팔기 전으로 시간을 되돌리는 게 가능하기라도 한 것처럼 꿈을 판 여자는 혈색이 살아나 있었다.

"커피맛이 왜 이래."

꿈을 산 여자가 한 모금 마시자마자 인상을 썼다.

"내가 김태희 말고 이나영 있는 걸로 사라고 했잖아!"

꿈을 산 여자가 순식간에 팔을 젖혀 벤치 뒤 회양목 위로 커피를 뿌렸다. 김이 올라오는 뜨거운 커피였다. 운동기구 위에 올라가 있던 중년 여자가 비명을 지르며 뛰어왔다.

"알알, 알."

회양목 뒤에 앉아서 놀고 있던 것은 여자아이와 시추였다. 시추의 크림색 니트 위에 커피 얼룩이 점점이 져 있었다. 아이와 시추가 화상을 입을 수도 있었던 상황이었다. 중년 여자가 달려오는 동안에도 아이 엄마는 정자 기둥에 멍하니 기대 앉아 있었다. 가장 먼저 달려온 것은 뜻밖에도 레깅스 여자였다. 레깅스 여자는 아이와 개가 무사한 것을 확인하고는 꿈을 산 여자를 한 번 쳐다본 뒤 벤치로 돌아갔다. 어른들의 큰 소리에 겁을 먹은 여자아이가 엄마가 있는 정자 쪽으로 달려갔다. 시추가 종종거리며 여자아이를 따라 뛰었다. 달려오는 아이와 시추를 발견한 엄마가 "저리 가!" 낮게 소리를 질렀다. 그 소리에 아이와 개 모두 멈칫했지만, 아이는 엄마한테로 시추는 주인한테로 돌아갔다.

해는 정오를 향해 조금씩 이동해갔다. 단풍이 펼쳐진 근린산에서 간간이 사격 소리가 들렸다. 사거리 서쪽 방면에서 달려온 맥도날드 오토바이가 공원 입구에 멈춰 섰다. 맥도날드 라이더는 오토바이에서 내리며 휴대폰을 꺼냈다. 라이더는 휴대폰 카메라로 깨진 보도블록을 촬영했다. 라이더는 다시 몇 걸음을 옮겨 전신주를 찍었다. 관절척추병원에서 나온 팔 골절 환자가 키다리 허수아비 풍선 옆에 서서 담배를 피우며 웃었다. 신호 대기중이던 마을버스 기사가 '아반떼 씨발놈'이라며 삿대질을 했다. 맥도날드 라이더가 휴대폰을 이동해 마을버스 기사를 찍었다.

"저 영감이 지금 누구한테 욕을 하는 거야?"

꿈을 산 여자가 벤치에서 일어났다.

"방금 씨발년이라고 하는 거 들었어? 지금 나한테 욕한 거 아니야?"

"아니야."

가운데 여자가 꿈을 산 여자를 끌어 앉혔다.

"그러니까 그 요양원 커플 말이야."

가운데 여자가 말을 이었다.

"요양원에서 눈 맞은 게 문제가 아니야. 그 둘이 글쎄 합방을 요구했대. 요양원측에 정식으로 요청을 했다는 거야."

"세상에, 정신은 멀쩡한가보네."

"그게 어떻게 멀쩡한 거야. 노망이지."

"남자는 그 뭐지, 뇌경색인지 뇌졸중인지로 쓰러져서 들어갔다던데. 몸 반쪽은 아예 굳어버렸대."

"여자는?"

"뭐라더라. 바람만 불어도 아픈 그런 병으로 시작을 해서 콩팥이고 뭐고 다 망가졌다던데."

"통풍?"

"그래 통풍. 안 겪어본 사람은 절대 모른다더구먼. 바람만 스쳐도 그렇게 아프대."

늙은 여자 셋은 문득 말을 멈추고 대각선 맞은편을 보았다. 왼쪽으로 몸을 꺾었던 키다리 허수아비 풍선이 다시 오른쪽으로 몸을 꺾었다. 규칙적으로 움직이던 풍선은 갑자기 고개를 접더니 다시 두 팔을 펼치며 손을 흔들었다. 그들은 풍선의 움직임만으로도 바람의 세기를 알 수 있게 된 것에 불현듯 공포를 느꼈다. 바람이 잔잔하면 풍선은 흔들렸다. 바람이 세면 풍선은 펄럭였다. 바람이 아주 세면 풍선은 요동을 치며 춤을 추었다.

운동기구 위에서 어깨돌리기를 하던 중년 여자도 동작을 멈추고 대각선 맞은편을 보았다. 관절척추병원보다 한 톤 어두운 오래된 빌딩. 노랗게 물든 은행나무 위로 수학전문학원 간판이 보이고 그 위층으로 요양원 창문이 보였다. 그 안에 중년 여자의 노모가 있었다. 여자가 짬을 내 부채꼴 광장에서 시간을 보내는 것은 노모의 침대가에서 공원이 내려다보이기 때문이었다.

네 방향으로 늘어선 가로수들이 정오 직전의 빛을 흩뿌렸다. 시추와 여자아이가 그늘과 양지를 오가며 뛰어다녔다. 아이가 낙엽을 모아 공중에 뿌리면 시추가 하나라도 잡으려고 튀어올랐다. 시추가 커다란 가로수 잎을 물어오면 아이가 나뭇잎으로 시추를 간질였다. 광장을 둘러싼 나무에서 도토리가 떨어져내렸다. 잠자리들이 꼬리에 빛을 매달고 쑥부쟁이 사이를 날아다녔다. 가을빛이 잠깐씩 풍경을 정지시키는 마법 속에서 사람들은 가을열매가 터지는 소리를 듣고 있었다.

"이거……"

레깅스 여자는 아이 목소리에 고개를 들었다. 아이가 내민 양손 위에 밤 하나, 도토리 하나가 놓여 있었다.

"엄마 몰래 주웠어요."

아이는 부끄러운 듯 금방 시선을 떨구었다. 용기를 내서 온 듯했다.

"유치원 가고 싶지 않니?"

레깅스 여자가 아이에게 물었다.

"우리 엄마가…… 엄마 마음에 드는 유치원이 없어요."

레깅스 여자는 정자 쪽을 보았다. 아이의 엄마는 멀리서 보기에
도 격앙된 손짓으로 휴대폰을 두드리고 있었다.

"우리 엄마는 아빠랑 문자로 싸워요."

"그렇구나."

"아빠는 엄마 문자 때문에 미치겠대요."

"그렇구나."

"우리 엄마는 힘들어요."

"……"

"나 때문에."

"……"

몇 초였다. 레깅스 여자는 아이의 검은 눈동자에서 일렁이다 사
라진 무언가를 보았다. 여자가 미처 뭐라고 하기도 전에 "이리 와!"
아이 엄마가 아이를 불렀다. 아이는 엄마한테로 뛰어갔다.

3

맥도날드 라이더는 엘리베이터 십일층 버튼을 눌렀다. 이 주 넘
게 매일 배달 주문을 하는 집이었다. 주문시간은 낮 열두시 삼십분,
메뉴는 항상 같았다. 주중 점심시간에 하루도 거르지 않고 주문을
하는 집은 처음이었다. 삼 주째가 되자 라이더는 특이한 집이라는
생각이 들었고, 그래서 잠깐씩 여자의 인상이나 거실 풍경을 훑어
보게 되었다.

티브이, 소파, 책장, 잘 정돈된 아이 장난감들. 거실 좌탁에 앉아 그림을 그리던 아이가 반가움과 실망감이 교차하는 눈빛으로 뒤를 돌아보는 게 다였다. 특이한 점은 없었다. 정상적인 여자라면 아이에게 패스트푸드를 매일 먹이진 않을 것이다. 그렇다면 여자가 먹는 것일까? 어떻게 똑같은 햄버거를 매일 먹을 수 있을까?

라이더는 촉이 좋은 형사라도 된 듯한 긴장을 느끼며 마을파수관 배지를 만지작거렸다. 마을파수관은 시에서 성실한 배달 청년들에게 준 직책이었다. 파수관의 임무는 '여성폭력 현장 감시 및 신고'와 '공공시설물 파손 등 생활안전 위해요소 신고'였다. 배달중 그런 현장을 발견하면 스마트폰으로 촬영해 신고를 하는 것이었다. 라이더는 실제로 시시티브이를 파손하며 다닌 한 사십대 남자를 신고해 우수 파수관으로 선발된 적이 있었다. 라이더는 그때의 뿌듯함을 잊지 않고 있었다.

엘리베이터를 타고 내려오면서 라이더는 배달 첫날을 되짚어보았다. 여자는 분명 라이더의 왼쪽 가슴에 달린 마을파수관 배지를 유심히 보았다. 다시 생각해보니 그때의 여자 표정이 마음에 걸렸다. 파수관을 계속 부르는 건 누군가에게 하고 싶은 말이 있어서일 수도 있다. 집에서 혹시 폭력과 파손의 현장이 펼쳐지고 있는 걸까. 이상한 놈이라도 숨어들어가 있는 걸까. 협박을 받고 있다면 햄버거 값을 건네는 동안 어떤 식으로든 알릴 수 있지 않을까. 생각을 이어가던 라이더는 정신이 돌아온 듯 피식 웃었다. 도움이 필요해서 배달을 시킨다니. 그런 건 영화에서나 일어날 법한 일이었다.

이런저런 생각 끝에 라이더가 내린 결론은 '그 여자가 나한테 관심이 있다'였다. 아무래도 그게 제일 현실성이 있었다. 아파트 단지를 빠져나오면서 라이더는 여자의 머리부터 발끝까지를 다시 그려 보았다. 얼핏 보기로도 여자는 예쁘장한 인상이었다. 신호를 기다리는 동안 라이더는 규칙적인 성생활을 하는 능숙한 주부와의 한 번을 상상했다. 기분이 좋아진 라이더는 홍얼거리면서 근린공원사거리를 통과했다.

짧은 가을을 누리러 나온 사람들이 사거리와 공원 곳곳을 걸어 다니고 있었다. 공원 야외공연장과 다목적 광장에서는 어르신문화축제 준비가 한창이었다. 공연 연습을 하던 노인들이 삼삼오오 흩어져 열매를 줍고 과일 씨앗을 뱉었다. 요양원 커플에 대한 얘기가 정자와 벤치와 광장을 오가며 신화처럼 떠돌았다.

중년 여자는 시추를 데리고 근린산을 올랐다. 여자는 매해 단풍철이 되면 전국의 산을 찾아다니는 게 낙이었지만 올해는 딸이 장기 출장을 가면서 맡긴 시추 때문에 동네를 떠나지 않았다. 노모의 건강도 문제였다. 아쉬운 대로 근린산을 찾았지만 마음에 차지는 않았다. 근린산에는 저고도 방어임무를 수행하는 육군수도방위사령부 예하 부대가 주둔하고 있었다. 등산로는 거의 철책과 함께 이어져 있었고 철책에는 꼭 개구멍들이 있어서 시추를 잃어버릴까 신경이 쓰였다. 산을 타는가 싶으면 민간인은 우회하라는 군 작전지역 팻말을 만났고 나무가 우거진다 싶으면 콘크리트 임도가 나타나 풍경을 끊어놓았다.

여자가 발견한 명당은 의외로 근린공원 근처였다. 다목적 광장 오른편으로 지세가 높아지는 곳에 체력단련장이 있었고, 명당은 체력단련장과 본격적인 등산로 중간지점에 있었다. 이정표가 가리키지 않는 오솔길을 오십여 미터만 따라 돌아가면 밤나무와 참나무가 둥그렇게 우거진 숲이 나왔다. 제일 큰 참나무 밑에 사각정자 하나가 숨어 있었고, 울창한 나무들이 몇 개의 독립적인 공간을 만들며 겹겹이 이어져 있었다. 무덤터처럼 고요한 곳이었다. 밤과 도토리가 지천이었고 낙엽밭이 꽃길처럼 펼쳐져 있었다. 마을에 오래 산 연인들에게는 공공연히 알려진 장소였지만 중년 여자는 아직 거기서 누구와도 마주치지 않았다. 체력단련장 부근에만 가도 시추는 벌써 오솔길을 헤치며 명당 쪽으로 내달렸다.

산에서 내려오자 부채꼴 광장에는 여자들이 앉아 있었다. 중년 여자는 그들이 조금씩 이상한 여자들이라고 생각했다. 레깅스 여자는 집에 들어가서 편히 자지 않고 왜 공원에 나와서 자는지 이해가 안 됐다. 아이 엄마는 얼굴에 이미 우울증 중증 상태가 나타나 있었다. 바깥에 꼬박꼬박 나오는 걸 보면 어떻게든 버텨보려는 생각이 있는 것도 같았지만 또래 아이들이 나오는 오후가 되면 여자는 아이를 데리고 사라졌다. 나란히 앉아 있는 여자 노인 셋은 한 계절씩 돌아가면서 서로를 따돌리는 사이였다. 그러면서도 늘 셋이 같이 어울렸다.

"그게 다 밤이에요?"

가운데 여자가 중년 여자의 등산가방을 보며 물었다. 가운데 여자는 중년 여자를 볼 때마다 자신도 밤을 좀더 주워야 한다는 생각에 사로잡혔다. 딸네 집에도 줘야 했고 다음달에 약식도 만들어야 했다. 중년 여자의 등산화를 보며 가운데 여자는 다리를 두드렸다.

"무릎이 성하니 얼마나 좋아그래."

그때 꿈을 판 여자의 문자 수신음이 울렸다. 실버댄스 파트너 노인이었다. 축제일이 가까워올수록 꿈을 판 여자는 마음이 점점 뜨거워졌다. 특히 합방을 요구한 요양원 커플 얘기는 여자에게 감동과 충격을 함께 주었다. 10월 첫날 꾸었던 꿈도 여전히 여자의 몸 위를 기어다니고 있었다. 가을빛, 빨간 원피스, 파트너 노인의 홀쭉한 배와 기다란 손가락. 그런 것들이 한꺼번에 여자의 가슴을 두드렸다.

꿈을 판 여자의 얼굴이 달아오를 때마다 꿈을 산 여자는 초조해졌다. 꿈을 산 여자는 분홍빛 대변과 삼만원을 생각했다. 꿈 얘기를 듣는 순간 여자는 그게 보통 꿈이 아님을 확신했었다. 그런 확신은 지금껏 틀린 적이 없었다. 자신이 산 꿈의 효과가 언제 나타날 것인지, 꿈을 산 여자는 목을 감싸며 하늘을 올려다보았다. 순간 저고도에서 매 같은 것이 나타났다 사라졌다.

"저거 봤어?"

꿈을 산 여자가 물었지만 본 사람은 아무도 없었다.

"비 온다던데. 좀더 주워놔야겠어."

가운데 여자가 먼저 자리를 뜨고 시추는 여자아이가 그림을 그리고 있는 사각정자를 맴돌았다. 여자아이는 그날따라 시추와 놀지 않고 정자에 앉아 그림만을 그리고 있었다. 레깅스 여자는 밤과 도토리에 대한 보답으로 막대사탕 하나를 가져왔지만 아이 엄마와 아이의 분위기가 심상치 않아 망설이고 있었다. 아이가 그림을 두어 장쯤 더 그렸을 시간이 지났다. 아이 엄마가 갑자기 아이를 정자 밖으로 끌어냈다. 여자는 아이의 어깨를 거칠게 밀치며 해를 가리켰다.

"잘 봐. 니 눈엔 저게 빨간색으로 보이니?"

아이가 휘청거리며 하늘을 올려다보았다. 아이는 무방비 상태로 해를 보았다. 저렇게 보면 눈이 부실 텐데. 레깅스 여자가 생각하는 순간 아이가 눈을 껌벅이더니 눈물을 흘렸다. 아이는 소매로 눈물을 쓱 닦아냈다.

"다시 말해봐. 해가 무슨 색이야?"

"……"

"대답 안 해? 해는 노란색이잖아. 그래 안 그래!"

아이 엄마가 정자로 저벅저벅 걸어가 노란색 크레파스를 꺼냈다. 그때 숲 체험을 마친 유치원 아이들이 공원 안쪽에서 나타났다. 아이들은 속삭이듯 노래를 불렀다. 잠자리 꽁꽁, 꼼자리 꽁꽁. 이리 와라 꽁꽁, 저리 가라 꽁꽁. 이리 오면 살고, 저리 가면 죽는다.

여자아이는 정자와 아이들 중간에 서 있었다. 아이는 어디로도 선뜻 움직이지 못했다. 울 듯이 선 아이의 두 눈동자에 가을 구름이 몰려와 있었다. 아이가 공원에 마지막으로 서 있던 날 정오의 풍경이었다.

4

10월 하순 이틀 동안 비가 내렸다. 하루는 강풍을 동반한 비가 내렸고 하루는 비안개가 근린산을 뒤덮었다. 이틀 동안 어르신문화 축제 공연 연습은 중단되었고 누구도 근린공원에 나오지 않았다.

이틀 동안 근린공원사거리를 통과한 차량은 십팔만 대, 사거리 횡단보도를 오간 사람은 구백이십 명이었다. 강수량은 칠십 밀리미터, 체감온도는 영 도, 해와 달은 뜨지 않았다. 북동쪽에서 남서쪽으로 초속 십칠 미터의 바람이 불어오던 그날 밤, 부둥켜안은 두 형상이 남서쪽 건물에서 나왔다. 그들은 바람을 거슬러 북동쪽 산으로 올라갔다. 그들 뒤로 비안개에 휩싸인 아파트단지의 불빛이 펼쳐졌다. 총 이십사 개 동 이천 세대의 불빛이 풍등처럼 떠오르다 허공 속에서 점멸했다. 그중 서른일곱 집의 여자들이 아이를 보며 말했다. '우리…… 같이 죽을까?' 그날 밤 한 집에서 그 말을 행동으로 옮겼다. 나무들이 한방향으로 출렁이며 밤새 낙엽을 쏟아냈다. 날이 밝을 때까지 키다리 허수아비 풍선은 춤을 추었다.

5

비가 그친 뒤 기온은 큰 폭으로 떨어졌다. 하늘은 개었지만 벤치에는 아직도 이틀간의 습기가 남아 있었다. 박스를 깔고 앉아 있던 늙은 여자 셋은 중년 여자와 경찰이 건너오자 자리에서 일어났다.

"이를 어째."

가운데 여자가 얼굴이 하얗게 굳은 중년 여자의 손을 잡았다.

"이게 한꺼번에 무슨 일이야."

꿈을 산 여자가 정자에 탈진 상태로 앉아 있는 아이 엄마를 보며 말했다. 꿈을 판 여자는 흥분을 누르며 파트너 노인한테 문자를

보냈다. '그 둘이 요양원을 탈출했대요!'

경찰은 중년 여자에게 근린산 수색 일정을 말한 뒤 아이 엄마한 테로 걸어갔다. 아이 엄마는 삼일 꼬박 곡을 한 상주 같은 모습이 었다. 여자는 쉰 목소리로 흐느끼며 자기를 죽여달라고 말했다. 경찰은 아이 엄마에게 몇 가지 정황을 묻는 듯 보였지만 여자는 얘기를 할 수 있는 정신이 아닌 듯했다.

"속이 속일까, 그 예쁜 애를 어쩌다가."

"애가 없어져서 온 산을 헤매고 다녔나보더라고."

"아침에 체력단련장 쪽에 쓰러져 있었다던데."

"그런데 애가 설마 산으로 갔을까. 주택가 쪽에서 찾아야 되는 거 아니야?"

"경찰이 어련히 알아서 찾으려고."

"알알, 알알알, 알, 알알."

시추가 부채꼴 광장을 어지럽게 돌았다. 형제들과 통화를 하는 듯하던 중년 여자가 시추를 안아들고 길을 건넜다. 꿈을 산 여자가 낮게 혀를 찼다.

"그 여자가 저 여자 엄마인 줄은 몰랐네."

꿈을 산 여자는 중년 여자한테서 시선을 거두다 아이 엄마를 보고 있는 레깅스 여자를 보았다. 레깅스 여자는 잠시도 눈을 떼지 않고 아이 엄마를 보고 있었다. 주머니에 든 밤과 도토리와 막대사 탕을 만지면서 레깅스 여자는 아이 엄마의 말을 곱씹는 중이었다. 아이를 잃어버린 여자는 아이를 찾으려고 하지 죽으려고 하지 않는 다. 하지만 아이 엄마가 흐느끼며 하는 말은 진심처럼 들렸다. 아이를 잃어버린 죄책감으로 하는 말이 아니라 여자는 정말로 죽고 싶은 것 같았다.

"아무래도 수상해……"

꿈을 산 여자는 아이 엄마와 레깅스 여자를 번갈아 보며 고개를 갸웃거렸다. 빤한 동네에서 아이가 어디를 갔을까. 그 또래 아이들은 대개 부모의 휴대폰 번호나 집 동호수 정도는 외우고 있었다. 단순 실종일까. 혹시 면식범의 유괴는 아닐까. 꿈을 산 여자는 그간의 몇 장면을 떠올렸다. 자신이 커피를 쏟았을 때 달려와 아이의 환심을 사던 레깅스 여자의 모습, 아이와 말을 트며 경계심을 풀던 레깅스 여자의 모습, 자신을 주책없는 노인네쯤으로 쳐다보던 레깅스 여자의 모습.

"내일이 벌써 마지막 날이네."

"마지막 날? 어디 죽으러 가나보네."

"아니, 시월의 마지막 날."

꿈을 판 여자와 가운데 여자가 가로수를 쳐다보았다. 꿈을 산 여자는 휴대폰을 들고 한적한 곳으로 이동했다. 꿈을 산 여자는 중대 기밀을 얘기하는 듯한 목소리로 어디론가 전화를 걸었다. 그로부터 다섯 시간 뒤, 레깅스 여자는 경찰서에서 이틀간의 알리바이를 대야 했다.

"제보가 들어와서 간단한 조사가 필요했습니다. 돌아가셔도 됩니다."

경찰서에서 나온 레깅스 여자는 하늘을 보며 숨을 몰아쉬었다. 목이 막힌 듯한 답답함과 분노가 가슴을 치고 나왔다. 레깅스 여자는 주머니에 다시 손을 넣었다. 아이가 건네준 도토리는 너무도 작고 동그랬다. 그날 정오의 아이 모습이 잊히지가 않았다. 레깅스 여자는 근린공원으로 향했다. 날이 저무는 중이었다. 사람들은 하나둘 집으로 돌아가고 아이 엄마만이 정자에 쓰러질 듯 기대 산을 보고 있었다. 그런 아이 엄마를 한 남자가 휴대폰으로 찍고 있었다. 남자 옆으로 눈에 익은 오토바이가 보였다. 네모난 배달통과 빨간 헬멧. 레깅스 여자는 남자의 목덜미를 낚아채 나무에 밀쳐 세웠다.

"너 뭐야."

레깅스 여자는 삼두근으로 라이더의 쇄골과 목울대 사이를 압박했다.

"너 저번 달부터 공원에서 사람들 찍고 다녔지. 너 변태야?"

"저, 전, 마을파수관인데요."

"그게 뭔데."

"이것 좀…… 풀어주세요, ……누나."

"죽을래? 내가 왜 니 누나야."

라이더는 숨을 컥컥거렸다.

"너 저 여자 왜 찍었어. 저 여자 알아? 너도 저 여자가 이상하다고 생각해?"

비가 오던 날부터 십일층 여자는 배달 주문을 하지 않았다. 라이더는 공원을 지나다 며칠 만에 여자를 보고는 자기도 모르게 다가간 것이었다. 라이더는 자신이 정말 변태인지도 모른다는 생각이 들었다. 레깅스 여자는 라이더에게 하루치 시급을 주겠다고 제안했다. 레깅스 여자는 라이더의 휴대폰 번호를 묻고는 임무 하나를 준다음에야 팔을 풀어주었다.

　라이더는 집으로 돌아가 그동안 찍은 휴대폰 속 사진들을 넘겨보았다. 그중에는 비안개에 잠긴 근린공원사거리의 가로등 사진도 있었다. 새벽 배달을 마치고 돌아가던 중에 고장이 의심돼 찍은 것이었다. 가로등 너머로는 흐리게 흔들리는 점 하나가 같이 찍혀 있었다. 웬만해서는 알아볼 수 없게 찍힌 그것은 팔이 늘어진 아이를 업고 공원 위쪽으로 올라가는 한 여자의 뒷모습이었다.

6

　여자는 낙엽밭에 아이를 눕혔다. 아이 몸에는 아직도 체온이 남아 있는 것 같았다. 곧 따라갈게. 여자는 중얼거렸다. 비에 젖은 낙엽들은 여자가 아이를 위해 만들었던 배내이불 같았다. 여자는 아이의 몸 위에 한겹 한겹 이불을 덮어주었다. 다 덮고 나면 아이 옆 참나무 가지에 목을 맬 생각이었다. 그러면 모든 게 끝나는 것이었다.

　여자가 지금껏 죽지 못한 것은 아이 때문이었다. 엄마 없는 세상에 홀로 남겨질 아이의 일상과 일생에 대해서 여자는 하루에도 몇 번씩 생각했다. 아이에게는 자살한 여자의 딸이라는 오명과 상처가 평생 따라다닐 것이었다. 친척집을 전전하며 천덕꾸러기처럼 크다가 남자 사촌이나 삼촌들한테 몹쓸 짓을 당할 수도 있었다. 여자가 아는 세상은 그랬다. 여자는 자신 외에는 누구도 믿을 수 없었다. 제대로 된 교육과 보살핌을 받지 못한 아이는 그저 그런 남자를 만나 결혼을 할 것이고, 아이를 낳으면 자신과 똑같은 방식으로 양육할 가능성이 컸다. 자신이 겪은 고통이 아이에게로, 다시 그 아이의 아이에게로 전해지는 것이었다. 그 대물림과 반복의 고리를 자신의 손으로 끊어야 했다. 그게 모두를 위한 길이라고 여자는 생각했다.

여자는 나무 기둥에 등을 기댔다. 땀과 습기로 후줄근해진 여자의 몸에서 김이 올라왔다. 여자는 배란기 때마다 몸을 자해해왔다. 그 끔찍한 몸의 작용들을 이제 나무가 거두어줄 것이었다. 겹을 이룬 나무 기둥들 사이로 비안개가 자욱이 들어차 있었다. 층층이 쌓인 젖은 낙엽이 산의 소음을 흡수해갔다. 이상하게도 마음이 편해지는 곳이었다. 아이가 아기였을 적, 유모차에 태워도 내내 울던 아이는 오솔길을 따라 이곳으로만 들어오면 울음을 그치곤 했다.

여자는 비틀거리며 몸을 일으켰다. 그때 숲 저쪽으로 무언가 거뭇한 것이 스쳐갔다. 여자는 순간 멧돼지일지도 모른다는 생각이 들었다. 멧돼지라면 아이의 시신을 파헤칠 수도 있었다. 여자는 두려움과 적개심으로 몸을 떨면서 알 수 없는 힘에 이끌려 나무 기둥 사이를 헤쳐갔다.

그곳엔 숲에서 제일 큰 나무가 있었다. 나무는 가지를 늘어뜨려 작은 집 한 채를 감싸고 있었다. 지붕과 기둥만 있는 그 집은 사각 정자였다. 살아 있는 두 형체가 정자 위에서 움직이고 있었다. 여자는 그게 교미의 현장임을 직감적으로 알아챘다. 산에 고라니나 노루 같은 게 살고 있는지도 몰랐다. 두 형체는 한참을 버르적거리면서도 좀체 맞물리지 못하고 미끄러져나가기를 반복했다. 머리와 머리가, 목과 목이 고통스럽게 뒤틀리다 다시 엉켜들었다. 그러던 어느 한 순간 꿍 소리와 함께 두 형체는 사지를 떨었다. 움직임이 멈춘 뒤 모습을 드러낸 것은 사람의 엉덩이였다.

그것은 분명히 사람이었다. 두 형체가 사람임을 안 순간 여자는 토하기 시작했다. 목구멍으로 덩어리가 계속 밀려올라왔다. 여자는 터져나오는 토사물을 손으로 막으며 아무 곳으로나 기어갔다. 몸을 일으켜 내달리던 여자는 허리를 꺾으며 다시 토했다. 역하고 쓴 물이 온몸에서 역류했다. 여자는 내장이 뒤집힐 때까지 토하고 또 토하다 실신했다. 깨어났을 때는 날이 밝은 뒤였다. 누군가 괜찮으냐고 묻자 여자는 미친듯이 고개를 저었다.

"아이가 없어요. 아가, 내 아가. 저를 죽여주세요. 저를 죽여주세요."

7

10월의 마지막 날은 완연한 가을 날씨로 시작됐다. 근린공원 부채꼴 광장에는 어르신문화축제 체험마당 부스들이 세워졌다. 노인들은 구 보건소에서 나온 이동건강버스 앞에서 무료로 혈당검사를 받았다. 오후에 있을 어르신문화공연의 리허설을 위해 야외공연장에는 사물놀이팀과 부채춤팀이 속속 도착했다.

오전 열시 반, 꿈을 산 여자는 '노부는 골드스타일'팀의 연락을 받고 근린공원에 나와 있었다. 그동안 연습에 자주 빠졌던 사람들은 한 시간 일찍 모이라는 전갈이었다. 가운데 여자 또한 같은 연락을 받고 근린공원사거리에서 막 길을 건너고 있었다. 가운데 여자가 건넌 다음 신호로 꿈을 판 여자도 길을 건넜다. 꿈을 판 여자는 코트를 목 끝까지 여며 입었지만 속에는 빨간 원피스를 입고 있었다. 실버댄스 복장을 다 갖춰 입고 파트너 노인과 따로 만나기로 한 것이었다. 체력단련장에 도착하면 전화를 하라는 파트너 노인의 문자를 확인하며 꿈을 판 여자는 걸음을 서둘렀다.

부채꼴 광장은 아침부터 북적였다. 아이 엄마가 앉아 있는 정자에는 다른 노인들이 몇 명 더 걸터앉아 있었다. 전통차 시음 부스의 온수통에서 따뜻한 김이 새어나왔다. 손녀의 손을 잡고 나온 할머니들이 단청목걸이를 만들어 아이들 목에 걸어주고 있었다. 맥도날드 라이더는 이른 아침부터 아이 엄마의 행동을 지켜보고 있었다. 여자가 산으로 가면 반드시 뒤를 밟아라, 레깅스 여자가 한 말이었다. 두 시간 가까이 정자에 앉아만 있던 여자는 열시 삼십분경, 무언가에 홀린 듯 공원 위쪽으로 올라가기 시작했다.

같은 시간에 근린경찰서로 전화 한 통이 걸려왔다. 육군수도방위사령부 예하 부대에서 온 전화였다. 요양원을 탈출한 두 노인이 발견된 곳은 근린산 봉우리의 군 참호 안이었다. 두 노인은 요양원 기저귀를 찬 채 구덩이 속에서 나란히 숨겨 있었다. 경찰서의 연락을 받은 중년 여자는 부채꼴 광장에 주저앉았다. 노모가 발견됐다는 말을 듣고서야 여자는 노모의 행동을 실감한 듯했다.

"왜 그랬어 엄마아."

중년 여자는 어린아이처럼 소매로 눈가를 훔쳤다.

"바람이 그렇게 불었는데 왜 나갔어 엄마아아."

중년 여자는 산을 보면서 계속 엄마를 불렀다. 시추가 여자의 무릎을 핥다가 여자의 바지자락을 잡아끌었다. 연습팀을 찾아 체력단련장 쪽으로 올라가던 가운데 여자는 울면서 올라오는 중년 여자를 보았다.

"얘 좀 데리고 있어주세요."

중년 여자는 등산로 쪽으로 정신없이 올라갔다. 엄마를 찾았나 보구나, 착잡해하며 가운데 여자는 체력단련장 벤치에 걸터앉았다. 그때 시추가 오솔길 쪽으로 내달렸다.

"얘, 어디 가니."

가운데 여자는 시추를 쫓아갔다. 다 도착했다던 가운데 여자가 오지 않자 꿈을 산 여자는 체력단련장 쪽으로 나왔다. 어떤 흥도 나지 않는 날이었다. 나뭇가지를 분지르며 나오다가 꿈을 산 여자는 꿈을 판 여자를 보았다. 꿈을 판 여자는 전화통화를 하면서 오솔길로 접어들고 있었다. 여자의 빨간 구두가 젖은 낙엽 속으로 푹푹 빠져드는 게 보였다. 꿈을 산 여자는 꿈을 판 여자를 뒤따라갔다.

그 시간 근린공원사거리 남서쪽 횡단보도에 서 있던 레깅스 여자는 라이더의 문자를 받았다.

'체력단련장 네시 방향 오솔길. 오십 미터 참나무숲. 제일 안쪽 나무 밑. 여자가 땅을 두드리며 통곡함. 낙엽더미를 쓰다듬으며 아가를 부름. 10. 31. AM 10 : 47.'

레깅스 여자는 주먹을 쥐고 심호흡을 했다. 옆에 서 있던 키다리 허수아비 풍선이 몸 하단을 꺾으며 땅 위로 엎드렸다. 풍선은 모든 대기를 끌어모은 듯 서서히, 팽팽히 부풀며 아래에서부터 허리를

펴 올라왔다. 풍선이 몸을 활짝 펼친 것을 신호탄으로 레깅스 여자
는 달리기 시작했다. 레깅스 여자는 사거리를 전속력으로 가로질렀
다. 여자는 번개와 같은 속도로 부채꼴 광장을 지나고, 야외공연장
과 다목적광장을 넘어서, 체력단련장으로 뛰어올라갔다. 북동풍이
근린산 정상에서부터 산을 흔들며 내려왔다. 맨가지와 낙엽들이 원
래 한몸이었던 걸 아는 것처럼 동시에 휘날렸다. 레깅스 여자가 오
솔길을 타고 들어갔을 때, 공원 곳곳에서 사람들이 고개를 들기 시
작했다.

"공원에 오토바이가 들어왔나?"

누군가 어리둥절해하며 말했다.

"하늘에서 나는 소리 같은데?"

누군가 숲 위를 가리켰다.

"저게 새야 비행기야?"

체력단련장에서 네시 방향, 오십 미터 안쪽에 흩어져 있던 여자
들은 갑작스런 굉음에 동작을 멈췄다. 연인과 만나기 직전인 여자,
빨간 구두를 뒤쫓던 여자, 빈 밤껍데기를 뒤집던 여자, 숲 이쪽 끝
에서 저쪽 끝을 찾아가던 여자, 숲 저쪽 끝에서 울고 있던 여자. 그
들은 약속이라도 한 것처럼 자신의 머리 위를 올려다보았다. 시추
만이 어떤 소리도 안 들리는 듯 낙엽이 수북이 덮인 그곳으로 달려
갔다.

"알알, 알알알알알, 알알알알알알알알알알."

시추는 낙엽더미 옆에서 경중경중 뛰기 시작했다. 풍속이 최고
치를 기록한 추락 삼 초 전, 머리 위에 있는 물체가 곧 떨어질 거라

는 걸 모든 여자들이 예감했을 때, 비행체는 추락하기 시작했다. 누군가는 바닥에 엎드렸고 누군가는 눈을 질끈 감았으며 누군가는 나무를 붙잡았다.

"알알알알알알알, 알알알알, 알알, 알, 알, 알, 알알."

움직이는 것은 시추뿐이었다. 시추는 낙엽들을 한겹 한겹 물어 옮겼다. 삼 초 후에도 삼십 초 후에도 삼백 초 후에도 시추는 낙엽 놀이를 계속했다.

8

무인정찰기 RQ-105는 추락 직전 마지막 영상을 송신했다. 군지휘소 지상통제장비 모니터에는 육십 도 각도로 기울어진 낙엽밭이 담겨 있었다. 낙엽밭과 사선으로 맞닿은 하늘은 구름 한 점 없이 깨끗했다. 잎을 다 떨군 맨가지만이 하늘 안으로 실금처럼 뻗어나가 있었다. 어디선가 빛이 새어들어와 밭과 하늘에 물방울무늬를 만들었다. 기울어진 풍경 한쪽에 빈 벤치가 있었다. 아직 누구도 앉았다 간 적이 없는 벤치는 누군가를 기다리는 듯, 산을 보며 놓여 있었다. 얼마인지 모를 시간이 지난 뒤 그 위로 커다란 참나무 잎 하나가 날아와 앉았다. 나뭇잎은 다시 바람에 실려 사각정자 위로 내려앉았다. 둥근 해가 여러 번 뜨고 졌다. 가을이 가고 겨울이 오자 낙엽밭 위로는 눈이 내렸다.

비워둔 곳

우리 동네 근린공원 입구에는 부채꼴로 펼쳐진 작은 광장이 있다. 공원으로 가려면 사거리 횡단보도를 건너 그 부채꼴 광장을 지나야 한다. 광장을 지나 올라가면 칠백 미터 정도 되는 원형 걷기 트랙이 있고 이런저런 체육시설과 민방위비상급수시설, 애완동물 주의사항을 적은 공원관리과의 현수막 같은 것들을 지나게 된다. 공원에 올라서면 산부인과를 비롯한 여러 병원들, 학원들, 그리고 몇 해 전부터 눈에 띄게 늘어난 요양원들이 내려다보인다.

어둑어둑해질 무렵 공원 트랙을 걷다보면 신호 대기중인 퇴근 차량들이 사거리 사방에서 붉은빛을 냈다. 사람이 태어나면서부터 늙고 병들 때까지 이용하는 편의시설들이 사거리 주위에 고물고물 모여서 같이 불을 켜는 시간이기도 했다. 지금도 저 건물 안에선 누군가 애를 낳고 있겠지, 생각하면 걷는 숨이 가빠졌다. 태어난 아이는 자라서 옆 건물의 학원을 다니고, 더 자라면 네모난 아파트를 얻어 그 안에서 섹스를 하고, 원형 트랙을 돌고 돌며 폐활량과 씨름하다 어느 순간 후기가 좋은 요양원의 문을 두드려보기도 하겠지. 빼빼 마른 할아버지들이 뒤로 걸으며 나를 앞질러가다 한 번씩 웃었다.

근린공원에서 내가 가장 아끼는 곳은 야산으로 이어지는 비탈에 있다. 그곳엔 나무 벤치 두 개가 나란히 놓여 있다. 벤치는 사람들이 다니는 산책길 쪽이 아니라 산을 보고 있다. 산을 향하고 있어서일까. 벤치를 보고 있으면 여기는 정말로 쉬고 싶은 사람이 앉는 곳이라는 생각이 들었다. 산책길 쪽에 서서, 이쪽을 등지고 있는 벤치의 뒷모습을 계절마다 찍어오곤 했다. 이 소설을 쓰는 동안 매일매일 그 벤치 사진들을 보았다. 한쪽 벤치에는 여자아이와 엄마가 앉아 있다. 옆 벤치에는 요양원의 두 노인이 있다. 봄이나 가을 어느 볕이 좋은 날, 나는 이들이 벤치에 나란히 앉아 한가롭게 쉬는 장면을 자주 상상했다. 그건 내가 소설 속에서 하지 못한 일들이었다. 어쩌면 앞으로도 내 인물들에게 잘 못해줄 일일지도 몰랐다. 햇빛 속에 앉혀주고 싶은 인물들을 불러내고, 번식하는 모든 것들의 고난과 슬픔과 습기를 불러내서, 내 소설 바로 바깥에 있는 빈 의자를 내주고 싶다는 생각. 이 소설을 쓰는 동안의 가장 큰 바람이었다.

그 여자의 사정

이재경

단편소설은 한 장의 단면도를 남기기 위해 쓰이는 것인지도 모른다. 어떤 이의 진심을, 어떤 일의 진상을 가장 절묘하게 드러내는 절단면. 사건이 베고 지나간 자리의 흔적들을 이어 긋는 것으로 이 도면은 완성될 것이다. 그리하여 우리는 공간화된 여운이라 불러도 좋을 이 자취를, 잘려나간 존재들의 아직 멎지 않은 심부를 한동안 들여다보며 그 형상의 의미를 더듬어보는 것이다. 그런데 「근린(近隣)」이 남기는 공간적 잔상은 조금 독특한 것이어서, 들여다보는 대신에 내려다보는 종류의 시선을 유도한다. 그것은 무언가를 해부하는 종단면이라기보다 무언가를 개관하는 횡단면에 가깝다. 그러니까, 그것은 일종의 평면도다. 그것이 소설의 산물인 고로, 사건의 평면도다.

굽어보면 열십자의 교차로가 마치 좌표축처럼 놓여 있고, 근린공원, 아파트, 요양원, 주유소 등이 사방으로 배치되어 있다. 이쪽 저쪽으로 가로지르는 차량들과 사람들, 그 모든 것을 쓸며 내려오는 북서풍과 그 반대편에서 펄럭이는 키다리 허수아비 풍선도 보인다. 이 평범한 근린공원사거리에 무슨 일이 벌어졌던가. 공원에 무인정찰기가 추락하고, 한 여자가 죽는다. 누군가 말한다. "그 여자가 그렇게 죽을 줄은 몰랐다"고. 소설은 추락지점에 새겨진 X, '그 여자'가 누구인지를 추적해보겠다는 듯 한 달 전으로 돌아가 차례차례 후보군을 소개한다. 젊은 여자, 늙은 여자(들), 중년 여자(와 시추), 아이(와) 엄마. 그리고 이들 사이에 끼어들 적절한 조연인 맥도날드 라이더까지. 하지만 결말은 어떤가. 사고 시각 사고 현장에 있었던 것은 공교롭게도 그들 전부이고, 사망자가 누구인지는 끝내 묘연하다.

'그 여자는 누구인가'라는 우리의 질문에 소설은 대답을 마련해두지 않았다. 어쩌면 이는 당연한 귀결일 터, 우리가 읽어야 할 것이 지도가 아닌 도면이라면, 설령 그 위에 의뭉스런 좌표가 하나 찍혀 있더라도 크게 연연하지 않는 편이 좋겠다. 문제는 목적지를 찾아가는 것이 아니기 때문이다. 그보다는 그 위에 그려진, 이리저리 움직이며 뒤섞이고 갈라지는 선들—동선들과 시선들—에 주목해야 한다. 그렇다면 이 사건의 평면도를 읽는 일은 곧 '근린'의 관계도를 읽는 일이 되어야 할 것이다.

근린(근처)에서 근린(이웃)으로 얽힌다는 것은 무엇을 의미하는가. 물론, 그것은 우선 자주 마주치게 된다는 뜻이다. 여자들의 동선은 대개 일정하다. 비슷한 시간에 근린공원으로 나와 비슷한 일을 한다. 젊은(레깅스) 여자는 낮잠을 자러 나오고, 노인들은 수다를 떨러 나온다. 중년 여자는 시추를 데리고 근린산으로 올라가거나 체력단련장에서 운동을 하고, 아이 엄마는 아이에게 그림을 그리도록 시킨 뒤 하릴없이 사각정자에 앉아 있다. 늘상 근거리에 상주하고 있으니 가끔 도움을 주고받게 되기도 한다. 밤이 많이 떨어지는 '명당'이 어디인지 물을 수도 있고, 잘 모르는 여자의 개가 내 아이와 놀아주기도 한다. 하지만 결국 그들은 서로에게 "이상한 여자들" 그 이상도 그 이하도 아니다.

산에서 내려오자 부채꼴 광장에는 여자들이 앉아 있었다. 중년 여자는 그들이 조금씩 이상한 여자들이라고 생각했다. 레깅스 여자는 집에 들어가서 편히 자지 않고 왜 공원에 나와서 자는지 이해가 안 됐다. 아이 엄마는 얼굴에 이미 우울증 중증 상태가 나타나 있었다. 바깥에 꼬박꼬박 나오는 걸 보면 어떻게든 버텨보려는 생각이 있는 것도 같았지만 또래 아이들이 나오는 오후가 되면 여자는 아이를 데리고 사라졌다. 나란히 앉아 있는 여자 노인 셋은 한 계절씩 돌아가면서 서로를 따돌리는 사이였다. 그러면서도 늘 셋이 같이 어울렸다.(180쪽)

하지만 그들을 정말 '이상'하다고 말할 수 있나. 우리도 어렴풋이 짐작할 수밖에 없는 노릇이지만, 여자들은 나름대로 "뭐라 말할 수 없는" 사정을 품고 근린공원에 나왔을 것이다. 이를테면 아이 엄마에게는 "자신 외에는 누구도 믿을 수 없"게 되어버린 어떤 사정이 있었을 것이다. "자신이 겪은 고통이 아이에게로, 다시 그 아이의 아이에게로 전해지는" "그 대물림과 반복의 고리를 자신의 손으로 끊어야" 한다고 생각할 수밖에 없이 살아온 삶이 있었을 것이다. 중년 여자에게는 주거지 바로 옆의 요양원에 노모를 맡겨둔 채 근린공원에서 지켜보기만 해야 하는 사연이, 레깅스 여자에게는 젊은 나이에 홀로 공원에 나와 잠을 청해야만 하는 사연이 있었을 것이다. 그러나, 그들은 그들 각자의 사정을 모른다.

그녀들은 완전히 낯선 타인도 아니고 충분히 친밀한 지인도 아닌 채로 지나치게 자주 마주친다. 그러다보니 지나치게 자주 어긋난다. 근린의 관계는 여기저기 눈을 돌리다 우연히 가닿는 표면적 시선으로만 형성된다. 짐짓 무관심해지자니 눈에는 보이고, 애써 관심을 쏟자니 오지랖 같다. 우울증 여자의 아이가 안타깝기는 하지만 딱히 그 엄마에게 접근하기는 꺼려지는 것처럼 말이다. 그러니 보이는 대로, 보고 싶은 대로 볼 수밖에 없지 않겠는가. 이해 대신 오해만이 축적되니 그들 각자의 사정과는 무관하게 누군가는 "일관성이 없"는 여자가 되고 누군가는 "노망"난 여자가 된다.

그들 각자의 사정/무지의 불일치는 도리어 서로의 연결고리를 촘촘하게 만드는 역설적인 결과로 이어진다. 물론 부정적인 방식으로. 소설 후반부는 근린공원에서 마주치고 어긋나며 형성된 관계들이 점차 얼기설기 엉겨붙어 한 점으로 모여들면서 결국 끔찍한 사고로 귀결되는 과정을 탁월하게 보여준다. 사소한 것과 심각한 것, 행운과 불행, 선의와 악의, 심지어는 삶과 죽음까지도 제멋대로 자리를 바꾸고, 그들 모두가 예기치 못한 방식으로 이웃의 비극에 동참한다. 이렇듯 지척에서 뒤엉키는 이웃들의 삶은 비루한 아이러니들로 가득차 있다. 결국 여자들 모두를 '그 여자'로 이끄는 이 소동극에서 '그 여자(의 사정)' 같은 것은 중요치 않게 된다. 아니, 그네들 전부가 평등하게 고만고만한 '그' 여자일 뿐이다. 스스로의 욕망과 고통에 휘둘리고 주변 사람들에게 휘말리며 "이정표가 가리키지 않는" 어딘가로 떠밀려가는 익명의 존재일 따름이다.

여기까지 오면 우리의 눈길을 끌었던 도입부의 말('그 여자가 그렇게 죽을 줄은 몰랐다')이 단순히 우리로 하여금 잘못된 질문('그 여자는 누구인가')을 던지도록 오도하는 장치가 아니었다는 사실을 알게 된다. 오히려 그 말은 근린의 관계에 대한 가장 정확한 기술이다. 그 발화의 주체와 대상이 누구이든 간에, 누가 죽었고 누가 살았든 간에 그 말은 항상 성립할 것이다. 매일같이 봐왔던 '그 여자'를 고작 '그 여자'라고밖에 부를 수 없고, 그 비참한 죽음에 대해 겨우 '그렇게 죽을 줄 몰랐다'고밖에 말할 수 없을 정도로 그들은 서로의 사정에 대해 별로 아는 바가 없기 때문이다.

첫 소설집에서부터 최은미는 주제를 공간적으로 형상화하는 데 뛰어난 작가였다. (지옥의 이미지와 결부된 「너무 아름다운 꿈」의 '좁고 긴 복도'처럼) 지금까지 그 형상화가 주로 입체적이고 깊숙한 종류의 것이었다면, 「근린」에서 최은미는 평면적이고 야트막한 근린공원사거리의 관계도를 펼쳐 보인다. 그 시점은 근린을 배회하며 관찰하는 무인정찰기의 시점을 닮았다. 그런 까닭에 우리 역시 근린의 여자들처럼 대상의 겉면만을 감돌 뿐 그 내부의 사정을 깊게 들여다볼 길이 없다. 여자들의 진심도 추락사고의 진상도 모른 채 단지 그 파편들만을 개관할 따름이다. 이런 것이 '근린'이라니 평소처럼 이 단어를 '가까운 공간/이웃'으로 번역하기가 주저된다. 근거리에서 근사치에도 근접하지 못하는 관계가 '근린' 아니던가. 무인정찰기가 기록해온 것이 이토록 무정한 근린의 관계도라면, 그리고 그 무인정찰기의 추락이 '그 여자'를 죽였다면, 우리는 다시 물어야 하지 않을까. 그 여자(가 누구인지 말할 수 있는 자)는 누구인가.

누군지 모를 '그 여자'를 다시 한번 떠올려본다. 그 모습은 왠지 노인들이 문득문득 바라보던 저기 맞은편의 키다리 허수아비 풍선을 닮았을 것 같다. 그녀가 바람에 몸을 맡기고 있는 것인지 아니면 고통에 몸부림치고 있는 것인지, 우리는 결국 알 수 없을 것이다. 하지만 "풍선의 움직임만으로도 바람의 세기를 알 수 있게 된 것에 불현듯 공포를 느"끼는 순간이 있지 않겠는가. 그 바람은 우리 모두의 등을 쓸고 지나가는 것일 터, 그러니 계속 생각할 수밖에 없는 것이다. 그 여자가 누구인지를. 그 여자의 사정을.

이재경
연세대 실내건축과 졸업. 동대학원 국문과 석사과정 재학중. 2014년 문학동네신인상에 평론이 당선되어 등단.

김금희

조중균의 세계

김금희
2009년 한국일보 신춘문예에 단편소설 「너의 도큐먼트」가 당선되어 등단. 소설집 『센티멘털도 하루 이틀』 『너무 한낮의 연애』 『오직 한 사람의 차지』 『우리는 페퍼로니에서 왔어』 중편소설 『나의 사랑, 매기』 장편소설 『경애의 마음』 『복자에게』 짧은소설 『나는 그것에 대해 아주 오랫동안 생각해』 산문집 『사랑 밖의 모든 말들』이 있다. 신동엽문학상, 젊은작가상 대상, 현대문학상, 우현예술상, 김승옥문학상 대상, 오늘의 젊은 예술가상을 수상했다.

조중균의 세계

1

조중균(趙衆均)씨가 점심을 먹지 않는다는 사실을, 나는 한 달이나 지나서 알았다. 내가 무딘 탓도 있겠지만 구내식당 테이블이 육 인용이기 때문이기도 했다. 어차피 다 못 앉으니까 여기 없으면 다른 자리에 있겠지 생각했던 것이다. 해란씨는 조중균씨가 오늘만 점심을 안 먹은 것도 아니고 그것만 이상한 것도 아니라고 했다.

"언니, 모르시겠어요?"

얘는 말할 게 있으면 핵심만 전달하지 뭘 이렇게 떠보듯이 물어? 한 달 전 신입으로 함께 입사한 해란씨는 그 나이치고는 신중하고 성실했지만 살가운 동생 느낌은 확실히 없었다. 하기는 안 그래도 해란씨와 난 가까이하기에 좀 뭣한 관계였다. 석연찮은 경쟁을 벌여야 하는 사이였으니까. 입사해서 파악해보니 회사에서는 일단 수습을 거친 다음 해란씨와 나 중에서 선택할 생각인 것 같았다. 구인 광고란의 ○명은 최소수인 한 명이었던 것이다. 대학원도 다녔고 성인 단행본은 아니지만 아동서 편집을 맡은 적이 있으니까 일단은 내가 유리했다. 하지만 해란씨도 만만치는 않았다. 뭐랄까, 반짝반짝했다. 며칠 전 퇴근길에서 부장은 해란씨 아르바이트 경력이 장난이 아니라고 말했다.

"나도 학교 다니면서 별일 다 했지만 해란씨는 정말 고난의 행군이더라고. 요즘 애들 하듯이 어디 인턴, 어디 인턴, 공모전 이런 식으로 채운 것도 아니야. 노동, 말 그대로 노동 현장에서 뛰었다 이 말이야. 그러니까 우리 영주씨는 말 그대로 버젓한 경력, 응? 정식 회사에서 일한 경력으로 이 자리에 왔고 말하자면 팩에 든 고기지. 원래 생산할 때부터 정식 팩에 든 고기. 해란씨는 주먹고기 같은 거라고 할 수 있어. 목살 근처 아무 살이나 주먹구구식으로다가 막 썰다보니까 어, 제법 이게 어엿한 상품이 돼 있는 거 말이야. 주먹고기, 내가 비유가 이렇게 좋아. 주먹고기 좋아하나?"

고기에 비유되는 걸 좋아할 사람은 없지만 주먹고기는 좋아한다고 대답했다.

"신촌 기찻길에 주먹고기 잘하는 데 있으니까 기다리라고. 언제 회식을 하긴 할 거야. 수습 끝나면 본부장이 한번 살 거야."
"네…… 해란씨 성실한 게 알바 많이 해서 그렇군요. 그 나이답지 않게 속깊고 눈치도 빠르고." 내가 말하자 부장은 그게 다 고생해서 그렇지, 했다. "고생한 사람은 그렇게 딱 티가 나. 근데 재발라도 고생해서 재바른 건 매력 없어. 사람을 불편하게 하거든."

해란씨는 조중균씨 이야기가 나오자 쉴 틈 없이 말을 쏟아냈다. 요약하자면 회사에선 왜 '그분'을 없는 사람 취급하느냐는 것이었다. 특히 조중균씨 나이가 마흔이 훌쩍 넘는데 직원들이 '조중균씨'라고 부르는 게 정말 이상하다고 했다. 조중균씨 나이가 그렇게 많았나. 삼십대 중반 됐을까 생각했는데 의외였다.

"아무래도 직급이 없어서 그렇겠지."

"직급 없으면 스무 살이나 많은 사람을 그렇게 불러도 되는 건가요? 선배라고 해도 되고 선생도 있잖아요."

"선생은 아니지. 선배도 애매하다. 나이 따라 선후배 정하면 김대리, 서대리도 조중균씨한테 선배라고 해야 해. 그런데 직급상 상사 아냐? 해란씨가 조직을 몰라서 그래. 그렇게 하면 안 돼. 회사는 그런 거야."

해란씨는 뭐라고 더 말하려다 삼키고 "언니, 그분은 사무실에서 마치 유령, 유령처럼 보여요"라고만 덧붙였다. 조중균씨는 교정 교열만 담당하는 직원이었다. 단행본팀이지만 상황에 따라 잡지나 교과서 팀 업무도 맡았고 웹상에 올라가는 광고 문안이나 자료들의 감수도 맡았다. 그래도 그렇게 나이가 많은데 갓 스무 살 된 디자이너들까지 조중균씨, 조중균씨, 하는 건 해란씨 말처럼 좀 어색했다. 하다못해 주유소를 가도 선생님, 사장님, 하는 판국에 그렇게 호칭에 인색해서야. 이런 경우는 대부분 윗사람들이 중재를 안 한 경우였다. 일단 정해지면 다들 지킨다. 왜냐면 그렇게 부르고 싶지 않은 이유를 설명하는 게 더 귀찮은 일이니까.

 해란씨 말을 들어서인지 그날부터 회사 풍경은 조중균씨를 중심으로 흘러갔다. 일단 조중균씨는 들릴락 말락 한 목소리로 인사하며 사무실 문을 열었다. 인사는 우리를 향했지만 너무 작은 소리라서 누가 슬리퍼 신은 발이라도 움직이면 묻혀버렸다. 머리를 숙이기는 했지만 누구를 향하는지 각도가 항상 애매했다. 인사를 할 줄 모르는군, 나는 생각했다. 인사한 효과가 있으려면 이름을 딱 붙여야 한다. 나? 그래, 너, 바로 너한테 나, 인사했어, 분명히 했다, 잊지 마, 확인하는 것이다. 직장에서는 사소한 인사도 병기이고 기술인데 저 나이 되도록 사회생활 헛했군, 헛했어. 비록 수습사원이지만 그런 조중균씨를 보니 어깨가 펴지며 어딘가 자신감이 붙었다.
 조중균씨 자리에는 거의 컴퓨터 크기에 버금가는 국어사전이 있었고 그 사전의 한 대목을 펼쳐 읽는 것으로 업무를 시작했다. 원고가 앞에 없어도 그러는 걸 보면 그냥 펼쳐서 읽는 것이었다. 듣기로는 아주 오랫동안 사전 만드는 회사에서 일한 걸로 아는데 사전을 또 읽다니, 기괴한 취미였다.
 조중균씨는 소리에 민감했다. 헛기침을 하는 버릇이 있는 부장이 헤어억, 하고 가래를 돋울 때마다 조중균씨는 파티션 뒤에서 소스라치게 놀랐다. 서대리의 뜬금없는 웃음이나 노래, 시 낭송 등도 그를 놀라게 하는 소리였다. 특히 서대리가 자기 전공을 십분 살려 프랑스 시나 샹송을 혼잣말 아닌 혼잣말로 읊을 때면 거의 공포에 휩싸인 얼굴로 그 시간이 빨리 지나가기를 기다리곤 했다. 그래서 조중균씨는 원고를 볼 때마다 귀마개를 사용했다. 모두 의무처럼 웃어주어야 하는 부장의 농담도, "커피 한잔 드릴까요?" 하는 디자이너의 친절도, "식사들 합시다" 하는 과장의 제안도 모두 조중균씨에게 해당하지 않는 건 단순히 귀마개 때문일지도 몰랐다.

조중균씨가 회사 사람들 사이에서 외톨이인 것은 사실이었지만 모든 인간관계가 다 그런 것 같지는 않았다. 업무시간에도 휴대전화 벨은 자주 울렸고 그러면 조중균씨는 복도 계단에 서서 소곤소곤 다정하게 통화하곤 했다. 달래는 것 같기도, 위로하는 것 같기도, 무언가를 약속하는 것 같기도 한 목소리였다. 애인인가 했는데 언젠가 전화를 끊으며 "형수, 오늘은 술 그만 먹고" 해서 애인은 아니구나 싶었다. 가족 중에 알코올에 의존하는 형수님이 있는지, 친구 이름인지는 모르겠지만 그런 당부의 말조차도 아주 다정했다. 통화를 마치고 나면 조중균씨는 담배를—금연 빌딩이니까 불은 붙이지 않고—떨어뜨릴 듯 말 듯, 떨어뜨릴 듯 말 듯 물고 생각에 잠기다가 자리로 돌아오곤 했다. 그리고 바로 그 순간, 생각에서 책상으로 옮겨오는 그 잠깐이 조중균씨가 가장 생기 있어 보이는 때였다.

"언니, 그분 시를 써요."

며칠 뒤 점심 산책을 하는데 해란씨가 다시 말했다. 시를 쓴다고? 그런 걸 어떻게 알지?

"아, 해란씨 그분이랑 친해졌구나."

"아니요, 언니, 아침에 가끔 사무실 청소를 하는데요. 구겨진 종이들이 떨어져 있어요. 펼쳐보면 시가 쓰여 있고요."

아침에 늘 일찍 오더니 청소도 하는구나. 그런 거 소용없는데. 그런 성실성을 높이 사주던 낭만적인 상사들은 이미 나이를 먹어 은퇴하고 요즘 상사들은 그런 것, 바지런한 청소 아줌마를 고용함으로써 해결할 수 있는 그런 영역 말고 자신에게 절실하게 필요한 부분을 시원하게 긁어줄 수 있는 직원들을 원한다. 대개는 외국어. 나는 괜히 일찍 나와서 그러지 말고 외국어 강의나 들으라고 하려다가 말았다.

해란씨에 따르면 조중균씨는 매일 똑같은 시를 쓴다고 했다. '지나간 세계'라는 제목이었고 "어머니, 깃대를 들고 거리를 걷는다"로 시작해 "우리가 버린 꽃은 말이 없네"로 끝난다는 것이었다. 밑줄을 쳐가며 퇴고도 하는데 언제나 쓴 사람 이름만 고쳐져 있다고도 했다. 어제 쓴 시를 오늘 읽고 쓴 사람 이름만 바꾸어놓는다? "그럼 그 시가 자기가 지은 시가 아니네." "아니에요, 언니. 며칠 전 물었더니 내가 쓰기는 했지만 내 시는 아닙니다, 하던 걸요?" 자기가 쓴 시이면서 자기 시는 아니라니. 내가 낳기는 했지만 내 딸이 아니라든가, 물건은 훔쳤지만 도둑질은 아니라든가, 하는 식이었다.

2

오 주쯤 지나자 해란씨와 나에게도 업무가 떨어졌다. 개정판 작업이었다. 어느 노교수의 오래된 저작이었는데 교재로 쓰겠다고 오백 부만 작업하는 것이었다. 부장은 조중균씨를 잘 달래서 저자 뜻대로 개강 시한에 맞춰 책을 내라고 말했다.

"그 친구 원래는 편집자로 채용됐는데, 난 처음부터 반대했다고. 경력이 이쯤인데 이 정도면 값싸다고 회사에서 들였지. 아무리 그래도 그렇게 나이 많은 사람을 왜 뽑아. 고기로 치면 다 죽게 생긴 노계 같은 사람을. 싸고 좋은 게 어디 있나? 노계가 질기긴 또 얼마나 질기나? 고집이 세서 커뮤니케이션이 안 돼. 아차 싫어 자르자니 좀 있으면 쉰 되는 사람을 어디로 내쳐? 내가 교정직으로 옮기자 했지. 그거 하나는 기가 막히게 잘하니까. 옜다, 너 처박혀서 그거나 해라, 했더니 좋아해. 자기는 그게 편하다고 해. 삼 년을 있어도 조중균씨는 융화가 안 돼. 문제가 많거든, 자기 세계가 너무 강하거든."

그렇게 해서 셋의 작업이 시작되었다. 간단한 일이었지만 해란씨와 나에게는 아주 중요했다. 첫 실무였고 아마 이 작업으로 우리는 평가받게 될 테니까. 부장은 해란씨가 첫 교정지를 보고, 조중균씨가 그다음 교정지를, 나는 최종 확인만 하라고 지시했다. 해란씨가 교정 보는 데까지는 별다른 문제가 없었다. 조중균씨에게 교정지가 넘어가던 날, 드디어 조중균씨와 대면했다. 왠지 긴장됐다. 조중균씨에 대해서 아주 잘 안다고 생각했는데 왜 떨리나. 하긴 아예 모르는 사람과 가는 것보다 좀 아는 사람과 동행하는 것이 더 어색하고 긴장되니까. 작업 방향을 설명하다보니 점심시간이 되었다. 점심 먹으면서 마저 이야기하자고 하자 조중균씨가 안 된다고 했다.

"왜요? 점심 원래 안 드세요?"

"네."

아, 그렇구나, 자발적으로 점심을 안 먹는 거였구나. 사람들이 따돌려서 그런 게 아니라. 그럼 그렇지, 아무리 세상이 각박해져도 예의상 지켜지는 룰이 있는데. 사람 밥도 못 먹게 은근히 따돌리는 것, 그렇게 코드와 선택을 드러내는 것이 더 피곤한 일 아닌가.

"점심 안 먹는 게 몸 가볍긴 해요. 건강 챙기시는구나."

"아닙니다. 먹고 싶은데 참습니다."

그때 거울이 있다면 내 표정이 어떤지 확인하고 싶었다.

"왜요? 왜 먹고 싶은데 참아요?"

"식대, 아끼려고 그럽니다."

"무슨 식대를 아껴요? 회사에서 운영하는 식당이고 무료잖아요."

"무료 아닙니다. 안 먹는다고 하면 돌려줍니다. 구만, 육천원."

조중균씨는 말 중간에 쉼표를 넣어 이상하게 *끄는* 버릇이 있었다. 그나저나 연봉 자체에 포함되어 있는 식대를 무슨 수로 받아냈다는 말인가?

"구만육천원이면 크다."

옆에서 해란씨가 관심을 보였다. 조중균씨는 손수건으로 땀을 닦았다. 이마에서 구레나룻까지, 인중과 목까지 마치 거기에 그런 것들이 있는 걸 확인하듯. 그리고 당연한 수순처럼 휴대전화가 울렸고 조중균씨가 전화를 받아 "형수야, 잠깐만" 하고 끊었다. 아야, 나 배고프다, 하는 남자 목소리가 전화기 너머로 새어나왔다. 형수는 친구 이름이구나, 하기는 자기 형수님이랑 저렇게 자주 통화할 리는 없으니까. 그런데 정말 점심을 선택하지 않으면 식대를 돌려받을 수 있는 건가? 우리가 수습이라서 아무도 말해주지 않은 건가?

"네, 돌려받을 수 있습니다. 간단한 인증, 필요하지만요."

조중균씨는 점심을 먹지 않겠다고 한 사람은 자신이 처음이라 절차를 만들기까지 좀 혼란이 있기는 했다고 했다. 대리에게 말하자 과장에게로 올라갔고 부장에게로, 최종적으로는 본부장에게로 넘겨졌다고 했다. 그렇게 팔 개월 만에 조중균씨는 점심을 먹지 않을 권리와 식대를 돌려받을 권리를 의논하기 위해 본부장에게로 불려 갔다. 본부장은 조중균씨의 말을 끝까지 듣고는 조중균씨의 뜻은 존중하지만 선례가 없고 절차가 없어서 말이야, 하고 타일렀다.

"자네가 식당에서 점심을 먹지 않는다는 것을 어떻게 증명할 수 있겠느냐 말이지. 우리 회사 직원은 인쇄소까지 삼백 명이 넘네. 자네를 모욕하려는 것은 아니지만 이런 문제로 회사에 분란 일으키고 회사 게시판에 글들을 올리는 것 자체, 고작 점심값 가지고 시끄럽게 구는 사람이 우리 본부에 있다는 것 자체가 내 얼굴을 깎는 일이야. 그래도 나는 묻겠네. 점심을 먹지 않겠다고 하지만 자네가 정말 구내식당에서 밥 먹지 않는 걸 어떻게 증명하나? 배도 고프고 나가서 먹기도 귀찮을 때 생쥐처럼 몰래 들어와 한쪽 구석에서 점심을 해결하지 않는다고 말이야. 만약 삼백 명 넘는 사람들 사이에 숨어 부당한 이익을 취한다면 말이야."

본부장도 조중균씨 못지않게 괴팍한 성미인 모양이었다. 그런 걸 일일이 대응해주고 앉았다니. 하지만 해란씨는 "어머, 어떻게 그런 말을" 하면서 흥분했다. "그래서 어떻게 하셨어요?" 조중균씨는 본부장 말이 하나도 화가 나지 않았고, 정말 그렇기도 할 거라는 생각이 들었다.

"그래서 이걸 만들었지요."

조중균씨가 셔츠 앞주머니에서 수첩을 꺼냈다. 수첩에 껴 있던 만원짜리 몇 장이 같이 떨어졌고 조중균씨는 지폐를 다시 접어 주머니에 넣었다. 수첩에는 파란 볼펜으로 가로 세 칸, 세로 세 칸이 그려져 있었다. 날짜가 있고 그 옆에는 "나는 밥을 먹지 않았습니다"라는 문장이 쓰여 있었다. 마지막 칸은 확인자가 서명하기 위한 공간이었다. 조중균씨는 점심시간에 식판 대신 그 수첩과 볼펜을 들고 정수기 옆에 서서, 본부장이 식사하러 내려오기를 기다렸다. 첫날에는 본부장이 오지 않아서 할 수 없이 조중균씨를 내내 지켜본 식당 아줌마에게 사인을 받았다. 2012년 11월의 첫 칸, "나는 밥을 먹지 않았습니다"라는 문장 옆에 최대한 성의 있게 쓴 "김애자"라는 사인이 보였다.

둘째 날에는 본부장이 식당으로 내려왔고 조중균씨가 다가가 수첩을 내밀었다. '김애자'라는 이름 밑에 휘갈겨 쓴 "姜"이라는 사인이 보였다. 조중균씨는 사인을 받은 뒤에도 올라가지 않고 식당 문을 닫을 때까지 선 채 자신이 정말 점심을 먹지 않았다는 사실을 증명했다. 본부장이 사인을 하면서 "사인하고 나 나가면 그때 밥 먹는 건 아니겠지?" 지적했기 때문이었다. 열두시 오십분이 되면 조중균씨의 것을 제외한 이백구십구 개가량의 식판과 오백구십팔 개가량의 젓가락들이 대형 세척기에서 돌아가고 식당 아줌마들이 청소를 시작했다. 아줌마들은 "배고플 텐데 누룽지 끓인 거라도 좀 줄까?" 매번 물었다. 물론 조중균씨는 사양했다.

"회사에서 제공하는 건 먹을 수, 없으니까요."

"그게 왜 회사에서 제공하는 거야? 우리가 먹으려고 끓이는 건데 우리가 주니까 우리 몫에서 주니까 우리 것이지."

해란씨가 훌쩍거리기 시작했다. 나는 조중균씨가 가엾다기보다는 이런 어처구니없는 사람과 무려 한 달간 씨름한 본부장에게 더 경악했다. 보아하니 교정직으로 밀려난 게 그때부터인 모양이었다. 본부장도 이런 직원과 마주하는 것이 부담스러웠는지 페이지를 넘길수록 '姜'이라는 사인은 점점 줄어들었다. 그 대신 '김애자' '오은혜' '명숙희' 같은 이름들이 수첩을 채우더니 마침내 12월이 되자 크리스마스 선물처럼 수첩은 빈칸으로 남게 되었다.

3

원래 사흘로 잡혀 있던 조중균씨의 작업 기간은 일주일로, 다시 열흘로 늘어났다. 스트레스로 얼굴 전체가 붓는 느낌이었다. 풍선이나 애드벌룬이 되어가는 것 같았다. 이러다 뻥, 하고 터지면 어쩌나 초조했다. 노교수는 책이 제때 나올 수 있겠느냐고 하루가 멀다 하고 전화를 해왔다. 그런 불안은 시도 때도 없이 노교수의 일상을 뒤흔드는지 아침을 먹다가, 한의원에서 침을 맞다가, 취미인 국궁을 하러 갔다가, 심하게는 등산을 하러 갔다가도 전화를 걸어왔다. 안 그래도 귀가 어두워 통화가 어려웠는데 북한산 어딘가에서 거는 전화는 자꾸 끊겼다. 교정이 늦어져요, 하면 교정 볼 게 뭐가 있느냐, 니들이 한국사에 대해 뭘 아느냐. 건방 떨지 말고 인쇄기나 돌려라, 하는 불호령이 떨어졌다.

하지만 조중균씨는 말을 듣지 않았다. 책상 주변에는 어디선가 구해온 논문집들과 역사용어사전, 한국민속대백과사전, 조선실록 해제, 일어사전 들이 쌓여만 갔다. 조중균씨가 잡아낸 오류들을 보면 잡아내야 할 만하기도 했다. 그러니 일이 늦어진다고 마냥 화를 내기에도 애매했다. 조중균씨는 매일 야근했다. 하루에 겨우 예닐곱 장의 교정지가 넘어올 뿐이라서 정작 나는 정시에 퇴근했다. 내일 봐요, 하고 내가 사무실을 나가면 조중균씨는 일어나 자기 자리만 남기고 사무실 형광등을 모두 껐다. 그리고 그런 사무실의 어둠을 아주 따뜻한 담요처럼 덮고 원고의 세계로 빠져들어갔다.

4

해란씨는 그사이 다리를 다쳐 목발에 의지해야 하는 신세가 되었다. 집에서 반찬을 하다가 칼이 발등으로 떨어져내렸다고 했다. 회사는 오층 건물이었고 심지어 엘리베이터도 없었다. 해란씨는 땀을 뻘뻘 흘리며 하루 내려와 먹더니 그다음부터는 점심시간에 사무실을 지켰다. 이번 기회에 다이어트를 좀 하겠다고 했다. 점심을 먹고 돌아와 보면 해란씨와 조중균씨가 무언가 이야기를 나누고 있었다. 해란씨는 자기가 원고 교정을 제대로 보지 않아서 조중균씨 일이 늘었다고 미안해했다. 그래서 조중균씨가 교정을 보면 그 교정지를 다시 읽으면서 자기가 무얼 놓쳤나 공부하곤 했다. 조중균씨는 다른 회사 사람들과는 거리가 분명했지만 해란씨에게는 그러지 않았다. 훌륭한 사수와 후임처럼, 선배와 후배처럼, 때로는 오누이처럼 점심시간을 보냈다.

해란씨는 아예 굶는 건 안 되겠는지 간식을 싸오기 시작했다. 오븐 없이 직접 구웠다는 빵이나 소시지, 과자 같은 것이었다. 그날은 어디서 났는지 떡을 싸왔고 사람들이 점심을 먹고 사무실로 돌아오자 하나씩 먹으라고 권했다. 부장까지 그러면 어디 한번 맛볼까, 하며 탁자로 모였다. 그리고 놀랍게도 파티션 뒤에서 조중균씨가 일어나 중앙의 탁자로 왔다.

"모싯잎떡 이거 비싸다고. 인절미랑은 다르다고. 우리 막내가 돈 썼구먼. 해란씨 다리는 어떤가. 칼날이 아니라 칼등이었으니 천만다행이지. 아니었으면 수습도 못 마쳤을 것 아니야. 다리 한쪽 못 쓰는 닭은 어떻게 되나? 치킨 런 할 수 있나? 바로 잡혀서 닭튀김이지. 회사원들은 아픈 것도 죄야. 조중균씨도 잘 먹으라고, 오탈자만 쪼지 말고 모이도 좀 쪼아 먹어. 병든 닭은 어떻게 되나? 치킨 런 할 수 있나? 바로 잡혀서 닭튀김이지."

말끝에 떡을 입에 넣던 부장이 무언가 이상하다는 듯이 인상을 찌푸렸다. 해란씨가 잠깐 자리를 뜬 사이, 서대리가 먹지 마요, 상했어, 했다. 그리고 보니 다들 젓가락으로 들고만 있을 뿐 먹고 있는 사람은 조중균씨뿐이었다. 나는 탁자에서 좀 떨어져 있다가 떡을 베어물었다. 아주 상한 건 아니지만 떡에서는 쉰내 같은 것이 났다. "그냥 냉장고 냄새 아닌가?" "아니야, 쉬었어, 그냥 맛있다고 하고 알아서들 처리해요. 성의 있게 가져왔는데." 서대리가 말했다. 모두들 떡을 내려놓는데 조중균씨 혼자만 계속 먹고 있었다.

"조중균씨 먹지 마, 기초 체력 없는 사람이 갈락 말락 하는 음식 먹다가는 아주 골로 가네. 봐야 할 원고가 원투쓰리 기다리고 있는데 어쩌려고 그러나?"

"괜찮습니다. 아주 간 건 아니에요."

"아주 간 게 아니라니, 아주 갔어. 나이가 몇 개인데 그것도 구분 못해? 그리고 그 교수가 책 나오기를 아주 학수고대하네. 나이가 칠십이 다 됐는데 책 기다리다가 다 죽게 생겼어. 살살 보고 그냥 넘겨, 저자가 고칠 게 없다는데 뭐하느라 붙들고 있느냔 말이지. 어? 이 사람, 그만 먹어."

부장이 떡을 싼 비닐을 와락 잡았다.

"아주는 아닙니다. 괜찮습니다."

해란씨가 사무실로 돌아오자 직원들은 "해란씨 잘 먹었어" 하면서 젓가락을 놓고 사라졌다. 해란씨는, 비닐봉지를 움켜잡고 먹지 말라고 하는 부장과, 떡을 오물거리면서도 여전히 떡을 내놓으라고 하는 조중균씨를 번갈아 바라보았다.

"원, 쉰 떡에 욕심은. 하여튼 원고 빨리 보게."

부장이 자리를 뜨고 조중균씨는 비닐봉지를 펼쳐서 남은 떡을 집었다. 그리고 마치 유령처럼 씹는 소리도 거의 내지 않고 천천히 먹었다. 점심시간이 끝날 때까지 조중균씨는 그렇게 조용히 먹고 고요히 포만감을 느꼈다.

5

　화가 머리끝까지 난 노교수가 사무실을 찾아왔다. 회사 인터폰으로 여기 정문이네, 하고 연락하더니 그 많은 회사 계단을 눈 깜짝할 사이에 올라와 들이닥쳤다. 이 주째 미뤄진 작업 때문에 내 정신은 이미 남동풍을 타고 먼길을 떠난 뒤였다. 남동풍을 타면 북극해로 갈 수 있다고 들었다. 나는 그 북극의 난폭한 곰처럼 마구 발톱을 휘둘러 연어나 물개 따위를 잡아먹고 싶었다. 노교수가 돌아간 뒤 부장은 오늘부터 조중균씨 작업량을 시간대별로 확인하라고 했다. 그리고 나는 그 일을 다시 해란씨에게 맡겼다. 부장은 언젠가부터 지시 사항을 나만 불러 따로 이야기했고 지금 진행중인 책뿐 아니라 가을과 겨울의 작업들에 대해서도 의논했다. 그러니 자연스럽게 나는 해란씨의 경쟁자가 아닌 상사가 되어 있었다. 해란씨는 내가 말한 문서를 만들어 가져왔다. 날짜, 시간, 작업 내용, 확인, 이렇게 칸이 나뉘어 있었다. "좋아." 내가 오케이했는데도 해란씨는 무슨 말을 더 하려는지 머뭇거리다가 그냥 돌아섰다.

　오후가 되자 조중균씨가 천천히 걸어 내 앞에 섰다. 배앓이를 한 탓인지, 야근 때문인지 조중균씨는 더 마르고 해쓱해 보였다. 허리를 구부정하게 숙이고 있어서 마치 거대한 물음표 같았다.

　"다른 사람 말고 영주씨와 저 둘이서, 확인, 하지요."

　목소리가 너무 작아서 나는 의자를 끌어다 좀더 가까이 갔다.

　"뭐라고요?"

　조중균씨는 물기가 다 빠져나가버린 푸석한 얼굴을 손으로 쓸었다. 그리고 셔츠 앞주머니에서 수첩을 꺼냈다. 거기 끼어 있던 만원 짜리들이 나풀거리며 내 무릎 위로 떨어졌다. 이만원이었다. 조중균 씨는 수첩을 손바닥 위에 올리고 뭔가를 적은 다음 내밀었다. 날짜 옆에 괄호로 "두시 이십분"이라고 적혀 있고 "나는 나태하지 않았 습니다"라고 쓰여 있었다. 조중균씨가 사인하는 칸을 손가락으로 톡톡 건드렸다. 어떤 용도인지 알고 있지 않느냐는 듯이 설명은 없 었다. 물론 거기에 뭐라고 써야 하는지 알고 있었다. 이름을 적으면 됐다. 하지만 적을 수 없었다, 적고 싶지 않았다.

"왜 적지 않습니까?"

조중균씨는 비난도 힐난의 기미도 없이 다만 아주 지친 듯이 물 었다.

"싫어요."

"왜 적지 않습니까?"

나는 적고 싶지 않았다. 나는 굶은 사람을 정수기 옆에 한 시간 동안 세워놓은 본부장과는 분명 다른 사람이니까. 그런 일들과는 무관한 사람이니까. 내가 아무 대답도 하지 않자 조중균씨는 가만 히 서서 신발 코만 내려다보다가 자기 자리로 돌아갔다. 안도감이 들었다. 그런데 한 시간 뒤 조중균씨는 다시 내 앞에 와서 수첩을 내밀었다. 차라리 화를 내지, 하는 생각이 들었다. 차라리 건방지다 고, 너랑 나랑 나이 차가 얼마인지 아느냐고 욕을 하지. 이건 무슨 사람 피 말리는 짓인가. "나는 나태하지 않았습니다"라는 문장이 수첩의 두번째 칸에 쓰여 있었다.

"왜 이러세요? 저한테 항의하시는 거예요?"

"항의하는 것 아닙니다."

"그럼 뭐예요?"

"확인을 원하는 겁니다."

조중균씨는 물러서지 않고 볼펜을 내밀었다. 안 해요, 안 해, 손사래 치다 볼펜이 바닥으로 떨어졌다. 화가 나서인지 당황해서인지 얼굴이 달아올랐다. "뭐야, 저 팀, 살살해." 서대리가 요령 있게 한마디하면서 사무실의 긴장을 깼다. "또 수첩인가, 무슨 일이야? 이번에는 뭐가 문제야?" 부장이 본격적으로 한마디하려는 듯 자리에서 일어섰다.

"제가 할게요. 제가 해도 되죠?"

해란씨가 볼펜을 집어서 절뚝거리며 내 자리로 왔다. 그리고 "나는 나태하지 않았습니다"라는 문장을 잠깐 읽고는 옆에다 강해란, 이라고 적었다.

6

그리고 그날 저녁 해란씨가 회식을 하자고 했다. 셋이서. 해란씨 친구가 한다는 카레집에서 카레를 먹고 어색하게 맥주를 마셨다. 조중균씨는 같은 테이블에 앉아 있어도 자연스럽게 자기 세계로 가버리는 사람이었다. 그나마 해란씨가 자꾸 말을 시켜서 그의 관심을 카레집 테이블로 돌아오게 했다. 해란씨는 조중균씨에게 이만원 이야기를 해달라고 했다. 이만원? 조중균씨가 머뭇거리자 해란씨는

"영주 언니는 모르잖아요" 하고 졸랐다. 조중균씨는 맥주를 한 병 더 주문하면서 셔츠 앞주머니에서 지폐를 꺼냈다. 아까 오후에도 긴장 속에서 확인했듯이 이만원이었다.

학생 때 조중균씨는 데모를 하다가 경찰서에 붙들려 간 적이 있다고 했다. 그러다 며칠 만에 풀려났는데 형사가 목욕이나 하고 들어가라면서 오천원을 셔츠 주머니에 꽂아주었다는 것이다. 조중균씨는 그게 참을 수 없이 모욕적이었다고 말했다. 목욕하고 들어가란다고 모욕을 느끼다니. 아무튼 그뒤로 조중균씨는 셔츠 주머니에 늘 돈을 가지고 다녔다. 그때 그 형사와 마주치면 이자까지 해서 갚을 생각으로 말이다. 그러니까 이만원은 모욕을 되갚겠다는, 복수를 잊지 않겠다는 일종의 증표였다.

"형사 얼굴 기억해요?"

"기억합니다."

"거짓말 같은데."

"정말 기억합니다."

아무렴 그러시겠지. 해란씨는 "꼭 만나게 될 거예요, 정말이에요" 하며 용기를 주었지만 나는 그런 사소한 복수가 그리 대단해 보이지는 않았다. 그렇게 의무적으로 한 시간 동안 맥주를 마시고 나오는데 조중균씨가 한잔 더 하겠느냐고 물었다. 한잔 더, 라니? 조중균씨가 우리를 데리고 비보이 극장과 유명 연예인이 한다는 실내 포장마차와 라디오 방송국을 지났다. 오랜만에 이렇게 걸으니까 좋다고 해란씨가 목발을 짚으면서 말했다. 정말 회사원이 된 것 같아요, 회식을 다 하고.

조중균씨가 들어간 집은 철제로 된 미닫이문이 달려 있는 술집인지, 그냥 개인 공간인지 알 수 없는 곳이었다. 문에는 파란색 코팅지가 붙어 있고 직접 쓴 듯한 글씨로 지나간 세계, 라고 쓰여 있었다. 해란씨가 그 글자를 만지면서 "언니, 봐요" 했다. 조중균씨가 매일 적고 매일 퇴고한다던 시의 제목이었다. 가게에서는 파마머리 남자가 텔레비전을 보고 있다 우리를 맞았다. 테이블은 하나밖에 없었고 의자도 세 개뿐이었다. 어쩌면 우리가 딱 맞게 왔네요, 했더니 조중균씨는 당연하다는 듯이 세 명이 아니면 데려오지 않지요, 했다.

맥주를 마시는 동안에는 가게 주인이 주로 떠들었다. 주인은 자기를 형수씨라고 부르라고 했다. 아, 이 사람이 형수구나. 형수가 이름인가 했더니 한때 사형수였다고 했다. 농담인가 진짜인가 생각하는데 막상 자기는 그렇게 말하고 킬킬 웃었다.

대화의 주제는 주로 형수씨가 좋아하는 텔레비전 드라마 이야기였다. 아침 드라마에서 종편 드라마까지 형수씨가 챙겨 보는 드라마는 스물두 편이나 됐다. 형수씨는 드라마는 스물두 편인데 스토리는 다 거기서 거기라서 나중에는 형란이랑 바람피운 놈이 재수인지, 영희인지, 영옥이를 괴롭힌 사람이 어머니인지, 시아버지인지, 내연녀인지, 이복동생인지, 지금 쟤가 쟤 딸이 맞는지, 아니면 쟤가 쟤 딸이 아니라 사실은 쟤 딸이었는지 헷갈린다고 했다. 그래봤자 쟤가 쟤랑 합법적으로 자려고(결혼은 그런 거라고 했다) 쟤는 쟤 돈을 합법적으로 쓰려고(결혼은 또 그런 거라고 했다) 쟤는 쟤 돈을 쟤가 쓰는 게 싫으니까(사람 마음이란 게 다 그렇다고 했다) 쟤가 재를 시켜서 훼방을 놓는 거(사람 사는 게 다 그렇다고 했다)라고 했다.

자꾸 마셔서 그런지 나는 서서히 이 키치적인 술집에 적응해들어갔다. 테이블에 놓인 김치찌개처럼 자글자글 끓는 분노랄까, 히스테리랄까, 하는 것이 은근히 느껴졌다. "그렇게 냉소하면서 왜 봐요. 고상하게 예술영화나 볼 것이지." 내가 말하자 형수씨가 "그 재밌는 걸 왜 안 봐? 그래도 거기에는 드라마가 있잖아" 했다.

조중균씨는 우리를 왜 여기까지 데려왔는지 알 수 없을 정도로 말이 없었다. 낮에 있었던 일을 사과하거나 복기하거나 할 생각은 전혀 없는 것 같았다. 형수씨가 맥주를 꺼내오더니 조중균씨에게 돈을 달라고 조르기 시작했다. 조중균씨는 말없이 지갑을 꺼내서 팔만원쯤을 꺼내 주었다. 화제는 각자의 이름 이야기로 넘어갔다. 해란씨 이름은 실향민인 할아버지가 해란강을 그리워하면서 지은 이름이라고 했다. 내 이름에는 특별한 사연이 없었고 조중균씨 사연은 형수씨가 알고 있는 것 같았다.

"얘가 이름 때문에 망하고 이름 때문에 산 애야. 그야말로 드라마가 있단 말이야."

저렇게 조용하고 고요한 사람에게 드라마가 있다니. 형수씨는 노가리를 구워서 올려놓더니 "내 한번 얘기해줘요?" 했다. 조중균씨 이야기인데도 정작 조중균씨는 말이 없고 형수씨만 무성영화의 변사처럼 신이 나 있었다.

형수씨와 조중균씨는 같은 대학에 다녔는데 그 당시 굉장히 인기 없는 역사 교수가 하나 있었다고 했다. 수업시간의 반 이상을 야

당과 '데모대' 욕하는 데 쓰는, 청년들과는 도무지 '코드'가 안 맞는 교수였다. 필수라서 신청은 했는데 수업에는 거의 들어가지 않았다. 문제는 유급은 하고 싶지 않다는 데 있었다. 유급은 정말 안 된다. 가난하고 군대도 가기 싫은데 유급하면 돈 날리고 군대도 가야 하니까. 그런데 마침 시험에 응시만 하면 점수를 준다는 소문이 들렸다. 이게 무슨 일인가, 과연 그런가, 의심하면서도 모두들 우르르 시험을 보러 갔다. 개중에는 무슨 과목 시험인지도 모르고 휩쓸려 갔다가 자기가 신청한 과목이 아니라는 걸 알고 애석해하며 돌아간 친구도 있었다고 했다.

강의실로 들어가자 감독관이 빈 종이 한 장을 내밀었다. 소문대로 칠판에는 시험 문제가 적혀 있지 않았다. 이름만 적으라고 감독관이 말했다. 단, 시험시간이 끝날 때까지는 먼저 나갈 수 없었다. 이름을 적고 나니 시간은 그대로 한 시간이 남아 있었다. 하지만 나가지 말라고 했으니 그 시간을 어떻게든 보내야 했다. 누군가는 책상에 엎드려 잤고 누군가는 무료하게 볼펜을 돌렸고 누구는 노래를 흥얼거렸고 누군가는 시험지 귀퉁이를 찢어 껌처럼 씹었다. 그리고 여기 빈 종이 앞에서 무언가를 가만히 생각하는 조중균씨가 있었다. 왜 문제가 없지, 하고.

조중균씨는 아무것도 적지 않아도 되는 시험에 대해 생각했다. 그렇게 해서 얻는 점수란 어떤 것인가에 대해. 여름이 가까운 교정에서 다당다당다당 하는 꽹과리 소리가 들려왔다. 조중균씨 귀에는 왠지 그것이 나 가 나 가 나 가 하는 소리로 들렸다. 쿵쿵덕쿵덕 쿵쿵덕쿵덕 장구 소리가 들려왔다. 조중균씨 귀에는 왠지 그것이 뻑뻑뻐꾸기 뻑뻑뻐꾸기라고 들려왔다.

"왜 문제가 없는 겁니까?"

조중균씨가 물었다.

"이름 적기가 시험이야. 이름만 적으면 돼."

감독관이 조중균씨의 어깨를 툭 치며 지나갔다.

아무것도 쓰지 않고 이름만 적는 건 부끄러운 일이었다. 우리가 원하는 건 아무것도 하지 않음으로써 얻어지는 형태의 것이 아니었으니까. 조중균씨는 부끄러웠다. 여기에 이름을 적고 가만히 기다리라는 교수의 의도를 알 것 같았다. 조중균씨는 이름을 쓰지 않고 빈 종이에다 무언가를 적어내려가기 시작했다. 감독관이 주먹으로 책상을 노크하듯 두드렸다.

"이 친구, 이름만 적으라니까."

다시 빈 종이가 왔다.

"이 친구, 다른 문장을 적으면 안 돼. 이름만 적어, 이름만 적으면 점수 준다니까."

또 빈 종이가 놓였다. 조중균씨는 다시 볼펜을 잡았다. 나중에는 친구들까지 "이름만 적어, 중균아, 유급하면 군대 간다" 하고 말렸다. 하지만 조중균씨는 문장을 끝까지 적었고 마지막 순간에도 이름은 적지 않았다.

"그렇게 멋있는 놈이야, 얘가. 아주 난놈이야. 와, 끝까지 이름을 안 적는 놈이야."

형수씨는 오래전 일인데도 아직도 흥분이 되는지 그런 놈이야, 놈이야, 하면서 조중균씨를 껴안았다. 손목이 아주 이상한 각도로 꺾여서 나는 그제야 형수씨가 의수를 끼고 있다는 걸 알았다.

"뭘 적었는데요?"

"시였습니다."

조중균씨는 맥주잔을 들었다 놓으면서 아주 잠깐 웃었다. 마치 꽃이 지듯 조그마한 입술이 펴졌다가 다시 오므라들었다. "그래서 어떻게 됐어요?" 해란씨가 물었다. "망했지, 유급했지, 군대 갔지, 사고 났지." 형수씨는 아까 드라마 줄거리를 말할 때처럼 좀 새침하게 대답했다. "이름 덕분에 살기도 했다면서요?" 내가 묻자 "아, 성공!" 하며 형수씨가 파리채로 찰싹 벽을 때렸다.

그때 그 시험장에서 쓴 시 제목은 '지나간 세계'였다. 형수씨 말로는 그 당시 어떤 시보다도 더 자주 집회에서, 연설장에서, 학회실에서, 엠티에서 낭송됐다고 했다. 그런 '전단시'들은 사람들을 선동하는 데 아주 효과가 있어서 사실 그런 게 없으면 데모고 뭐고 아무것도 안 되는데 조중균씨의 '지나간 세계'야말로 그런 불쏘시개 역할을 잘해주었다는 것이다.

"아, 그래서 조중균씨가 유명해졌구나."

전철 끊길 시간이 되어서 나는 얼른 결론을 냈다.

"아닙니다."

조중균씨가 불쾌해진 얼굴로 나를 건너보았다. 노가리 채가 입술 사이에 붙어서 떨어질락 말락 했다. 조중균씨는 그 시는 자기가 썼지만 자기 시는 아니라고 했다. 원하는 사람이면 누구든 자기 이름을 붙여 자기가 쓴 것처럼 연단에서, 광장에서, 거리에서 낭송할 수 있었으니까.

"나도 읽었어. 격해지면 막 울면서 읽고 취해서 읽고 좋아서 읽고, 아직 내가 쓴 줄 아는 사람들도 많을걸?" 형수씨가 말했다. "나쁘다. 그러면 도용이잖아요." 내가 그렇게 툭 던지자 형수씨는 흥분했다. "얘 좀 봐라, 우리 세계에서는 그렇지 않았어. 시는 그런 게 아니었어. 중균아, 얘들이 모른다, 우리 세계를 몰라." "우리도 알아요." 해란씨가 발끈하며 말했다. "알긴 뭘 알아? 니들은 모른다, 몰라." "해란씨는 압니까?" 조중균씨가 고개를 숙이고 있다가 어딘가 좀 젖은 듯한 목소리로 물었다. "네, 알아요. 안다니까요." 하지만 형수씨는 듣는 둥 마는 둥 하다가 "너네 이제 집에 가라. 우리 자야 하니까" 했다.

뭐야? 그러면 조중균씨와 형수씨가 여기서 사는 거였나? 가게 안을 둘러봤다. 창고인지 방인지는 알 수 없지만 작은 문이 하나 있긴 했다. 나는 해란씨를 데리고 자리에서 일어섰다. 조중균씨는 술에 취했는지 어쨌는지 눈을 감고 가만히 앉아 있었다.

"갈게요."

정말 화가 났는지 형수씨는 답이 없었다. 저렇게 기분이 순식간에 변하는 사람과 웬만해선 표정 변화도 없는 사람이 어떻게 친구가 되었을까.

택시를 타고 해란씨를 집에다 내려주었다. 해란씨는 뭔지 모르겠는데 참 슬프다고 훌쩍거렸다.

"알바도 그렇게 많이 했다면서 마음이 왜 그렇게 약해."

"집에선 안 그랬는데 서울 올라오면서 완전 울보 됐어요."

"집이 어디랬지?"

"옥천이요. 어, 처음이다."

"뭐가 처음이야?"

"언니가 저한테 그런 거 묻는 거요."

"그런 거 뭐?"

"개인적인 거요."

나는 할말이 없어졌다.

"근데 아까 안다고 했잖아? 해란씨, 뭘 안다는 거였어?"

"안다고요? 아, 그때…… 뭔지는 몰라도 알 것 같기는 했어요."

"뭘?"

"아무튼, 그분들 세계를요."

택시에서 내린 해란씨가 목발을 짚고 올라가는 모습을 나는 지켜보았다. 해란씨는 좀 가다가 서서 휴대전화를 꺼냈다. 그리고 사진을 한 장 찍었다. 꽃 한 송이, 고양이 한 마리 없는데 뭘 찍나. 나는 그 어두운 편을 같이 바라보다가 "가요, 아저씨" 하고 택시를 출발시켰다.

7

회식은 신촌 기찻길에서 있었다. 부장이 말했듯이 주먹고깃집에서였다. 오늘의 주인공이니 본부장 앞에 앉으라고 해서 그 자리에서 열심히 고기를 구웠다. 본부장은 상상했던 것보다는 인상이 좋았고 그래서 기분이 더 가라앉았다. 테이블에는 해란씨도 없었고 조중균씨도 없었다. 조중균씨는 교정 기한을 한 달이나 넘겨서 회사에 해를 끼쳤다는 이유로, 직무 유기, 태만이라는 명목으로 해고되었다. 소송이나 일인 시위를 벌일지도 모른다며 회사는 내게 경위서도 받았다. 경위서는 부장이 썼고 나는 거기에 사인만 했다. 그렇게 해서 회사에서 채용한 직원 수는 한 명도, 두 명도 아닌 말 그대로 '0'명이 되었다.

지난여름 동안 아무도 조중균씨에 대해 이야기하지 않았으면서 조중균씨가 사라지자 모두들 조중균씨에 대해 이야기했다. 다들 조중균씨에게 관심 없는 줄 알았는데 아니었다. 모두가 기억하는 모두의 조중균씨가 있었다. 서대리는 프랑스 유학 시절에 사르트르의 묘지를 찾아가곤 했는데 조중균씨가 거기 죽치고 앉아 있던 '길 위의 방랑객'과 무섭도록 닮았다고 했다. 그는 늘 거기 앉아서 별다른 일을 하지 않고 작은 수첩을 들여다보고 있다가 왼손을 움직여 단어 하나를 반복해 쓰곤 했다는 것이다. "조중균씨도 왼손잡이였잖아요." 조중균씨가 왼손잡이였던가? 기억해봤지만 생각나지 않았다. 도플갱어인가, 누군가 말했다. "손가락 마디가 두어 개 없었잖아." 또 누군가 말했다. "아예 손가락 하나가 없었잖아." "아니, 그냥 마디 두 개가 없었어요." "삼 년간 뭘 봤어? 왼손 약지가 통째로 없었는데." "그 수첩에는 뭐라고 쓰여 있었는데요?" 내가 서대리에게 물었다. "자유, 프랑스어로 리베르테!"

아무도 해란씨 이야기는 하지 않았다. 그렇게 잠시 있다 떠난 사람에 대해서는 이야기할 것도 없다는 듯이, 마치 없었던 사람처럼. 문제의 책이 출간되고 수습 기간도 끝나면서 나는 긴장이 놓였달까, 안심을 했달까, 아무튼 어딘가 한풀이 꺾여 있었다. 안착은 그렇게 허무의 포즈를 하고 왔다. 그래도 고기를 굽고 주는 대로 술을 마시고 웃고 떠들었다.

"아줌마." 화장실을 다녀오다가 나는 회식 자리로 돌아가지 않고 홀에 앉았다. 더 앉아서 술을 받아먹다가는 완전히 취할 것 같았다. "왜 자리 못 찾겠어?" 식당 아줌마가 돌아봤다. "아니요, 주먹고기는 왜 주먹고기예요?" 아줌마는 양푼에다 부지런히 콩나물을 무치면서 내게 걸어왔다. 그리고 왼손 주먹을 눈앞에 대면서 "알지? 주먹?" 했다.

"알아요."

"주먹을 닮아서 그런 거야."

회식이 끝나고 부장과 나만 마지막 전철을 탔다. 부장은 취기가 올라오는지 넥타이를 느슨하게 풀었다. "영주씨, 영주씨는 무슨 힘으로 사나?" 무슨 힘, 사는 데 무슨 힘이 필요하나. 그냥 사는 거지. 생각하다가 주먹을 부장에게 보여주었다. "주먹이래요, 주먹." 그사이 잠이 들었는지 부장이 몸을 움찔하며 눈을 떴다. "뭐가 주먹이야?" "주먹구구 아니래요, 주먹이래요." "그래그래, 젊은 사람들 주먹 불끈 쥐고 기운 내야지, 힘내야지. 젊음의 주먹, 좋다." 부장이 갑자기 박수를 쳤다. 그런 뜻은 아니었는데 좋을 대로 해석해주는구나. 이런 게 정규직의 힘인가, 생각하고는 나도 꾸벅꾸벅 졸았다.

집으로 돌아가는데 밤하늘에는 그믐달이 떠 있었다. 어느 집에서 드라마를 보는지 누가 엉엉 울면서 "어떻게, 네가 어떻게 그러니, 나한테 그러니?" 하는 소리가 들렸다. 나는 그때 그 술집에 한 번 가볼까, 생각했다. 그 지나간 세계로. 그 세계는 어떤 세계일까. 누군가 뒤에서 따라오는 것 같아 돌아봤지만 거리에는 아무도 없었다. 나는 그 집이 라디오 방송국 뒤편을 돌아 몇번째 골목에 있었는지 생각했다. 골목 어귀의 작은 공터에서 얼마를 걸어야 나오던 곳이던가를. 그리고 그 집에 무엇이 있었던가를 떠올리기 위해 애썼다. 하지만 뭐가 있었는가보다는 뭐가 없었는가가 더 세세히 떠올랐다. 거기에는 육 인용 테이블이 없었다. 복수를 잊어버린 조중균씨도 없고 빈 시험지에 자신의 이름을 적는 조중균씨도 없었다. 나태한 조중균씨도 없고 내 사인이 적힌 수첩도 다행히, 아주 다행히 없었다. 문장과 시와 드라마는 있지만 이름은 없는 세계, 내가 간신히 기억하는 한, 그것이 바로 조중균씨의 세계였다.

우리가 한 번은 마주쳤던 밤

　시간이 흐른 뒤 나는 조중균씨를 다시 만난 적이 있다. 밀양 송전탑 건설을 반대하는 사람들이 주최한 일일 주점에서였다. 을지로의 그 골뱅이집은 아주 성황이라서 열시가 다 되어서야 우리는 들어갈 수 있었다. 여기서 우리가 술을 마시면 그 마을에는 고압전류가 흐르지 않게 되나. 여기서 우리가 술을 마시면 경찰은 더이상 할머니들을 끌어내지 않을까. 우리가 술을 마셔서 그럴 수 있다면 언제까지나 마셔줄 수 있을 것 같았다.

　나는 조중균씨를 단번에 알아봤다. 그래서 바보처럼 손가락으로 그쪽을 가리키면서 아, 하고 알은체를 하고 말았다. 조중균씨는 나를 알아보지 못했는지, 감정이 좋지 않아 모른 척하려 했는지 별다른 기척이 없었다. 어색하게 손가락을 거두어들였고 기분이 가라앉고 말았다. 소주는 없고 맥주만 있었지만 최선을 다해 술을 마셨다.

765킬로볼트의 전기에 대해 생각하며 마셨고, 쇠사슬에 대해 생각하며 마셨다. 오늘 광화문에서 열린 304낭독회에 대해 생각하며 마셨고, 자동차의 엔진오일을 갈아야 한다는 생각과 원고 마감이 얼마 남지 않았다는 생각을 하며 마셨다. 나중에는 그런 걸 생각하는 나에 대해 생각하며 마시다가 화장실 다녀오는 길에 조중균씨 앞자리에 앉았다.

조중균씨는 놀라지도 않고 잔을 주며 술을 했던가요? 물었다. 여기까지 그렇게 갈지자걸음으로 왔는데 술을 하느냐니. 그럼 하지요, 술을 마셔야죠, 하는데 작가가 되었다면서요? 조중균씨가 다시 물었다. 나는 대답은 하지 못했다. 조중균씨는 모교인 대학 근처에서 작은 인쇄소를 한다고 했다. "뭘 만들어요?" "논문이나 소책자, 동아리 문집 같은 것." 우리는 한동안 인쇄와 제본, 종이의 종류에 대해 무의미한 대화를 나눴다. 나는 사실 그런 것 말고 이런 것들에 대해 이야기하고 싶었다. 분노와 모욕감, 상실감과 슬픔, 죄책감들에 대해. 문장과 시와 드라마 들이 자글자글한 분노로 들끓다가 결국에는 아주 무기력해지는 밤들에 대해. 하지만 그런 말은 못했고, 말은 못해도 술은 마실 수 있으니까 그 차고 고소하고 쌉쌀한 것에 혀를 내주고 말았다.

골뱅이집의 사람들은 좀처럼 줄어들 기미가 없었다. 오히려 시간이 갈수록 늘어났다. 점점 더 시끄러워지는데 그 와중에 모깃소리만한 조중균씨 목소리를 들으려니 고역이었다. 이 사람들은 다 어디에 있다가 여기로 모여들었나. 나는 이 도시의 사람들을 불러모으는 골뱅이집과 골뱅이집 사람들의 소리를 그러모으는 내 귓바퀴를 상상했다. 그리고 그 귓바퀴를 넘은 소리들 가운데에서 조중균 씨의 것을 향해 있는 달팽이관에 대해 생각했다. 그런 건 둥글게 둥글게 모여드는 모양을 하고 있는데 이렇게 모이고 모여서 결국 무엇을 할 수 있을지는 도무지 알 수가 없네. 하면서.

조중균씨는 인쇄소 손님 중에 동아리 후배들도 있는데 자기가 시창작반이었다는 사실을 모르더라고 했다. "아저씨라고 부르더라고요." 조중균씨는 양 입가를 살며시 올려서 웃었다. 아주 가만한 웃음이었다. 나는 아저씨는 조중균씨에게 어울리지 않는 말이라고 생각했다. 조중균씨에게는 조중균씨라는 호칭이 어울렸다. 조중균씨는 정말 조중균씨였다.

"시를 썼다고 말을 해야죠."

"다 지나간 일인데 말은요."

조중균씨가 허공으로 손사래를 쳤다.

"그렇게 말하기에는 왠지, 면목이 없죠."

조중균씨는 해란씨에 대해서도 들려주었다. 아주 기가 막힌 곳에 취직을 했는데 한 달 만에 그만두었다고 했다. 마음이 더 무거워졌다.

"구두 때문이었다고 하더군요."

아, 이번에는 구두를 신고 가다가 발을 삐끗했구나. 왜 그런 불운은 반복될까. 하기는 나쁜 세상도 되풀이되니까. 이렇게 나빠지고 나빠지다가도 또다시 나빠지니까. 나는 마음 약한 해란씨가 또 울었겠구나, 생각했다. "크게 다쳤었나봐요? 수습도 다 못 마친 걸 보면." 그렇게 말하는데 갑자기 콧날이 시큰해지면서 눈물이 흘렀다. 술 먹고 우는 버릇은 영 고쳐지지 않네, 생각했는데 더 생각해 보니 나는 술 먹고 우는 버릇이 없었고 최근에는 술을 먹지 않아도 어디서든 쉽게 아무렇게나 울곤 한다는 걸 깨달았다. 일행들이 나를 향해 손짓을 했다. 가야지, 하면서도 일어설 수가 없었다.

"그게 아니라, 원래 인테리어 회사인데 출판을 할 생각으로 해란 씨를 뽑았나보더라고요. 한 달 동안 아주 고급스러운 곳은 다 가봤 대요. 거기는 주로 그런 곳들을 상대했다고요. 그런데 정작 해란씨 가 할 일은 별로 없더랍니다. 정말 별일 안 해도 되더래요. 어느 날 외근을 갔다가 사장이 구두를 하나 샀다고요. 세일을 했는데도 자기 월급의 절반 가격이었고요. 그 구두를 들고 집으로 와서 이틀 을 고민했다고 했습니다. 그리고 그만둔 거예요. 그 친구가 그런 친 구이지요."

그 말을 듣고서야 해란씨를 한번 만났던 게 생각났다. 아주 오래 전이었다. 여름에 만나 팥빙수를 함께 먹었는데 해란씨는 어느 회 사를 그만두었다고 말하면서 "그곳도 제 자리는 아니었어요, 언니" 했다. "제 자리가 어디인지는 몰라도 아니라는 건 확실히 알 수 있 어요"라고. 나는 이제 숨길 수도 없이 엉엉, 울면서 냅킨으로 얼굴 을 마구 닦았다. 그리고 조중균씨에게 작별 인사를 했다. 작가가 되 었다면서요, 조중균씨가 다시 물었다. "면목이 없지요." 코트의 단 추들을 겨우 채우고 일어서며 나는 그렇게 대답했다.

을지로 골목은 텅 비었고 이제는 아무 소리도 들리지 않는데 그 때야 내 귓속의 달팽이 한 마리가 느릿느릿 진동하며 나는 밥을 먹 지 않았습니다, 라는 문장과 주먹의 단면을 닮은 돼지고기와, 오늘 광장에서 들었던, 시인마저 차마 읽지 못했던 시들에 대해 연상시켰다. 그리고 그런 수많은 소리들이 모이고 모인 끝에, 무리 衆에, 나눌 均 자를 쓰는 한 남자의 이름이 떠올랐다. 몇 번 도리질해봐도 둥글게 둥글게 모여드는 이야기의 끝에는 그 이름이 있었다. 어쩌면 그저 그렇게 모여드는 형태, 그것만이 진짜이고 중요한 걸까. 해란씨처럼 아닌 것과 아닌 것 사이를 걷다보면 언젠간 그렇게 집산하는 것들의 제자리를 알게 되는 걸까. 나는 그런 일들에 대해서는 도무지 알 수 없다고 생각하면서도, 아직 듣지 못한 문장과 시와 드라마를 향해 가만히 귀를 열었다.

지나간 비-세계

양재훈

　김금희의 소설에서는 찾아볼 수 없는 것들이 있다. 거기에는 현재를 규정하는 질서의 유연함을 가장한 경직성과 삶의 영역 안에서 도저히 전망이 보이지 않는다는 사실에 대한 절망이 없다. 그러한 사실에 대한 반응으로서의 미학적 폭발이나 탈주 같은 것도, 감춰진 삶의 진실이 드러나는 어느 한 순간에 대한 과장된 묘사도 없다. 현재의 세계로 이어지는 과거 시간의 지층이나 그 안에서 세계가 지금과 같은 모습이 되게 하는 데 참여해온 사람들에 대한, 결국 현재의 세계 자체를 향하게 되는 분노 같은 것도 김금희의 소설과는 거리가 멀다.

　대신 거기에는 과거에 대한 온당한 인정이 있다. 김금희의 소설에서는 낡은 것들이 함부로 다루어지지 않는다. 과거의 축적을 통해 형성된 현재의 질서를 정당화한다는 것이 아니다. 김금희의 소설 속에서도 현재의 세계는 우리에게 완전히 닫혀 있는 답답한 곳이다. 그러나 세계를 이렇게 만든 것들에 대해 분노하는 대신 김금희는 이 암울한 세계가 어쨌든 자신이 감당해야 할 불가피한 존재 조건이자 자신의 존재 가능성의 조건이기도 하다는 점을 알고 있는 자의 성숙한 시선으로 그것들을 바라본다. 자신을 옭아매는 현실적 조건들을 무작정 거부하며 그로부터 탈주하려는 대책 없는 가벼움 대신 자기 존재와 그 조건들을 온전히 스스로 떠맡으려는 책임 있는 태도가 김금희의 소설에 균형감각을 부여한다.

이러한 균형감각과 더불어 김금희는 '지나간' 것들의 가치를 복원한다. 연대기적 시간의 흐름에 따라 변화해온 세계 속에서 사라져간 것들 말이다. 거기에는 현재의 세계 속에 더이상 존재하지 않는 다른 가능성을 지닌 것들도 있을 것이다. 이들을 복원해내는 일은 특히 중요한 일이겠다. 「조중균의 세계」가 바로 그러한 작업에 속한다. 진화론적인 방식으로 변화해온 세계 속에서 스스로의 존재를 실현시키는 데 실패한 어떤 세계의 가능성이 여기에서 되살아난다. 한때는 아주 중요하고 비장한 각오를 동반했던 것이지만 이제는 작품 속 조중균이 쓴 모든 사람들의 시 제목처럼 '지나간 세계'에 속한 것일 뿐인 무엇이.

하지만 이미 지나가버린 것을 단순히 그리워하고 있는 것이 좋은 작품일 수는 없다. 「조중균의 세계」가 좋은 소설이라면 이는 저 지나간 세계를 기억하고 복원하는 방식 때문이다. 이 작품은 그런 멋진 투쟁이 가능했던 시기가 있었다며 감상에 젖는다거나 지금 다시 그런 투쟁이 필요하다며 독자를 가르치려 들지 않기 때문에 좋은 소설이 될 수 있었다. 반대로 「조중균의 세계」는 당시의 비장했던 삶의 방식이 현재의 세계 속에 같은 모습으로 다시 등장한다면 얼마나 우스꽝스러울지에 대한 통찰을 내포한다. 위대한 이름 없는 투사였던 조중균은 이제 이름 없는 유령과 같은 존재가 되어버렸다. 그리하여 이 작품의 서사 공간은 무언가가 되어 무언가를 행함으로써 현실에 저항하는 적극적 투쟁의 장소가 아니라, 현재의 세계가 요구하는 무엇이 되지 않으려 하며 행위로부터 물러나는 철회의 제스처, 수동적(passive) 저항의 장소가 된다.

이런 이유 때문에 이 작품을 읽으며 많은 사람이 멜빌의 「필경사 바틀비」를 떠올렸을 것이다. 멜빌의 소설처럼, 「조중균의 세계」역시 무엇에 대해서가 아니라 무엇이 아님에 대해 이야기한다. 소설은 처음부터 조중균씨가 점심을 먹지 않는다는 사실을 알리며 시작되고, 마지막에 가서는 '조중균의 세계'에 없는 것들을 이야기하며 끝난다. 또한 바틀비처럼 조중균 역시 현실의 법칙이 주체에게 표면적으로 요구하는 것들 이면에 있는 초자아적 명령들을 알아채지 못한 채 자신에게 맡겨진 일들만을 충실히 수행한다. 충실히 할 뿐만 아니라 정확히 수행하며, 그 때문에 회사로부터 해고당한다.

조중균이 해고를 당하게 된 직접적 계기는 한국사를 가르치는 노교수가 교재로 쓰는 오래된 저서의 개정판 작업이었다. 조중균은 개강 시한에 맞춰 출판해달라는 저자의 요구를 무시하고 논문집들과 역사용어사전, 한국민속대백과사전, 조선실록해제, 일어사전 등을 참고하며 꼼꼼하게 오류들을 잡아낸다. 하지만 노교수도 회사도 그가 잡아낸 오류들에는 관심이 없다. 그들의 관심은 오직 자신의 책을 교재로 씀으로써, 그리고 그 개정판을 출판함으로써 얻게 되는 이익을 향한다. 그 때문에 조중균이 그 방대한 작업을 위해 매일같이 야근을 하며 성실히 일했다는 점이나 그가 잡아낸 오류들이 얼마나 많고 정확한지와는 상관없이 출판이 늦어졌다는 사실에 대해 분노하며 그를 해고해버린다.

다른 어떤 것에도 관심을 두지 않은 채 오직 맡겨진 임무만을 성실히 행하는, 그래서 회사의 누구와도 어울리지 못하는 조중균을 한국의 바틀비라 불러도 좋을 것이다. 하지만 「조중균의 세계」가 단지 한국의 바틀비를 그리는 데 그치는 작품인 것은 아니다. 우선 조중균이 '한국의' 바틀비라는 데 유의해야 한다. 「조중균의 세계」에는 바로 우리 사회가 지나쳐온 시간의 역사적 특수성이 새겨져 있는 것이다. 조중균은 아무런 실존적 근거 없이 진공으로부터 튀어나온 유령이 아니다. 그의 친구 형수가 운영하는 낡은 술집인 '지나간 세계'에서의 회식 장면을 삽입함으로써, 작가는 자신의 역사적 시간을 감당하며 살아온 자만이 가질 수 있는 구체적 실존을 조중균에게 부여해두었다.

말이 나온 김에 덧붙이자면, 그러면서도 「조중균의 세계」는 조중균이 현재처럼 보잘것없는 유령이 아니라 위대한 익명의 투사일 수 있었던 과거의 이야기를 농담처럼 던져둠으로써 자칫 과도한 감상에 빠질 수 있는 위험을 비껴간다. 과거 조중균은 아무런 문제도 출제하지 않은 채 이름만 적고 점수를 얻어가기를 강요하는 역사 과목 시험에 저항하며 이름 없이 시를 적어 냈다. 이런 진지한 열도를 보존하면서도 그것을 "조중균씨 귀에는 왠지 그것(시위대의 장

구 소리—인용자)이 뻑뻑뻐꾸기 뻑뻑뻐꾸기라고 들려왔다"는 문장
을 덧붙여 무겁지 않게 만들 수 있는 재능은 흔한 것이 아니다.

「조중균의 세계」가 한국의 바틀비를 그린 작품에 그치지 않는
또하나의 이유는 현실세계 속에 편입되기를 원하는 수습사원인 서
술자 영주와 그 라이벌인 해란 사이에서 벌어지는 드라마에 있다.
지나간 세계에 속하는 인물인 조중균은 현재세계에 잘못 삽입된
존재로서 이 세계를 상대화하는 결정적인 인물이다. 그런 인물로서
조중균은 현재의 세계 속에서 아무리 보잘것없는 인물이라고 해도
현실세계의 표면적 요구만을 충실히 따르며 그 실제적 명령을 거절
하는 한 우리에게 동일시가 불가능한 대상으로 남는다. 지젝식으로
말하면 '우스꽝스러운 숭고'를 체현하고 있는 인물인 셈이다. 그러므
로 조중균의 이야기를 직접 전달했다면 이 소설은 하나의 우화에
그쳤을 것이다. 우리에게 보다 더 가깝고 동일시가 가능한 인물들
인 영주와 해란이 이 소설을 우리의 삶과 밀접한 이야기로 만든다.

영주와 해란은 각각 세계의 진실—그 구성적 불일치를 일별한
자가 보일 수 있는 두 가지 태도를 대변한다. 우스꽝스러운 숭고한
대상인 조중균은 현실세계 자체가 일관된 법칙에 따라 완결되어 있
지 않다는 사실을 드러낸다. 이러한 사실을 일별하는 일은 주체에
게 일종의 인식의 전환과 그에 따른 어떤 행동들을 강요하는 측면
이 있다. 해란은 그런 강요 앞에서 현실에 안착하려는 욕망을 다소
포기하면서라도 진실을 인정하는 인물이다. 그는, 말하자면 조중균
의 추종자가 되어 그의 세계를 나눠갖는다. 그 결과 해란은 정규직
이 되는 데 실패하고 만다.

반면 영주는 진실을 인정하기를 강박적으로 거부하며 끝내 현실 속에 안전하게 자리잡으려는 욕망을 놓지 않는 인물이다. 영주는 조중균을 어처구니없는 인물로만 여긴다. '지나간 세계'에서의 회식 자리에서 그 "키치적인 술집에 적응해들어"가며 그곳에 대해 호기심을 느끼기도 하지만, 이후 일상으로 돌아와 정직원이 된 영주는 조중균의 수첩에 사인하기를 거부했던 것과는 달리 부장이 쓴 그의 해고 경위서에는 사인하기를 거절하지 않는다. 여기에서 우리는 일종의 '물신적 부인(fetishistic disavowal)'의 태도를 볼 수 있다. 영주는 자신이 "굶은 사람을 정수기 옆에 한 시간 동안 세워놓은 본부장과는 분명 다른 사람"이라며 조중균의 수첩에 사인하기를 거부했지만, 그가 조중균의 해고 경위서에 남긴 사인은 부인된 진실을 드러내고 있는 것이다. 진실에 대한 이러한 거부에도 불구하고 "안착은 그렇게 허무의 포즈를 하고" 찾아온다. 영주는 자신의 정규직 채용을 축하하는 회식을 마치고 돌아오는 길에 "영주씨는 무슨 힘으로 사"느냐고 묻는 부장에게 주먹을 내밀기도 하고, '지나간 세계'에 다시 한번 가볼까 생각하기도 한다.

　조중균이 속한 저 지나간 세계는 현실 속에서 자신을 실현시키는 데 실패한 가능성일 뿐이다. 그러니 「조중균의 세계」는 실은 제목과 달리 세계가 아닌 것에 대한 이야기이다. 그런 세계는 어느 곳에도 실제로 존재하지 않는다. 그것은 다만 해란이 휴대전화를 꺼내 찍은 "꽃 한 송이, 고양이 한 마리 없는" 곳의 어둠 자체처럼만 있다. 동시에 그것은 세계에 내재한 어둠, 세계 자체의 구성적 불일치로서 어디에나 있다. 정직원으로 뽑히며 현실에 안착한 영주는

'지나간 세계'가 어디에 있었고 거기에 무엇이 있었는지 전혀 생각해내지 못했다. 그러나 끝내 자신의 존재를 현실화하지 못한 채 사라져버린 지나간 비-세계에 대한 기억은, 현실에 안착한 영주의 삶 속으로 끊임없이 되돌아올 것이다.

양재훈
군산대 국문과 졸업. 인하대 한국학과 박사과정 재학중. 2014년 경향신문 신춘문예에 평론 「무-죄 증명의 논리와 유령됨의 자각—정소현 소설 일인칭 화자들의 행동구조」가 당선되어 등단.

손보미

임시교사

손보미
2009년 『21세기문학』 신인상에 단편소설 「침묵」이, 2011년 동아일보 신춘문예에 단편소설 「담요」가 당선되어 등단. 소설집 『그들에게 린디합을』 『우아한 밤과 고양이들』 『맨해튼의 반딧불이』, 중편소설 『우연의 신』, 장편소설 『디어 랄프 로렌』 『작은 동네』가 있다. 젊은작가상 대상, 한국일보문학상, 김준성문학상, 대산문학상, 이상문학상을 수상했다.

임시교사

날씨가 좋은 오후에 P부인은 낮잠에서 깬 아이의 손을 잡고 밖으로 나오곤 했다. 그곳은 고급 아파트가 모여 있는 동네였고, 아파트 단지의 한가운데에는 공들여 만든 놀이터가 있었지만, P부인은 항상 아파트 단지 바깥으로 나와 근처에 있는 공원까지 걸어갔다. 공원으로 향하면서 P부인은 이 아이, 동그랗게 자른 머리와 쌍꺼풀이 없는 큰 눈을 가진 이 다섯 살짜리 사내아이의 손을 잡고 함께 거리를 거닌다는 것이 자신에게 얼마나 순수한 기쁨을 주는 행위인지 새삼스럽게 깨닫곤 했다. 공원의 한가운데에는 아이들이 뛰어놀 수 있도록 잘 손질된 잔디가 깔려 있는 공터가 있었다. P부인은 공터의 가장자리에 가지고 온 돗자리를 펴고 아이와 함께 앉았다. 근처에는 P부인처럼 아이들을 데리고 나온 젊은 여자들이 삼삼오오 모여서 이야기를 나누거나, 아이들이 뛰어노는 것을 지켜보고 있었다. P부인은 그 여자들과 가볍게 눈인사를 나누었지만 한 번 도 이야기를 나눈 적은 없었다. 아이가 "가서 놀아도 돼요?"라고 물 었고 P부인은 웃으며 고개를 끄덕였다. 아이가 달려가고 나면 P부 인은 조그마한 천가방에서 책을 꺼내 읽기 시작했다. 책을 읽는 것 을 멈추고 눈으로 아이를 좇을 때도 있었다. 거기에 모인 아이들은 저희들끼리 잘 어울려 놀았다. 가끔 아이가 다른 아이의 장난감을 빼앗으려고 하거나, 자기보다 어린 아이를 힘으로 제압하려고 하는 모습이 보이면 P부인은 읽던 책 페이지의 귀퉁이를 접어두고 아이 에게 다가갔다. 그리고 아이의 어깨를 가볍게 잡고 작지만 힘이 들 어간 목소리로 말했다. "착한 아이가 아니구나." 젊은 여자들이 P부 인이 아이에게 경고하는 것을 지켜보았다.

이쯤에서 잠깐 아이 엄마에 대해 언급하고 넘어가는 것이 좋을 것 같다. 아이 엄마의 말을 빌리자면 그녀는 "남편에게 속아서 결혼 한 케이스"였다. 하지만 그건 그저 귀여운 하소연에 불과했다. 그녀 는 자신이 예술작품에 대한 감식안을 가지고 있다는 것을 깨달은 순간부터 프랑스에서 일할 수 있게 되기를 바랐고, 실제로 고등학 교 때 파리로 날아가, 파리의 대학에서 예술사를 전공했다. 하지만 오랜 타국생활에 지친 그녀는 대학원을 졸업한 후 곧바로 한국으로 돌아오게 된다. 계속 한국에 머물 생각이었던 것은 아니었다. 반년 정도만 부모님 곁에 머물면서 심신을 치유한 후 다시 떠날 생각이 었다. 하지만 어찌된 일인지 그녀는 불과 구 개월 후에 버진로드를 걷고 있었다. "함께 공부하던 친구들은 뉴욕이나 암스테르담이나 런던에 자리를 잡았어요. 막연하게나마 나 역시 언젠가는 파리로 돌아갈 수도 있다는 정신나간 생각을 했더랬죠. 결혼한 후에도 말이에요." 그녀는 직장 동료들에게 자신의 결혼 이야기를 들려준 적이 있었다. "그이는 얼마나 내게 잘해주는지 몰라요. 그이는 정말로 저를 사랑한답니다." 하지만 그 이야기의 클라이맥스는 바로 이것이었다. "임신테스트기에 글쎄 줄이 두 개 나타난 거예요. 그때 얼마나 당황했는지!" 그녀는 이 부분을 이야기할 때마다 금방이라도 울 것 같은 기분이 들었다. "그애를 정말 사랑해요. 지금 제게는 무엇과도 바꿀 수 없는 보물이에요. 아이를 키우는 게 힘들었냐고요? 아니요, 아니요, 정말 행복했어요." 정말로, 그녀는 꼬박 삼 년 동안 집에 머물면서 아이를 키웠다. 그녀의 어머니는 그녀가 결혼을 한다고 했을 때 일종의 배신감을 느꼈고, 아이를 낳아도 육아에 도움을 주지 않겠다는 선언을 했으며, 실제로도 그렇게 했다. 그녀의 이야기를 들으면 사람들은 그녀의 겉모습에 깊은 인상을 받게 된다. 왜냐하면 그녀에게서는 아이를 낳고 키운 여자의 흔적을 전혀 찾을 수 없기 때문이다. 단백질이 충분히 공급된 머릿결은 보기 좋게 컬이 들어간 채 어깨를 살짝 덮고 있었고, 피부는 생기가 넘쳤으며 팔다리는 길고 날씬했다. 어쨌든 그녀는 그해 봄이 시작될 즈음 미술관에 취직—비록 인턴직이었지만—했고, 그녀 대신 보모—그러니까, P부인—가 아이를 돌보고 있었다. 가끔 그 이야기를 듣던 사람들이 그녀에게 보모에 대해 물어보는 경우가 있었다. 그럴 때마다 그녀는 잠시 생각에 잠겼다가, 이렇게 대답하곤 했다. "그분요? 음…… 좋은 분이세요."

만약에 누군가가 자신에 대한 질문을 아이 엄마에게 던진다는 사실을 알았다면 P부인은 이런 식으로 대답하길 원했을 것이다. "그분요? 그분은 임시교사셨대요." 물론 '임시'라는 단어를 빼고 말해도 되겠지만, 그건 어쩐지 올바르지 못한 일처럼 여겨졌다. P부인은 무려 이십 년 동안 학교에서 아이들에게 역사—때로는 사회, 때로는 지리—과목을 가르쳤다. 그리고 그 일을 무척 좋아했다. 모르긴 몰라도 젊었던 시절엔 '정식'교사가 되기를 간절하게 바랐던 적도 있었을 것이다. 어쨌거나 다행스럽게도 임시교사가 필요한 학교는 생각보다 많이 있었고, P부인은 작년까지 여러 학교를 전전하며 중학생이나 고등학생들에게 역사—때로는 사회, 때로는 지리—과목을 가르칠 수 있었다. 하지만 작년 봄에 출산휴가를 얻은 여선생 대신 일한 후로는 어떤 학교도 그녀를 써주려고 하지 않았다. 그 사실—이제 영원히 임시교사로서 교단에 설 일이 없을 거라는—을 결국 인정해야 했을 때도 P부인은 별로 절망하거나 속상해하지 않았다. P부인은 천성적으로 남을 비난할 줄 모르는 사람이었다. 지하철에서 누군가 메모를 돌리며 적선을 부탁하면 절대로 거절하는 법이 없는 여자였다.

보모가 되기 위한 면접을 보러 그 집에 처음 갔을 때 아이 아빠가 말했다. 아이 아빠는 몇 년 전 사법고시에 합격했고, 지금은 이름을 대면 알 만한 기업의 법무팀에 있었다. "교직에 계셨다고 들었습니다만." 왜인지 알 수 없지만 그는 P부인이 아이의 보모가 되겠다고 자신의 집 거실에 앉아 있는 상황에 약간의 동정심이나 측은함, 심지어는 미안한 감정까지도 느끼고 있었다. 그러나 P부인은 간단하게 이렇게 대답했다. "나보다 훨씬 더 젊고 유능한 임시교사들이 있는데 내가 어떻게 거기에 더 머물 생각을 하겠어요. 그건 양심도 없는 생각이죠." P부인은 자신이 가르친 아이들을 떠올렸다. 자신의 말을 경청하고 고개를 끄덕끄덕거리며 눈을 마주치던 아이들. 그런 생각을 하며 P부인은 티테이블 위 화병에 꽂혀 있는 백합을, 베란다 유리창을 덮고 있는 커튼의 기하학적 무늬를, 거실과 바로 통하는 부엌의 목재 장식장과 그 안에 순전히 장식용으로 넣어둔 티세트를 둘러보았다. 그리고 이 가족―잘생기고 예의바른 젊은 아버지와 아름답고 우아한 젊은 엄마와 귀엽고 똑똑해 보이는 아이. 어쩌면 그 순간, P부인은 자신의 집을 떠올렸을지도 모른다. 소박한 벽지와 합성섬유로 만들어진 커튼, 작은 침대 같은 것. 그리고 그곳에서 혼자 밥을 먹거나, 혼자 옷을 갈아입거나, 혼자 잠을 청하는 자기 자신을. 하지만 그런 생각을 한 것은 짧은 순간―심지어 그런 것을 떠올렸다는 사실을 알아차릴 수 없을 정도로―에 불과했고, P부인의 머릿속은 금방 자신의 책상으로 가득찼다. 거대한 마호가니 책상. 아니, 사실 그건 식탁이었지만, P부인은 그걸 책상으로 사용했다. 아무려면 어땠을까. 그건, P부인이 가진 것 중 가장 비싸고, 그리고 가장 아름다운 것이었다. 아름다운 것. P부인은 그 문장을 마음속으로 반복해보았다. 그런 후 허리를 꼿꼿하게 세우고 이렇게 덧붙였다. "그러니까, 그게 바로 세상의 이치랍니다." 그렇게 말한 후 P부인은 입고 온―자신이 가지고 있는 것 중 가장 좋은 옷인―트위드 재킷의 금속 단추를 만지작거렸다.

P부인의 일은 비교적 단순했다. 오후 두시쯤, 이를테면 출근하는 길에 어린이집에 들러서 아이를 집으로 데리고 온 후에, 아이의 부모 중 누군가가 귀가할 때까지 함께 있어주면 되었다. 아이의 부모는 해가 진 후까지 아이를 남의 손에 맡겨두는 것에 대한 막연한 거부감을 가지고 있었고, 둘 중 한 명이라도 아이와 함께 저녁식사하는 것을 일종의 원칙으로 삼아두고 있었다. 냉정하게 말해서, 그 식탁에 P부인이 공헌한 바는 하나도 없었다. 그건 주말에 들러서 온갖 반찬을 만들어놓는 도우미 아주머니와 퇴근한 후의 아이 엄마(때로는 아빠)의 합작품이었다. 그러므로 P부인은 아이 아빠(때로는 엄마)가 저녁 식탁을 다 차릴 때까지 아이를 돌보아주었지만, 그 식탁에 함께 앉아본 적이 없었고, 거기에 대해 어떤 감상을 가진 적이 없었다.

　첫날, P부인이 아이를 데리러 어린이집에 갔을 때, 아이는 제 엄마가 올 때까지 집에 가지 않겠다고 고집을 부렸고 결국은 울었다. 그런 일은 초반에 여러 번이나 반복되었다. 그럴 때마다 P부인은 아무 일도 아니라는 듯이 능청스럽게 한숨을 쉬고, "그럼, 그러자꾸나"라고 대답했다. 그녀에게는 여하튼, 이십 년간의 노하우가 있었다. 시간이 지나면 아이는 결국 P부인의 손을 잡고 집으로 돌아오게 되어 있었다. 아이가 낮잠에 들면, P부인은 자신의 조그마한 천가방에서 책과 집에서 싸온 음식을 꺼냈다. P부인은 그 집에 있는 사과 한 알도 먹은 적이 없었다. P부인이 그 집에서 일하는 것이 결정되었을 때, 아이 엄마가 제일 먼저 한 일은 각종 티백이 정리된 티박스와 온갖 약이 들어 있는 진열장, 그리고 과일을 보관하는 냉장고를 알려주는 것이었다. "남의 집이라고 생각하지 마세요." 하지만 P부인은 그 집의 티브이나 라디오를 켜본 적이 없었고, 전화기를 사용한 적도, 심지어는 약통을 건드린 적도 없었다. 아이의 방과 거실, 부엌을 제외하면 다른 곳은 구경한 적조차 없었고, 서재 책장에 꽂혀 있는 책, 그 수많은 책에도 손을 대지 않았다.

공원 산책을 마치고 돌아오면 아이는 대부분 시간 동안 장난감을 가지고 놀았고 때때로 P부인에게 책을 읽어달라고 요청할 때가 있었다. P부인이 소리내어서 책을 읽으면 아이는 조그만 목소리로 P부인의 목소리를 따라 했다. P부인은 그런 아이를 보면서 언젠가 들었던 노래의 가사를 떠올렸다.

갈매기의 울음이 마음을 흔드네. 그건 죄인들이 죄를 짓는 동안, 아이들이 뛰어놀기 때문이지. 아이들이 뛰어놀기 때문이지.

어째서 이런 노래가 떠오른 걸까? 그녀는 무심코 고개를 돌려 유리창 밖을 바라보았다. 그 집에선 한강을 가로지르는 다리와 그 너머 일렬로 늘어선 아파트 단지, 그리고 그 단지와 조금 떨어진 곳에서 하루종일 돌아가는 거대한 관람차를 볼 수 있었다. 햇빛이 비친 강의 표면은 반짝반짝거렸고 완연한 봄의 바람에 수면이 마치 몇백 장이나 되는 종이를 차르르 넘긴 것처럼 넘실거렸다. P부인은 문득 자신의 마음속에서 무엇인가 뚝 떨어져나간 느낌이 들었고, 덜컥 겁이 났다.

그녀는 다시 고개를 돌려 자신의 말을 따라 하는 그 귀엽고 영특하고 조그마한 아이를 잠시 바라보다가, 애정을 담아 아이의 머리를 쓰다듬었다.

어느 날, 아이는 커다란 스케치북과 크레용을 양손에 들고 말했다. "그림 그릴 줄 알아요?" "당연하지." P부인은 부드럽게 미소지으며 아이에게서 크레용과 스케치북을 받아들었다. "공, 그려주세요." "공?" 그녀는 까만색 크레용으로 커다란 원을 그렸다. "이건 공이 아닌데." 아이가 말했다. P부인은 약간 혼란스러움을 느꼈다. "이건 공이란다." 아이가 고개를 흔들었다. "축구공은 이렇게 안 생겼단 말이에요." 축구공이 어떻게 생겼더라……? 농구공은 어떻게 그리지? 야구공은 대체 어떤 모양이지? 채근하는 아이에게 떠밀려 스케치북을 한 장 더 넘기고 까만색 크레용으로 크게 원을 그렸지만, 그다음, 원의 어느 부분에 어떤 식으로 선을 그어야 할지 판단할 수 없었다. P부인은 자신의 머릿속을 둥둥 떠다니는 세상의 온갖 공들에 대해 집중하려고 애썼다. 그날 밤 P부인은 집으로 돌아가는 길에 문구점에 들러서 축구공과 농구공, 야구공과 골프공, 럭비공과 색색깔의 공을 오랫동안 구경했다. 그리고 집으로 돌아와 작은 수첩에 종류별로 공의 모양을 정리해두고 그걸 여러 번 따라 그렸다. P부인은 그다음 날엔 꽃의 종류를, 또 그다음 날엔 색깔의 종류를, 또다른 날엔 자동차의 종류……를 공부했다. 그리고 어느 날엔 그 나이 또래 아이들을 양육하는 데 필요한 지식이 담긴 책을 구입해서 읽기 시작했다. 자신의 그 작은 방 한구석에 놓인 커다란 책상—사실은 식탁이었지만—앞에 앉아 그런 것들을 정리하고 있을 때면 견딜 수 없는 행복을 느꼈다. 이런 감정을 마지막으로 느껴본 게 언제였을까? 하지만 곧바로 그녀는 그런 생각 자체가 아주 불경하다는 것을 깨달았다. 어쨌든 하루하루에 감사하며 살아가야 한다고, 그녀는 생각했다. 하지만 잠시 후 P부인은 조금 타협하기로 하고 이렇게 생각했다. "지금은 그 어느 때보다도 더 행복하구나."

봄이 끝나고 여름이 시작될 무렵은 엉망진창이었다. 거의 매일 비가 내렸고, 뜨거운 습기가 대기를 감싸고 돌았다. P부인은 이제 더이상 트위드 재킷을 입지 않았다. 대신 소매가 손목 위로 조금 올라오는 얇은 면 블라우스를 입었다. 어느 날, 비가 억수같이 쏟아지던 날 아이는 어린이집 현관에 앉아서 장화를 신으려고 애쓰면서 말했다. "오늘 우리 엄마는 집에 있어요." 정말로 그랬다. 전날 아이의 부모는 큰 소리로 다퉜다. 처음엔 그저 여름휴가에 대한 이야기였을 뿐이었다. 그들 부부는 몇 달 전부터 아이를 데리고 로마에 가는 계획을 세워놨었는데, 이제 와서 남편이 일 때문에 갈 수 없다고 한 것이다. 게다가 그는 화를 내며 그렇게 어린 아이를 데리고 로마에 가는 것이 무슨 소용이 있는지 알 수 없다는 말을 했다. 아이 엄마는 그게 아주 부당한 판단이고 자기 자신에 대한 모욕이라고 생각했고, 결국 아이의 방에 가서 잠든 아이를 끌어안고 울음을 터뜨렸다.

P부인은 그들의 싸움이 본질적으로는 자신과 상관이 없는 일이라는 걸 알고 있었고 아무런 참견도 해서는 안 된다는 것을 잘 알고 있었다. 하지만 아이는? 이 어린아이는 어쩐단 말인가? 그들의 다툼이 아이에게 어떤 나쁜 영향을 끼친다면? 자신을 안고 울음을

터뜨리는 엄마를 이 아이가 잊어버릴 수 있을까? 그 기억이 이 아이의 가슴속 깊은 곳에 숨어 있다가 나중에 예상치 못한 방식으로 나타나지 않을 것이라는 보장이 있는가? P부인은 자신이 가르쳤던 문제아들을 떠올렸다. 그 아이들은 대체 어떤 모습으로 이 세상을 살아가고 있을까? 담배를 피우고, 상스러운 말을 하고, 소리를 지르던 그 아이들, 그애들의 탁한 목소리. 그런 생각을 하자, P부인은 가슴이 철렁 내려앉는 것 같았고, 그 젊은 부부의 경솔함 때문에 화가 났다. 하지만 집에 도착해서 탐스러운 머리칼이 헝클어진 채 잠옷을 걸치고 침대 위에 누워 있는 아이 엄마를 보자, P부인의 마음은 조금 누그러졌다. P부인은 그녀에게 다가가서 도울 일이 없냐고 물었다. 그녀는 고개를 가로저었고 잠긴 목소리로 말했다. "부끄러운 모습을 보였어요." P부인은 고개를 흔들었다. "제가 일을 시작한 이후로 우리는 제대로 된 시간을 가져본 적이 없었어요. 알아요. 그이도 힘들겠죠. 그렇지만……" P부인은 아이 엄마의 어깨를 토닥여주었고 부엌으로 가서 따뜻하게 데운 우유를 가져다주었다. "이걸 마시고 한숨 자고 일어나면 기분이 괜찮아질 거예요." 마치 아이처럼 뜨거운 우유를 후후 불며 마시는 아이 엄마를 보며 P부인은 마음속에서 설명하기 어려운 감정을 느꼈고 그 마음을 억누르느라 혼이 났다. P부인은 아이 엄마에게 이렇게 말했다. "하지만 이 이야기는 꼭 하고 싶어요. 아이 앞에서 싸우는 건 좋은 행동이 아니에요." 아이 엄마는 나중에 P부인의 말을 되새기게 되는데, 그렇게 되기까지 아주 긴 시간이 필요한 것도 아니었다. 당장 그날 밤에, 그러니까 그녀의 남편이 그녀의 기분을 풀어주려고 장미꽃

한 다발을 건넨 그 밤에 그녀는 남편의 품에 안겨서 이렇게 말한 것이다.

"나한테 충고를 다 하더라니깐."

"뭐라고 했는데?"

"아이 앞에서 싸우는 건 좋지 않은 행동이라고."

"아이를 키워본 적이 없어서 그럴 거야. 모든 게 이론처럼 되지 않는다고."

그녀는 잠시 생각에 잠겼다. 왜 어떤 여자들은 결혼도 하지 않고 애도 낳지 않은 채 그런 식으로 늙어가는 걸까? 하지만 그녀는 곧 그런 생각을 하는 것을 멈췄다. 왜냐하면 자신은 그런 삶과는 너무나 거리가 멀었기에 그녀의 상상력은 그곳 근처에도 도달하지 못했다.

"가족이 있다고 했나?"

"동생 부부가 지방에서 자동차 정비소를 한다고 첫번째 만난 날 이야기한 거 기억 안 나?"

"아, 기억나. 기억났어."

"동생을 공부시켜 대학에 보내고 결혼까지 시켰다고 했는데."

그건 사실이었다. P부인은 동생이 전문대학을 졸업할 때까지 학비를 대주었고, 결혼할 때와 정비소를 차릴 때에도 자신이 모은 돈의 많은 부분을 떼어주었다. 하지만 지난 몇 년간 P부인은 동생 부부와 만나거나 연락을 해본 적이 없었다. 그녀는 그런 사실을 몰랐으면서도 이렇게 말했다.

"생각해보면 참 불쌍한 여자야."

하지만 한 달쯤 후에, 그녀가 P부인에게 아쉬운 소리를 하게 되었을 때는 남편과 이런 이야기를 나누었다는 것조차 잊어버리고 말았다.

아이 엄마가 일하는 미술관에서는 가을에 '동유럽의 현대'라는 전시회를 개최하기 위해 애쓰고 있었다. 그 전시회에 관여된 거의 모든 일이 살얼음판을 걷는 것처럼 조심스럽게 더디게 진행되었고 이제 막 단단한 땅을 밟으려고 하는 찰나에 문제가 생겨버렸다. 갑자기 루마니아의 작가가 그 전시회에 작품을 보내고 싶지 않다고 한 것이다. 더 안 좋았던 건, 그 소식을 들은 동유럽 쪽 작가들 모두 줄줄이 그 전시회를 취소하고 싶다는 의사를 전달했다는 점이었다. 아이 엄마를 비롯한 미술관의 직원들은 루마니아나 폴란드, 혹은 체코의 해가 지는 시간까지 미술관에 머무르면서 그들과 대화를 시도해야만 했다. 그녀는 어쩔 수 없이 P부인에게 전화를 걸어 사정을 설명했다. P부인은 전화를 끊을 때쯤 아무 생각도 없이 이런 농담을 덧붙였다. "동유럽은 까다롭죠." 전화를 끊은 후 P부인은 몇 년 전 자신이 임시교사였던 시절, 포르투갈이 동유럽인지 아닌지 항상 헷갈려했던 여학생이 문득 떠올라서 웃음이 났고, 어쨌든 동유럽에 대해서만큼은 아이 엄마보다 자신이 더 잘 알고 있으리라는 생각을 했다.

그날 밤, 냉장고를 뒤져서 콩나물과 계란을 꺼낸 P부인은 아이에게 콩나물 다듬는 법을 알려주었다. 식물을 손으로 직접 만지는 것이 아이의 발달에 좋다는 걸 얼마 전에 읽은 참이었다. 아이는 콩나물의 꼬리를 제멋대로 잘라내며 노래를 불렀고, 그녀는 계란을 풀어 파와 당근을 썰어넣고 계란말이를 만들었다. 그걸 다 한 후에는 아이가 어질러놓은 콩나물을 정리하고 콩나물국을 끓였다. 다른 밑반찬은 이미 준비되어 있었다. 잠시 후, P부인과 아이는 단둘이 식탁에 앉아서 식사를 했다. P부인이 그곳에서 식사를 하는 것은 처음이었다. 그녀는 아이가 스스로 식사를 끝낼 때까지 참을성 있게 기다렸다. 식사가 끝난 후 P부인은 설거지를 했고, 아이를 씻겨주었다. 아이가 잠들 때에는 침대 옆에 앉아서 동화책을 읽어주었다. "내일 눈을 뜨면 엄마랑 아빠가 짠하고 나타나실 거야." 아이는 고개를 끄덕이며 알고 있어요, 라고 말했다. P부인은 이불을 아이의 목까지 끌어올려주며 말했다. "착한 아이구나."

아이가 잠든 지 한참이 지난 후에도 아이의 부모는 돌아오지 않았다. P부인은 거실 한가운데에 있는 소파에 앉았다. 아이가 낮잠에 들었을 때 언제나 그녀가 앉아 있곤 했던 자리였다. 하지만 어쩐 일인지 P부인은 마음의 갈피를 못 잡고 있었다. 그녀는 아이를 깨우고 싶은 충동을 느꼈고, 마치 자신이 빈집에 침입해 있고, 뭔가 대단히 부도덕한 일을 하고 있다는 느낌을 받았다. 결국 P부인은 집안의 불을 모두 다―거실, 부엌, 그리고 빈방까지―켜둔 후에야 소파 한 귀퉁이에 오도카니 앉을 수 있었다. P부인은 너무나 두려워졌다. 도대체 왜?

그날 밤, 집으로 돌아간 P부인은 자신의 방, 작은 침대에 누워 있다가 문득 상체를 일으켰다. 그리고 창문을 향해 꿇어앉아 기도를 했다.

그후로도 그들 부부의 원칙―해가 지기 전에 돌아가 아이가 가족과 함께 집에 있도록 하는 것—은 지켜지지 않기 일쑤였다. P부인은 부부가 늦게 들어오는 날 밤이면 아이와 함께 저녁식사를 하고, 아이에게 양치질을 시킨 후 입안을 검사했다. 잠옷으로 갈아입히고 잠자리에서 아이의 이불을 덮어주고 동화책을 읽어주었다. 그녀는 그 어느 때보다 아이에게 정성을 들였다. 그들 부부는 P부인이 더 오래 머문 시간을 계산해서 급여를 더 주겠다 했지만, 거절했다. "그럴 필요 없어요." 빈말이 아니라 P부인은 정말로 그렇게 생각했다. "이게 내 일인걸요." 이렇게 말하기도 했다. "아무 걱정 말아요." 며칠 후, P부인은 아이를 재운 후 부엌으로 향했다. 그리고 잠시 망설였지만, 결국 찬장을 열었다. P부인은 자신이 이 집에 처음 온 날, 아이 엄마가 했던 말을 떠올렸다. "남의 집이라고 생각하지 마세요, 제발요." P부인은 작은 새가 앙증맞게 그려진 찻잔—그것이 P부인의 마음에 가장 들었다—을 꺼냈다가 집어넣었다가 다시 꺼냈다. 그리고 뜨거운 물을 찻잔에 부은 후, 티박스에서 보라색 티백을 하나 꺼내 포장을 벗기고 찻잔에 담갔다. 잠시 후 그녀는 티백을 꺼내 쓰레기통에 넣었고 찻잔받침대 위에 찻잔을 받쳐서 거실로 나왔다. P부인은 조심스럽게 티테이블 위에 찻잔을 올려둔 후, 이번에는 집안의 모든 불—거실, 부엌, 빈방—을 꺼두고 거실의 장식용 스탠드만 밝혀두었다. 그리고 소파에 몸을 기대고 앉아 자신이 가지고 온 책을 꺼내 읽기 시작했다. 남의 집이라고 생각하지 마세요, 제발요. P부인은 그제야 아이 엄마의 그 말뜻을 완전하게 이해할 수 있을 것 같았다. 며칠 후에 P부인은 그들의 서재의 문을 열고 그 안으로 들어갔다. 그리고 약간 망설이다 책을 한 권 꺼냈다. 더이상 그녀는 자신의 작은 가방에 읽을 책을 넣어오지 않아도 되었다. 그 집에는 읽을 책이 너무도 많았기에.

그해 가을을 어떻게 설명해야 할까? 육 년 후 가을에, 한 무리의 잘 차려입은 여자들이 작은 포치가 딸린 레스토랑에서 점심을 먹으면서 수다를 떨고 있었다. 그녀들은 이제 막 자신들의 고민을 털어놓으며 유대감을 확인하는 데까지 나아간 참이다. 그들은 다소 떨어진 아이의 성적, 손실이 큰 주식 투자, 남편의 진급 실패, 잘못된 부동산 투자 같은 것을 이야기했다. 물론 그들은 아이가 다니는 학원의 수를 늘릴 것이고, 손해를 메꾸기 위한 다른 투자를 하거나, 남편의 기를 살려주기 위해 새 커프스 단추를 준비할 것이다. 아이 엄마는 이제 조금 나이를 먹은 티가 나긴 했지만, 오히려 그 때문에 훨씬 더 품위 있고 아름다워 보였다. 그녀는 적당하게 따스한 햇볕이 거리를 비추고 색색깔로 물든 나뭇잎이 바스락거리는 이런 날에 모여서 왜 저런 이야기를 나눠야 하는 것인지 알 수 없다고 생각했지만, 다른 사람들의 이야기를 듣는 동안 문득 그해 가을이 떠올랐다. 사실은 문득 떠올린 것이 아니었다. 그해 가을을 처음으로 떠올린 건, 삼 년 전 여름이었다. 그후로 그녀는 종종 그해 가을을 떠올렸다. 원하지 않아도 저절로 그렇게 되었다. 그해 가을엔 여러 가지 일이 일어났다. 마치 그렇게 되라고 짜기라도 한 것처럼. 그녀는 '동유럽의 현대'를 위해 이리 뛰고 저리 뛰었고, 주말마다 살림을 도와주던 도우미 아주머니는 아들 부부의 아이를 돌봐줘야 한다면서 갑자기 일을 그만뒀으며, 남편이 속한 회사 법무팀은 차례로 죽은 공장 노동자들 때문에 몇 주째 비상이었다. 무엇보다 갑작스러웠던 건 시어머니가 알츠하이머 진단을 받은 일이었다. 남편의 하나뿐인 누나는 외국에 거주하고 있어서 그들 부부가 시어머니를 모셔와야만 했다. 그녀의 남편은 그들이 손쓸 기회를 "놓쳐버렸다"고 표현했다. 그리고 그것 때문에 그들 부부는 통속적이고 전형적인 싸움을 여러 번 해야 했다. 하지만 손쓸 기회라는 게 과연 있었을까? 그녀는 한 번도 그 누군가에게 시어머니의 병명을 이야기한 적이 없었다. 그녀는 막연하게나마 알츠하이머가 유전이 될 거라는 사실을 알고 있었고, 그렇기 때문에 그 일은 단순히 시어머니의 발병에 그치는 게 아니라 자신의 남편—그는 나이에 비해 꽤 높은 직급에 있었다—과 아들—그 아이는 이제 열한 살이 넘었고 혼자 있는 걸 좋아하게 되었다—의 유전자에 새겨진 불길한 결함의 표지라는 생각에 누구에게도 이 이야기를 하는 것을 꺼렸다.

그녀의 기억은 자연스럽게 시어머니와 자신의 가족을 돌보았던 P부인으로 미치게 된다. 아니, 그건 어쩌면 잘못된 판단인지도 모른다. 그녀는 어쩌면 처음부터 그저 P부인을 떠올리고 싶었던 것일지도 모른다. 그녀의 생각은 꼬리에 꼬리를 물고 어느 날 밤 남편의 품에 안겨서 '그런' 여자들의 삶에 대해 궁금해했던 자기 자신에게로 향했다. 여하튼 그해 가을, 그녀는 그때가 자신의 인생 중 가장 힘든 시기가 될 거라고 생각했었다. 하지만 그건 정말로 순진한 생각이었다. 상상도 못한 일들이 그녀의 인생에 침입할 때마다 그녀는 자신이 저주받았다고 생각했다. 하지만 누가 누구에게 저주를 건단 말인가?

이제 그녀가 말할 차례였다. 그녀는 정말로 아무런 이야기도 하고 싶지 않았지만, 다른 사람들에게 유별나거나 으스대는 것처럼 보이는 것도 싫었다.

"몇 년 전에 시어머니가 편찮으셔서 모셔왔던 적이 있어요. 알츠하이머셨죠."

그녀는 자기 자신이 '알츠하이머'라는 단어를 입 밖에 낸 것 때문에 깜짝 놀랐다. 처음이었다. 하지만 곧바로 다른 여자들이 훨씬 더 크게 충격받았다는 사실을 깨달았다. 그들은 누군가의 입에서 '그런' 이야기가 나오는 걸 한 번도 원한 적이 없었다. 하지만 그들은 언제나 금방 회복한다.

"아픈 시어머니를 모셔오다니 대단하시네요."

"그때 전 미술관에서 큐레이터로 일했어요."

여기까지 말하자, 그녀와 친분이 있던 다른 여자가 대신 이야기했다.

"이이는 프랑스에서 예술사를 전공했거든요."

누군가 감탄 어린 탄식을 내뱉었다.

"프랑스어 잘해요?"

그녀는 장난스럽게 케스크 세, 사 바, 메르시 보쿠라고 말했다. 거기에 있는 여자들이 유쾌하게 웃었고, 다른 테이블의 사람들이 그녀들을 쳐다보았다.

"내 일에, 가족들 뒷바라지에, 시어머니까지 그런 상태셔서 정말 힘들더라고요."

"세상에 상상도 못하겠네요. 정말 대단하세요."

그녀는 겸손한 말투로 대답했다.

"우리 아들을 돌보던 보모가 많이 도와주셨어요. 그분이 안 계셨으면 어떻게 되었을지 모르겠어요." 그렇게 말한 후 그녀는 재빨리 덧붙였다. "하지만 아무리 누군가 도와준다고 해도, 아시잖아요, 그게 얼마나 힘든 일인지."

아무도 시어머니가 지금 어떤 상태인지 물어보지는 않았다. 그녀는 다행이라고 생각했다. 시어머니는 작년에 돌아가셨다.

그녀는 헛기침을 한 번 한 후 말했다.

"하지만 이제 모두 끝난 일이에요."

만약 P부인이 그 시절에 대해 누군가에게 이야기할 기회가 있다면 어떻게 말했을까? 아마도 그녀는 이렇게 말할 것이다. "그 가족에겐 저밖에 없었죠. 얼마나 저에게 고마워했는지 몰라요. 그 젊은 부부는 교양이 몸에 배어 있고, 품위가 있어서 누군가에게 받은 호의는 절대 잊지 않는 사람들이었어요." 하지만 P부인은 아마 이런 이야기를 아무에게도 하지 못할 것이다. 왜냐하면 이 세상에는 P부인의 그 시절에 대해 궁금해하는 사람은 아무도 없을 것이기에. P부인은 아주 오랜 시간이 흐른 후까지, 알츠하이머에 걸렸던 노부인을 처음 만났던 날을 떠올릴 수 있었다. 남색 캐시미어 카디건을 입고 진주 목걸이와 진주 반지를 끼고 있던 알츠하이머 환자. P부인은 자신이 그 노부인의 나이쯤이 되었던 어느 날 아침, 세수를 하다가 문득 욕실 거울을 보며 상념에 빠졌고, 결국 노부인에 대한 기억을 모두 잊기로 결심했다. 하지만 그건 너무나 오랜 후에 일어날 일이었고, 그 당시 P부인은 알츠하이머에 걸린 일흔에 가까운 노인이 그토록 정갈하고 멋스러울 수 있다는 것이 놀라울 뿐이었다.

P부인은 아침 일찍 그 집에 가서 그들 부부가 출근할 수 있도록 도와주었다. 장을 보고 음식을 만들고 청소와 빨래를 하고 아이와 노부인을 돌봤다. 그들을 데리고 산책을 나갈 때도 있었고, 또는 병원에 갈 때도 있었다. 부부가 출근을 하고 나면 P부인은 노부인의 장롱에서 매일 아침 다른 옷을 꺼내주었고, 그런 후에는 목걸이와 플립형 귀걸이, 그리고 반지까지 챙겨주었다—하지만 나중에 노부인이 반지를 낀 채로 P부인의 얼굴을 때리는 사고가 발생한 후로는 반지는 결국 보석함에서 영영 나오지 못하게 되어버렸다. 때때로 P부인이 전혀 어울리지 않는 옷과 액세서리를 고른다고 화를 낼 때도 있었지만, 결국에는 노부인은 자신이 화를 냈다는 사실조차 잊어버리고 말았다. "저희 어머니가 정말 복이 많으세요. 아주머니가 안 계셨다면 어쩔 뻔했어요. 정말 감사드려요. 정말 어떻게 해야 할지 알 수가 없었어요……" 아이 아빠는 자주 이런 말을 했다. 두려움과 슬픔에 빠져 허둥거리던 그들 부부는 P부인의 도움을 받으며 조금씩 평정심을 되찾았다.

주말이 되면 P부인은 그야말로 녹초가 되었다. 허리에 통증이 생겼고, 팔을 들어올릴 때마다 어깨가 욱신거려서 파스를 붙여야만 했다. 다행인 건 아이가 파스 냄새를 좋아했다는 점이었다. 월요일마다 엉망진창이 되어 있던 그 집만 떠올려봐도 P부인은 그들 가족이 어떤 주말을 보내는지는 대충 짐작할 수 있었고, 자신이 없는 시간 동안 고군분투할 젊은 부부, 아무것도 알지 못하는 그 어린 부부가 걱정이 되어 견딜 수가 없었다. 그래서 어느 토요일 오후에 아이 아빠가 자괴감과 고통에 빠진 목소리로 전화를 걸었을 때, P부인은 오히려 깊은 안도감을 느꼈다.

그 집에 도착했을 때, 아이 아빠는 거의 반쯤 정신이 나간 모습이었고, 아이 엄마는—P부인은 그 모습에 너무 큰 충격을 받았다—통통 부은 얼굴로, 여전히 나이트가운을 입은 채 헝클어진 머리에 헤어밴드를 아무렇게나 착용하고 있었다. 아이는 내복 차림이었는데 아직 세수도 하기 전인 것 같았고, 백과사전을 꼭 안은 채로 소파에 앉아 있었다. 노부인은 방에 갇혀 있었다.

"어쩔 수 없었어요."

아이 아빠는 부끄러움과 죄책감과 슬픔에 가득차서 말했다. 노부인은 P부인을 보자마자 엉엉 울며 집으로 돌아가고 싶다고 말했다. "여기가 집이에요. 여기가 어머니의 집이라고요." 아이 아빠가 절망감이 담긴 목소리로 말했다.

P부인은 자신이 노부인과 아이를 씻길 테니 아이 아빠에게 그동안 거실 청소를 좀 하라고 말했다. 그리고 아이 엄마에게는 세수를 하고 머리를 빗고 옷을 갈아입으라고 말했다. 잠시 후 니트 티셔츠와 슬랙스를 입은 아이 엄마가 나타나서 이제 뭘 하면 좋겠느냐고 P부인에게 물었다. P부인은 그녀에게 노부인 방을 환기시키고 침대 커버를 벗겨서 세탁기에 집어넣으라고 말했다. 그녀는 그렇게 했다. P부인은 먼저 아이를 씻긴 후 옷을 입혀 제 엄마에게 보냈다. 그리고 노부인이 목욕을 할 수 있도록 도와주고, 목욕

이 다 끝난 후 노부인의 장롱에서 초록색 스웨터와 스커트를 꺼내서 입혀주었다―나중에 아이 아빠는 그날을 떠올리면서 자신의 어머니가 마치 '크리스마스트리' 같았다고 말했다. 그리고 진주 목걸이와 귀걸이를 걸어주는 것도 잊지 않았다. 하루종일 엄청난 감정의 소용돌이를 겪은 노부인은 P부인이 차려준 밥을 엄청나게 많이 먹고 일찌감치 잠에 들었다.

그날 밤, P부인과 아이의 부모, 그리고 아이는 저녁식사를 함께하게 되었다. 그런 식으로 함께 저녁식사를 하는 건 처음이었다. 그들 부부는 마치 자신들이 방금 재난에서 구조된 것 같다고 느꼈고, P부인은 그들, 그 곤경에 처한 아이들, 아니 그러니까 그 젊은 부부가 아까와는 전혀 다르게 정돈되고 깔끔하고 우아한 모습으로 식사하는 걸 바라보며 문득, 다시 한번 그 노래를 떠올렸다. 갈매기의 울음이 마음을 흔드네. 그건 죄인들이 죄를 짓는 동안, 아이들이 뛰어놀기 때문이지. 아이들이 뛰어놀기 때문이지. 아이들이 뛰어놀기 때문이지. 아이들이 뛰어놀기 때문이지……

"정말 죄송해요. 의사를 부를 생각도 못했어요. 그냥 아주머니 생각이 났어요."

아이 아빠가 P부인을 바라보며 벌써 다섯 번 정도 똑같은 말을 반복했다.

"아니, 아니에요. 괜찮아요. 왜 그런 말을 해요."

P부인은 아이가 밥을 먹는 걸 도와주면서 말했다. 아이는 P부인의 어깨에 거의 매달리다시피 붙어 있었다. 원래라면 시간이 아주 오래 걸리더라도 아이가 스스로 밥을 먹게 하자는 주의였지만, 그

날만은 아이의 입에 밥과 반찬을 직접 넣어주고 있었다.

"어머니는 저를 못 알아보세요. 며느리도, 심지어 손자도 못 알아보세요."

"곧 괜찮아지실 거예요."

P부인이 그를 위로했다.

"만약 괜찮아지지 않으시면 이제 우린 어떻게 하죠?"

아이 엄마가 P부인에게 물었다. P부인은 그런 건 알지 못했다. 그런 걸 알 리가 없었다. 그래도 P부인은 자신이 그녀에게 무언가 답을 해줘야 한다고 느꼈다.

"그분은 병에 걸리신 거예요."

"그분은 병에 걸렸어."

아이가 P부인의 말을 따라 했다.

"정말 끔찍했어요. 어떻게 해야 할지 알 수가 없었어요. 어머니 상태는 괜찮았어요. 아시잖아요. 어제까지만 해도 멀쩡하셨다고요."

아이 아빠는 약간 횡설수설했다.

"저희 부부는 요즘 눈코 뜰 새 없이 바쁘죠. 우리 애 좀 봐요. 물론 아주머니가 잘 돌봐주시지만…… 제가 하고 싶은 말은…… 모르겠어요…… 그냥 모든 게 엉망진창이에요. 아주머니, 그거 아세요? 저희 회사 공장에서 일하던 사람들이 죽었어요. 그런데 저희는 너무 많은 서류를 검토하고 작성해야 해서, 그러니까 제 말은……"

"여보, 이제 그만 말해도 돼."

아이 엄마가 남편을 위로하듯 말했다. 하지만 아이 아빠는 계속 이야기했다.

"모르겠어요. 제가 지금 무슨 이야기를 하고 있는 건지, 그냥 너무 무서워요. 어머니가 어떻게 되신 거죠? 아니, 제 말은 어머니가 병에 걸리신 건 아는데, 그러니까 저희가 뭘 어떻게 해야 하는 건지…… 정말 아무것도 생각이 안 나고 그냥 아주머니 생각만 났어요. 저는, 저희는……"

그 말을 하던 아이 아빠가 갑자기 울기 시작했다. 그러자, 아이가 제 아빠를 따라 울기 시작했고, 결국 아이 엄마까지 울기 시작했다. P부인은 하나도 난감해하지 않았다. 마치 그런 상황이 올 거라는 걸 예상이라도 하고 있었던 것처럼, 혹은 지금 이 상황을 해결하는 것이 자기의 의무인 양, 그들을 차례로 달래주었다.

"죄송해요. 우린 아무 생각도 못했어요…… 모든 게 엉망이 되어버렸어요……"

아이 엄마가 울먹이며 말했다.

"세상에, 가엾어라. 더이상 아무 말도 하지 말아요. 나쁜 일은 아무것도 생기지 않아요."

P부인은 울음을 멈출 때까지 그들을 돌보아주었다. 그들이 식사를 겨우 끝낸 후에는 식탁을 깨끗이 치우고 설거지를 했다. 그리고 작은 새가 그려진 찻잔을 꺼내서 따뜻한 우유 세 잔과 자기가 마실 차를 한 잔 만들었다. 그들은 티테이블에 모여앉아 그걸 함께 마셨다. P부인은 그들 가족이 모두 잠들 때까지 그 집에 머물렀다.

그후로 두 달여 동안 P부인은 매일매일, 하루도 거르지 않고 그들의 집에 들렀다. 그들 부부는 전문 요양사를 구하려고 했지만 P부인은 그러지 말라고 했다.

"나 하나로 충분하다우."

가을이 거의 끝나갈 무렵의 어느 금요일 밤, 아이 엄마가 퇴근하는 P부인에게 말했다.

"이번 주말은 안 오셔도 돼요. 집에서 푹 쉬세요. 그동안 너무 고생 많이 하셨어요."

"아니에요. 괜찮아요. 내가 없으면 할머니를 누가 돌봐요?"

"걱정하지 마세요. 아주머니도 쉬셔야죠."

아이 엄마는 P부인의 손을 잡았다가 놓았다.

나중에 P부인은 노부인이 요양소로 떠났다는 걸 알게 되었다. 아이의 외할머니가 알아본 곳으로, 국내에서 가장 비싸고 좋은 의료진이 모여 있는 곳이었다. "저흰 주말마다 시어머니를 보러 갈 거예요." 아이 엄마가 변명하듯 말했다. 그리고 실제로 그들 가족은 특별한 일이 없는 한 노부인이 죽을 때까지 일요일마다 거기에 들렀다. P부인은 노부인을 요양소로 보내는 것에 대해 자신에게 아무런 의견도 묻지 않은 것 때문에 조금 상처를 받았고, 그들 부부에게 무언가를 물어보고 싶었지만, 결국 아무것도 물어보지 못했다. 나중에, 그러니까 아주 많은 시간이 흐른 후에 P부인은 자신이 아무것도 물어보지 않은 것에 대해 스스로에게 감사했다. 여하튼 노부인이 떠난 이후로 P부인은 주말에 자신만의 시간을 가질 수 있었다. 나쁘지 않아. 좋아, 모든 게 좋아. 괜찮을 거야. 아무런 일도 일어나지 않을 거야. P부인은 자신의 어깨와 등에 파스를 붙이면서, 마치 기도하듯이 중얼거렸다.

여전히 P부인이 그 집, 그 가족을 위해 할 일은 많았다. 그들 부부 대신 장을 보고, 음식을 만들고, 아이와 함께 저녁을 먹고, 아이가 잠이 들면 작은 스탠드만 켜놓고 책을 읽으며 차를 마셨다. 날씨가 추워졌기 때문에 공원 산책은 그만둬야 했지만 집안에서 아이와 함께 책을 읽거나 노는 것도 나쁘지 않았다. 얼마 안 있어 아이 엄마가 일하는 미술관에서는 '동유럽의 현대' 전시회를 무사히 마쳤다. 무사히, 라는 표현은 좀 불공평한 것 같고, 사실 그 전시회는 대성공이었다. 그들의 전시회에 대한 기사가 여기저기 지역신문이나 여성지에 실렸다. 그들을 찍은 사진도 있다. 사진 속의 아이 엄마는 누구보다 여유로운 미소를 짓고 자연스럽게 카메라를 응시하고 있다. 아이 아빠의 회사일도 잘 해결되었다. 그들 회사는 아무런 조치도 취하지 않아도 되었다. P부인이 말했던 것처럼 나쁜 일은 아무것도 일어나지 않았다. 그전만큼은 아니었지만, 이제 부부는 자신들의 원칙—아이와 함께 저녁을 먹는 일—을 지키는 날이 지키지 못하는 날보다 훨씬 더 많아졌다.

성탄절이 다가올 때, 부부는 여름에 가지 못한 휴가를 떠나기로 마음먹었고 아이를 데리고 동남아시아의 작은 섬으로 날아가서 며칠을 머물렀다. P부인에게도 오랜만에 찾아온 장시간의 휴가였다. P부인 역시 여행을 떠나려고 마음먹었지만 결국 아무 곳에도 가지 못했다. 휴가의 마지막 날에 P부인은 서점에 들러 아이가 읽을 만한 책을 잔뜩 산 후, 시내 카페에 혼자 앉아서 창밖으로 흩날리는 눈을 바라보며 차를 마셨다. 그해 겨울에는 눈이 많이 내렸다. 카페 안은 성탄절이 끝난 직후 흔하게 느낄 수 있는 피로함과 공허함,

그리고 미미하게 남아 있는 흥분감과 새로운 해를 맞이한다는 막연한 기대감이 뒤섞여 있었다. P부인의 맞은편에는 사십대 초반쯤으로 보이는 부부가 딸처럼 보이는 여자애와 함께 과일타르트를 앞에 두고 차를 마시고 있었다. 여자애는 간간이 핸드폰을 살펴보기도 했지만 웃거나 불평을 터뜨리거나 뭔가에 대해 자신의 부모에게 끝도 없이 이야기하기도 했다. P부인은 잠시 동안 그 가족을 물끄러미 쳐다보았다. 얼마나 시간이 흘렀을까? 갑자기 여자애가 고개를 돌렸고 그들은 눈이 마주쳤다. P부인은 황급히 짐을 챙겨 카페에서 나왔다. 엿보고 있다는 것을 여자애에게 들켜서가 아니라, 어쩐지 남동생에게 전화를 걸고 싶어졌기 때문이었다. 핸드폰을 집에 두고 나와서 그녀는 공중전화를 찾아 헤매야만 했다. 그녀는 다섯 블록을 넘게 걸었다. 눈 때문에 양말이 젖었고, 머리끝이 얼어서 딱딱해졌지만, 그녀는 결국 공중전화기를 찾아냈다.

드디어, 겨울이 끝났을 때, P부인은 다시 산책을 시작했다. 그녀는 아이에게 기분이 좋으냐고 물었고, 아이는 그렇다고 대답했다. 아이는 P부인의 손을 꽉 잡았다. 공원에서, P부인은 여전히 다른 젊은 여자들과는 한마디도 섞지 않았다. 그녀는 그전에 늘 그랬던 것처럼 책을 읽고, 아이를 눈으로 좇고, 하지 말아야 할 일과 해야 할 일을 구분해주었다. 주말에 집안일을 대신 해줄 도우미 아주머니가 새로 고용되기도 했고, 아이 엄마에게 시간적 여유가 조금 생겼기 때문에 더이상 P부인이 음식을 만들거나 집안일을 할 필요가 없어졌다. 그래도 가끔 아이 부모가 돌아올 때쯤 간단한 음식을 만들기도 했다. 겨울에는 몇 번쯤 함께 식사를 했지만, 봄이 시작되고는 한 번도 그런 기회가 생기지 않았다. 가끔 그들 부부가 둘 다 늦을 때 그 집에 늦게까지 머물렀지만, 이제 그건 아주 때때로만 일어나는 일이었다. 하지만 P부인은 실망하기는커녕 자신의 인생이 새로운 형태의 안정기에 접어들었다고 믿었다.

인생이 새로운 시기에 접어들었다는 생각을 한 건, 그들 부부도 마찬가지였다. 아이 아빠는 토요일에 직장 상사들과 함께 골프를 치러 나갈 때가 있었다. 아무나 거기에 참여할 수 있는 게 아니었다. 아이 엄마는 '동유럽의 현대'를 준비하는 동안 보여주었던 애정 어린 헌신이 좋은 평가를 받고 있었다. 그들 가족은 자주 외식을 했고 일요일에는 요양소에 갔다. 아이 아빠는 어머니의 상태가 점점 좋아진다고 생각했고, 실제로도 그랬다.

어느 날 도어록의 비밀번호를 누르고 집으로 들어선 아이 엄마는 이상한 기분에 사로잡혔다. P부인은 왜 항상 티테이블 위의 작은 전등불만 켜놓는 거지? 왜 이렇게 집안을 어둡게 해놓는 거야? 그녀는 P부인이 자신에게 인사를 한 후 읽고 있던 책 페이지의 귀퉁이를 접어서 책장에 집어넣는 걸 바라보았다. 대체 왜 P부인은 책갈피를 사용하지 않는 거지? 그녀는 그런 광경을 이제껏 몇 번이나 봤다는 사실을 믿기 어려웠다. P부인이 집으로 돌아간 후 그녀는 P부인이 설거지통에 덩그러니 넣어둔 찻잔을 바라보았다. 작은 새가 앙증맞게 그려진 찻잔. 그건 영국제로 그녀가 가장 아끼는 것이었다. 그걸 사고 싶어서 그녀는 백화점 직원에게 몇 번이나 부탁했고, 두 달이나 기다려야 했다. 그럴 만한 가치가 있는 물건이었다.

그날 밤 그녀는 남편에게 이제 아이를 어린이집의 종일반에 맡기는 게 좋겠다고 말했다.

P부인은 보모일을 그만두게 되었다.

몇 달 후 아이 아빠는 승진을 했고, 아이 엄마는 정직원이 되었다. 모든 것이 너무나 완벽했고 잘못된 건 아무것도 없었다. 정말로 나쁜 일은 하나도 일어나지 않았다.

해고 통보를 받은 날 밤, 잠들기 위해 침대에 누웠을 때 P부인은 언젠가 그 집에서 바라봤던 밤의 풍경을 떠올렸다. 가을밤의 기분 좋은 바람을 느끼며, P부인은 까만 강을 가로지르는 다리와 조명, 자동차 불빛의 행렬, 그리고 저 건너의 커다란 관람차의 움직임을 보고 있었다. 그때 P부인은 그런 생각을 했었다. 저 불이 모두 꺼지면 이 세상에 무슨 일이 일어날까 하는. 만약 그런 일이 생긴다면, P부인은 자신이 달려가야 하는 곳은 너무도 명백하다고 믿었었다.

그건 착각이었을까?

그녀는 자신의 삶에서 반복되었던 잘못된 선택, 착각, 부질없는 기대, 굴복이나 패배 따위에 대해 생각했다. 언제나 그런 식이지. 그녀는 항상 그게 용기라고 생각했었다. 그리고 나중에서야 그녀는 그게 용기가 아니라는 걸 깨닫곤 했다. 그렇다면 그건 무엇이었을까? 때때로 무엇인가를 붙잡고 싶어질 때가 있었다. 삶이, 그녀 앞에 놓인 삶이 버둥거림의 연속이고, 또한 기도의 연속이라는 생각이 들 때도 있었다. 더이상 기도를 하지 않기를 바라는 기도. 제발 내가 또다시 어리석은 결정을 내리지 않게 도와주세요. 그녀는 얼마나 자기 자신이 기도를 하지 않게 되기를 바랐던가.

그때, 아직 그녀가 젊었던 시절에 그녀는 '정식'교사가 되기 위한 시험을 계속 준비했어야 했다. 그녀는 자신의 부모, 그 무능했고 자신에게 기대기만 했던, 그렇지만 자신이 너무나 사랑했던 부모를 떠올렸다. 그리고 동생 부부. 그들에게도 자식이 있었지만 P부인은 그애를 본 적이 없었다. 그녀에게도 좋았던 시절이 있었다. 그녀가 사랑하고 그녀를 사랑했던 남자들이 있던 시절. 끝나지 않을 거라고 믿었던 시절. 결국 그녀의 곁에 아무도 남지 않게 되었지만 그건—누구라도 그러하듯이—그녀가 선택한 삶이 아니었다. 하지만 그녀는 잘못된 일들이 언젠가 아주 조그마한 사건을 통해 한순간에 해결될 것이라고 믿었다.

　그 젊은 부부는 갑자기 외국으로 떠나게 되었다고, 그러니까 이제 오지 않아도 된다고 말했다. P부인은 그게 거짓말이라는 걸 알고 있었다. 하지만 그게 거짓말인들 어떠랴? 그들 부부에게야말로 잘못된 일은 아무것도 일어나지 않을 것이었다. 그 귀여운 아이는 부족함 없이 부모의 사랑을 받으며 잘 자랄 것이다. 얼마나 똑똑하고 멋진 아이로 자라날까? 어쩌면 그 아이는 나중에 멋진 청년으로 자라나서 자신에 대한 이야기를 할지도 모른다. 그 젊은 부부, 그 품위 있고 교양이 넘치는 부부는 어쩌면 나에게 역사—지리 혹은 사회—과목을 배운 적이 있는 아이들일지도 몰라. 하지만 P부인은 그게 너무나 과장된 생각이라는 점을 인정했다. 하지만, 적어도 자신이 가르친 아이들이 어디에선가 그 젊은 부부처럼 건강하고 우아하게 성장해서 넓고 깨끗한 건물의 꼭대기에 살며, 좋은 차를 몰고, 교양 있는 말투를 구사하며, 사회의 중요한 한 부분을 차지하고 있으리라는 생각을 했다.

　사는 건 그런 거지. 그녀는 생각했다. 아, 괜찮을 거야. 언젠가 마치 끈 하나를 잡아당기면 엉킨 끈이 풀어지듯이 잘못된 일들이 고쳐질 거야. P부인은 그렇게 생각하면서 잠들기 위해 눈을 감았다. 잠들기 위해 눈을 감는 건, 생각보다는 언제나 쉬운 일이었다.

다른 나쁜 사람

P부인에 대해서 써보고 싶다고 생각한 건, 재작년 가을쯤의 일이다. 나는 소설을 쓰다가 헤맬 때마다 그랬던 것처럼 여러 가지 버전의 (결과적으로는 실패한) 이야기를 써냈는데, 그 모든 버전의 이야기 속에 빠지지 않고 나오는 장면이 있다. 그건 아이가 P부인에게 '지옥'에 대해 묻는 장면이다. 치매에 걸린 할아버지가 아이의 엄마에게 "너는 지옥에 떨어질 거다!"라고 말하는 것을 아이가 듣고, 나중에 P부인에게 "지옥이 뭐예요?"라고 질문한 것이다. P부인은 아이에게 지옥은 나쁜 사람들이 죽으면 가는 곳이라고 설명해준다. 그러자 아이는 P부인에게 그렇다면 자신의 엄마가 나쁜 사람이냐고 되묻는다.

"그런 게 아니야. 할아버지는 아주 많이 아프셔. 그래서 엄마를 다른 사람으로 착각하신 거야."

"누구, 나쁜 사람이요?"

"그래, 다른 나쁜 사람."

사실 이 대사는 올리버 색스의 『깨어남』의 어떤 부분에서 영향을 받은 것이다. 기면성뇌염에 걸려 평생 동안 투병생활을 해온 H씨는 그 병이 하느님의 벌이라고 말하며 이렇게 덧붙인다. "아뇨, 나한테 뭔가 특별히 잘못한 점이 있다고는 생각하지 않아요. 난 나쁜 사람이 아니에요. 하지만 내가 뽑힌 거죠. 이유는 몰라요. 우리는 하느님의 뜻을 헤아릴 수 없으니까요." 나는 세상의 어느 누가 자기 자신에 대해 진심으로 "나쁜 사람"이라고 지칭할 수 있는지, 혹은 반대로 이 세상의 어느 누가 자기 자신에 대해 진심으로 "좋은 사람"이라고 지칭할 수 있는지 궁금해졌다. 이를테면 우리는 우리 자신이 빠진 '지옥'에서 벗어나기 위해 끊임없이 '다른' '나쁜' 사람을 만들어내는 것은 아닐까 하는 생각이 들었던 것이다. 게다가 그 당시 나는 인간관계 때문에 약간 어려움을 겪고 있었기 때문에, 위기에 놓인 그 관계 속에서 누가 "나쁜 사람"의 위치를 기꺼이 차지할 수 있을 것인가에 대한 궁금증이 생겼다. 그런 식으로 한번 생각을 시작하자, 내 머릿속에서 "나쁨"과 "좋음"이 뒤죽박죽이 되었고, 무엇인가에 대해 판단을 내리는 것이 굉장히 두려운 일이 되어버렸는데 한 가지 분명한 사실은 내가 그 소설을 쓰는 내내 '나쁨'에 대해 생각하고 있었다는 것이다.

여하튼, 재작년 가을에 나는 많은 시간과 노력을 들였지만, 결국

이 소설을 완성하지 못했다. 대신, 나는 이 이야기를 '허리케인'이라는 제목의 원고지 십오 매의 짧은 분량으로 썼고, 후배가 운영하는 음악 무가지에 실으라고 줘버렸다. 거기에 대한 아쉬움 같은 것은 없었다. 더 정확하게 말하면 오히려 나는 그 콩트에 굉장히 만족했다. 「허리케인」은 거기에 더이상 덧붙일 것도 없고, 뺄 것도 없이, 내가 하고 싶은 모든 이야기를 완벽하게 포함하고 있다고 생각했다.

작년 가을에, 그러니까 「허리케인」을 쓴 지 일 년이 지났을 때, 나는 이야기를 다시 쓰기 시작했다. 갑작스럽게 받은 청탁 탓도 있었겠지만, 무엇보다도 P부인에 대해 다시 한번 써보고 싶다는 생각이 들었기 때문이었다. 나는 일 년 전과는 전혀 다른 관점에서 이 이야기를 시작하고 싶었다. 하지만 이미 일 년 전에 실패한 경험도 있거니와 그 다른 관점이 과연 소설로 완성될 만한 가치가 있는 것인지에 대해서는 좀 혼란스러웠다. 어느 날 밤에 나는 친구에게 이렇게 말했다. "아주 착한 여자에 대해서 쓰고 싶어. 그런데 남들이 보면 그저 멍청하고 어리석은 여자 말이야." 친구는 "그럼, 그렇게 해"라고 대답했다. 내가 다시 "이게 과연 쓸 만한 가치가 있을까?"라고 다시 묻자, 그는 아무런 가치도 없어도 된다고 대답해주었다. "그저 쓰고 싶다면 쓰면 돼." 그리고 나는 그다음 날부터 「임시교사」를 쓰기 시작했다. 그전까지 나는 소설을 펑크낼 생각을 하고 있었는데(그리고 실제로 그럴 수도 있다는 사실을 편집자에게 미리 알려둔 상태였다), 쓰기 시작한 지 일주일 정도 지나자, 이 소설을 완성시킬 수 있을 것 같다는 생각을 하게 되었다. 이 소설을 완성시킨 후 집에 돌아가던 전철 안이 생각난다. 나는 약간 어지러웠고 배가 몹시 고팠다.

나는 이 소설을 다 쓴 후에 올리버 색스의 『깨어남』에 나오는 그 대사에 대해 다시 한번 생각해보게 되었다. H씨는 신에게 벌을 받은 것이 아니다. 그러니까 내 말은, 그녀는 그저 병에 걸린 것일 뿐이라는 뜻이다. 하지만 어쩌면 인생의 어떤 부분에 대해, 그것을 신의 벌이라고 여겨야지만 살아갈 수 있는 삶이라는 것도 분명히 존재하는 것이리라. 그리고 그것이 아주 특별한 종류의 삶은 아닐 것이다. 아니, 어쩌면 아주 흔한 종류의 삶일지도 모르겠다.

내니 다이어리(Nanny Diary)

윤재민

수상작 손보미의 「임시교사」는 교사로서의 커리어 전부를 임시 직으로 보낸 중년 P부인이 어느 중산층 가정의 보모로 고용됐다 해고되기까지의 소극이다.

P부인의 새로운 직업 보모(保姆)는 '유아원이나 탁아소 따위에 서 엄마를 대신하여 아이를 돌보며 가르치는 직업'이라는 의미를 지닌다. 영어로 nanny, 상황에 따라 nurse라고도 불리는 이 보모 라는 직업은 한국어에서 때때로 유모(乳母)라는 단어로 대신 쓰이 기도 한다. 보모와 유모. 현대 한국어의 규범상에서 일견 별다른 차이 없이 쓰이기도 하는 두 단어는 그러나, 한자의 차이를 보면 알 수 있듯이, 묘하게 뉘앙스가 다르다. 보모의 '보(保)'는 말 그대로 보 호·돌봄(nursing) 맥락에서의 아이돌봄 업무와 훈육 행위를 지칭

한다. 이와 달리 유모는 '유(乳)'가 의미하는 대로 단순한 보살핌이 아닌 생물학적 어머니를 대신해 젖을 먹이며 아이를 돌보는 여자이다. 전통적인 가정에서의 성 역할 구분에 의거하여 엄마의 역할을 벌충하는 직업 혹은 직분이라는 점에 있어서 보모와 유모는 동일한 듯 보이지만, 단순한 보살핌·훈육과 수유를 포함한 돌봄의 차이는 꽤 크다. 수유란 절대적으로 수동적인 상태로 태어나기 때문에 누군가에게 의탁하여 연명할 수밖에 없는 인간의 근본적인 존재 조건인 영양섭취(nutrition)의 어떤 육체적 실감과 연관된다. 유모의 돌봄이란, 단순한 보살핌과 훈육 이상의 친밀하고 깊은 유대의 돌봄일 수밖에 없다. 그것은 아이와 아이가 속한 가정과 맺는 관계의 맥락에도 그대로 투영될 수밖에 없다. 우리가 익히 보아온 귀족이나 부르주아 가문의 소설 속 유모들을 떠올려보라. 그리고 그것과 비교하여 중산층 가정 속 P부인의 업무를 보라. "P부인의 일은 비교적 단순했다. 오후 두시쯤, 이를테면 출근하는 길에 어린이집에 들러서 아이를 집으로 데리고 온 후에, 아이의 부모 중 누군가가 귀가할 때까지 함께 있어주면 되었다."

P부인은 부모와 외동아들로 구성된 삼 인 핵가족에서의 아이보호자라는 중차대한 임무로 중산층 가정에 끼어들지만, 그 관계에는 어떤 유리 장벽이 있는 것처럼 보인다. P부인의 보호자로서의 역할은 시간과 재량에 있어서 애초에 엄밀하게 선이 그어져 있다. 그는 정해진 시간이 지나면 아이보호자로서의 역할을 내려놓고 자신을 고용한 가정과의 관계에서 빠져나와야 한다는 점에서 임시보호자다. '전직' 임시교사 P부인은 현직 '임시'보모로서 자신의 커리어

를 이어간다. P부인이 자신을 설명할 때 '임시'라는 단어를 빼고 말하는 것을 올바르지 못한 일처럼 여기는 건 타당해 보인다. 그는 자신을 고용한 중산층 가정에서 자신의 위신과 처지를 정확하게 알고 있다. 그러나 거기서 멈추지 못한다.

P부인은 보모로서 규정된 자신의 직분을 초과하는 소명으로 아이와 아이의 부모를 대한다. P부인의 소명은 일방적이다. 그를 고용한 아이의 부모는 P부인에게 자신들이 부여한 역할 이상을 바라지도 원하지도 않는다. 그들에게 P부인은 임시라지만 오랜 기간 교사 생활을 했기에 잠시나마 아이를 믿고 맡겨도 좋을 아이의 임시보호자 그 이상도 이하도 아니다. 그저 '좋은 분'일 따름이다. 아이와 가정에 대한 걱정에서 우러나온 P부인의 진심어린 충고는 그들에게 같잖은 월권행위이다. 자기 역할을 넘어서 알츠하이머에 걸린 노모의 간병을 자처하는 P부인의 도움이란, 자기들이 짊어진 삶의 짐에 잠시 끼어든 어떤 우연한 선의일 뿐이다. 애초 임시보호자라는 명분의 보모로서 끼어든 P부인은 어느 순간 '참견쟁이(dry nurse, 젖이 말라버린 유모)'라는 성가신 존재가 되어버렸다. P부인의 성가심은 책갈피를 사용하지 않고 책 귀퉁이를 접거나 아끼는 찻잔을 사용하는 정도의 성가심이다. 그리고 그 성가심 때문에 P부인은 해고된다.

*

굳이 P부인과 같은 '임시'의 처지가 아니라 하더라도, 혼자의 힘만으로는 생채기조차 내기 힘든 어떤 거대한 '잘못된 것 없는 상황' 속에 자신이 내던져져 흘러가고 있다는 느낌을 받는 순간이 있다. P부인이 그랬던 것처럼 용기라고 생각했던 지난 시절의 선택이 잘못된 선택, 착각, 부질없는 기대, 굴복이나 패배로 점철되어왔다는 느낌. 서울 시내에 즐비한 마천루나 몇만 년을 쉬지 않고 일해도 만질 수 없는 천문학적 거금이 순식간에 나타났다 사라지는 증권거래소나 일간지 경제 섹션, 심지어 하루가 멀다 하고 발전하는 아이맥스 스크린에 펼쳐지는 시청각적 스펙터클의 향연에서 그것을 보고 즐기는 개인의 경험은 소비의 차원 외에는 대체로 말을 부여받지 못하고 소외되어 있는 경우가 많다. 손보미의 아직까지 그다지 길지 않은 소설 이력은, 적합한 말의 체계를 부여받지 못했지만, 분명 동시대를 살아가는 인간이 감각하는 어떤 미세한 울림들을 포착하여 소설의 형식으로 천착하는 데 주력했다. 각자가 하나의 잘 다듬어진 오롯한 이야기이면서도 전체로는 하나의 평행우주이기도 한 소설집 『그들에게 린디합을』의 형식이나 누군가의 진실된 고백을 어릴 적 본 시트콤의 에피소드와 연결시켜 알쏭달쏭하게 매듭지은 전년도 수상작 「산책」의 경우를 봐도 그렇다. 「임시교사」 또한 그것의 연장선상에 있다. 이 작품은 한국사회에 만연한, 그래서 이런저런 허구의 형식으로도 허다하게 다뤄졌던 비정규직과 계급의 문제를 '중산층 삼 인 핵가족 부부'와 '보모'라는 상징을 지탱하는 보편적인 서구문화의 코드를 통해 직조한다. 맥락상 국적이 명시돼 있는 건 아니지만 분명한 한국인에 대한 P부인이라는 명명에서부터 인물들이 나누는 어색한 한국어 대화, 이를테면 "남의 집이라고 생각하지 마세요, 제발요." "세상에, 가엾어라"는 알아들을 수 없는 외국 영화를 감상하는 중간에 마주하는 자막 같은 느낌을 준다. 이는 21세기 한국의 중산층 가정의 보모를 20세기 초 영미 부르주아 가정구도 안에서의 배제된 소실점인 내니와 겹쳐 보이게 한다. 그리고 오늘날 인간의 감각을 고양하는 서구문화의 시청각 미디어와 그것이 실어나르는 모티브를 한국사회가 당면한 인간적 문제와 함께 핍진화한다. 아직까지 해결이 묘연한 한국사회 '임시'의 문제와 그들의 멘탈리티가 이 기묘하고 매력적인 혼효를 닮았다는 생각이 들기도 한다. 『그들에게 린디합을』이 작품 내적 형식에서의 평행세계라면, 「임시교사」는 작품 형식 바깥과의 평행세계처럼 보인다. 손보미는 허구와 동시대 간의 환원될 수 없는 평행감각 속에서 자신의 세계를 다져나가는 중이다.

윤재민
동국대 국문과 졸업. 동대학원 석사과정 수료. 2012년 창비신인평론상, 같은 해 대산대학문학상 평론부문에 당선되어 등단.

백수린

여름의 정오

작가노트 여름, 그후

해설 전소영 찬란하지 않은 순간들의 찬란

백수린
2011년 경향신문 신춘문예에 단편소설 「거짓말 연습」이 당선되어 등단. 소설집 『폴링 인 폴』 『참담한 빛』 『여름의 빌라』, 중편소설 『친애하고, 친애하는』, 짧은소설 『오늘 밤은 사라지지 말아요』, 산문집 『다정한 매일매일』이 있다. 젊은작가상, 문지문학상, 이해조소설문학상, 현대문학상, 한국일보문학상을 수상했다.

여름의 정오

여자는 스크린에 비친 사진 속에서, 저쪽에 앉아 사십오 도가량 고개를 돌린 채 옆을 바라보고 있었다. 대단한 미인이 아니었지만 같이 앉은 남자가 못생긴 탓에 여자는 꽤 아름다워 보였다. 삼십대 같았지만 사십대일 수도 있었다. 사실 나는 여전히 서양인의 나이를 외모만으로 쉽게 가늠하지 못한다. 흑백사진 속에서 빛나는 여자의 눈동자만이 여자가 아직은 한창때의 나이를 지나고 있을 거라고 추측하게끔 할 뿐이었다. 그러고 보니 여자가 쓴 책 중에도 이와 유사한 제목이 있었던 것 같다. 읽어보지는 않았지만 '한창때'였는지 '한창나이'였는지 그 비슷한 제목으로 번역되어 있는 책을 세계문학전집 코너에서 본 일이 있었다.

여자는 몇 달 전, 우연한 기회에 본 다큐멘터리 영화에 아주 잠깐 등장했다. '세기의 사랑'이란 제목의 다큐멘터리로 쇼팽과 조르주 상드나, 로댕과 카미유 클로델 같은 역사 속 유명한 연인들의 삶을 다루는 내용이었다. 시내의 한 독립영화관이 경영난으로 문을 닫게 되면서, 폐관일까지 매일, 매 상영시간마다 보여주었던 각기 다른 영화들 중 하나였다. 사진 자료와 성우의 내레이션을 위주로 구성된 다큐멘터리에서 여자의 목소리를 직접 들을 수 있던 것은 딱 한 번뿐이었다. 노인이 된 여자는 가장 기뻤던 순간의 기억에 대해 묻는 화면 밖의 인터뷰어를 향해 답을 했는데, 퍽 인상적이었던 그 답은 다음과 같은 말로 시작했다. "그 시절, 파리의 거리들은 점령군에 의해 봉쇄되어 있다시피 했죠. 어느 날인가, 레리스가 연극이 끝난 뒤, 남아 있는 사람들에게 파티를 계속하자고 하더라고요. 도시는 거대한 감옥이나 다름없었지만, 어둠 속에서 우리는 밤새 술을 마시고 이야기를 나누었어요. 그 순간이 문득 떠오르네요. 그 뒤, 우리는 레리스의 집에서 초현실주의자들을 종종 만났어요. 한번은, 사르트르가 크노에게 초현실주의 운동에서 얻은 것이 무엇이냐고 물었어요. 크노는 이렇게 답을 했어요. '청춘을 가진 적 있었다는 느낌.' 나는 그가 부러웠어요." 그때까지도 나는 그들이 대화를 나누고 있던 장소를 알아보지 못했다. 스크린 위의 자막을 보고서야 그들이 앉아 있던 곳이 어딘지를 알 수 있었다. 그곳은 파리의 관광지 대로변에 있는 한 카페였는데, 나는 아주 오래전 그 카페에 가본 적이 있다는 사실을 떠올렸다. 화면은 어느새 바뀌었지만 내 마음은 클로즈업되어 있는 여자의 뒤편으로 보이는, 20세기에 찍힌 것이 분명한 그 카페 앞에 오래 멈추어 섰다. 그러자 오랜 역사를 가진 것들 앞에서는 종종 그러하듯, 잊고 살았던 내 지난 시절의 한 계절이 예상치 못한 장소에서 이름을 불린 어린아이처럼 당혹스러운 눈빛으로 불려나왔다.

　이곳에 나를 처음 데리고 온 것은 타카히로였다. 그때 나는 스무 살이었고, 그는 서른 살이었다. 스무 살의 나와 서른이었던 그가 카운터 가까이에 위치한 자리에 앉아 무슨 이야기를 나누었는지는 잘 기억나지 않는다. 테이블에 놓여 있던 그의 담뱃갑 위로 금속 라이터에 반사된 빛이 그리던 무늬와 내 잔에 묻어 있던 어설픈 립스틱 자국은 기억 속에 여전히 선명하게 남아 있는데도. 그리고 그날 카페의 실내가 무척 한산했던 기억도 남아 있다. 테라스 자리는 관광객들로 붐볐지만 실내는 거의 비어 있었다. 우리가 실내에 자리잡은 것은 햇볕에 타는 것이 싫다며 내가 실내 테이블을 고집했던 탓일 가능성이 컸다. 그는 에스프레소를 마셨는데 그때 나는 그런 것들이 괜히 멋있어 보였다. 그가 마시는 쓴 커피, 쓴 담배, 쓴 술 따위의, 지금 생각해보면 아무것도 아닌 것들이 말이다. 내 스무 살의 여름은 온통 타카히로에 대한 기억으로 점철되어 있었다.
　타카히로는 오빠의 친구였다. 나는 그 당시 파리로 유학 간 오빠의 집에서 여름방학을 보내고 있었다. 일종의 유배 기간이었는데, 유배 기간치고는 달콤한 시간이었다. 나의 유배가 결정된 것은 내가 대학교에 입학하고 나서 첫 학기에 학사 경고를 받았기 때문이었다. 나는 그 학기에 과제를 하지도, 수업에 가지도 않았고 그 때문에 아버지와 매일같이 싸웠다. 어머니는 아버지와 나의 싸움에 지쳐, 나를 방학중에 오빠에게 보내기로 결정했다. 어려서부터 내가 터울이 많이 지는 오빠의 말을 유난히 잘 따랐기 때문이다. 비싼 돈 들여 넓은 세상을 보여주니 돌아오면 정신을 차리라는 말과 함께 어머니는 오빠에게 줄 각종 밑반찬을 담은 십팔 킬로그램짜리 트렁크에 주소가 적힌 태그를 달았다. 모르긴 몰라도, 오빠에게는 전화를 걸어 내게 정신교육을 단단히 좀 시키라고 말했을 것이다. 유럽까지의 비행은 길었고 나는 재미도 없는 영화를 보다가 잠들기를 반복했다. 공항에는 오빠가 나와 있었다. 사방에서는 알 수 없는 언어가 들렸지만, 낯선 나라에 왔다는 느낌은 전혀 들지 않아 그것이 더 낯설게 느껴졌다. 우리는 공항버스를 타고 시내로 들어갔다. 영화에서나 보았던 석조 건물들과 정갈하게 정돈된 가로수들은 아름다웠지만 생각한 것만큼 나를 설레게 하지 않아 나는 왠지 서글펐다. 다만, 밤 아홉시가 넘었는데도 해가 채 지지 않아 서울의 일곱시처럼 푸른빛을 띠던 하늘만은 신기했던 기억이 아직 남아 있다. 밤이었으나 밤이 아니었던 시간. 타지였으나 타지가 아니었던 도시. 우리였으나 우리가 아니었던 날들.

남편이 겨울방학 동안 런던에서 열리는 학회에 발표자로 참석한다고 했을 때 굳이 동반하겠다고 나섰던 것은 핑곗김에 파리에 다시 와보고 싶었기 때문이다. 그런 핑계라도 대지 않으면 유럽은 그냥 오기에는 경비가 너무 많이 드는 여행지였다. 확신이 없는 사람들은 쉽게 우연에서 어떤 계시의 흔적을 찾고 싶어하는 법이다. 나역시, 시간을 때우기 위해 들어갔던 낡고, 작은 상영관에서 타카히로가 나를 데리고 갔던 카페와 조우한 것이 어떤 신호라는 생각에 기꺼이 사로잡히고 싶었다. 그렇지 않고서야, 남편이 런던에서 개최되는 학회에 참석하게 될 무렵, 오빠가 수년 만에 내게 타카히로의 이야기를 꺼냈을 이유도 없었다. 나는 이 모든 것이 내게 타카히로를 만나러 가라는, 내가 그 존재를 짐작할 수 없으나 가끔은 겸허한 마음을 갖게 하는 존재가 내게 보내는 암시라고 믿고 싶었다. 타카히로를 만난들, 타카히로가 나를 기억할지도 미지수였고, 달라질 것은 아무것도 없다는 것을 알면서도 나는 한 번쯤은 더 그를 만나보고 싶었다.

우리는 학회가 열리는 사흘을 런던에서 보낸 뒤, 나흘 일정으로 파리에 왔다. 런던에서 파리로 넘어오는 동안 우리는 별것도 아닌 일로 조금 다투었다. 앞으로 함께 보낼 나흘 동안의 일정에 대해 계획을 세워보려는데 그가 너무 매사에 심드렁했던 탓이다. 사실 그가 세계 각지에서 모여든 19세기 영미문학 전공자들과 탈식민주의니 정신분석학이니 운운하며 19세기 소설 속 중국인들의 재현방식 따위를 논하는 발표를 할 때, 나는 혼자 런던 시내를 돌아다녀야 했다. 혼자 하는 여행도 나쁘지 않았지만 함께하는 편이 더 나았기 때문에 나는 파리에서의 일정을 기대하고 있었다. 그런데 그는 출국 직전까지 발표문을 만들고, 각종 논문을 심사하고, 학교 행정에 필요한 여러 잡무에 치였던 터라 몹시 피곤하다고 했다. 계약직 교수는 언제라도 잘릴 수 있으니 소처럼 일해야 한다는 말을 입에 달고 살았다. 그는 결국 누가 따라오라 그랬느냐고 쏘아붙이더니 호텔에 도착할 때까지 말이 없었다. 우리는 엘리베이터가 없는 낡은 호텔의 사층에 위치한 방까지 커다란 트렁크를 들고 오느라 서로

도우며 무미건조하게 화해했다. 당신 어차피 파리에서 만나야 할 친구가 있다고 했잖아. 친구부터 만나. 나는 나중에 합류할게. 결국 그는 호텔에서 좀더 쉬기로 하고, 나는 혼자 시내로 나왔다. 십여 년 만에 찾은 파리는 변한 것이 없어 보였지만 낯설었다. 나는 호텔에서 받은 지하철 노선도를 눈으로 좇으며 기억을 더듬었다. 그 당시 오빠가 살았던 집 근처 지하철역 이름이 눈에 들어왔으나 굳이 그곳에 가고 싶은 생각은 없었다. 타카히로와 걸었던 장소들에 가보고 싶었지만 그곳이 어디였는지 처음엔 쉽사리 기억나지 않았다. 그와 함께 갔던 것이 틀림없던 그 카페, 다큐멘터리에 등장했던 그 카페를 나는 여행책자에서 찾았다. 그리고 그곳에 가봤자 타카히로를 다시 만날 가능성이 없다는 것을 알면서도 나는 사랑한다는 말을 외국인 연인의 모국어로 처음 배운 사람처럼, 낯선 언어로 쓰인 지하철역 이름을 천천히 발음해보았다.

19세기에 지어졌다 했으니 낡은 것이 어제오늘일 리는 결코 없었는데도 카페는 십여 년 전의 내 기억과 어딘지 달랐다. 초록색 차양이 드리워진 테라스는 날이 추웠지만 예전의 기억보다 더 많은 관광객들로 붐볐다. 무슨 행사를 하는지 길을 막은 탓에 거리가 혼잡해 카페를 찾느라 애를 먹었다. 나는 예전처럼 카페 안으로 들어가 타카히로와 앉았던 자리를 찾아냈다. 햇빛이 쏟아지는 밖과 달리 카페 안은 다소 어두웠는데, 나는 그것이 마음에 들었다. 그렇지만 자리에 앉아 주변을 둘러보는 순간 이상하게 서글퍼졌다. 왜인지는 정확히 알 수 없었다. 기억 속 그대로인 아이보리색 벽과, 원목 카운터, 도금 장식의 샹들리에 같은 것들. 무수한 예술가들이 들고 났다는 이유로 나를 설레게 했던 카페는 어딘지 조잡한 세트장 같은 느낌을 풍겼다. 오래전 타카히로와 처음 이곳을 찾았을 때, 나는 시간의 단조로움이 주는 위안을 느꼈다. 창밖으로는 언제까지고 계속될 듯한 한낮이었고, 소음은 단절되어 있었고, 카페 안의 모든 움직임은 19세기에서 20세기로 건너오는 것처럼 느렸다. 갈색의 테이블들과 자주색 의자 위로 계절마다 쌓였을 먼지들조차 고요히 가라앉아 있었다. 테이블 위를 일정한 리듬으로 두드리던 하얀 손가락. 그것이 타카히로의 습관이었다는 것을 나는 나중에야 알았다. 에어컨이 나오지 않는 실내의 카페는 더웠을 텐데, 이상하게도 나는 그날을 떠올리면 그와 나 사이에 서늘한 바람이 불었던 것만 같다.

카페의 문이 열리고, 근처의 백화점 상호가 찍힌 커다란 쇼핑백들을 여러 개 팔에 걸친 미국인들이 카페 안으로 들어섰다. 그들은 시끄럽게 웃고 웨이터에게 커다란 목소리로 말을 건넸다. 관광객에게 지친 듯한 표정의 웨이터가 나에게 다가와 영어로 된 메뉴판을 주었다. 나는 에스프레소 한 잔을 시켰다. 오빠는 타카히로를 만나려면 오페라극장 쪽으로 가야 한다고 했다. 나는 시계를 보았다. 아직 시간은 있었다. 타카히로를 보러 갈 것인지, 가지 않을 것인지. 나는 아직 결정을 내리지 못했다.

타카히로와는 오빠의 집에서 처음 만났다. 무슨 일 때문이었는지 기억이 정확히 나지 않지만 그날 오빠는 몹시 바빴다. 드디어 오빠의 감시에서 벗어날 수 있으리란 생각에 나는 무척 신나 있었다.

오빠가 '돌봐줄' 사람을 불렀다 했을 때 평소보다 화가 더 났던 것은 그런 이유였다. 나는 오빠에게 나를 애 취급하지 말라며, 나도 이제 성인이라고, 소리를 질렀다. 오빠는 성인이면 성인답게 행동하라며, 자기 인생에 대한 목표도 책임감도 없는 인간이 성인이라는 말은 잘도 한다고 빈정댔다. 타카히로는 오빠와 내가 서로를 향해 온갖 저주의 말을 퍼붓고 있을 때 초인종을 눌렀다. 첫눈에도 일본인처럼 보이는 외양을 가진 그는 머리카락이나 눈썹이 부자연스럽다 느껴질 정도로 까맸다. 면도를 했을 것이 틀림없었지만 턱에는 푸르스름하게 수염 자국이 남아 있었다. 오빠는 내가 알아들을 수 없는 외국어로, 불어였겠지만, 타카히로를 향해 말했다. 타카히로가 내 쪽을 보며 웃었고 그 때문에 나는 더 불쾌해졌다. 오빠가 나를 애 취급하는 말을 한 것이 분명했다. 다 짜증이 났지만 오로지 오빠와 떨어져 있기 위해 나는 타카히로를 따라나섰다. 그는 나보다 키가 조금 컸지만 왜소한 탓에 나보다 훨씬 작은 것처럼 느껴졌다. 나란히 걸으면 내가 그렇게 뚱뚱한 편이 아니었음에도 비대해 보일 것 같아 신경이 좀 쓰였던 것도 기억난다. 이도 저도 다 짜증나고, 도망가고 싶단 마음뿐이라 혼자 앞장서서 걷는데 타카히로는 아무 말도 없이 내 뒤를 따라왔다. 골목은 계속 이어졌고, 나는 어디를 가는지도 모르고 걸었다. 한참을 걷다 다리가 아파올 무렵 제자리에 서서 뒤를 돌아보니 타카히로는 여전히 나를 잘 따라오고 있었다. 내일 당장 한국에 돌아가고 싶은데, 그러려면 어떻게 해야 해? 그것이 내가 타카히로를 향해 내뱉은 첫마디였다. 타카히로는 억지 쓰는 어린아이를 바라보는 듯한 눈빛으로 나를 보며 웃었다. 내가 언제부터 그를 좋아하게 되었는지는 분명하지 않다. 이때가 아니었을 것은 확실하지만.

그뒤로 우리는 자주 만났다. 오빠와 같이 보기도 했고, 단둘이 보기도 했다. 오빠는 나 같은 괴팍한 성격의 애를 잘도 본다며 타카히로를 칭찬했다. 나는 오빠가 타카히로 앞에서 나를 애 취급할 때마다 화가 났다. 그때마다 타카히로는, 우리는 사이가 좋아, 라고 말했는데 나는 그 말이 마음에 들었다. 그의 영어는 짧았고 게다가 불어로 오염이 되어 놀라울 정도로 엉망진창이었지만 나는 그가 하는 말을 다 알아들을 수 있었다. 타카히로와 함께 보낸 날들의 풍경은 대충 이랬다. 그는 말이 없는데다 낯을 가리는 편이었고 사실 나도 그런 성격이었기 때문에 우리는 그냥 서로 멀찍이 떨어져서 아무 말도 없이 한참을 걸었다. 그는 파리가 어디든 다 걸어서 갈 수 있는 도시라 좋다고 말했다. 도쿄는 너무 커, 그가 말하면, 서울도 마찬가지야, 내가 맞장구를 치는 식으로 대화는 이어졌다. 그는 가끔 나를 6구에 있는 예술영화관에 데려가 그전까지는 내가 한 번도 본 적 없는 유형의 영화들, 이를테면 아무 줄거리가 없이 비행기가 이륙 준비하는 모습만을 여러 각도에서 보여주는 것 따위의 무성영화들을 보여주었다. 영화를 다 보고 나서, 도쿄는 너무 시끄러워, 그가 말했고, 서울도 그래, 내가 후렴구처럼 덧붙였다.

지금도 그렇지만, 그 시절 서울은 내게 너무 크고 복잡했다. 대학교에서 만난 아이들은 모두, 원래부터 그런 삶에 익숙해 있었다는 듯, 너무나도 아무렇지 않게 새로운 삶에 적응해갔다. 대학생활은 내가 오빠를 통해 간접적으로 들어 상상했던 낭만적 삶과는 너무나도 거리가 멀었고 나는 쉽게 적응하지 못했다. 아버지는 그 무렵내게 교사가 되어야 한다고 매일같이 말했다. 나는 교사가 되고 싶지 않았다. 학교 수업은 시시했고, 마주쳤던 선배들은 더욱 시시했다. 그때 알고 지내던 선배들 중 지금까지 연락이 되는 사람은 거의없었다.

파리에서 지냈던 두 달 동안 오빠는 거의 매일 학교 도서관에 갔는데 그때마다 나를 데리고 가려 했다. 나는 가고 싶지 않았다. 타카히로는 오빠와 달리 도서관 근처는 얼씬도 하지 않으면서 공원에 멍하니 앉아 있거나 아침부터 밤까지 영화관에 앉아 멀미날 때까지 쓸데없는 영화를 보면서 시간을 낭비해댔다. 나는 타카히로와있는 것이 오빠와 있는 것보다 더 편했다. 타카히로는 내 주변의 모든 사람처럼 매사에 최선을 다하지도 않았고, 삶이 얼마나 가치 있는 것인지에 대해 내게 주입하려 하지도 않았다. 오빠가 공부를 하는 동안 나는 타카히로를 쫓아다녔다. 그때나 지금이나 사람이 많은 관광지에는 그다지 관심이 없었다. 어느 날, 우리는 관광객들이시내의 전경을 내려다보며 사진을 찍기 위해 찾는 사크레쾨르에 가는 대신 그 뒤쪽의 묘지를 찾았다. 타카히로와 나는 둘 다 별다른말 없이 묘지 위로 쏟아지는 햇살을 보았다. 이상하다, 우리가 지금앉아 있는 곳에 죽은 사람들이 묻혀 있다는 게. 사방이 신비롭게반짝이는 느낌이었다. 나는 태어나서 묘지에 처음 와본 거였다. 세상이 지나치게 조용하고 평온했다. 갑자기 눈물이 쏟아졌다. 타카히로는 내게 아무것도 묻지 않았다. 다만 그는 내 어깨를 살짝 감싼 뒤 두어 번, 손에 지그시 힘을 주었다. 어깨뼈 위에 닿았던 그의 손가락 마디뼈의 감촉. 그의 손은 가늘었지만 여자의 손과는 달리 손등에 정맥이 불거져 있다는 것을 알고 있었다. 그뒤로도 며칠 동안 나는 내 몸에 닿았던 손가락뼈의 감촉을 느꼈다. 조금 더 힘이 들어갔던 엄지손가락과 어딘지 어색하게 닿았다가 떨어지던 나머지 손가락들.

서로에 대해 많은 이야기를 하지는 않았지만 그를 만나는 횟수가 늘어나면서 나는 그에 대해 좀더 알게 되었다. 타카히로는 이바라키(茨城) 출신으로 아버지, 어머니, 형, 타카히로 이렇게 네 식구였다. 아버지는 한 사립대학의 교수로 1960년대에 반미안보투쟁을 벌이기도 했지만 지금은 그냥 재즈에 심취해 있다고 했다. 타카히로는 형에 대해 말하기를 가장 주저하다가, 결국 몇 해 전 사이비 종교에 빠졌다가 가까스로 빠져나왔으며 지금은 작은 회사의 파견직으로 근무하고 있다고 말했다. 거품경제 때 무리하게 대출을 받아 주식에 투자했다가 가격이 폭락하면서 감당을 하지 못해서 정신적으로 힘들어했던 것 같다고 말하던 타카히로의 얼굴은 의외로 담담했다. 나는 타카히로에게 힘든 이야기를 억지로 시킨 것 같아서 몹시 미안했지만 한편으로는 그가 내게 내밀한 이야기를 해주었다는 사실에 기뻤다. 나 역시 용기를 내어 그에게 누구에게도 발설하지 못했던 일을 말해주고 싶었다. 외국어로는 모국어로 하기 힘든 이야기도 훨씬 더 쉽게 털어놓을 수 있다는 사실을 그 시절의 나는 몰랐다.

웨이터는 불친절하고 거만했다. 하늘이 쨍했던 것도 잠시, 창밖이 흐려졌다. 시간이 흐를수록 나는 이곳이 내 기억 속의 카페와 너무 많이 다르다는 사실을 깨달았다. 그때, 이곳도 이토록 시끄럽고 소란스러웠나. 나는 그날 타카히로를 따라 처음으로 에스프레소를 마셨다. 꼭 쥔 주먹보다도 작은 잔에 담겼던 새까만 액체. 커피에 섞여 있던 여름 공기. 타카히로가 입고 있던 티셔츠는 낡아서 곧이라도 해어질 것 같았다. 해어질 것 같던 티셔츠. 곧이라도 사라질 것 같던 타카히로. 타카히로는 왜 땀도 안 흘려? 내가 물으면 전혀 웃긴 질문이 아니었는데 그는 내가 건네는 말이 세상에서 가장 재미있다는 듯 웃었다.

일본인 관광객들이 카페 안으로 들어와 어느새 카페 안에는 일본어가 들려왔다. 영어와, 일본어와, 어쩌면 포르투갈어와, 몽골어가 뒤섞여 흐르는 카페.

한번은 내가 타카히로에게 물었다. 타카히로는 언제 일본에 돌아가? 내가 귀국해야만 하는 날이 다가오는 것이 아쉽게 느껴지기 시작할 무렵이었다. 그 당시 내게 프랑스는 너무 멀었지만 일본이라면 왠지 가까운 느낌이었다. 난 일본에 돌아가지 않을 거야. 타카히로가 대답한다. 왜? 내가 묻는다. 일본에는 미래가 없어. 그는 몇 해 전에 발생했다는 도쿄의 지하철 테러에 대해 이야기한다. 러시아워에 맞춰 총 5편성의 지하철 차량에 사린가스를 살포해 사람들을 무차별적으로 대량 살상하려 했다는 내용이었다. 테러범들은 독성 액체가 든 비닐봉지를 날카롭게 간 우산 끝으로 가볍게 찔렀고 그 결과 열두 명이 사망하고 수천 명이 피해를 입었다. 위기관리 시스템은 총체적으로 엉망이었어, 라고 타카히로는 덧붙인다. 그러면 여기에는 미래가 있어? 내가 또 묻는다. 그건 모르지. 어디에도 미래가 없다면 차라리 자기 나라에서 사는 게 낫지 않아? 이방인으로 평생 사는 건 외로운 일이야. 내 말에 짧은 침묵을 두고, 그가 말한다. 자기 나라에서 이방인으로 사는 것보다 더 외로운 일은 없어.

그건 정말 그럴 것이다. 가족들에게 이해받지 못하는 일이 그러하듯이. 사실 오빠와 재회하기 전에 나는 오빠라면 내 마음을 이해해줄 수 있을지도 모른다는 기대를 갖고 있었다. 무엇을 하더라도 아래로, 아래로 추락하는 듯한 아찔함. 그러나 그것은 모두 헛된 희망이었다. 오빠는 오빠의 자취방에 나를 앉혀놓고 이야기를 했다. 20구에 위치한 작은 원룸이었는데, 근처에 소방서가 있어서 가끔씩 경광등 불빛이 집안까지 어른거렸다. 오빠는 지난 삼 년 사이 오빠가 알던 유학생들의 대부분이 중도 귀국했다는 말로 이야기를 시작했다. 모든 것이 달라져 있다는 소식을 들었다고도 했다. 너는 거기서 사는데 피부로 느껴지는 바가 없냐. 오빠가 내게 물었다. 잘난 척해봤자 너도 공무원 부모 덕에 유학하는 신세잖아, 하고 받아치고 싶었으나 목구멍까지 차오르는 그 말을 가까스로 참았다. 지금 생각하면, 그때 오빠도 불안했을 것이다. 예전과 다 달라졌다는데, 돌아가서 취업이나 할 수 있을까, 하는 걱정 따위. 어쩌면 나라도 안정적인 직업을 가질 거라는 확신이 있다면 부모님께 덜 죄스러울 거 같다는 생각을 내심 했을 수도 있겠다는 생각이 이제는 든다. 오빠 역시 기껏해야 스물여덟이었으니까. 그렇지만 그때 나는 스물이었다. 오빠는 정신 차리고 열심히 살아야 해 하고 내게 말했다. 네가 앞으로 살아갈 세상은 우리 때와 달라. 그렇게도 말했다. 그래도 열심히 하면 경쟁에서 살아남을 수 있어. 오빠는 아무것도 몰랐다. 오빠는 정말 그렇게 믿는 것 같았다. 열심히 하면 된다고. 지금 생각해보면 오빠는 진심이었을 것이다. 그때까지 오빠는 아직 열심히 해도 아무것도 되지 않는 세상을 살아보지 못했던 거니까. 나는 오빠가 나를 위해 중고로 마련했다는 매트리스 위에 누워서 생각했다. 오빠는 아무것도 몰라. 나는 오빠에게 털어놓고 싶었던 말은 꺼내지도 못했다. 내 마음을 알아주는 것은 타카히로뿐이었다. 타카히로라면 그렇게 말하지 않을 거야. 소방차의 붉은 불빛이 어두운 벽을 번쩍, 흔들고 지나갔다. 나는 그 불빛이 무서워 눈을 꼭 감았다. 어둠보다 무서운 것은 그 무렵, 빛이었으니까.

그리고 얼마 안 있어 그 일이 벌어진다.
오랫동안 내가 잊고 살려 했던 그 일.
그날, 다급하게 달리던 나의 발소리.
허겁지겁 눌렀던 초인종.
오빠, 오빠, 타카히로가, 이상해.

창밖이 갑자기 소란스러워졌다. 수많은 사람들이 카페 앞을 서성였다. 카페 안에 앉아 있던 관광객들이 나처럼 창밖을 놀란 눈으로 기웃거렸다. 웨이터들만 창밖의 소란에 동요되지 않고 각자 자기의 자리에서 무료한 얼굴을 하고 서 있었다. 무슨 일인가요? 나는 내

옆을 지나가던 웨이터에게 영어로 물었다. 웨이터는 영어로 설명할 능력이 안 되는지 불어 단어를 몇 차례 반복하더니 미안하다고 말하며 나를 지나쳤다. 건너편 테이블에 앉은 관광객들이 내게 시위 중이에요, 라고 영어로 말했다. 일어나 내다보니 아닌 게 아니라 시위를 하는 사람들이 도로를 행진하고 있었다.

나는 다시 자리에 앉았다. 시계를 보았다. 남편과 만나기로 한 시간까지는 아직 좀 남았다. 남편과는 오데옹 근처의 비스트로에서 식사를 하기로 되어 있었다. 이제라도 타카히로를 만나러 간다면 오데옹까지 시간 맞춰 돌아올 수는 있을 거였다. 아직 이른 시간인데도 갑작스럽게 어스름이 깔려와 나는 조금 당황했다. 여름과는 전혀 다른 낮의 길이. 사위가 제법 어둑어둑해졌다. 촘촘한 레이스 커튼 사이로 비치던 긴 사다리꼴 모양의 햇살은 이미 짧아졌다. 나는 가방에서 머플러를 찾아 꺼내어 목에 둘렀다. 서늘한 기분. 나는 의식적으로 등을 반듯이 세우고 앉았다. 갑작스러운 한기에 나는 커피를 한잔 더 시킬까 말까 고민했다. 테이블마다 사람들은 무엇인가를 먹거나 마시고, 떠들다가 웃음을 터뜨렸다. 나는 웨이터를 향해 손을 들어올렸다.

그 일이 있기 며칠 전, 우리는 몽파르나스 역에서 만났다. 여러 개의 지하철 노선이 겹쳐 혼잡한 약속 장소여서 나는 그와 엇갈릴까봐 조금 긴장했다. 그날 나는 하나밖에 가져오지 않았던 원피스를 입었다. 화장도 했다. 타카히로가 나를 좋아하고 있을지도 모른다고 생각했다. 아무리 오빠와 친하다 해도, 관심이 없다면 친구의 동생을 이렇게 자주 만날 리가 없으니까. 우리는 약속대로 역사 안의 향수 가게 앞에서 만났다. 화장했네. 타카히로가 웃었다. 나는 마음을 들킨 것 같아 조금 창피했다. 예쁘다. 귀까지 빨개지는 것을 들킬까봐 나는 앞장서 걸었다. 타카히로는 역사 안의 대형 서점에 들러 책을 골랐다. 읽을 수조차 없는 언어로 쓰인 책들에서 풍기는 종이 냄새를 나는 맡았다. 타카히로가 내게 좋아하는 작가가 있느냐고 물었다. 그도 나도 다자이 오사무를 좋아했다는 것을 그날 알았다. 그리고 기억이 틀리지 않다면 우리는 근처 공동묘지에서 점심을 먹었다. 숱한 예술가들이 묻혔다는 묘지였다. 우리는 보들레르의 묘지 앞에서 샌드위치와 체리를 먹었다. 청회색의 묘비들, 푸른 나뭇잎. 새빨간 체리가 유리구슬처럼 투명하게 반짝였다. 타카히로의 고향은 바닷가의 도시라 했는데, 그는 파도를 거스르며 말하는 탓에 그 도시 출신들은 억양이 강하다는 이야기를 했다. 어쩐지 네 말투는 부산 사람 말투 같아. 내가 웃었다. 그래도 거기서 살던 때가 가장 행복했었지. 타카히로가 말했다. 이차성징이 아직 나타나기도 전이었다고 했다. 누구에게나 정점인 시기가 있잖아? 바람이 건뜻 불었다. 해가 머리 꼭대기에 있어 짧아진, 우리의 그림자가 흔들렸다. 타카히로가 말했다. 일본 사람들은 그게 러일전쟁 때라고 생각하나봐. 그 시기를 배경으로 하는 사극은 엄청 인기가 많아. 나는 그 전쟁을 계기로 우리나라가 주권을 잃었다는 말은 굳이 하지 않았다. 너는 언제가 가장 행복했니? 타카히로의 질문에 나는 지금, 이라고 굳이 대답하지도 않았다.

그다음 번 약속이 있던 날, 타카히로는 만나기로 한 장소에 나오지 않았다. 나는 한 시간을 생외스타슈 성당 앞에서 기다렸다. 그때 내게는 휴대전화가 없었다. 공중전화로 타카히로 집에 전화를 걸었지만 타카히로는 받지 않았다. 이상한 기분이 들어 타카히로의 집까지 찾아가 초인종을 눌러봤지만 아무도 답이 없었다. 불길한 예감이 나를 엄습했다. 아무런 징조도 없었는데. 그렇지만 그 겨울, 그 일이 일어났을 때도 나는 아무런 징조를 느끼지 못했다. 등굣길이 유난히 추웠던 것 같지만, 다 만들어진 기억에 불과할 수도 있었다. 갑자기 심장이 너무 빨리 뛰어댔다. 나는 아무것도 모른 채, 집까지 달려갔다. 지하철을 타고, 뛰고 또 뛰어서. 오빠가 놀라서 현관문을 열었다. 무슨 일이야? 오빠가 밖으로 뛰쳐나갔다. 그날 밤, 오빠는 내게 말했다. 타카히로가 자살을 시도했다고. 처음이 아니라고. 연애 문제 때문이라고. 너 혹시 타카히로를 좋아하니? 오빠가 너무 심각한 목소리로 물어본다. 오빠의 목소리가 심각해서, 아니, 나는 거짓말을 한다. 타카히로는 좋아하지 마라. 타카히로가 무사하다는 말을 들었지만 내 몸에서 피가 전부 빠져나가기라도 한 것처럼 온몸이 떨려왔다. 타카히로가 어떤 방법으로 자살을 시도했는지 오빠에게 묻지 않았다. 나는 귀국 날이 다가올 때까지 그냥 집에만 처박혀 있었다. 오빠가 구해온 중고 매트리스에 누워 오빠가 공부를 하거나, 가끔씩 걱정스러운 얼굴로 나를 돌아다보는 모습을 그냥 바라만 보았다.

노인이 된 여자가 젊은 시절 사진에서처럼 저쪽 테이블에 앉아 있는 모습을, 영화는 꽤 오랫동안 보여주었다. 극장에 있었던 관객이라고는 사실 나까지 셋뿐. 하긴, 대낮에 누가 이런 영화관에, 하고 나는 생각했었나? 어쨌든 세 명의 관객은 외로운 항성들처럼 떨어져 있었지만, 여자가 화면을 정면으로 보고 말해서 나는 우리 넷이 카페에 둘러앉아 대화를 하고 있는 것 같은 착각이 들었다. 여자는 계속 말했다. "가장 기뻤던 순간을 물어보셨죠? 글쎄 딱 하나를 꼽을 수 있을지 모르겠어요. 아, 그날은 기억이 나네요. 1944년 8월 16일이었던 거 같아요." 여자는 잠깐 말을 중단한 채 물을 한 모금 마셨다. "당시 파리는 전기도 나가고, 지하철도 끊기고, 식료품도 바닥이 나 있었어요. 독일군이 퇴각할 때 파리를 폭파시킬 거라는 소문이 유령처럼 돌았지요. 8월 18일이었나, 19일이었나. 나는 생미셸 가(街)를 지나다가 독일군을 실은 트럭들이 북쪽으로 도망치는 것을 목격했어요. 어쩌면 모든 것이 내일이면 끝날지도 모른다는 기대감에 그날 밤, 잠을 못 이뤘죠. 그런데 그다음날에도 나치의 깃발은 여전히 펄럭이고 있었어요. 독일 군인들은 생제르맹 거리를 향해 행진하고 있었고요. 곧 전쟁이 끝날 거라는 말들이 많았지만, 그날이었나, 그다음날이었나, 독일군의 장갑차가 상원을 나오면서 거리를 향해 기관총을 난사했어요. 식료품을 구하기 위해 거리로 나서야만 했던 기억이 나네요. 정말 얼마나 무서웠는지." 여자는 그렇게 말하며 살짝 웃었다. "그로부터 며칠 후였어요. 길가에 모여든 군중들의 환호성 소리가 온 도시에 울렸어요. 그렇게 큰 환호성은 두 번 다시 들어본 적이 없는 것 같아요. 지붕 위에서 쏜 누군가의 총에 맞아 사람들이 쓰러지기도 했지만, 무엇도 그날의 열기를 멈출 수 없었죠. 나와 사르트르는 하루종일 삼색기가 나부끼는 파리 시내를 걸어다녔어요. 그다음날 오후 드골이 샹젤리제를 행진했죠. 그때 나는, 파리가 해방되었고, 결국 미래가, 희망이 우리 것이라고 생각했어요." 꿈꾸는 듯한 여자의 얼굴을 클로즈업. "알제리전쟁이 일어날 거라고는 짐작도 못하던 시절이었죠."

나는 귀국하기 전날, 타카히로와 작별 인사를 하기 위해 용기를 내어 집밖으로 나섰다. 오빠는 타카히로를 만날 거면 셋이 만나는 게 어떻겠냐고 내게 물었다. 나는 단둘이서 만나고 싶다고 답했다. 내가 너무 단호했는지 오빠는 웬일로 내 뜻을 따라주었다. 우리는 타카히로의 집과 오빠 집의 중간쯤 되는 바스티유 근처에서 만났다. 고작 이 주 만인데 타카히로의 얼굴이 너무 야위어 그의 얼굴을 똑바로 볼 수가 없었다. 우리는 바스티유 근처의 작은 항구를 따라 걸었다. 일광욕을 하거나, 여럿이 둘러앉아 포도주를 마시는 사람들을 우리는 말없이 지나쳤다. 집처럼 꾸며진 무수한 배들, 그러나 집도 배도 아닌 것들이 강둑에 묶인 채 물살에 기우뚱거렸다.

타카히로, 좋아하는 사람이 있어? 그 사람이 받아주질 않아?

나는 걸음을 갑자기 멈추고 나의 발끝을 내려다보며 농담조로 말했다. 나라면 받아줄 텐데, 라고 말하는 대신, 그 여자가 나보다 더 예뻐? 하고 물었다. 나는 내 발끝에서 시작되는, 우스꽝스러울 정도로 짧은, 나와 타카히로의 그림자를 보았다. 이 그림자도 점점 자라다가 사라지겠지. 타카히로는 아무 말이 없었다.

우리를 감싸고 있던 정적이 스무 살이었던 내게는 너무 버거웠다. 다시는 타카히로를 보지 못할 수도 있다는 것을 알았다. 그와 마지막으로 함께하는 시간이라고 생각하자 목구멍이 뜨거워졌다. 타카히로. 이것이 그와의 영원한 작별이라면, 나는 그에게 꼭 전하고 싶었던 말이 있었다. 아니, 사실 그것은 말로는 표현해 전할 수 없는 것이었다. 누구에게도 전하지 못한, 굳이 말하자면 어떤 감각 같은 것. 그렇지만 가뜩이나 영어가 유창하지도 않은데 그토록 추상적인 감각을 내가 잘 전달할 수 있을지 자신이 없었다. 그래서 나는, 축제로 교내는 시끄러웠어, 라고 말하지 못했다. 캠퍼스 곳곳에 조명을 달아 사방이 눈부시도록 환했어, 라고도. 나는 그때 문과대 건물 가장 꼭대기에 위치한 독서실의 칸막이 책상 앞에 앉아 있었다. 과거에 시위로 일부 불탔었다고 선배들이 신입생 오리엔테이션 날 설명해주기도 했던 건물이었다. 시험 때면 자리를 맡기 힘들 정도로 협소한 공간이었지만 모두 축제의 열기로 들뜬 터라 독서실은 텅 비어 있었다. 창밖의 소란이 비현실적으로 느껴질 만큼 독서실은 고요하고, 초라했다. 그해 봄, 나는 모두가 독서실에 자리를 차지하고 있으면 밖으로 도망가고 모두가 독서실 밖에 있을 때는 안으로 숨어드는 이상한 날들을 흘려보내고 있었다.

나는 우두커니 칸막이 책상 앞에 앉아 있었어, 그렇게 말하고 싶었지만 나는 그냥 타카히로 앞에 서 있을 뿐이었다. 우리는 작열하는 태양을 머리에 이고 서 있었다. 우리 사이로 바람 한 점 불지 않았다. 독서실에서 느꼈던 갑작스러운 충동에 대해 이야기하고 싶었던 것은 아니었다. 어쩌면 그런 것에 대해서는 나보다 타카히로가 더 잘 알고 있었을 테니까. 나는 독서실을 가로질러 가 창문을 열었다. 오랫동안 열지 않은 커다란 창문에서는 쇳소리가 났다. 덩어리진 먼지가 날렸다. 창밖으로 음악 소리와 웃음소리, 그리고 간간이 고함소리. 왜 그 시절에는 사방에서 시도 때도 없이 고함치는 사람들이 꼭 있었을까. 언덕 위에 위치한 문과대 건물의 오층은 무척 높았어, 라고 나는 타카히로에게 말하지 않았다. 필통에서 지우개를 꺼내 밖으로 던져봤어, 라고도. 지우개가 포물선을 그리며 아래로, 아래로, 떨어져내렸다. 사실 죽고 싶었던 것은 아니었다. 나는 그저 J를 이해하고 싶었을 뿐이라고, 타카히로에게 변명처럼 말하지 않았다. 나는 창틀 위로 기어올라갔다. 창틀에 걸터앉아서 들었던 노랫소리. 광장에서부터 들려오던 노랫소리. 그저 엉덩이만 들면 되는 일이었다. J는 그냥 엉덩이를 들기만 했을 것이다. 그 아이의 몸은 복도식 아파트의 십오층에서부터 아래를 향해 곤두박질쳤다. 몸이 산산조각났다는 소문을 들었지만 실제로 보지는 못했다. J가 그토록 다니고 싶어했으나 점수가 모자랐다던 학교에 나는 입학했다. J와 나는 같은 반이었다. 아파트의 주차장 아스팔트 위에 하얀 분필로 그려넣었던 J의 둘레. 나는 J의 체구가 그토록 작았는지도 미처 몰랐다.

창틀에 오랫동안 앉아 있었어. 나는 타카히로에게 설명하고 싶었다. 창틀에 오래 앉아서 내가 바라보았던 풍경에 대해서. 언덕 위의 문과대 오층 꼭대기. 창틀 위에 앉아 내려다보니, 캠퍼스의 광장 쪽에서는 여기저기 달아놓은 조명 탓에 인공의 불빛이 강렬히 뿜어지고 있었다. 눈이 시려 얼른 시선을 돌렸다. 발아래는 컴컴한 어둠. 나는 고개를 좀더 숙였다. 죽고 싶어서는 결코 아니었다. 단지 나는 어둠이 더 익숙했을 뿐이었다. 손목에 힘을 꼭 주는데, 내가 알고 있는 어휘 중 이 어둠을 묘사할 수 있는 형용사가 충분하지 않다는 엉뚱한 생각이 났다. 어둠은 푸른색 같기도 했고 먹색 같기도 했지만 사실 둘 다 아니었다. 둘 다 아니었지만 그런 것 따위는 그 누구에게도 상관이 없었다. 그런데, 있잖아. 그 어둠 속에서 무엇인가 빛이 어슴푸레 보였어, 하고 나는 타카히로에게 말하지 않았다. 내가 보았던 것이 학교 뒷산에 만개했던 조팝꽃이었던 것을 나는 나중에야 알았다. 그렇지만 그때는 그것이 무엇인지 알 길이 없었다. 무엇도 보이지 않는 어둠 속에서 희미한 빛무리가 아슴아슴 바람에 흔들렸다. 이상하지, 그렇지만 어디에도 불빛은 없었어. 나는 그때 보았던 그 어렴풋한 빛에 대해서 말하고 싶었던 걸까. 떨어질 듯 말 듯 허공에 흩날리던 꽃잎이나, 뭉근한 봄바람에 실려오던 꽃향기에 대해서? 아무튼 나는 내 발밑의, 아찔한 어둠 속에서 설탕 가루를 흩뿌린 듯 어른거리던 빛다발을 오랫동안 바라보았다. 들큼한 봄밤의 공기가 내 폐 가득 들어왔다. 창틀을 붙잡은 손이 너무 아팠다. 엉덩이에 배긴 창틀의 모서리가 차갑고 딱딱했다.

그래도 죽지는 마.

나는 타카히로의 팔을 온 힘을 다해 붙잡았다. 내 말에 타카히로가 그날 처음으로 웃었다. 타카히로가 내 머리를 흐트러뜨렸다.

창밖으로 비가 갑자기 쏟아졌다. 카페 안은 더욱 어둑해졌다. 갑자기 수없이 많은 사람들이 비를 피하기 위해 카페 안으로 들어섰다. 웨이터가 무엇을 주문하겠느냐고 그들에게 물었다. 그들은 모두 구호가 적힌 피켓을 들고 있었다. 웨이터는 노골적으로 인상을 찌푸렸다. 시위자들 중 일부는 문가에 서 있고, 일부는 테이블을 잡

310

고 자리에 앉았다. 그들의 몸에서 물이 뚝, 뚝, 떨어져내렸다. 무슨 시위예요? 나는 그중 한 사내와 눈이 마주쳐 영어로 물었다. 그는 아랍인처럼 생겼는데, 자신은 프랑스 사람이며 재단사라고 서툰 영어로 말했다. 그는 남반구의 한 나라에서 공장이 붕괴되어 수많은 섬유노동자들이 죽었다는 사실을 알고 있느냐고 내게 더듬거리는 영어로 물었다. 그는 무엇인가를 더 설명하려다가 포기한 채, 죽었어, 라는 단어만 여러 차례 반복했다. 낯선 발음 탓에, 죽었어, 라는 영어의 형용사는 이물스럽게 들렸다. 나는 아주 오래전에 우리나라에도 섬유노동자들이 많이 있었다고 말했다. 그들도 죽었어. 갑자기 왜 그런 말이 튀어나왔는지 몰라 나는 당황했다. 그와 나의 눈빛이 찰나적으로 얽혔다. 다갈색의 진중한 눈빛.

여름의 끝과 함께 나는 귀국을 했고 뭔가 내 안에서 바뀐 듯한 느낌이 들었다. 무엇이 바뀌었는지는 정확히 몰랐다. 내가 수업에 들어가기 시작했고 과제를 제출했기 때문에 부모님은 만족해하셨다. 복학생과 신입생의 연애는 신입생에게 아무짝에도 득이 될 게 없다던 선배들의 조언을 깜박한 채 복학생과 아무짝에도 득이 될 게 없던 연애를 일 년 남짓 했다. 시간은 그렇게 흘렀다. 동기들은 대체로 취업을 준비했고 졸업한 뒤 대부분 전혀 원하지 않던 직장에 가까스로 취직했다. 후배들은 더욱더 힘들게 취직했으나 대체로 계약 연장을 하지 못하고 실직을 하더라는 풍문이 들려오기도 했다. 그렇지만 그런 풍문은 국민연금이 노후를 보장해주지 못한다는 흉흉한 소문에 묻혀 금세 잊혔다. 그 탓인지 연금보험 대신 결혼을 선택한 친구들이 처음에는 욕을 먹었고 나중에는 선망의 대상이 되었다. 나는 임용고사에 번번이 소수점 차로 낙방했다. 결국은 정규직 교사가 되는 대신 오빠가 소개해준 친구와 결혼을 했다. 남편은 비교적 이른 나이에 교수가 됐지만 그 역시 정년 트랙을 밟지 못했기 때문에 나는 친구들의 선망을 절반만 받았다. 19세기가 왜 좋으냐고 내가 물을 때마다 남편은 언제나 커다란 증기기관차에 대해서 이야기했는데 그의 대답은 이해가 될 듯 말 듯했다.

일상의 속도는 너무 빨라서 나는 돌아온 이후 그해 여름의 기억을 꺼내어본 일이 없었다. 딱 두 번을 제외하면 말이다. 한번은 몇 해 전, 뉴스에서 사린 테러의 마지막 수배자를 체포했다는 기사를 접했을 때였다. 기사는 일본 경찰이 오전 아홉시 십오분께 도쿄의 한 만화 카페에서 마지막 지명 수배자였던 타카하시 가쓰야(高橋克也)를 검거했다고 보도했다. 그나마 이 사건에서는 타카히로를 떠올릴 만한 이유가 있었지만 나머지 한 번의 경우 사실 타카히로가 왜 떠올랐는지 나도 잘 모르겠다. 그것은 돌아온 다음해, 9월 11일의 일이었다. 그해, 9월 11일. 뉴스에서는 뉴욕 한복판의 고층 건물로 비행기가 날아가 꽂히는 장면을 반복적으로 보여주었다. 커다란 굉음과 함께 불길이 치솟았다. 시커먼 구름 같은 연기가 건물 위로 피어올랐다. 건물이 비현실적으로 무너져내리는 광경이 네모난 티브이 화면 속에서 집요하게 되풀이됐다. 처음 그 장면을 목격했을 때, 나는 비스듬하게 소파에 앉아 있었다. 사람들이 비명을 지르고 소방관이 뛰어가는 모습이 흔들리는 화면 속에 반복적으로 보이고, 나는 몸을 일으켜 소파에 똑바로 앉았다. 짙은 회색의 구름과 불길이 솟구치는 건물의 꼭대기에서 무엇인가 검은 물체가 너무도 가볍게 떨어져내렸다. 그것이 사람이라는 것을 깨닫는 데는 그리 오랜 시간이 필요하지 않았다. 하나, 둘 꽃잎처럼 낙하하는 사람들과 푸른 하늘. 검은 연기가 쓰나미처럼 거리를 집어삼킬 듯 뒤덮었다. 사람들이 비명을 질렀다. 나는 나도 모르게 타카히로, 하고 속으로 중얼거렸다. 타카히로를 만난 것이 뉴욕도 아니었고 그 순간 그의 이름을 불러야 할 이유는 전혀 없었는데, 도대체 왜였는지는 모르겠지만, 나도 모르게.

다행히 비는 조금씩 잦아들었다. 피켓을 들었던 사람들이 하나, 둘 카페 문을 열고 다시 밖으로 나섰다. 내 앞에 앉아 있던 아랍계 프랑스인도 내게 인사를 건네고 밖으로 나갔다. 웨이터가 다가와 교대시간이 되었다며 계산을 미리 해줄 수 있느냐고 내게 사무적인 어조로 물었다. 내가 건넨 지폐를 받고 동전을 거슬러주며 그는 나에게 어느 나라에서 왔느냐고 물었다. 내가 대답을 하자 그는 남에서 왔어, 북에서 왔어, 식상한 질문을 던졌다. 네댓 명의 새로운 관광객들이 한국에도 매장이 있는 브랜드의 쇼핑백을 양손에 들고 카페 안으로 들어왔다. 그들이 어느 나라 사람들인지는 알 수 없었다. 나는 더러운 동전을 테이블 위에 그대로 둔 채 차갑게 식어버린 커피를 입안에 털어넣었다. 검은 액체와 함께 잔 바닥에 남아 있던 커피 찌꺼기가 식도를 타고 넘어갔다.

카페의 문을 열었다. 비가 온 뒤라 저녁 공기가 청량했다. 지하철역 방향을 눈으로 가늠하며 옷깃을 여미고 있을 때 아까 대화를 나누었던 아랍계 프랑스인이 카페 입구에서 내게 손짓했다.

프랑스에는 왜 왔니?

친구를 만나러.

지금 만나러 가는 길이니?

이제부터 오데옹까지 걸어가면 시간은 충분했다. 남편은 늘 그렇듯 나보다 조금 일찍 식당에 도착해 있을 거였다. 우리는 음식을 시키고, 포도주도 한잔 마시겠지. 그러고 나면 그는 나에게 물을 것이다. 만난다던 친구는 만났어? 나는 대답할 것이다. 아니. 그는 아마 다시 물을 것이다. 피곤하고 지쳐 있는 얼굴로. 왜? 그러면 나는 무엇이라 답해야 할까. 시간이 너무 많이 흘렀어, 라면 그것은 적절한 대답이 될까. 오빠는 타카히로가 국립 오페라극장 근처의 일본 식당 밀집지역에서 작은 일본 식품점을 운영한다는 소식을 공통의 지인으로부터 들었다고 했다. 어쩌면 운영이 아니라 그냥 거기에서 직원으로 일하는 것일지도 모르겠다고 덧붙였다. 어느 쪽이라도 상관없었다. 어쨌든 그는 살아 있었다. 나도 살아 있었다. 그러고 보니 나는 이미 그 시절의 오빠보다도, 타카히로보다도 나이가 더 많았다. 그것이면 충분해, 나는 조그맣게 읊조렸다. 그렇지만 정말 그럴까? 입안이 썼다. 등뒤로, 카페 간판의 조명에 불이 환하게 들어왔다. 그러자 카페의 자줏빛 소파에 앉아 있던 타카히로와 나의 모습이 환영처럼 눈앞에 떠올랐다. 누군가가 내 등을 떠미는 악몽을 자꾸만 꿔. 테이블 위에 손가락으로 낙서를 하며 우리 둘 중 한 명이 말했다. 아닌가? 누군가를 내가 떠미는 악몽이라 했었나? 차가운 금속 라이터 위로 어룽지던 빛의 조각들. 분홍색 립스틱 자국이 묻어 있던 새하얀 커피잔. 우리 곁으로 수의를 입은 시위자들이 조문 행렬처럼 줄을 지어 지나갔다. 그중 누군가가 들고 있는 사진 속에는 붕괴된 건물에 갇혀 죽었다는 이의 얼굴이 담겨 있었다. 죽은 이는 이십대 같았지만 십대일 수도 있었다. 해가 어느새 졌네, 아랍계 프랑스인이 내게 말했다. 정말 그렇구나. 어둠이 내린 거리를 바라보면서, 나는 입안에 남아 있는 커피의 쓸쓸한 이물감을 잊지 않기 위해 다시 한번 입술을 핥았다.

---

* 이 원고를 집필하는 데 『처녀시절/여자 한창때』(시몬 드 보부아르, 이혜윤 옮김, 동서문화사, 2010)를 참조했습니다.

여름, 그후

이제 와 다시 열어보니, 아직 제목을 짓지 못해 '타카히로'라는 이름을 달고 있던 폴더 안의 첫번째 파일에는 '나'가 타카히로와 카페에 처음 갔던 장면을 회상하는 문단과 소설의 거의 마지막 단락, 그리고 문장이 아니라 단어들로 나열되어 있는 짧은 메모가 적혀 있다. 어떤 소설은 다 완성하고 보면, 쓰는 동안 하도 많이 고치고 고쳐서 애초 구상했던 것과 전혀 다른 결과물이 되기도 하는데, 「여름의 정오」 같은 경우는 첫번째 파일 속 메모해놓은 내용들이 거의 그대로 완성본의 소설 속에 포함되어 있다. 내가 적어놓은 메모 중에는, '나'와 오빠, 그리고 타카히로의 나이를 어떻게 설정할 것인가에 대한 언급이 있다. 나는 다른 소설과 달리 이 소설의 경우 인물들 간의 나이 차가 서사를 만들어내는 중요한 요소라고 생각했던 것 같다.

*

    소설을 발표해놓고 그것에 대해 말하는 것만큼 조심스럽고, 주저되는 일은 없지만 굳이 무엇인가 첨언해야 한다면, 나는 코히누르악터에 대해 이야기하고 싶다. 2013년의 사고 당시 열아홉 살이던 그녀는 방글라데시 수도 다카의 팔층짜리 의류공장 건물 '라나플라자'가 통째로 주저앉았을 당시 뱃속의 사 개월 된 아이를 잃었고 네 군데의 개방골절을 입은 노동자다. 어떤 기사에 따르면, 다국적 의류 기업의 단가를 맞추기 위해 열악한 근무환경에서 일했던 하청 노동자 오천여 명을 덮친 그 참사로 목숨을 잃은 사람은 모두 천백삼십팔 명, 부상을 입은 사람은 이천 명 이상으로 추정된다.

*

    지난해 내내 나는 여러 가지 이유로 죽음에 대해서 자주 생각했다. 「여름의 정오」를 구상하고 썼던 늦봄부터 여름까지는 더욱 그랬다. 나는 이 소설을 어떤 건물 꼭대기 층의 원룸에서 두 달 정도 머무르며 썼는데 그 방은 한쪽 벽의 절반 정도가 유리로 되어 있었지만 정작 창이 제대로 열리지 않아—어쩌면 자살 방지를 위한 것일지도 모른다고 누군가는 말했다—지나치게 뜨겁고 더웠다. 숨막히는 방에 앉아 며칠 동안 소설을 쓰다가 참지 못하고 결국 밖으로 나가 선풍기를 사왔다. 오만원이 안 되는 선풍기였는데 조립하고 전원을 켜니, 당연하게도, 바람이 불어왔다. 바람이 불자 살 만했고,

살 만하다고 생각하자, 괴로웠다.

그래도 나는 소설을 쓰는 내내 타카히로도, 주인공도 살아 있기를 간절히 바라는 마음이었다. 내가 구상해서 쓰는 소설이니까 어떻게 결말지어질지 알고는 있었지만, 더러 나의 의도와 무관하게 인물들이 멋대로 뚜벅뚜벅, 내가 준비한 결말과 다른 길로 걸어가기도 하기 때문에 나는 불안했다.

소설이 잘 풀리지 않고 맘처럼 문장이 써지지 않을 때는 막막하고 힘들지만, 뜻하지 않은 순간 소설의 실마리가 내 안에 찾아오면 기쁘고, 소설 속 인물의 마음이 온전히 내게 전해지고 있음을 느끼는 찰나는 매력적이다. 정수리를 뜨겁게 달구는 방안에서 이 소설을 쓰는 내내 나는 이루어질 수 없는 짝사랑의 열병을 앓는 스무 살짜리 여자아이처럼 애틋한 마음으로 왜소하고, 눈썹과 수염이 짙은 타카히로를 생각했다. 불행하고, 절망하고, 매사에 체념하기만 하는 무기력한 타카히로를. 그러나, 타카히로. 우리는 살아내야 해, 훼손된 얼굴로. 달아나려 해봤자 거기에 그대로 있는 이 수많은 비극들을.

찬란하지 않은 순간들의 찬란

전소영

*

　곁에 자리를 마련해두었다. 이제 당신은 나와 다시 하나의 풍경 안으로 걸어들어갈 것이다. 미간에 절로 주름이 질 만큼 눈부신 날, 해가 붙박인 듯한 낮의 중간쯤이면 좋겠다. 정체를 알 수 없는 초조에 가슴이 달뜨고 얼굴은 열기로 화끈거릴지 모른다. 그렇다 해도 나나 당신은 작열하는 그 빛의 강도를 온전히 헤아릴 수 없을 것이다. 언제나 그랬듯, 그에 대해 알게 되는 순간은 시차를 두고 올 테니. 밝음이 흔적을 감추고 어둠만이 영원처럼 시선을 장악하면, 그제야 빛의 잔상에 열렬히 시선을 붙들린 채로 우리는 이렇게 말하게 되는 것이다. 지나간 빛, 참 찬란했다고.

　당신과 내가 삶의 편도 여행자일 수밖에 없는 한 이 시차증은 좀처럼 극복하기 어려울 것이다. 시간은 자비롭다. 그 성능 좋은 마모제의 곁을 스치면 어떤 날 선 일들도 모서리를 잃고 부드러워진다. 그래서 시간은 또한 가혹하다. 결국 우리의 머릿속에서 생애 가장 아름다운 날은 늘 과거형일 수밖에 없는 것이다. 가까이에서 대체로 비극이었던 삶마저 멀어져 희극이 되는 일은 얄궂다. 하여 우리는 한때 아프다 밀어내었던 지난날을 뒤늦게 굳이 돌이키고 그럴 때마다 한껏 아련한 얼굴이 된다. 그때에만 할 수 있었던 일들을 그리워하며 이렇게 덧붙일지도 모르겠다. 그때 우린, 한창이었지.

**

소설을 떠나온 지 꽤 흘렀지만 나는 아직 당신을 놓을 마음이 없다. 실은 수린의 소설처럼 굴고 있는 중이다. 사유 안에 갈무리될 수 있는 존재들을 하나의 시공에 '우리'로 서게 하는 것이 수린 소설의 가장 다감한 미덕이라고, 생각해와서인지도 모르겠다. 그래서 "당신이 푹신한 의자에 앉아 신인 소설가의 신작은 어떤가 읽어볼까 하는 마음으로 이 소설을 읽고 있을 때, 리는 뙤약볕 아래서 그들이 오기를 기다리고 있었다"(「까마귀들이 있는 나무」)고 언젠가 수린이 썼듯, 나는 당신을 당신의 시공에서 이탈시켜 '우리'의 자리에 초대했다. 다만 수린의 소설이 늘 다가감을 주저하고 망설였듯, 그러니까 '기억한다' 대신 "잘 기억나지 않는다" "추측하게끔 할 뿐이었다"고, '알고 있다' 대신 "정확히 알 수 없었다" "쉽게 가늠하지 못한다"고 쓰였던 문장들의 궤적을 좇아 나 또한 조심스럽게 당신의 곁에 머무르기로 한다. '우리'로서 느낄 때에만 더 절실하게 다가오는 것들이 분명히 있기 때문이라고, 변명해둔다.

수린은 이번엔 우연한 기억을 아교 삼아 전혀 다른 세기, 전혀 다른 장소의 존재들을 '우리'로 세운다. 봉쇄된 파리에서 자유를 갈망하는 다큐멘터리 속 여자, 한참 후 다시 파리에서 사랑을 잃는 '나', 사랑에 외면당해 삶마저 외면하려 했던 타카히로, 삶에서 자취를 지우며 '나'에게 자취를 남긴 J. 그들은 저마다의 '한창때'를 절박하게 잃었고 그 때문인지 국적도 인종도 성별도 다르지만 닮았다는 데, 당신도 동의할 것이다.

그렇다면 또한 당신이 괘념치 않을 것이라 믿으며 나는 거기 우리의 '한창때'도 포갠다. 물론 당신이 삶을 몇 해나 견뎌왔을지 알 수 없으므로, 당신의 그 시절이 정확히 언제쯤인지 나는 짐작하기 어렵다. 어쩌면 갓 스무 살 무렵이거나, 그보다 한참 앞쪽, 훨씬 나중을 떠올리고 있을지도 모르겠다. 혹시 '그때'가 언제인지 가늠이 어렵다면 이런 기억을 떠올려보길 권한다. 당신에게나 나에게나 "지금 생각해보면 아무것도 아닌 것들"이어서 한 번은 잊혔다가 "도대체 왜였는지는 모르겠지만, 나도 모르게" 종종 돌아와 나를 "기꺼이 사로잡"는 그런 나날들 말이다.

기억을 저어 스무 해쯤 어림잡아본다. 나와 당신은 아마 별반 다르지 않은 시간을 보냈을 것이다. 대략 이만 번 정도의 끼니를 해결해야 했을 것이고, 적어도 육만 시간쯤은 길몽과 악몽 사이에서 헤맸을 것이다. 꿈이 없던 많은 날들엔 해야 한다 여겨지는 눈앞의 일을 했으며, 꿈이 생겼을 때는 그렇게 지나간 시간을 붙잡고만 싶었다. 19세기에도 20세기에도 지금까지도, '한창때'의 누군가들은 좀처럼 가진 것이 없다. 그래서 자주 서럽고, 서러우니 인내심은 한없이 임계점이 낮아진다. 걸핏하면 "목표도 책임감도 없는 인간"으로 몰아대는 누군가와 싸우다 "자기 나라에서 이방인으로 사는" 것 같은 기분에 사로잡혔을 지도 모른다.

그토록 외로워서였을까. 에로스와 타나토스만큼은 앞다투어 극점으로 치달았다. 설령 혼자만의 마음 안에서라도 죽을 만큼 사랑하고 싶었고, 사랑하지 못하면 죽을 것도 같았다. '한창때'인 이 소설 속 '나'에게 열렬한 사랑과 짙은 죽음이 동시에 기색을 드리운 것을, 그러니까 사랑하는 이와 함께 묘지에서 피크닉을 하고 그에게 자살한 친구를 겹쳐놓는 '나'를, 당신과 내가 조금 낯설어하다 결국 수긍해버리는 것은 그래서일 것이다. 그 상실감과 열정과 먹먹함이야말로 당신과 내가 거쳐왔거나 거쳐야 하는, 그 시절의 민낯이니까.

***

그저 그 아련한 날들의 서툰 사랑을 추억하려는 이야기냐고, 당신이 물어올 수도 있겠다. 이 작가에게 사랑은 언제나 믿는 구석이었다고, 나는 답할 것이다. 단, 그 사랑이 누군가의 내면에서 시작되고 끝나는 자족적인 것만은 아니라고 덧붙이는 것이 옳겠다.

이것은 거짓말일까. 나는 당신을 사랑한다. 그 시작이 언제인지는 잘 모르겠다. 당신은 말이 없고 낯을 가린다. 공교롭게 나마저 당신을 닮았다. 설사 만난다 해도 우리는 서로 멀찍이 떨어져 걷는다. 더군다나 당신과 나는 성별도 인종도 달라, 우리의 공통어는 짧은데다 각자의 모국어로 오염되어 있다. 언어의 교류는 엉망진창이다. 그럼에도 나는 당신의 말을 다 알아들을 수 있다. 우리는 사이가 좋다.

소설에 귀를 기울이면, 이것은 거짓말이 아니다. 나와 당신 사이에 어떤 매듭만 있다면 말이다. 그 매듭이란 그다지 대단치도 않다. 이를테면 "도쿄는 너무 커, 그가 말하면, 서울도 마찬가지야, 내가 맞장구를 치"거나 "도쿄는 너무 시끄러워, 그가 말했고, 서울도 그래, 내가 후렴구처럼 덧붙"이는 것. 혹은 상대의 상처를 알고 "그건 정말 그럴 것"이라고 진심으로 여기게 되는 것. 아니 그 이전에, 갑자기 흐느끼는 상대에게 "아무것도 묻지 않"은 채로 그의 "어깨를 살짝 감싼 뒤 두어 번, 손에 지그시 힘을 주"는 것. 그러니까 "말로는 표현해 전할 수 없는", 말이 되면 차라리 오염되어버릴 어떤 감각들.

잠시만, 슬픔을 가운데 두고 우리가 마주선 순간을 그려보았으면 한다. 슬퍼하는 나를 바라보는 것만으로 당신은 힘겨울 것이다. 슬픔의 내부는 생각보다 좁고 깊어 거기 앉은 서로를 응시하는 일은 언제고 어렵다. 슬픔을 달래(지 않)는 것도 쉽지 않다. 슬픔의 아귀힘은 예상외로 강해서 거기 사로잡힌 나는 당신에게, 당신은 나에게 섣불리 위로의 말을 건네고 싶어진다. 그러나 늘 깊이 닿는 위로는 이성에서 건져진 말들이 아니라 감각에서 비어진 공명(共鳴)의 마음이었다. 곧 괜찮아질 것이라는 건조한 약속보다 문득 잡은 손의 온기가 더 오래, 고된 밤을 견디게 하는 것이다.

소설은 "말하지 않았다"거나 "굳이 대답하지 않았다"고 곧잘 쓰면서 무엇이든 섣불리 형언해버리지 말라는 듯 '나'의 입술을 여민다. 그래서 '나'는 누군가의 상처에 대해 말하는 대신 그것을 느낀다. 이를테면 이런 것이다. 죽은 친구를 이해하려 손이 아플 때까지 창틀 위에 앉는 것. 그에 대한 기억으로 사랑하는 사람을 염려하는 것, 그들과 사린가스 테러나 9·11의 희생자들을 겹쳐 보는 것. 죽은 이국의 노동자들로부터 모국의 노동자들을 떠올리는 것. 어쩐지 죽음과 친밀해 보이는 '나'를 내내 응시하면서도 나와 당신이 안도했다면 이 때문일 것이다. '나'는 죽을 것 같은 짝사랑을 치르며, 사랑 때문에 죽고 싶어지는 대신 죽을 정도로 함께 앓는 사랑에 대해 알았다. 그 끝에서 '나'의 사랑은 스스로의 삶에 함몰되는 대신 사위의 삶으로 확장된다.

이쯤에서 당신과 나는, 주인공이 첫사랑과 조우하지 못했을 것이라고 짐작해본다. 실은 만나지 않으면 좋겠다. 한참 전 그와 교감했던 한줌의 기억으로 '나'는 누군가의 아픔을 그냥 지나치지 못하게 되었으니까. 한창때의 기척이 완연히 소멸되어, 삶이 더없이 무료해진 날들까지도 말이다.

**

이제 당신을 놓칠 때가 되었다. 다만 먼 훗날 언젠가 우리가 다시 만난다면, 그런데 산다는 것이 별수없어 그때도 그다지 변함없이 지난날들만을 그리워하고 있다면, 서로에게 이렇게 이야기해주기로 하자. 아주 오래전에도 나와 당신은 지금처럼 서서, 무모하고 투박했던 '한창때'를 아름답게 여겼다고. 그러나 이제는 그날도 '한창때'의 빛으로 기억에 남아 있다고. 아니, 나'도' 당신처럼 남겨진 빛의 잔상을 더듬고 있다면 당신'도' 나처럼 과거가 그립다 말하고 있다면, 그래서 당신과 내가 '우리'라면 이 순간이 여름의 정오라고. 지금 우리, 가장 찬란하다고.

*

또한 매 순간 찬란할 수 있었던, 떠나간 이들도 잊지 말자고.

전소영
2011년 『문학사상』 신인상에 평론 「'놀이'의 존재태(存在態), 독자성의 공동체—김중혁론」이 당선되어 등단.

2015 제6회 젊은작가상

심사 경위
심사평

심사위원
구효서 권희철 류보선 신경숙 정영문 황종연

선고위원
금정연 양재훈 전소영 양경언 오혜진 윤재민 이재경

젊은작가상은 등단 십 년 이내 작가의 작품 중 심사 전년도 1월부터 12월까지 한 해 동안 문예지를 비롯한 각종 지면에 발표된 신작 중단편소설을 심사 대상으로 삼는다. 2014년 한 해 동안 계간 『문학동네』의 '리뷰 좌담' 코너를 맡아준 문학평론가 양재훈, 전소영씨, 서평가 금정연씨가 장시간의 노고 끝에 삼십 편 남짓의 단편소설을 골라 1차 선고를 마쳤다. 사실 이 선고 작업은 거의 일 년에 걸쳐 이루어진 셈인데, '리뷰 좌담'을 맡아준 세 분은 지난 일 년 동안 발표된 신작 중단편소설을 모두 검토하고 그 가운데 우수한 작품을 선별하는 일을 지속해왔기 때문이다. 여기에 2015년 '리뷰 좌담' 코너를 새롭게 맡은 문학평론가 양경언, 오혜진, 윤재민, 이재경씨가 합류해 총 열일곱 편을 추려 2차 선고를 마쳤다. 최종 일곱 편의 수상작에 선정되지는 않았지만, 김덕희, 염승숙, 이상우, 정영수

등 새로운 젊은 작가들의 진출이 눈에 띄었다.

본심은 구효서, 권희철, 류보선, 신경숙, 정영문, 황종연 제씨가 맡아주었다. 본심 후보작들을 읽은 소감을 나누는 것만으로도 긴 시간이 필요했지만 일곱 편의 수상작과, 그중 한 편의 대상작을 선정하는 데에 큰 이견은 없었다. 정지돈의 작품이 '젊은작가상'에 걸맞은 새로움과 활력을 갖추고 있기 때문일 것이다. 뒤늦은 감이 있지만 김금희와 백수린은 젊은작가상을 처음 수상하게 되었다. 올해로 등단 십 주년을 맞은 이장욱이 총 4회 수상으로 최다 수상을 하게 된 것도 손보미가 4회 연속으로 수상하게 되어 기록 경신이 예상되는 것도 놀랍고 축하할 일이지만, 젊은작가상이 더 다양한 작가들을 조명할 수 있게 되는 것이 우리 문학계를 더 풍요롭게 하는 일이 될 것이다. 재능 있는 신인 작가들을 알맞은 때에 발견해내고 즐겁게 놀라는 일이 지속되기를 기대한다.

| 심사평 |

구효서 _소설가

한바탕 즐거운 읽기였다면 모를까 우열을 가리는 일이 아니었다. 한 권의 책으로 묶으려니 읽은 모든 작품을 수록할 수 없었다고 말하는 것이 옹색한 변명으로 들렸으면 좋겠다. 다채로워서 무엇부터 읽을까 군침이 돌았고, 한꺼번에 읽자니 행여 체하지나 않을까 걱정되었다. 덤비지 말자 심호흡을 하고 천천히 읽었다. 일곱 명 모두 동등한 자격의 수상자고 상금도 똑같다고 한다. 첫 수록자의 작품도 '대상작'이 아닌 '표제작'이라고 해서 선정하는 데도 큰 부담이 없었다. 즐거운 읽기였다는 말이다.

읽는 내내 '시간'이라는 말과 '농담'이라는 말이 떠나지 않았다. 다채로웠다고 하면서도 대강으로 엮으려는 것은 앞뒤 안 맞는 나쁜

심사평 331

구효서

버릇이겠지만 떠오르는 것을 굳이 밀어내는 것도 일이겠다 싶어 내버려두었다. 시간이라고 해도 다 같은 시간이 아니고 농담이라고 해도 다 같은 농담이 아닐 터이니.

「건축이냐 혁명이냐」는 시간으로도 농담으로도 읽혔다. 처음에 잘못 읽어 「건축이나 혁명이나」로 읽었는데(왜 그랬을까?) 읽다보니 그렇게 읽어도 상관없었다. 이 작품을 농담으로 읽었기 때문인데, 형용사를 붙인다면 '참혹한' 농담쯤 되겠다.

참혹해진 이유는 시간 때문이 아니었을까. 황족 이구라니. 나 황족이오, 라고 말하면 지금은 농담이지만 한때는 농담이 아니었지 않은가. 농담이 아니었던 것이 농담이 되는 데는 시간이라는 것이 한몫한다. 이승만 박정희 시절에는 농담이 아니었던 시퍼런 것이 지나고 나면 건축사(나 혁명사)의 참을 수 없이 지독한 농담이 된다. 한강 밤섬 폭파도 와우아파트 붕괴도.

이구, 김중업, 김수근, 김원, 손정목은 우리가 다 아는 인물들인데 작품 안에 이들이 실명으로 등장한다. 실명이었으니 멋대로 허구를 뒤섞을 수 없었으리라. 허구의 여지가 매우 적었을 텐데 소설이 허구에만 의존하겠는가. 사실만 갖고도 '시간'만 격(隔)해놓으면 허구보다 강력한 농담이라는 소설적 영토가 탄생하는 것 아닐까.

이구, 김중업 등이 겪은 삶의 곡절은 한국을 비롯한 세계 여러

나라(소설의 반은 다른 나라 사람들의 애기와 엮인다. 고다르가 김중업을 찍었단다)의 '지난 시간'의 배경적 풍경 없이는 부조(浮彫)가 불가능하다. 다시 말해 믿을 수 없을 만큼 지독한 농담으로서의 삶의 조건이란 그들이 통과해온 일그러진 시간의 가늠 없이 타진되기 어렵다는 것.

누가 뭐라 하든 나는 소설을 쓰는 거야, 라며 쓰는 소설가의 소설인 만큼 이 작품은 도무지 소설 같지 않다는 말마저 아랑곳하지 않는다. 그러나 시간의 결이 남기는 참혹한 농담의 지층을 탐색하는 일이 소설이 할 일 중의 하나라는 인식에마저 아랑곳 않지는 않아서, 더 말하자면 투철해서 이 소설은 독자와 아주 새뜻하게 만날 수 있겠다고 생각했다.

「조중균의 세계」는 어떤가. 작품 안에서도 말하듯이 그 세계는 '지나간 세계'로서 시간이 개입된 세계다. 모든 현존재는 시간 속에서 자신의 존재를 가늠한다고 한나 아렌트의 연인이 말했듯이, 여기에서의 시간이란 자신의 존재를 가늠하는 조건으로서의 시간이니, 그 존재를 가능케 하는 '세계'로 바꾸어 쓸 수 있다. 그리하여 조중균이나 형수씨의 '세계'란, 좌우를 막론한 진보주의의 일방향/일직선적 시간을 따라잡지 못해 뒤처진 낙후의 세계가 아니라, 모든 강압적 발전 법칙에 저항하거나 동참하지 않는 바틀비의 세계가 된다. 그 지점을 너나없이 의미 없는 루저의 시공간으로만 말하는 작금의 세상을 딱한 시선으로 그려놓은 김금희의 농담은 쓸쓸하고 서글프고 먹먹하지만, 사는 두려움을 슬쩍 없애주는 멋진 요술이어서 기분이 좋다.

「근린(近隣)」의 농담은 스타일상의 과장에서 온다. 지난해 「창 너머 겨울」을 읽으며 '사타구니의 곰팡이'에서 갸웃했는데 이제 좀 알겠다. 이번 작품에서 작가의 스타일이 좀더 드러났다고 할까. 늙은 여자 셋의 수다와 시샘, 맥도날드 라이더의 과잉된 파수관 사명, 요양원에서 기저귀를 차고 탈출한 신체불구 노인 남녀의 야외 정사, 레깅스 여자의 의협심, 자신의 아이를 살해한 아이 엄마의 땅을 두드리는 통곡, 무인정찰기 추락을 바라보는 사람들의 코믹한 시선, 그리고 시추의 알알, 알알알알알알, 알알알알알알알…… 이 걸 어찌 농담이라 하지 않을 수 있을까.

소방호스처럼 뿜어내는 눈물이라든가 무릎까지 내려온 다크서 클 같은 만화적 과장은 종종 정색한 모습에 감추어진 엄숙주의의 추한 이면을 들춰내는 효과를 보인다. 「근린」의 농담은 무엇인가. 이와 같은 소설 속 얘기들이 우리의 일상으로부터 먼 일이 아닌 가까운 일임을, 가까운 일이 아닌 먼 일처럼 드러내는 묘(妙)라 할 수 있지 않을까. 다시점도 전지시점도 아닌 유령의 시점으로 인근 수킬 로미터 반경을 종횡무진 가로지르는 것도 솜씨가 어지간하지 않으 면 부릴 수 없는 묘기.

「여름의 정오」의 시간을 보자. 작품 안에 "19세기에서 20세기 로"라는 말이 나오지만 '20세기에서 21세기로'라는 말은 나오지 않 는다. 앞의 것은 보부아르가 겪은 랑그적 역사로서의 시간이며 이 미 구획되어 정리된 기록으로서의 시간이기 때문에 명시하지만, 뒤 의 것은 화자가 겪은 파롤적 역사로서의 시간이며 아직 진행형이 기 때문에 명시하지 않는다. 명시하지 않을 뿐, 보부아르가 그랬듯

'나'의 '젊은 한때'도 있었고, 지났으며, 지난 만큼의 흔적과 얼룩을 남기고, 상기된다. 친구 J와 타카히로라는 흔적과 얼룩을 남기며 진행된 '나'의 시간은, 강요된 삶과 압살당하는 개인과 빗나가는 미래라는 '모두'의 거대한 20세기적 시간 그림 안에 어떤 음영을 보태게 될까 질문하는 소설인 것 같다. 그런데 작가는 보부아르처럼 명료하게 상기하는 방식의 대답을 준비하지 않고 흔적과 얼룩이 번져 이루어내는 만다라적 시간의 추상을 어렴풋한 뒷배경으로 걸어놓는 쪽을 택하는데 나는 그게 더 좋았다.

「임시교사」에서는 다시 시간과 농담이 어우러진다. 손보미의 소설을 읽다보면 금방 마지막에 다다르고 마지막에 다다라서 깜짝 놀란다. 길이 멀끔해서 마냥 걸었는데 길의 마지막에 이르면 뭔가를 놓치고 중뿔나게 걷기만 했다는 느낌에 사로잡힌다. 길이 훤하고 깨끗해서였는데 그게 트릭이었던 것이다. 그것을 나는 손보미의 농담이라 하겠다.

처음부터 다시 읽거나 읽은 걸 곰곰이 되새길 수밖에 없다. 매끈한 것은 그래서 조심해야 한다. 임시교사를 이십 년간 했다면 이미 임시(臨時)교사가 아닐 터인데 작가는 P부인을 임시교사라 칭하며 시간의 농담을 지속시킨다. P부인은 임시교사를 그만두고도 임시성을 떼버리지 못한 '남의 집' 보모가 되어 아이의 부모를 대신해 아이를 키운다. 아이가 크자 알츠하이머에 걸린 아이 할머니를 돌보는 등 평생에 걸쳐 '임시'를 이어가고, 그러다보니 임시가 임시가 아니고 남의 집이 남의 집이 아니게 된다.

그렇다면 P부인에게 아이와 할머니와 살림을 온통 맡겼던 맞벌이 집주인 부부는 오히려 평생을 '임시'로 '남의 집'에 살아온 꼴이 되나? 왠지 그래 보이는데도 작가는 끝까지 농담을 한다. 그들 집 주인 부부의 삶은 "모든 것이 너무나 완벽했고 잘못된 건 아무것도 없었다. 정말로 나쁜 일은 하나도 일어나지 않았다"고. 임시와 평생 이라는 단순한 시간 개념을 갖고 이토록 통쾌한 장난을 치다니. 이게 아무나 할 수 있는 일일까.

「우리 모두의 정귀보」가 고맙다. 고백하건대 그동안 나는 이장욱의 소설을 국어 시험문제 풀듯 읽었다. '다음 글을 읽고 물음에 답하시오'라는 문제의 지문을 대하는 듯한 느낌을 떨칠 수 없었다. 항상 그럴듯한 답을 준비해야 할 것만 같은 글. 강단의 작가라서 그렇게 보였던 걸까. 이야기의 정경은 실생활적인데 뒤에 숨겨놓은 뜻은 언제나 아카데믹해 보였다. 이번에도 그러려나 긴장을 했는데 그러지 않아 개인적으로 고마웠다. 이전 작품에 비해 묽은 것이 아니라 담담해진 까닭은 서사에 시간이라는 넉넉한 매질이 유입되었기 때문일 것이다.

판단의 재구성으로 조직하는 평전보다는 시간의 순서를 따른 정보만으로 이루어지는 연보의 효용. 평전을 지금까지 수렴한 의미 및 평가의 엉기고 닫힌 구조라고 한다면 연보는 누락된 시간의 복귀를 하냥 기다리는 풀리고 열린 구조가 아닐까.

이번 소설에 긴장하지 않았던 까닭도 그렇다. '다음 글을 읽고 물음에 답하시오'라는 건 여전했는데 대신 짧은 문장 하나를 그 뒤에 붙여주었다. '시간 제한 없음.'

우리 모두의 정귀보는 제한 없는 시간 속에서 걸어나오게 될 테니까.

「루카」에서 루카는 '너'고 '나'는 딸기다. "오직 하나뿐인 진짜 이름 같은 건 세상에 없다"고 한다. 퀴어도 진짜 이름은 아니고 하나뿐인 이름도 아니다. 이장욱식으로 말하면 그것은 연보 같은 것이다. 어떤 제한도 주어지지 않을 때 스스로 걸어나오는 것이리라.

성적 소수자라는 이름은 성적 다수자에 의해서만 제한된 이름이므로 진짜도 아니며 유일하지도 않다. 이름에 의한 자유의 제한은 문화의 범주 안에서 쉽게 정당화된다. 문화는 삶이라는 시간이 지속적으로 누적시켜온 앙금이며 그것은 믿음이나 종교나 폭력이라는 이름으로 바꾸어 말해질 때가 있다. 어쨌든 이름을 제한하는 것은 시간의 힘인 것이다.

「루카」는 퀴어에 의한, 퀴어란 무엇인가라는 소설이 아니라 퀴어라는 이름을 누가 왜 제한하는가에 관한 소설이다. 도식적이긴 하지만 그것은 언제나 질서의 세계를 고집하려는 아버지(목사, 믿음, 종교)라는 이름의 음모다. 그것도 시간을 가장 많이 독점한 늙은 아비.

'나'는 믿음을 받아들이고 '너(루카)'를 잃는 데까지 이 소설은 나아간다. "그 사실이 가끔 나를 찌르지만 나는 대체로 평안하다"고 말함으로써 나는 문화의 세계에 무리 없이 편입되는 것처럼 보인다. 그러나 손보미식으로 보자면 그것은 "잘못된 건 아무것도 없었다"의 반어로서 시간의 무서운 힘을 정확히 지적하는 것이리라.

그다지 좋지 않은 나의 오랜 습관 때문에 다채로운 작품들을 놓고 시간과 농담이라는 대강으로 억지를 부렸다. 아인슈타인과 베르

그송 이후 세계를 사유하는 데 시간의 문제를 조금도 멀리할 수 없다는 것, 그리고 모든 정색하는 것들에 대한 혐의 두기와 도망치기에서 농담만큼 유효한 유희도 드물다는 점을 슬며시 강조하며 이해를 바란다.

권희철 _문학평론가

젊은작가상은 예심과 본심으로 나뉘어 있다. 지난 일 년 동안 발표된 거의 모든 한국 중단편소설을 읽고 토론해온 젊은 평론가들이 그 가운데 주목할 만한 열다섯 편 내외의 작품을 선정하는 것이 예심이고, 그 가운데 일곱 편의 수상작을 낸 뒤 그 가운데 한 편의 대상작을 결정하는 것이 본심이다. 열다섯 편 가운데 일곱 편을 고르는 일에 선택지가 많을 수 없다. 또 대상을 뽑는다고는 하지만 젊은작가상은 일곱 명의 작가를 조명하는 것을 기본으로 하는 것이고 상금이나 수상작품집의 지면 할애에도 대상과 다른 수상작에 차등을 두지 않으니 대상의 명예가 가벼운 것은 아니지만 다른 문학상이 한 편의 수상작과 최종후보작을 구분하는 것과는 확실히 차이가 있다. 요점은 젊은작가상에서는 예심이 본심보다 결정적이라는 것이다. 젊은작가상은 젊은 평론가들의 안목으로 그들과 동세대 작가들을 조명하는 제도인 것이다. 본심에 오른 열다섯 명 작가의 열일곱 작품 가운데 나로서는 납득할 수 없는 작품도 있었지만 그럴 때 나는 벌써 후배 평론가들의 안목에 의해 심사당하고 있는 것인지도 모른다. '이런 작품을 알아보지 못하다니……' 모든 심사에서 심사자가 또한 심사당하는 것은 당연하지만 그중에서도 젊은 작가상은 유독 두드러지는 것 같다. 심사평을 시험을 치르는 기분으로 쓸 수밖에 없다.

이번 심사에서 나에게 발견이라고 할 만한 것은 김금희의 「조중균의 세계」였다. 오늘날의 사회적 문제가 어떤 것이라고 가르치려 드는 소설은 대체로 실패하는데, 왜냐하면 독자들이 그런 문제에 대해서 모르는 것이 아니기 때문이다. 그런 문제적 상황에 처한 어떤 사람의 얼굴 위로 스쳐지나가는 난처하고도 절박한 표정 같은 것을 놓치지 않을 때에만 소설은 소설로서 성공한다. 「조중균의 세계」를 그에 부합하는 뛰어난 사례로 꼽고 싶다. 조중균씨의 표정을 담고 있는 '수첩'과 같은 디테일을 만들어내는 사람이 평범한 작가일 수 없다.

이장욱의 「우리 모두의 정귀보」가 젊은작가상 수상작으로 뽑힌 것은 약간 어색하게 느껴질 수 있다. 이장욱은 이미 너무 많은 것을 입증해서 중견 작가로 생각되기 때문이다. 이장욱의 소설을 읽을 때면 여지없이 체험하게 되는 그 유령적 존재의 기이함에 대해서 길게 말할 필요는 없겠지만, 이 단편소설에는 좀더 평범하고 일상적인 사례에서 기이한 것을 추출하는 특이함이 있다는 점을 덧붙이고 싶다.

윤이형의 최근 단편들이 보여주는 새로운 모습이 놀랍고 반갑다. 처음에 나는 「루카」가 동성애를 혐오하는 혐오스러운 자들에 대해 정치적으로 올바른 비판을 가하면서 그러한 비판을 억압하는 아버지와 희생당한 아들의 단순한 구도 속에 집어넣어본 것이라고 생각했는데 그것은 물론 나의 잘못이었다. 「루카」는 그런 정치적으로 올바른 판단 이후에도 자신 안에 남아 있는 처치 곤란의 덩어리들에 대해 말하고 있고 우리가 우리 자신을 처치 곤란의 덩어리 그 자체라고 인정한 뒤에도 끝내 포기할 수 없는 애틋한 순간들에 대해 말하고 있다. 삶에 대해 진지한 작가가 아니면 이런 것을 써낼 수 없다.

손보미는 젊은작가상을 이미 세 번이나 연달아 수상했으므로 여간해서는 네 번 연속 수상할 수는 없었으리라고 예상하는 것은 자연스럽다. 그런데 「임시교사」는 여간하지 않았던 것이다. 손보미의 소설은 대체로 중산층 가정의 화목해 보이는 일상 안에 잠들어 있는 파열선을 건드리는 것으로 소설적 사건을 만들어왔는데, 그 파열선과의 접촉에 정교한 설득력이 있어 삶의 감춰진 실상을 얼핏 감촉하게 만드는 데 성공해왔던 것 같다. 「임시교사」가 다시 한번 그 전철을 밟는 것처럼 보이기도 하지만 실상은 그 반대다. 중산층의 화목해 보이는 일상에 안착할 수 없는 사람이 자신의 삶의 리듬이 평화롭다고 스스로를 기만하기 위해서 안간힘을 쓸 때 그 사람의 뺨 위에 이는 가느다란 경련 같은 것, 그런 것이 「임시교사」에는 있다.

최은미의 「근린」의 제목은 두 가지를 동시에 가리키는데, 하나는 사건이 벌어지는 공간인 근린공원을 연상시키는 것이고 다른 하나는 근린공원에서 서로 충돌하면서 어떤 관계를 맺어나가는 '가까운 이웃'이라는 의미의 한자어다. 근린공원에 모여 있으면서도 서로 너무나 동떨어져 있는 사람들의 부딪침을 포착하는 이 소설은

낯선 이들 여럿이 함께 살아가는 도시
적 삶의 형식에 대한 날카로운 분석이
기도 하며, 서로 다른 세대에 속해 있
는 여성들 사이의 실패한 대화의 녹취
록이기도 하다.

　백수린의 소설은 외국에 나가 있거
나 한국을 찾은 외국인을 만나거나 하
는 방식으로 이방의 분위기를 끌어오
면서 소설적인 사건을 구성하는 것처럼
보인다. 그것은 국제도시 가운데 하나가

권희철

되어가는 듯한 서울의 세태를 그리고 그 안에서 살아가고 있는 세대
들이 낯선 것에 반응하는 방식을 반영한 결과이기도 할 것이다. 하지
만 그것만으로 좋은 소설이라고 말하는 것은 어려울지도 모른다. 「여
름의 정오」는 오히려 자신과 유사하고 자신에게 친숙한 것들에게 둘
러싸여 있을 때 생겨나는 고독한 이질감에 대해, 반대로 그 이질감
을 이해받을 수 있는 낯선 것과의 관계에 대해 이야기하고 있다. 그
런 것들을 이해하고 표현해내는 섬세함이 이 소설에는 들어 있다.

　지금 쓰고 있는 답안지에서 가장 자신 없는 부분은 정지돈의
「건축이냐 혁명이냐」인데 왜냐하면 이 작품의 진가를 나는 제대로
알아내지 못했기 때문이다. 이렇게 많은 사실들을 조사해서 한 작
품 안에 쏟아붓고 이러저러한 방식으로 조합해보는 것은 확실히
간단하지 않은 작업이고 새롭게 시도된 작업이다. 하지만 단편적
사실들의 촘촘함, 그 복잡성만으로 소설적인 어떤 것을 만들어낼

수 있는 것은 아니다. 오히려 그런 자료들에 대한 집착은 삶의 심연이든 언어의 심연이든 무의 심연이든 소설적인 어떤 것을 체험하는 것을 방해하는 초조함의 일종인 것처럼 보인다. 내가 틀린 것일까? 그렇게 생각하는 것이 자연스럽다. 예심 선고위원들 모두의 지지를 받았고 본심에서도 다수의 강력한 지지를 얻은 이 작품에는 내 눈에 보이지 않는 뭔가가 있는 것 같다. 하지만 보이지 않는 것을 보인다고 쓸 수는 없었다. 이것으로 이번 시험은 끝인 것 같다.

류보선 _문학평론가

올해로 문학동네 젊은작가상이 6회째를 맞는다. 그런데 첫 심사다. 그간 기회가 닿지 않아서이기도 했지만 굳이 그 기회를 잡으려 하지도 않았다. 이제까지 볼 수 없었던 새롭고 혁신적인 그것들을 만날 때의 불안과 불편함 때문이었을 것이다. 기존의 문학사에서 볼 수 없었던 돌연변이들을 고르는 심사를 하고 나면 매번 심각한 후유증을 앓곤 한다. 내가 선택한 작품이 과연 새로운 것일까, 새롭다 해도 진정한 새로움일까 자신할 수 없었고 또 내가 선택하지 않은 작품들 중에 보다 더 질서화되지 않은 강력한 혁명적 에너지를 숨겨둔 작품이 있었던 것이 아닐까 하는 의문들이 나를 놓아주지 않아서이다. 그러다 간혹, 낭중지추이니 밀도 높은 작품은 언제나 튀어나오기 마련, 내가 밀쳐두었던 작품이 뒤늦게 세상에 나와 반짝일 때면 그땐 좀 근본적인 고민을 할 수밖에 없다. 그런가 하면

설령 『삼미 슈퍼스타즈의 마지막 팬클럽』이나 『고래』 같은 작품을 골라낸 경우에도 그 작품 앞에서 망설였다는 것 때문에 뒤늦은 자책을 하는 경우도 많다. 이런 불편한 기억들 때문에 젊은 작가들의 새로운 작품을 접할 때마다 목이 뻣뻣할 정도로 긴장을 하게 된다. 이번 심사도 그런 마음이었다. 나의 갈팡질팡할 뿐만 아니라 느릿느릿한 심미안이 혹여 우리 시대의 어느 젊은 작가보다 젊은 작가를 뽑는 이 향연을 어지럽히지나 않을까 하는 걱정에서 자유로울 수 없었고, 그것이 열일곱 편을 읽는 내내 나를 긴장시켰다. 하지만 돌이켜보면 이번 심사가 내겐 값진 선물이 되었다. 열일곱 편을 꼼꼼히 읽는 동안 한국소설의 현재와 미래에 대해 불안정하나마 지형도를 그릴 수 있었고, 또 우리 문학판에서 내로라하는 눈 밝은 이들과 각 작품에 대한 깊은 논의를 하다보니 역시 불안정한 것이나마 진정한 새로움에 대한 기준점을 잡을 수 있었다.

정지돈의 「건축이냐 혁명이냐」를 만나 꼼꼼히 읽고 다양한 각도에서 깊은 토론을 할 수 있었던 것은 이번 심사에서 가장 큰 즐거움이었다. 정지돈의 「건축이냐 혁명이냐」는 내 독서 범위에서는 단연코 기묘한 돌연변이였다. 이 소설에는 성격이나 그 성격들이 만들어내는 사건 같은 것이 없다. 대신 역사상 실존 인물이 있고 그가 살아온 삶의 동선을 따라갈 뿐이다. 일종의 다큐멘터리 소설이라 할 만하다. 그런데 흥미진진하다. 대한제국의 마지막 황세손이자 근대건축가인 '이구'라는 특이하면서도 상징적인 인물을 주인공으로 삼은 까닭이겠지만 그것이 전부는 아니다. 이 소설의 문제성의 궁극적인 원천은 무엇보다 이구라는 인물의 삶의 궤적에 주목하되 그의 삶을 세상의 중심질서부터 벗어나 그저 자신의 욕망을 조용히 욕망하는 인물로 맥락화한다는 점에 있다. 이러한 이구에 대한 현재적인 의미로 충만한 맥락화에 건축사에 관한 깊고도 넓은 박물지적 식견과 간단한 정보만으로 각 인물을 개성적으로 만들어내는 솜씨가 덧붙여지면서 「건축이냐 혁명이냐」는 그야말로 한국뿐만 아니라 세계의 근대사를 의미 있게 조망해낸 바로 그 소설로 우뚝 선다. 프랑스에 백과전서파가 있어 새로운 역사상을 발명하는 데 큰 기여를 했다면, 이제 우리도 한국판 백과전서파를 만날 수 있게 되는 것은 아닐까. 기대가 크다. 그의 다음 소설이 기다려질 정도로.

　김금희의 「조중균의 세계」는 어처구니없는 존재 조중균과 그를 둘러싼 어처구니 있는, 그러니까 순종하는 신체들 사이의 미묘한 대립과 갈등을 다룬 소설이다. 여기 굳이 무엇이 되고자 하지 않는, 혹은 무엇이 되지 않고자 하는 인물 조중균이 있고, 상징질서에서 요구하는 그 무엇인가가 되기 위해 최선을 다하는 인물들이 있다. 조중균은 결코 유별난 인물은 아니다. 그는 다만 자신에게 맡겨진 일만 충실하게 한다. 대신 그는 무엇이 되기 위한 과잉의 행동에는 관심이 없다. 그저 그럴 뿐인데, 상징질서에 순종하는 신체들은 조중균의 존재 그 자체를 견디지 못한다. 그 결과 이들 사이에는 사소한 듯하지만 자신의 전존재를 건 갈등이 일어난다. 하지만 「조중균의 세계」가 밀도 높은 소설로 읽히는 것은 이 소설이 제목과는 달리 이 갈등을 전면에 내세우지 않았다는 것이다. 이 소설은 조중균 때문에 벌어지는 갈등을 회사의 정식 직원으로 입사하기 위해 '순종하는 신체'들에 순종하는 작중화자와 상징질서 안에서 자신의 욕망을 욕망하기 위해 자그마한, 그리고 상징적 질서 전체를 흔들 수 있는 싸움을 벌이는 조중균의 추종자 해란씨의 또다른 드라마를 통해 우회적으로 제시한다. 말하자면 이 소설은 '조중균의 세계'를 중핵으로 하되 그 중핵을 솜씨 있게 감추고 지연시킨다. 이러한 소설적 기예는 「조중균의 세계」를 문제적이게 하는 또하나의 요인이거니와 이는 마음만 먹으면 되는 그런 단순한 재능이 아님은 물론이다. 하지만 문제는 기시감이다. 아무래도 '조중균'은 저 멀리는 고골의 「외투」, 멜빌의 「필경사 바틀비」, 가깝게는 권여선의 「팔도기획」의 어떤 인물들을 연상시킨다. 이들 소설과 구분되는 어떤 자질이 '조중균'이라는 인물에게 더 있었다면, 「조중균의 세계」는 훨씬 더 강력한 현대적 윤리를 제시할 수 있는 소설이지 않았을까.

동어반복적인 표현이 허용된다면, 이렇게 말할 수 있겠다. 백수린의 「여름의 정오」는 백수린 소설이다. 「여름의 정오」는 그만큼 백수린다운 소설이고 백수린의 지속적인 관심사가 집약적으로 응축된 소설이다. 백수린의 「여름의 정오」는 이제까지 백수린 소설이 그래왔듯 서로 다른 상징적 질서(언어)를 지닌 존재들끼리의 이질감과 우정에 관한 이야기다. 달라진 점이 있다면 이전 작품에 비해 이 이방인들끼리의 우정과 환대에 대한 확신이 더 깊어졌다는 것이다. 이전의 소설들이 이방인들끼리의 우정과 환대의 필요성에 대해 이야기하고 있다면, 「여름의 정오」는 이방인들끼리의 우정과 환대의 불가피성에 대해 말하고 있는 듯하다. 다시 말해 「여름의 정오」에 이르러 이방인들 사이에 상호이해가 필요하다는 정도를 넘어 이방인들과의 교류를 통해 자기성(ipséité)을 벗어날 때만 진정한 탈주 혹

류보선

은 탈-존은 가능하다는 인식론적 확장이 일어났다고나 할까. 이 인식론적 확장 외에 「여름의 정오」에서 또하나 주목할 요소는 능수능란한 소설적 구성이다. 「여름의 정오」는 작중화자와 일본인 타카히로 사이의 잠깐 동안의, 그래서 강렬한 우정의 순간(혹은 실재의 순간)을 저 깊은 곳에 숨겨놓고 그 앞뒤로 자기성에 매몰된 과거와 현재의 삶을 절묘하게 배치해놓는다. 가히 모범적이라 할 정도로 적절한 장면 배치가 자칫하면 상투적일 수 있는 이 소설을 긴장과 이완의 변증법으로 생동하는 소설로 거듭나게 했음은 물론이다. 단 하나 우려가 있다면 이 소설이 작가의 기존의 소설의 반복으로 다가오기도 한다는 것인데, 이를 어떻게 헤쳐나갈지도 큰 관심사가 아닐 수 없다.

손보미의 「임시교사」 역시 손보미 소설답다. 「임시교사」 역시 기존의 손보미의 소설처럼 일상적인 삶의 작은 기척 혹은 기미들에서 부조리한 현실은 물론, 그 부조리한 현실을 유지하려는 힘과 그 현실을 넘어서려는 운동 사이의 미세한 균열과 틈새를 짚어내는 솜씨가 그야말로 유려하다. 여기에 「임시교사」에는 기존의 소설보다는 훨씬 더 탈-존적이고 탈근대적인 인물이 등장하면서 기묘한 매력을 만들어낸다. 그렇다. 「임시교사」에는 이제까지 손보미 소설은 물론 한국소설 전반에게 보기 힘들었던 특이한 인물이 등장하고 있어 인상적이다. 「임시교사」의 주인공은 상징질서를 부정하기 위해 상징질서를 강요하는 것과는 다른 무엇이 되려는 인물이 아니라, 다만 사회가 강요하는 무엇이 되지 않고자 하는 인물이다. 이 인물은 '임시'교사인데도 '정식'교사를 꿈꾸지 않는, 그러면서 '정식'교사보다 훨씬 더 인간적이며 월등한 전문성을 갖추고 있다. 그래서 '정식'교사이거나 '정식'교사가 되고자 하거나 '정식'교사가 되는 것만이 가치 있는 삶이라는 강요하는 세상의 질서를 간단하게 뒤흔든다. '정식'교사가 되는 것이 아니라 진정한 '교사'가 되는 것이 중요하다면 사회적 형식을 간단하게 거부하는 이 매혹적인 인물을 통해 「임시교사」는 우리가 사는 상징질서의 허구성과 폭력성을 간단하게 드러내는 한편 그 상징질서를 넘어설 수 있는 윤리를 아주 자연스럽게 보여준다. 손보미 특유의 기예와 현대에 대한 더 깊어진 천착이 잘 어우러진 손보미 소설의 또하나의 대표작이라 할 만하다.

이렇게 이야기해도 될까. 윤이형 소설이 깊어졌다. 윤이형의 「루카」에 대한 이야기다. 특이한 소재나 기이한 환상세계를 통해 주로 자신의 역사지리지를 제시하던 윤이형의 소설이 이번에는 낯익은 것은 아니지만 그렇다고 전혀 새롭다고 할 수는 없는 삶의 영역을 끌고 들어왔는데, 그것이 만만치가 않다. 「루카」는 동성애자들의 사랑과 이별, 그들의 삶에 대한 오해와 이해에 관한 소설이다. 「루카」는 루카를 사랑했던 동성 애인 딸기와 아들이 동성애자라는 이유로 아들을 자신의 삶 바깥으로 쫓아낸 루카의 아버지를 대비시키면서 진정으로 타자가 된다는 것, 그리고 진정으로 타자를 이해한다는 것의 의미를 되묻고 있다. 루카의 애인 딸기는 자신의 자리를 지키기 위해 루카의 고뇌와 갈등을 외면한다. 그리고 말한다. "나는 내 믿음을 지켰고 너를 잃었다." 반면 루카의 아버지는 아들 루카를 진정으로 받아들이기 위해 그의 믿음을 버린다. 이를 통해 「루카」는 타자 혹은 이방인을 이해하는 길이란 '나는 타자다'라고 선언하는 것 외에 상징질서에 포획된 자기성을 버릴 때 가능하다는 결코 간단하게 넘길 수 없는 주제를 전달한다. 「루카」에 이르러 윤이형 소설이 정말 많이 웅숭깊어졌다고 한다면, 이는 이전의 윤이형 소설을 너무 가볍게 읽은 것이 되는 것일까.

이장욱의 소설 「우리 모두의 정귀보」 역시 이장욱 소설답다. 그리 복잡하지 않은 이야기를 통해 인생의 역설 혹은 아이러니를 제시하는가 하면 이장욱 자신의 예술철학을 자연스레 전달한다. 「우리 모두의 정귀보」는 평범하기도 하고 그렇다고 평범하다고 할 수도 없는 화가 정귀보의 평전을 쓰는 과정에 대한 이야기이자 동시에 평전이다. 정귀보는 무명이었다가 사후에 갑작스레 유명해진 화가로 되어 있다. 그런데 이 정귀보를 보는 시각이 중층적이다. 정귀보는 어떤 면에서는 평범한 화가이나 상징질서의 조작에 의해 유명해진 인물로도 보이고 아니면 처음부터 비범했으나 상징적인 질서에 그 비범성이 가려졌다가 사후에 비로소 그 참의미가 밝혀진 인물로도 읽힌다. 물론 이 소설에서 정귀보라는 수수께끼 같은 인물의 실체적, 그리고 실재적 진실이 어느 쪽인지 획정하기는 쉽지 않다. 그러나 어떤 경우라 하더라도 정귀보가 자신의 작품세계가 일반 대중에게 인정받는 순간 죽음을 선택하는 것은 분명해 보인다. 이를 통해 우리는 이 소설의 주인공 정귀보가 줄곧 "한 번도 상상해보지 못한 세계"에 현혹되어왔으며, 그랬던 것인데 "한 번도 상상해보지 못한 세계"를 표현한 자신의 작품이 어느새 상징질서의 그것에 포획되는 순간 자신의 작품을 수수께끼로 남겨놓기 위해 죽음을 선택한다는 것을 알 수 있다. 그렇다면 어떤 면에서「우리 모두의 정귀보」는 '당신이 결코 두 번 믿지 않을 것을 사랑하라'는 바디우적 정언명령의 이장욱식 버전이라고 할 수도 있다.

최은미의「근린」은 '기법의 승리'라 이름 붙일 만한 소설이다. 먼저 충격적인 사건을 제시하고 그 충격적인 사건이 있기까지의 여러 사건을 서로 무관한 듯 병치해가다가 마지막 장면에 가서야 사건들 사이의 연관성을 드러내는 지연의 방법 혹은 서스펜스적 기법이 특히 돋올하다.「근린」의 이러한 서스펜스적 기법은 첫 장면에서 죽은 것으로 되어 있는 여자가 작품에 등장하는 여러 여자 중 어느 여자인지를 불분명하게 처리하는 마지막 장면에 이르러 정점을 찍는다. '그렇게 죽을 줄 몰랐'던 '그 여자'가 누구일까에 독자의 시선을 집중시켜놓고는 그것을 간단하게 배신하는「근린」의 결말은 이 소설의 묘미를 한껏 드높인 핵심적인 요소라 할 만하다. 물론「근린」의 전복이 충격적인 것은 그것이 극적인 재미만을 위한 이른바 '전복을 위한 전복(이런 표현이 가능하다면 '목적 없는 합목적적 전복')'이 아니라는 점에 있다.「근린」의 전복은 이 소설을 가로지르는 현대의 비극성(혹은 현대인의 멜랑콜리)과 내밀하고 긴밀하게 조응한다. 여기, 현대인의 삶의 핵심적인 장소인 '근린공원'이 있다. 이곳에 매일 같은 인물들이 모여든다. 그저 남는 시간을 보내는 사람들 같지만 가만 들여다보면 이 인물들 사이에는 묘한 경계선이 있다.

무의미한 일상을 반복하는 인물들과 무슨 일이든 반복적인 일상을 벗어나려는 인물들이다. 보다 구체적으로 말하면 무의미한 삶을 벗어나고자 몸부림치는 불행한 여자들과 그 불행이 두려워 아무런 모험도 시도하지 않으나 그래도 마찬가지로 지루하고 불행한 여자들이다. 그러던 중 사고가 일어나고 '그 여자'가 죽는다. 물론「근린」은 앞서 말한 대로 '그 여자'가 누구인지 지목하지 않는다. 마치 누구여도 상관없다는 식이다. 아니, 우리 모두가 다 '그 여자'일 수 있다는 식이다. 이처럼「근린」은 신원미상의 여자의 죽음으로부터 시작해서 결국 신원불상의 여자의 죽음으로 끝나거니와, 이를 통해 우리는「근린」이 말하고자 하는 바를 어느 정도 짐작해볼 수 있다. 무의미한 일상을 반복하든 아니면 무의미한 일상을 벗어나고자 하든 누구나 다 무의미한 죽음으로부터 자유롭지 못하다는 것, 그것이 바로 현대인의 비극적인 실존 형식이라는 것. 어떤 소설이 과연 우리는 어떻게 살고 있으며 또한 어떻게 사는 것이 진정한 삶인가에 대한 어떠한 명시적인 답 없이 단지 보여주는 것만으로 우리 삶에 대한 근본적인 질문을 던지고 있다면 우리는 그것을 '잘 만들어진 소설' 혹은 '밀도 높은 소설'이라 할 수 있지 않을까. 그런 점에서 보자면「근린」은 저 멀리는「천변풍경」, 가깝게는「서울 1964년 겨울」「삼포 가는 길」「풍금이 있던 자리」의 계보를 잇는 밀도 높은 작품임에 틀림없다.

반복되는 이야기지만, 내게 이번 젊은작가상 심사는 문득 도래한 값진 선물이었다. 새롭고 젊은 소설만 만나면 갈팡질팡, 두근두근하던 울렁증을 다스릴 수 있는 어떤 균형점을 얻었으니 말이다.

그런데 그렇다 하더라도 다음 기회에 또다른 혁신적인 소설을 만나면 이 울렁증이 다시 도지는 것은 아닐까. 아니, 전에 보지 못하던 작품에게서 갈팡질팡, 두근두근하지 않는다면 그건 더 심각한 병증이 아닐까. 모를 일이고, 두고 볼 일이다.

신경숙 _소설가

여러 작품들을 비슷한 시간에 연이어 읽다보면 앞에 어떤 작품을 읽었느냐에 따라서 이어 읽는 작품이 턱없이 돋보이거나 아니면 위축되는 영향을 끼친다. 이를테면 어디로 흘러갈지 모르는 떠오르는 대로 중얼거리는 듯한 문체의 작품을 읽다가 정교하게 짜놓은 형식의 작품을 이어 읽으면 때로 앞 작품의 이해를 거부하는 듯한 상상력이 뒤의 작품의 반듯하고 친밀한 세계의 장점을 보게 하는 게 아니라 밀어내는 느낌을 준다. 물론 이와 반대의 경우도 있는데 이번에는 유독 그 느낌이 선명했다. 그래서 선고위를 거쳐 올라온 작품들을 차례대로 읽고는 의도적으로 뒤섞어 읽기도 시도해본 즐거운 시간이었다.

손보미는 이제 이 현대사회의 거미줄 같은 삶의 의미망 속에서 자기만의 캐릭터를 낚아내는 데 고수가 된 듯하다. 서두르지도 강요하지도 인상적으로 보이게 하기 위한 장치를 하지도 않고 우리 모두에게 P부인을 선보인다. 무심히 따라 읽다 한순간 머릿속이 암전되는 듯한 느낌을 받는다. 작가가 우리들의 일상 속으로 들여보낸

이 교양 있는 P부인은 삶의 기반이 흔들리고 불안정할 때는 절대적으로 필요한 존재이나 삶이 어느 정도 안정되었을 때는 해고할 수밖에 없는 존재이기 때문이다. 소모품처럼 사용하고 이미 배반했거나 앞으로 배반하게 될 존재가 별 원망도 없이 같은 하늘 같은 밤에 "사는 건 그런 거지"라고 중얼거리며 불을 끄는 장면을 목도할 때 마음이 서늘해질 수밖에.

최은미의 「근린」과 백수린의 「여름의 정오」는 서로 상반된 주제를 다루고 있다. 「근린」은 제목처럼 가까운 이웃 사람들을, 「여름의 정오」는 이십대 청춘 시절에 낯선 파리에서 만난 '타카히로'라는 인물을 등장시키고 있다. 두 작품은 「근린」의 어느 문장처럼 "뭐라 말할 수 없는 허전함과 슬픔이 밀려"오는 작품이다. 「근린」은 아직 이름이 신선한 작가의 작품 같지 않게 형식도 문장도 주제도 들뜸이 없이 침착했다. 서로 가까이 사는 나이든 이웃들의 고독하고 허무한 내면을 그려낸 것도 호감이었고 현실과 동떨어지지 않은 묘사들, 덧없이 붕괴되어가는 것들을 직시하는 시선에서 작가의 역량을 느꼈다. 「근린」에 비하면 「여름의 정오」의 배경은 머나먼 파리이다. 이 작가의 다른 작품들의 배경도 한국사회의 안쪽보다는 바깥이 많았던 것으로 기억되는데, 이 작가의 의식은 자신이 몸담고 있는 사회와 바깥 사회를 두루 살피고자 하는 데 있는 듯하다. 작품을 읽다가 문득 작중화자가 젊은 날에 파리에 가게 된 이유와 다시 파리를 찾게 된 이유가 좀더 필연적이었다면 어땠을까? 하는 생각이 들었다. 꼭 가야 하기 때문에 가게 된 절실한 장소가 아니어서인지 낯선 공간에 화자가 차갑든 뜨겁든 자기 생의 발자국을 꾹

눌러 찍는 게 아니라 유리창 안에서 벌
어지는 일을 구경하는 타자의 시선처
럼 느껴져서다.

"너는 루카다. 내가 딸기인 것처럼"
으로 시작되는 윤이형의 「루카」는 인권
운동가인 딸기가 루카에게 보내는 사
랑의 후일담이다. 동성애를 다루고 있
지만 이 소설이 소재주의로 빠지지 않
은 건 작가의 기량 때문일 것이다. 이
사랑을 다른 사랑들과 별반 차이 없이

신경숙

다루는 시선도 세련되었고, 동성애에 종교 문제를 배치시킨 점도 돋
보였다. 루카의 아버지가 동성애자인 아들을 내치고 신에 대해 회의
를 느끼는 대목은 윤이형의 스타카토식 문장과 기묘하게 대비를 이
루며 다른 삶들을 성찰하게 했다.

이장욱의 「우리 모두의 정귀보」와 김금희의 「조중균의 세계」에
등장하는 정귀보씨와 조중균씨는 두 인물이 지닌 유니크함 때문에
가독성이 높았다. 두 작품 속의 주인공의 행보는 사뭇 다르지만 두
작품 모두 왜? 라는 질문들이 뭉게구름처럼 연이어 일었고, 혹 이
들이 실존 인물들 아닐까? 싶은 실감도 있었다. 정귀보씨나 조중균
씨는 평자들의 의미 부여에 따라서 그 의미가 무한 팽창할 수도 있
고 소외시키고자 한다면 어느덧 사라지고 없을 그런 인물들이다.
우리말의 결을 잘 살리면서도 이제 어떤 이야기든 척척 써낼 것같
이 능청스런 이야기꾼으로 변모한 이장욱의 해학은 마침내 정귀보

씨가 바다에 떠내려간 지 수십 일이 지났는데 죽지 않고 물속에서 뚜벅뚜벅 걸어나오는 사람으로 만들어도 어색하지 않을 정도에 이르렀다. 또한 조중균씨를 만들어낸, 아직 이름이 익숙하지 않은 신인 작가의 미덕은 그가 어떤 사람인지 그려내고서 '지나간 세계'라는 이름을 붙여 그를 지워내는 것으로 조중균씨를 암호로 만들어놓은 것에 있다고 본다.

처음엔 조용했다가 뒤에 가장 오래 토의를 한 작품은 정지돈의 「건축이냐 혁명이냐」였다. 작가들은 대부분 자신의 이름 앞에 어떤 주의가 붙는 것을 원치 않을 거라 여겼는데 정지돈은 '후장사실주의'라는 명패를 자신이 직접 만들어 걸고 있었다. 신인 작가의 작품을 읽는 기쁨은 기존의 상투적인 독법을 치고 올라오는 새로운 상상력과 조우하는 순간에 발생한다. 황당한 이야기도 나름 실감나게 읽히게 하는 현실감과 패기를 갖추면 그 신선함에 순간 긴장하게 되고 기대와 질투 때문에 설레게 된다. 이 작품이 그런 작품인지에 대해서는 선뜻 그렇다고 답은 못하겠다. 단편소설로 보기 어려울 정도로 동서양의 건축사 안의 주요 인물들이 연대기처럼 밀집해 있어서 풍부한 건축학 보고서를 읽는 기분이었다. 내 마음이 끌린 대목들은 소설 속에 등장하는 이구의 인터뷰들이었는데 건축에 관련된 책을 찾아보면 실제 인터뷰가 실려 있을 것도 같다. 미학적 완성도나 주제의식 같은 것을 말하기보다 다른 면모가 더 돋보이는 작품인 것은 분명하다. 선정을 마치고 돌아와 다시 한번 읽은 유일한 작품이기도 하니까. 문학 텍스트만이 갖는 반전이 이번 심사에서 통쾌하게 이루어졌다고 생각한다. 축하드린다.

정영문 _소설가

뭐라 말하기 어려운 것들을 소설로 써왔고, 내 소설에 대해서도 뭐라 말하기 어려웠기에, 그리고 남의 소설에 대해 뭐라고 뭐라고 말하기를 주저해왔고, 그것은 잘하고 있는 것이라 생각해왔고, 다행히도 소설 문학상 심사 의뢰가 거의 들어온 적이 없어 무척 다행이라고 생각했는데, 아니, 그전에, 거의 아무것에 대해서도, 가령 고무밴드나 노끈에 대해 딱히 입장이 없는 것처럼 입장이라는 게 거의 없고, 아주 적게 입장이라는 것이 있는 것에 대해서도 매우 편향되어 있다는 것을 알기에 공정한 입장에 서야 하는 일은 피해왔는데, 이번에 어쩔 수 없이 심사를 하게 되었고, 심사가 얼마나 체질에 안 맞는지 확인하게 되었다, 라는 말로 서두를 떼는 것은 적절치 않을 수도 있겠고, 하지 않아야겠다고 생각했지만 결국 하고 말게 되었다.

젊은작가상 후보작들로 올라온 열일곱 편 가운데 박솔뫼의 「정창희에게」, 이상우의 「추리 추리하지 마 걸」, 정지돈의 「건축이냐 혁명이냐」에 일차적으로 눈길이 갔다. 나머지 작품들은 무엇보다도 한국소설에서 아직까지 익숙하지 않은 풍경을 펼쳐 보이는 새로운 시도에 주목하는 데 가장 큰 의의가 있을 젊은작가상이라는 타이틀에 비춰보았을 때 대체로 너무 전통적인 작품들로 기시감을 주었다. 물론 그 가운데는 백수린의 「여름의 정오」와 손보미의 「임시교사」처럼 정제된 언어로, 조금만 읽어도 누구의 작품인지 짐작이 되는 수작들도 있었지만, 이 작품들도 자신을 너무 얌전하게 답습

정영문

하고 복제하고 있다는 점에서 조금 답답한 느낌을 주었다.

「정창희에게」는 힘있는 서사에 대한 선호라는 강박에 너무 빠져 있는 한국 소설의 전통에서 벗어나, 서사가 아니라 문체가 얼마나 소설의 강력한 추동력이 될 수 있는지를 보여줌으로써 이미 자신의 확고한 스타일을 구축한 박솔뫼의 작품치고는 다소 약한 느낌이 있었는데, 어쩌면 자전소설이라는 주어진 테마에서 자유롭기가 어려워 일종의 타협을 한 듯해 보였다. 자전소설을 써야 하는 의무와, 그것을 쓰는 것에 대한 회의적인 생각과, 끝내는 자전소설이 되지 않았으면 하는 복합적인 의도와 구상이 중층적으로 작용하며, 자전소설이라는 축에 다른 이야기들이 어긋나는 방식으로 더해졌는데, 그것이 박솔뫼식의 독특한 아이러니를 통해 상승작용을 일으키지는 못한 것 같았다.

실험이, 혹은 치기가 지나쳐 습작 같은 느낌을 줬고, 심사위원들의 논의 끝에 비록 결국 수상작이 되지는 못했지만 이상우의 「추리 추리하지 마 걸」은 개인적으로는 흥미롭게 읽은 작품이었다. 아즈텍의 황제에게서 딴 이름일 수도 아닐 수도 있는 목테수마를 비롯해, 별로 근거 없는 이국적인 이름을 가진 인물들이 시공간적으로도 모호하기 짝이 없는, '미래를 소진해버린' 것 같은, 지루함과 환멸감만 남은 묵시록적인 세계 속에서 알 수 없는 강박에 시달리며 맥락 없는 생각과 행동을 일삼는 이 소설은 한국소설에서는 생경한 것들을 담고 있었다. "생물학자는 영아의 자살 욕구와 넝쿨장미의 상관관계를 다룬 논문 몇 개를 실패한 뒤 과일장수가 됐고, 종군기자는 오븐에서 라자냐를 꺼내다 말고는 서재에서 세계지도를 펼쳐놓고, 전쟁이 나를 부르고 있어 (…) 중얼거리다가"와 같은 문장에서 볼 수 있듯 초현실적이기도 하고, 어떤 점에서는 반(反)환상소설적인 이 작품은 그 형식에서도 내용에서도 과격한 일탈을 통해 한국소설의 한 가능성을 보여줬다는 점에서 반가웠지만 난삽함을 조절하지 못해 한 편의 소설로서는 결함이 많아 아쉬움이 크게 남았다. 아무튼 '문학은 수법이라는 것'을 깨닫고 있는 이 작가가 앞으로 세련되고 능란한 수법을 구사해 이상하면서도 놀라운 작품들을 쓰게 되기를 기대한다.

2013년에 데뷔한 신인 소설가 정지돈은 작가 약력에서 이상우와 함께 '후장사실주의자'임을 자처하고 있는데 후장사실주의자는 한국의 정형화된 소설에 싫증을 느낀 몇몇 젊은 소설가들이 스스로를 약간 조롱하듯 일컫는 말로 여겨진다. 「건축이냐 혁명이냐」는 대한제국의 마지막 황태자인 영친왕 이은의 아들로, "일본에서 태어났고 어머니는 일본의 황족이며 아버지는 한국의 황족이지만 이차세계대전이 끝나자 일본과 한국 모두가 그를 자국민으로 받아들이길 거부"해 역사의 소용돌이 속에서 기구한 삶을 산 이구라는 실존 인물의 행적을 소설화한 작품이다. 화자인 '나'가 이구에 대해 관심을 갖게 되면서 그에 대한 조사를 하는 형식을 취한 이 단편소설에는 미국으로 건너가 시를 쓰고 싶어하지만 결국 건축가가 된 이구를 중심으로 이구와 직간접적으로 관련이 있는 20세기 후반부 미국과 한국 건축계의 여러 인물들과 그들의 흥미로운 일화들이 단편소설로는 약간 벅찰 정도로 많이 등장하고, 여러 가지 이야기들이 교차하며 종횡무진하듯 전개된다. 실존했던 인물을 그린 작품으로 사료를 많이 참조해, 좁게는 한국 현대건축사, 넓게는 한국 현대사회사의 한 면을 잘 그려 보여주고 있는 이 작품은 사실들을 허구와 잘 조합해 지적 소설의 모범적인 전형을 보여준 점에서 개인적으로 높은 평을 주고 싶었다. 그리고 이 소설의 미덕은 음미해 읽을 때 드러나는 유머러스한, 다음과 같은 문장들에도 있었다. "이구는 황족 행세를 한 적이 없는데 왜 황족 행세를 하지 않겠다는 요구를 받아야 하는지 이해할 수 없었지만".

「건축이냐 혁명이냐」는 본심 초반에는 심사위원들 사이에서 큰 호응을 얻지 못했지만 몇 차례에 걸친 논의와 투표 과정에서 반전을 일으키며 대상 수상작으로 결정이 되었다. 수상자 모두에게 진심으로 축하의 말을 전한다.

황종연 _문학평론가

2015년 젊은작가상 후보작으로 선정된 단편 열일곱 편 전부가 후보작의 형식적 조건을 충족시킨 작품들 가운데 우수한 부류에 속하는가는 의문이었다. 그 목록은 작년에 발표된 작가 경력 십 년 이하 작가의 신작 중단편 중에서 내가 수작이라고 판단한 작품 목록과 일치하지 않았다. 나로서는 좋아하기 어려운 작품들이 들어 있는 반면에 내가 재미있게 읽은 작품들이 들어 있지 않았다. 하지만 이런 종류의 불일치는 예심과 본심이 분리된 문학상 심사에서는 전혀 이상하지 않은 현상이다. 다행스러운 것은 그 열일곱 편 중에서 젊은작가상 수상작을 고르는 것이 조금도 불합리한 일로 보이지 않았다는 것이고, 수상작으로 뽑힌 일곱 편이 모두 상찬에 값하는 무엇인가를 가지고 있다는 것이다.

이장욱의 「우리 모두의 정귀보」는 저자의 소설이 대체로 그렇듯이 이야기하기라는 행위에 대한 높은 수준의 비평적 의식을 담고 있다. 이 단편은 어떤 작가의 입을 빌려 정귀보라는 인물에 대해 이야기하면서 동시에 인물 서사 형식, 즉 전기에 대한 성찰을 수행하고 있다. 작중의 작가는 정귀보가 사후에 얻은 천재 예술가의 명성이 얼마나 많은 오해와 억측에서 비롯되었는가를 유머러스한 어조로 알려준다. 정귀보를 둘러싸고 미디어로부터 쏟아진 모든 말이 거짓의 요소를 가지고 있음을 확인한 작가가 정귀보의 시신을 앞에 두고 "기묘한 슬픔"을 느끼는 대목은 인상적이다. 그것은 정보의 홍수 속에서 훼손되고 있는 인간의 진실에 대한 온당한 애도라고 생각된다.

윤이형의 「루카」에는 퀴어 활동가인 남자가 화자로 나와서 '루카'라는 인물을 상대로 한편으로는 그와의 사랑의 전말을 되돌아보며 이야기하고, 다른 한편으로는 그가 퀴어였던 까닭에 교회 목사가 직업인 그의 아버지가 밟아간 고뇌의 여로를 그의 아버지에게서 들은 바에 따라 이야기한다. 어째서 화자가 루카에게 말을 거는 담론

황종연

형식으로 소설이 쓰여져야 했는지 의
문이긴 하지만 그 두 이야기 모두 루카
가 문득 자신에게 낯선 존재임을 발견
한 두 신념의 인간이 이해와 오해, 배
척과 관용 사이를 오가며 보낸 고뇌의
순간들을 보여준다. 이 소설은 퀴어 아
이덴티티에 대한 인정 여부의 문제를
넘어서 사람들을 서로 타자이게 하는
개인적 신념이 그것이 종교적인 것이
든, 비종교적인 것이든 무슨 의미가 있

는가 하는 물음을 제기한다. 저자의 윤리학적 사색이 날로 깊이를
얻어가는 듯해서 반갑다.

　최은미의 「근린」은 도시의 비근한 동네를 보는 독특한 방식을
제시한다. 그 시점은 어떻게 보면 작중 이야기 속의 하늘을 떠다니
는 '무인정찰기'의 시점이라고 해도 좋을 만큼 조감적이고 냉정하
다. 그 시점으로부터 펼쳐진 넓은 시야에 들어오면 세계는 아무 의
미도 없는 자연의 사실 같고 그 안에 거주하는 인물들은 모두 비
슷한 크기로 하찮다. 그 세계 한쪽에 빨간 원피스를 입고 댄스 파
티에 나가는 노인이 있고, 다른 한쪽에 아이와 함께 죽으려다가 아
이만 죽인 여자가 있다. 생에 대한 의지가 소멸 직전에 보이는 극단
의 양상이 포착되어 있는 셈이라고 할까. 늙은 여자와 병든 여자를
통해 표현되는 에로스적 충동은 어딘가 흉물스럽다. 그래서 소설의
결말에 이르면 작중의 이웃세계를 보는 초연한 듯한 관점이 실은

위장된 비관임이 드러난다. 페시미즘이 교묘한 수사적 장치를 얻었다는 느낌이 든다.

김금희의 「조중균의 세계」는 우리 사회가 시장의 폭정하에 들어간 이후 잃어버린 뭔가에 관해 말하려고 한다. 이 의도는 조금도 참신하지 않다. 자본주의의 블랙홀 속으로 사라진 청춘에 대해, 사랑에 대해, 혁명에 대해 얼마나 많은 소설이 쓰여졌던가. 그러나 이 단편은 진부함의 함정에 빠지지 않았다. 그것은 조중균이라는 과거 세계의 화신 같은 인물이 "유령"적임을 간파한 데에서 오는, 다시 말해 그를 둘러싸고 있는 아우라의 이중성─존엄함과 초라함을 모두 아는 데에서 오는 유머 덕분이다. 정의와 양심의 수호자가 바틀비형 괴짜로, 격문과 삐라가 사무용 수첩으로 바뀌었다. 이 소설은 중균(衆均), 즉 민중 평등에 대한 열망을 어떻게 기억할 것인가 하는 문제를 단편소설에 어울리는 방식으로 제기했다고 판단된다.

손보미 소설은 한국 중류계급의 심리적 삶에 대한 묘사라는 점에서 획기적인 데가 있다. 삼인칭 시점에서 그 계급의 풍속을 이야기하는 가운데 그 계급 특유의 자만과 망상, 근심과 공포를 투시하려 하기 때문이고, 그런 점에서 현대 서양소설이나 드라마의 어떤 유형에 근접하고 있기 때문이다. 「임시교사」에 제시된 교사 출신의 보모 P부인의 이야기는 한국 아닌 어느 나라의 부르주아 가정을 배경으로 해도 가능하다. 그녀가 아이를 돌보다가 우연히 떠올린 가사─작중 이야기 전체와 관련하여 대단히 상징적인─가 실은 영국 출신의 포크록 가수 캣 스티븐스의 노래 〈Tea For the Tillerman〉의 일부 가사라는 사실은 암시적이다("Seagulls sing your hearts away/ 'cause while the sinners sin, the children play"). 손보미의 삼인칭 서사는 한국인의 이야기를 서양식 혹은 미국식으로 한다기보다 초국가적으로 유통되는 부르주아적 가치들과의 관련 속에서 한국인 중류계급의 픽션을 만든다. 그리고 그 계급의 욕망이 번역된 욕망 혹은 모방된 욕망임을 상기시키고 그 이치로부터 생성되는 아이러니를 날카롭게 드러낸다. 내가 보기에 이것은 비범한 리얼리즘이다.

후보작으로 올라온 백수린의 단편은 두 편이었다. 우열을 따지면 「여름의 정오」보다는 「시차」가 낫다고 나는 생각한다. 하지만 심사자 다수의 지지를 받아 수상작으로 뽑힌 「여름의 정오」 역시 백수린 소설 특유의 주제 요소를 포함한 작품이다. 한국인 여자가 어느 여름 파리에 체류하는 동안 일본인 남자 타카히로와 교제한 사연은 자기 나라에서 스스로를 이방인이라고 느끼는 남녀 사이의 국경을 넘어선 우애를 보여준다. 그들이 나눈 공감의 핵심에는 미래 없는 세상에 대한 공통된 절망이 있다. 한국인 여자는 자기 존재의 의미를 회의하던 중에 자멸의 유혹('어둠 속의 희미한 빛')을 경험한 적이 있다. 중요한 것은 여자가 타카히로와 함께 마치 죽음의 반려처럼 보낸 여름이 그녀가 가졌던 청춘의 절정('정오')으로 기억되고 있다는 것이다. 일종의 탈주파적 감성이 강렬하게 표현된 작품이다.

「건축이냐 혁명이냐」는 괴물 같은 작품이다. 실존 인물 이구의 일화를 모아 전하는 형식으로 역사와 허구의 협간에서 실로 현란한 곡예를 펼치고 있다. 이구가 살았던 시대, 이구가 관련된 분야의 다채로운 인물과 사건을 잇대어놓은 파노라마식 서술 묘기, 사실과 허구를 뒤섞은 대목마다 번득이는 잡학과 유머, 역사 연표와 인명 속에서 때로는 서글프고, 때로는 익살맞은 드라마를 발굴하는 센스 등 여러 면에서 특출하다. 이 작품을 놓고 역사 같지 않다거나 소설 같지 않아 불만이라고 한다면 탈장르적 서사 예술의 묘미를 놓치는 일이 된다. 글로벌 히스토리에 대응되는 글로벌 만담이 이론상으로 가능하다면 「건축이냐 혁명이냐」는 그 실제의 선구 사례일지 모르겠다. 형식상 논란의 소지가 있는 반면에 스토리텔링의 기백과 활력이 넘치는 정지돈 작품이 대상 수상작으로 선정된 것은 유쾌한 일이다. 이로써 젊은작가상이 존재하는 이유가 무엇인지 확인된 셈이기도 하다.

문학동네 젊은작가상 수상작품집

2015 제6회 젊은작가상 수상작품집

ⓒ 정지돈 이장욱 윤이형 최은미 김금희 손보미 백수린 2015

1판 1쇄 2015년 5월 1일
1판 9쇄 2022년 4월 14일

지은이 정지돈 이장욱 윤이형 최은미 김금희 손보미 백수린
책임편집 유성원 | 편집 김고은 정은진 김내리 황예인
디자인 김마리 유현아
마케팅 정민호 이숙재 한민아 김혜연 이가을 안남영 김수현 정경주 이소정
브랜딩 함유지 함근아 김희숙 정승민
제작 강신은 김동욱 임현식 | 제작처 영신사

펴낸곳 (주)문학동네 | 펴낸이 김소영
출판등록 1993년 10월 22일 제2003-000045호
주소 10881 경기도 파주시 회동길 210
전자우편 editor@munhak.com | 대표전화 031) 955-8888 | 팩스 031) 955-8855
문의전화 031) 955-3579(마케팅) 031) 955-2675(편집)
문학동네카페 http://cafe.naver.com/mhdn | 트위터 @munhakdongne
북클럽문학동네 http://bookclubmunhak.com

ISBN 978-89-546-3617-9 03810

www.munhak.com